Aura cambia las zapatillas por zapatos de tacón

Novela

Alexandra Roma

Aura cambia las zapatillas por zapatos de tacón

Serie Aura, 1

Planeta

La lectura abre horizontes, iguala oportunidades y construye una sociedad mejor.
La propiedad intelectual es clave en la creación de contenidos culturales porque
sostiene el ecosistema de quienes escriben y de nuestras librerías.
Al comprar este libro estarás contribuyendo a mantener dicho ecosistema vivo y
en crecimiento.
En **Grupo Planeta** agradecemos que nos ayudes a apoyar así la autonomía creativa
de autoras y autores para que puedan seguir desempeñando su labor.
Dirígete a CEDRO (Centro Español de Derechos Reprográficos) si necesitas fotocopiar
o escanear algún fragmento de esta obra. Puedes contactar con CEDRO a través de la
web www.conlicencia.com o por teléfono en el 91 702 19 70 / 93 272 04 47

© Alexandra Manzanares Pérez, 2024
© Editorial Planeta, S. A., 2024
   Avda. Diagonal, 662-664, 08034 Barcelona (España)
   www.planetadelibros.com

Diseño de la cubierta: Booket / Área Editorial Grupo Planeta
Ilustración de cubierta: Shutterstock
Primera edición en Colección Booket: mayo de 2024

Depósito legal: B. 6.525-2024
ISBN: 978-84-08-28757-5
Composición: Realización Planeta
Impresión y encuadernación: CPI Black Print
Printed in Spain - Impreso en España

Biografía

Alexandra Roma nació en Madrid en 1987. Ganadora del V Premio Literario La Caixa / Plataforma Editorial con *Hasta que el viento te devuelva la sonrisa* y finalista en la quinta edición del Premio Titania de novela romántica con *Ojalá siempre*, es autora de más de una decena de novelas entre las que destacan *El Club de los Eternos 27* y *Solo un amor de verano*. En Planeta ha publicado la bilogía «Fugaces pero eternos»: *La noche que paramos el mundo* y *El día que encendimos las estrellas*. *Las alas que inventamos* es su última novela. Le gusta pensar que escribe sobre sentimientos y que sus personajes son personas. Es una enamorada de los pequeños detalles del mundo y adora a su familia, su gente, los dos gatos que la utilizan como sofá humano, viajar, las bandas sonoras y ver series. Leer y escribir le da alas. Y vuela. Y no sabe cómo es la felicidad, pero está segura de que mientras teclea es capaz de verle la cara.

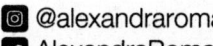 @alexandraromawriter
AlexandraRomaa

A ti, lector/a, que, como Aura,
estás buscando tu lugar en el mundo

Capítulo 1

No tengas prisa, todo está cerca en Madrid

Levanté el pie antes de que rozara el arcén de la estación de Atocha. Quería saborear el momento. Puede que para el resto de los pasajeros del AVE Valencia-Madrid fuese un trayecto más, pero para mí ese viaje significaba un instante trascendental, un paso hacia delante en dirección a la madurez. El día que dejaba atrás mi adolescencia en mi pequeño pueblo de Cuenca, Chillarón, y llegaba a la gran ciudad, la capital, a Madrid, para degustar la independencia de la vida universitaria. No quería seguir el ejemplo de Peter Pan y ser eternamente joven. No. Yo quería avanzar. Ir quemando etapas hasta lograr abandonar mis zapatillas —unas Converse azules con los cordones desgastados y la puntera destrozada de todo el uso que les había dado— y calzarme unos buenos tacones que me permitirían pasearme por la Castellana siendo una mujer de éxito, con un maletín colorido colgado de mi brazo. Pero para eso, antes tenía que superar el cambio, la transición. Un camino que, preveía, sería como una montaña rusa, de esas que levantas las manos y las agitas al llegar a la cima, y gritas como si te estuviera persiguiendo el diablo con la caída.

Me apetecía decir unas palabras que dejaran constancia del día en el que yo, Aura Núñez, dejaba atrás todo cuanto conocía para adentrarme en la aventura de tomar el timón de mi vida. Pensaba en parafrasear a Neil Armstrong con algo así como «un pequeño paso para el hombre, un gran paso para Aura». Sí, era una copia barata y tal vez comparar mi llegada a Madrid con la del hombre a la Luna era exagerarlo un poco, pero así lo sentía yo. Tampoco es que fuera a recitar la frase en voz alta. No, no era necesario que llamasen a mi pobre madre, a la que había dejado sorbiéndose los mocos como si en vez de a la universidad me marchase a Corea del Norte a intentar derrocar al dictador, para decirle que su hija estaba en un hospital después de que varios pasajeros del tren asegurasen que hablaba sola como si estuviera enajenada o, peor, *drogada*. No, con pensarlas interiormente mientras descendía me bastaba.

Así que cerré los ojos, llené los pulmones del aire viciado de Madrid y, justo cuando iba a repetir la frase dándole la solemnidad que se merecía, me empujaron por detrás.

—¿Quieres hacer el favor de apartarte? Tengo prisa —escuché que me decía una mujer mientras me daba con sus anchas caderas con tanta fuerza que casi hace que me caiga por las escaleras y empiece mi nueva vida perdiendo las dos paletas delanteras de mi dentadura que tanto valoraba. En esos momentos no lo sabía, pero en Madrid una de las coletillas que más se repetían era «tengo prisa».

Al ver cómo descendían el resto de los pasajeros, que en vez de andar por el arcén rumbo a las escaleras mecánicas daba la sensación de que iban echando una silenciosa carrera a muerte, me pregunté si tal vez todos pertenecían a la misma empresa y competían por llegar los primeros para que el jefe les diese un suculento aumento de sueldo.

Observé lo que me rodeaba. Desentonaba entre tanto

hombre y mujer trajeados. Vale que yo no era como mi amiga Ana, que medía más de uno setenta, pero hasta ese día, en el que vi a una cantidad abrumadora de chicas subidas encima de tacones con los que yo no aguantaría ni la prueba en la zapatería, nunca me había sentido tan pequeña, insignificante y perdida. El miedo a lo desconocido se mezclaba con los nervios, que me habían impedido dormir y tenían la culpa de las ojeras pronunciadas que lucía, la emoción y la ilusión por comenzar un nuevo proyecto, esta vez el de mi vida. Veía el día de mañana como una página en blanco que yo podía rellenar como me diese la gana. Ya no era simplemente la hija de Miguel y Amparo, los panaderos con las mejores magdalenas caseras del pueblo. No, ahora era Aura y, aunque me daba un vértigo enorme pensar que por fin había volado del nido familiar, me encantaba la chispeante sensación de que se habían acabado las órdenes de terceros y ahora era yo la que decidía qué quería para mí misma.

Me colgué la mochila al hombro y arrastré la maleta —cargada de sueños, expectativas y dieciocho años de vida metidos a presión y cerrada con la ayuda de mi padre después de que me tumbase encima e hiciese fuerza— hasta el tapón humano en que se habían convertido las escaleras mecánicas.

Una amiga, que había pasado unos días en Madrid visitando a su novio, un chico del pueblo que se vino a estudiar Publicidad y Relaciones Públicas y acabó dejando el grado y a ella para entrar en *La isla de las tentaciones* como tentador y comprarse un Audi con las ganancias de los bolos de verano, me había explicado que debía situarme en el lado derecho y dejar el izquierdo libre para que las personas que tenían prisa —o sea, todas— pudiesen subir andando. Lo hice, pero allí nadie respetaba nada. Era como si un puñado de hormigas quisieran salir a la vez por la pequeña abertura del hormiguero, un imposible.

Las personas que estaban a mi alrededor rumiaban por lo bajo, se desesperaban y taconeaban en el suelo nerviosas tratando de hacerse hueco entre la gente y colarse para llegar tres segundos antes arriba. Ese era uno de los hábitos de los madrileños que no quería que se me pegasen. De hecho, yo parecía la única persona que no estaba al borde del ataque de nervios por tener que hacer una sencilla cola.

Al final logré subir a la planta principal de la estación de Atocha y, sinceramente, lo agradecí. Temía que el hombre que tenía detrás, que cada vez sudaba con mayor intensidad y se ponía más rojo mientras miraba el reloj, comenzase a tirarnos escaleras abajo para llegar primero o sufriese un infarto y me viese obligada a poner en práctica el curso de primeros auxilios al que la señora Amparo, mamá, me había obligado a acudir ese verano porque, según había afirmado, «Nunca se sabe lo que puede pasar y tienes que ir preparada para cualquier incidente».

Aunque, como he dicho, los madrileños iban como alma que lleva el diablo a todos los lados, me percaté de que sí que tenían tiempo para colocarse la capa de superhéroe e indicar a una joven, con problemas de orientación y perdida, hacia dónde tenía que ir para coger el metro. Y eso fue una odisea aparte. Ya no solo porque al ver el plano observé tantas líneas de diferentes colores que tuve que apoyarme en la pared unos diez minutos hasta que localicé la mía, Moncloa. No. Lo más complicado fue entenderme con las máquinas endemoniadas, mientras las personas que esperaban detrás de mí suspiraban enfadadas por perder treinta segundos de su valioso tiempo, los transbordos y, lo más importante, transformarme en una jugadora de rugby profesional y empujar hasta meterme con calzador en la lata de sardinas que parecían los vagones.

De nuevo, me tuve que apoyar en la pared cuando llegué a Moncloa. Necesitaba respirar «aire puro» y quitarme ese olor a sudor que se había incrustado en el interior de mis fosas nasales. Por no hablar del golpe de calor que pensaba que iba a sufrir porque, suponiendo que lo hubieran encendido, el aire acondicionado no había hecho su aparición en los —atención al dato— cincuenta minutos que había tardado en llegar a la parada de mi nuevo barrio. Y todavía me quedaba salir a la calle y localizar mi casa. Recordaba que mi amiga, esa a quien le dejó el corazón roto un chico mientras Sandra Barneda le preguntaba por qué buscaba el *amor*, me había dicho que Atocha estaba cerca de mi piso. ¿De verdad? ¿Cerca? ¿Cómo eran las distancias en la capital? Porque en el tiempo que había estado en ese submundo infernal llamado «metro en hora punta», podía haber recorrido Chillarón tres veces y haberme detenido a comprar un helado de leche merengada y chocolate, mi preferido, por el camino.

—¿Puedes echarte a un lado, por favor? —preguntó una chica que, como yo, iba cargada con su maleta y sonreía con ilusión contenida sujetando el móvil en la mano. Me giré para ver qué quería fotografiar y me topé con una placa de metal en la que se leía MONCLOA, la zona universitaria en la que yo iba a vivir.

—¿Te importa hacerme una primero? —Le tendí mi teléfono.

—¡Claro!

Al acceder tan rápido, por un momento temí que fuera a robármelo. Una idea absurda que mi madre había instaurado en mi pobre y saturado cerebro, tras repetir día y noche que tuviera cuidado, era que en Madrid a los turistas —y yo parecía una— les quitaban las carteras y los teléfonos. «Siempre tienes que tener el bolso vigilado. Tú agárralo con fuerza y te lo pegas al cuerpo», era su consejo diario desde que, con un simple correo electrónico, me informaron de que tenía plaza en la universidad.

Pero no. La chica no resultó ser la integrante líder de

una red de ladrones de guante blanco ni nada por el estilo. Al contrario, confiada, me pidió que le sacase la misma fotografía recostada al lado de la placa. Sonreí viéndome reflejada en ella mientras esperaba a que me dijera si le gustaba el resultado o quería que le hiciera otra. Ambas éramos dos nuevas habitantes que llegaban a Madrid con ganas de comerse el mundo y sentían la necesidad de dejar constancia de todo lo que las rodeaba, esas primeras sensaciones, para no olvidarlo nunca.

Lo que más me sorprendió una vez que dejé el subsuelo de Madrid, después de casi una hora en metro, y puse por primera vez un pie en su superficie fue la cantidad de gente que iba de un lado para otro caminando por las arterias de la capital. Frente a mí estaba el parque de Moncloa. El césped se hallaba repleto de diferentes grupos de amigos. Había muchísimas personas, ¡y era un día normal! Yo había visto Cuenca casi a reventar en San Mateo, pero era la festividad de la ciudad. Me parecía increíble que tantos jóvenes se reunieran en un mismo sitio sin que el calendario señalase que se trataba de un día especial. De nuevo sentí las mariposas en el estómago y noté cómo se dibujaba una sonrisa en mi cara. No sabía cuándo, con quién ni cómo, pero estaba segura de que tarde o temprano yo también estaría allí sentada, con mis nuevos amigos, riendo hasta pensar que se me iba a desencajar la mandíbula.

Adoraba pertenecer a la era digital. Vale que se estaban creando ejércitos de personas adictas al móvil y que algunos amigos me hablaban más por WhatsApp que cuando quedaba con ellos, como si ya no hubiese nada más que contar. De hecho, mi hermano, cuando vivíamos bajo el mismo techo y nos pateábamos el trasero día sí y día también, solía usar los privados de Instagram —los pocos minutos que me aceptaba antes de volverme a bloquear como amiga— para ordenarme que le llevase una Coca-Cola a su habitación. Menos mal que la obediencia a dictadores idiotas nunca ha sido mi fuerte; si no, me habría convertido en su esclava. Sin embargo, no todo lo tecnológico era malo. Es decir, también estaba la aplicación de Maps, gracias a la cual sería capaz de llegar al piso siguiendo una sencilla flecha en la pantalla.

Anduve hasta que mi móvil pronunció «ha llegado a su destino». Un paso de peatones me separaba del portal de mi nueva casa. Levanté la vista para observar la antigua construcción, de pared blanquecina desconchada y balcones negros, que albergaba la vivienda, cuando un chico, si es que se le podía llamar así, se colocó delante de mí.

Era menudo, con unas gafas de pasta que hacían que sus ojos castaños pareciesen pequeños. Aunque debía de ser de mi edad, todavía tenía el aspecto de un niño pequeño, con el acné latente en su imberbe mentón. Pero eso no era lo que llamaba la atención. No. El detalle que hizo que tuviera que contenerme la risa era que iba vestido de flamenca, con su falda de lunares rojos, una rosa del mismo color prendida de la oreja derecha y, lo peor de todo, pintado como una puerta. Le había maquillado una persona con poco talento, de eso no había ninguna duda. El pintalabios rojo sobresalía por encima de sus finos labios, la raya negra del ojo tenía una cola que casi se juntaba con el nacimiento de su pelo, y lo que se suponía que era un lunar dibujado en su mejilla era un pegote negro que el sudor había desteñido por su rostro.

Y no solo eso. Lo extraño era que no me hubiese llamado antes la atención con los berridos que estaban dando un grupo de unos veinte chicos detrás de él.

Podría haber sido un club de fans algo desfasado de la Pantoja, pero la opción más lógica era que se tratase de un grupo de novatos que se habían instalado en los colegios mayores que había por la zona y estaban sufriendo en sus propias carnes las novatadas de los veteranos. Era fácil distinguir a estos últimos, que se reían sin piedad de los que escuché que llamaban «esclavos», mientras bebían de una mezcla explosiva que tenía un tono anaranjado. Las «flamencas» eran las víctimas, todos más jóvenes y nerviosos.

—Tengo que pedirte un favor —me dijo con voz temblorosa el desconocido.

—Dime.

—La cuestión es que... —Se pasó la mano por la mejilla del lunar pringándose la palma—. Tú me puedes ayudar a que esta noche no sea uno de los diez compañeros que sufrirán el «tartazo al novato».

—¿Y eso qué es?

—Nos llevarán a Sol y la gente nos podrá tirar una tarta a la cara por un euro...

—¿Por qué ibas a dejar que te hicieran eso? —pregunté.

Reflexionó un segundo y me contestó con pasmosa sinceridad.

—Para encajar, supongo. Por lo menos, lo de que nos hacían lavarnos los dientes con la escobilla del váter era una leyenda urbana... —Se encogió de hombros—. Después de superar que ayer me depilaran las piernas con cera, creo que soy capaz de cualquier cosa...

—¿Te depilaste?

—A las cuatro de la madrugada.

—Vaya —podría haberle juzgado, pero la realidad era que yo también había hecho cosas a lo largo de mi vida que no me apetecían un carajo para lo mismo, encajar, formar parte de algo—. ¿Qué tengo que hacer para que no sufras esa humillación pública?

Me daba pena. Algunas flamencas parecían entusiasmadas con la idea de estar viviendo las novatadas, el rito de iniciación por el que pasarían a ser uno más de la hermandad en la que se convertía el colegio mayor, pero a este en particular se le veía bastante incómodo.

—Necesito conseguir más trofeos femeninos que el resto...

—¿Eso qué quiere decir exactamente?

—Sujetadores. Tu sujetador.

Por una milésima de segundo, pensé que había escuchado mal. Sin embargo, su expresión apurada no dejaba lugar a dudas. Había oído bien. Ni siquiera me lo planteé. ¿Iba a darle mi sujetador a la primera persona que me lo pedía mientras sus compañeros lo grababan en vídeo para, previsiblemente, subirlo a TikTok? No, pese a que ese chaval con aspecto aniñado me despertaba ternura, no estaba dispuesta a ello.

—Me temo que no.

—¿Y si te lo suplico? —añadió desesperado—. Si es necesario, puedo esperar a que entres en un bar y te lo quites...

—No insistas. Además, no creo que ninguno lo consiga...

—¿Estás segura?

Señaló detrás de mí y me giré justo cuando empezaban los aplausos de los veteranos, que en aquellos momentos parecían tener más similitudes con los gorilas que con los humanos, alrededor del novato que enarbolaba los sujetadores de tres sonrientes, y bastante borrachas, alemanas. Entonces, la flamenca, orgullosa de su hazaña, se puso de rodillas mientras le colocaban un embudo en la boca y le echaban sangría hasta que no pudo tragar más y el líquido se le derramó por el vestido. De nuevo, el resto le jaleó.

—Sigue sin seducirme la idea. Tal vez el día que pasee por Berlín sin saber cómo mantenerme en equilibrio y un caucásico me lo pida cambie de opinión, pero por ahora...

—¿Y si te pago lo que te costó? —insistió quemando el último cartucho.

—No es por el precio... Pero con los veinte euros que

19

te pensabas gastar en conseguir mi sujetador puedes pasar a los chinos de ahí —señalé una tienda que acababa de distinguir en la acera de enfrente en la que se vendía ropa— y comprar, si coges los más horrendos, por lo menos cinco. Ganarías la apuesta y por la puerta grande.

Entornó los ojos. Mi idea le había gustado, no había duda.

—¿Cómo te llamas? —preguntó mientras iniciaba la estrategia para escabullirse disimuladamente.

—Aura, ¿y tú?

—Daniel. —Comenzó a andar hacia atrás como los cangrejos, sin quitar la vista de encima a los veteranos, que estaban demasiado ocupados tratando de emborrachar a cualquiera que accediera a meterse el embudo en la boca—. Muchas gracias, Aura, espero que Madrid te trate muy bien.

Me despedí reafirmándome en la idea de que había hecho bien al haber elegido compartir piso antes que ir a un colegio mayor. Tampoco lo quería decir muy alto, no fuera que en unos días me llevase a matar con las dos desconocidas con las que a partir de ese instante lo compartiría todo. Puede que en una semana los muros del piso albergaran una guerra entre nosotras y nos dedicásemos a hacernos putadas, como abrir el grifo del agua caliente mientras la otra se duchaba, pero por el momento estaba contenta.

Mi vena peliculera, que la tenía muy desarrollada y había visto todas las cutres americanadas cortadas por un mismo patrón —chica normalita llega al instituto o universidad, conoce al chico popular, malote o rebelde, y ambos se acaban enamorando perdidamente—, no opinaba lo mismo. Ella prefería que fuese a una hermandad como tantas veces había visto en el cine y me convirtiese en la protagonista de un filme en el que los asistentes se acabasen atragantando de tanto pastel de merengue. Pero esto era la vida real y esas tonterías las había dejado en la casa de Chillarón, junto con la carpeta forrada con las fotos de los famosos de turno.

Dejé atrás el grupo de flamencas y me interné en el portal, que me recibió con la mejor de las sorpresas: ironía modo *on*. En las puertas del ascensor —una construcción de los años cincuenta de madera con acceso manual, cuyo movimiento ascendente y descendente se podía ver a través del armazón de metal negro que lo envolvía hasta lo alto del edificio— había un cartel en el que pude leer claramente que se encontraba fuera de servicio. Me pregunté qué habría pasado y cuándo se arreglaría. A mi cabeza acudió instintivamente la imagen, con mi obsesión por las series americanas, del piso de *The Big Bang Theory* y su ascensor estropeado desde hacía años.

Decidí no quejarme. Era mi primer día y nada lo podía estropear. Me preparé y arrastré la maleta. Antes de llegar al tercero, mi planta, puede que me plantease que me habían dado el cambiazo y en vez de ropa llevaba algún tipo de cadáver por el que me acusarían de asesinato. Pesaba una barbaridad. Fantaseé con la idea hasta subir el último peldaño, luego me froté mis enrojecidas manos y comprobé que solo había dos puertas por planta, por lo que teníamos un único vecino. Saqué la llave, con un llavero en el que se podía leer la frase «Tu meta es el cielo». Me lo habían regalado mis amigos en la fiesta de despedida en la que, los muy graciosos, se habían vestido con caretas con mis peores poses —esas que me gustaría encerrar en un baúl con candado para quemarlo después o por las que pagaría a un informático mañoso para que las borrase de las redes sociales— y, para poner la guinda al pastel, me habían dado a mí la peor. Tanto es así que un desconocido me preguntó quién era el personaje que llevaba en la careta, y con las mejillas encendidas, le tuve que confesar que el *personaje* se trataba de mí misma.

Tras recordar lo capullos que podían ser mis amigos cuando se lo proponían y ser consciente de lo mucho que les iba a echar de menos, metí la llave en la cerradura. La madera antigua crujió y se abrió, dando paso a un iluminado piso que me sabía de memoria, ya que, durante meses, después de elegirlo, me había dormido observando fotos de su interior.

Ya estaba allí, en mis metros cuadrados de independencia.

Bienvenida a tu nueva vida, Aura.

Capítulo 2

Si tú me dices ven, lo dejo todo.
Firmado: Amparo

—¿Hola? ¿Hay alguien?

Nadie contestó. Mis compañeras debían de estar fuera, quién sabía dónde. Mejor, así podría cotillear por todos los rincones y dar saltitos de felicidad ante cada nuevo descubrimiento sin resultar demasiado infantil. Aunque era una chica muy independiente y me jactaba de que me importaba un pimiento lo que opinasen los demás de mí, en realidad no era del todo cierto. Quería generar una buena impresión en las que, si todo salía bien, se convertirían en mis primeras amigas en Madrid. Encajar, tal y como acababa de decir Dani la flamenca. Eso sí, no estaba dispuesta a pasar por un rito de iniciación primitivo ni a salir disfrazada de torera y pedir a todos los viandantes masculinos que me diesen sus calzoncillos.

Las fotografías retocadas y tomadas desde un ángulo imposible del piso habían hecho bien su trabajo. El salón era más pequeño de lo que parecía en el portal de alquiler de habitaciones. Integraba la cocina con una barra americana, y el mobiliario como tal se componía de dos sofás negros con cojines rojos, de tres y dos plazas, la mesilla, dos pufs de Ikea del mismo color, un mueble con una televisión de pantalla plana, dos estanterías y una mesa con cuatro sillas para comer que daba a la terraza.

Dejé la maleta en la puerta y recorrí la primera estancia. En la parte de pared libre había un cuadro de Nueva York y otro de Roma. Eso me dio la primera pista de las dos desconocidas que habitaban allí. Les gustaba viajar o soñar con que lo harían. Además, habían comprado margaritas blancas y moradas, que habían colocado en dos sencillos jarrones encima de ambas mesas. No sabía si eran un poco bohemias o lo habían hecho para darme la bienvenida. Fuera como fuese, me gustó el detalle.

También me llamó la atención que me considerasen ya una más cuando leí mi nombre en la cartulina rosa hecha a mano donde ponían las tareas domésticas que cada una tenía que hacer cada semana y que descansaba en la nevera con cuatro imanes sujetándola. A mí me tocaba el salón. Eso me decía que eran unas chicas benévolas; de otra manera, habrían decidido que comenzase por lo más incómodo, el baño. Y en este último, que resultó ser la primera puerta del pasillo que daba a las habitaciones, me habían dejado toda una balda para que guardase mis cosas. A una de ellas no le habría importado, puesto que a duras penas llenaba la suya, pero a la otra no le tenía que haber hecho mucha gracia, puesto que tenía los productos de cosmética tan apiñados en el minúsculo espacio que daba la sensación de que era un puzle encajado y, en cuanto tratase de coger uno, todo se vendría abajo: colonias, desodorante, el set de maquillaje y cremas, muchas cremas.

Quedaba la última estancia. Esa que era solo mía. Mi espacio. Regresé a por la maleta y mientras me encaminaba al final del pasillo, donde sabía que estaba mi habitación, llamé a mi madre.

—¡Te parecerá bonito! —Descolgó enfadada—. No te puedes ni imaginar lo preocupados que nos tenías. —Imaginé a mi pobre padre dándole la razón por inercia mientras pensaba en lo exagerada que era Amparo. —Si me dices que me vas a llamar nada más llegar a casa, ¡lo haces! Ya estaba a puntito de avisar a la policía...

—Mamá —la interrumpí, puesto que, si empezaba con uno de sus discursos interminables, no habría forma de hacerla callar—, acabo de llegar a casa.

—Creía que el AVE llegaba a las siete y ya son las ocho, ¡las ocho! —gritó; tuve que apartarme el teléfono para que no me perforase el tímpano.

—Madrid es un poco más grande que Chillarón y las distancias son más largas...

—Bueno, pues la próxima vez avísame de que vas a tardar una hora —añadió todavía molesta.

—¡Si yo no sabía cuánto se tardaba! —me defendí. Por detrás escuché a mi padre apoyándome con un breve «no agobies a la niña».

—¿Y cómo es el piso? ¿Has conocido a tus compañeras? —cedió.

—El piso es exactamente como en las fotografías —atajé para no tener que dar más explicaciones. Amparo era capaz de pedirme que sacase el metro y me pusiese a medir las estancias para quejarse a la casera si le decía que el salón era un milímetro más pequeño—. Y no, no he conocido a las dos chicas aún.

—Mejor. Así puedes hablar sin que ellas te escuchen o te coaccionen. —Y yo ya sabía que ahí venía la pregunta que más le importaba a la maniática de mi madre—. ¿Son limpias?

Sí, para Amparo no era primordial saber si estaba nerviosa, me adaptaba a la nueva ciudad o tenía miedo ante el futuro incierto. Eso eran nimiedades. Pero si en el piso había una mota de polvo, era un asunto de interés nacional en la república independiente de mi casa. Bueno, mi antigua casa. Ella siempre tenía nuestro piso impecable y, cuando venían visitas, todas las superficies se convertían en espejos donde te podías reflejar, y escurrir, que los suelos resbalaban mucho. Tal era su obsesión que una noche, mientras veía la Teletienda, estuvo a punto de comprar una aspiradora especial para quitarles los pelos muertos a los animales y que no llenasen la casa de pelusilla. ¡El problema era que lo quería utilizar conmigo porque se me caía mucho el pelo! Me negué y la amenacé con no limpiar el polvo durante la semana que mis padres se marchaban a Benidorm y me dejaban sola con el vago de mi hermano. Surtió efecto y le quité la idea de la cabeza, por el momento.

—Muchísimo. Todo está impecable. —No era del todo cierto. Pese a que no era una pocilga donde las bacterias se estuviesen coordinando para hacerse con el control del piso, distaba mucho de la pulcritud de mi casa en Cuenca, pero no era necesario que mi madre conociese ese dato.

—Me alegro. Y ya sabes que, si dejan de hacer las tareas de la casa, tienes que imponerte.

—Por supuesto. —Puse los ojos en blanco.

—¿Y tu habitación?

—Justo iba a entrar.

Abrí la puerta y me quedé sin palabras. Estaba compuesta por una cama de matrimonio revestida con una colcha blanca, que reposaba junto a un amplio ventanal desde el que se podía ver todo Madrid —o al menos una parte muy amplia—, una mesita de noche, un escritorio con su silla y un armario empotrado con un espejo en las puertas correderas. Era tres veces más pequeña que la que tenía en mi pueblo y, sin embargo, me cautivó desde el primer segundo.

Me dejé caer sobre el colchón y reboté antes de quedar tumbada boca arriba con los brazos y las piernas desplegados, sujetando el teléfono entre la mejilla y el hombro.

—¿Aura? ¿Estás bien? —insistió Amparo, y entonces me percaté de que no le había contestado.

—¡Es perfecta! —Y la sonrisa que tenía dibujada en el rostro se debió de trasladar al otro lado de la línea, porque mi madre suspiró aliviada. Aunque era muy pesada, buena parte de sus nervios ese día se debían a que quería que todo saliese a pedir de boca. Que su hija pequeña tuviese un inicio inmejorable. Cosas de madres, como ella decía.

—Si quieres que te mandemos algo de tu antiguo cuarto...

—No, ya me he traído todo lo que necesitaba. —Y como la conocía como si fuera yo la que la hubiese parido y no al revés, y sabía que en ese momento se le estaban anegando los ojos de lágrimas pensando que ya no la necesitaba, agregué—: Además, si quiero algo, prefiero que me lo traigas cuando me visites. —Esto la animó.

—¡Cuando me digas! Ya sabes que si quieres me puedo ir a pasar unos meses contigo hasta que te adaptes...

—Lo peor es que no lo decía de broma. Si yo se lo pedía, se instalaría conmigo al día siguiente y nos cosería para que fuésemos juntas a todas partes.

—Mamá —cambié de conversación—, me gustaría deshacer la maleta antes de que lleguen mis compañeras...

—Sí, sí, te dejo, que cuando cojo el teléfono, no hay manera de despegarme. Si me necesitas, a la hora que sea, llámame. Dormiré con el móvil debajo de la almohada por si acaso.

—No hace falta, a ver si lo vas a desbloquear sin querer, llamas a alguna de tus amigas y tiene que soportar la pobre el conciertazo de los ronquidos de papá —bromeé—. Mañana os cuento qué tal mi primera noche.

—Un beso. Te queremos mucho, cariño —escuché que mi padre se sumaba por detrás y, antes de colgar, ella añadía la coletilla—: ¡Y no te olvides de avisar a tu hermano de que has llegado, que estará muy preocupado!

Colgué. Mi pobre e inocente madre pensaba que el cenutrio de mi hermano estaba preocupado por mí. Le llamé a sabiendas de que eso no era cierto, para que al día siguiente Amparo no me regañase ni me diera una de esas charlas en las que se transformaba en psicóloga e insistía en que teníamos que empezar a cuidar el uno del otro, que para eso teníamos la misma sangre. Por supuesto, no contestó. Sin embargo, a los diez segundos me sonó el móvil, un wasap.

¿Qué quieres?

Desbordando simpatía, como siempre.

Avisarte de que ya he llegado
a Madrid.

Estaba en línea. Respondió inmediatamente con un escueto:

Enhorabuena.

Esperé por si tenía algo más que añadir, pero, como suponía, no puso nada más. Me cargué de paciencia y contesté a la pregunta que no me había formulado.

El viaje ha ido muy bien.
El piso es céntrico y...

No me había dado tiempo a terminar de redactar mi respuesta cuando volvió a escribir.

¿Tus compañeras están buenas?
Mándame una fotografía y me
planteo si subiré algún día a visitarte.

Suspiré. ¿Es que nunca iba a madurar? Pese a que seguía cumpliendo años, su edad mental se había quedado estancada en los trece, cuando descubrió lo que era tocarse.

Ni lo sueñes.

En el extremo superior de la pantalla leí que estaba escribiendo; acababa de captar su atención.

Lo veré en Instagram.

Sonreí satisfecha, sabiendo lo equivocado que estaba.

No somos amigos, ¿recuerdas?

Cuando me creé mi cuenta en esa red social, con la emoción del momento que me nubló el juicio, le di a seguir a su perfil privado. Era una de las normas de mamá para dejarnos utilizar las redes sociales. Al ver que no me aceptaba, repetí la hazaña unas semanas después, pensando que no la habría visto. No era algo extraño con las decenas de peticiones que recibía cada día. Entonces fue cuando me mandó un mensaje privado en el que, sin medias tintas, me amenazaba con denunciarme por acoso a Instagram si le volvía a enviar una petición más. Solo me aceptaba en instantes concretos para vestirse el uniforme de general y encargarme algo.

Cuando te quedes embarazada en una fiesta universitaria, no sepas quién es el padre y me pidas ayuda, te recordaré esta conversación.

Ya volvía con la tontería que le había dado el último verano. Desde que le había dicho que me habían cogido en la Universidad Rey Juan Carlos para hacer Administración y Dirección de Empresas en el campus de Vicálvaro, no había parado de repetir que, literalmente, me iba a soltar la melena, dejar de ser una mojigata inocente y quedarme preñada de un desconocido en una fiesta después de subirme medio desnuda a una barra y beber todos los chupitos de tequila que me ofreciesen. Este había visto demasiadas veces el antiguo DVD de mi madre de *El bar Coyote*, una de las películas favoritas de Amparo. ¿Cómo no le iba a gustar con lo salido que estaba si aparecían chicas con poca ropa bailando de manera sexy?

Además, yo no me consideraba una estrecha. De hecho, odiaba esa palabra. Cada persona tenía el sexo que le daba la gana y la cantidad no la definía. No obstante, me parecía poco, comparado con él, que prácticamente se había acostado con todas las chicas de su edad y con las de tres años por arriba que tenían el dudoso gusto de desearlo. Yo solo había estado con un chico, mi único novio, y eso no me hacía mejor o peor persona, chica, simplemente a mí me gustaba sentir para intimar y a mi hermano le gustaba intimar en todos los contextos posibles.

> Tranquilo, serás la última persona
> a la que llame si tu premonición
> surrealista se cumple.

Me puse de pie y abrí la maleta para comenzar a sacar las cosas.

> Yo también te quiero, Aura.

Guardé el móvil justo cuando oí cómo se abría la puerta del piso. Habían llegado mis compañeras, que, según había leído en la cartulina de la cocina con las tareas domésticas, se llamaban Sara y Vilma. ¡Empezaba la aventura!

Capítulo 3

Vilma y Sara, la extraña pareja

Me miré en el espejo, forcé la sonrisa más amistosa que tenía para recibir a mis compañeras y, justo cuando estaba cogiendo el pomo, este giró y el suelo vibró como si se estuviera produciendo un terremoto. Y no estoy hablando de que tuviera tan mala suerte que en el mismo día me tocase subir por las escaleras con mi pesada maleta y se produjera una catástrofe natural. No. Me refiero a que una chica menuda se abalanzó corriendo sobre mí para abrazarme. Lo único que podía ver desde mi perspectiva era su cabello negro rizado y notaba unas gafas clavándose en mi pecho.

—¿Quieres que continuemos viviendo las dos solas? Porque como sigas apretándola así, va a llamar a la policía para que la escolte antes de abandonar el piso si antes no la matas rompiéndole el esternón. Y ambas acciones terminan con tus enemigos naturales deteniéndote en esta casa, Sara —bromeó la otra chica, que se había quedado en el marco de la puerta y era..., ¿cómo decirlo?..., impresionante.

No se trataba de la típica rubia despampanante o morenaza exuberante. Tenía la piel blanca y tersa —por supuesto, su balda del baño era la que estaba llena de cremas—, los ojos eran de un tono azul cristalino donde te podías reflejar, y su larga y perfectamente alisada melena oscilaba entre el pelirrojo y el naranja. Nunca había visto un color así, y parecía natural.

Sara, que así la había llamado la que interpreté por descarte que era Vilma, se separó y miró a la pelirroja.

—Hay gente que es efusiva, espontánea y cariñosa. No todas traemos de serie un gustoso palo metido por el culo, Vilma. —Le sacó la lengua, para que supiese que se trataba de una coña.

Me paré a analizar a la extraña pareja. Parecían el punto y la i. Una era alta, delgada y preciosa y la otra, bajita, con las caderas anchas y preciosa también. Además, mientras que Vilma vestía de manera impecable con unos vaqueros ceñidos, camisa blanca y todos los complementos marrones, Sara llevaba unos pantalones cortos con los bajos deshilachados, camiseta roja con un escote generoso y un aro plateado en la nariz.

La morena centró su atención en mí.

—Mi nombre es Sara, y la que ha merendado ración doble de amargamiento es Vilma.

—Mi nombre es Aura y...

—¡Lo sabemos todo de ti! ¿Te crees que la Juani metería a alguien entre estas cuatro paredes sin consultarnos? —Sara me agarró del brazo para obligarme a andar con ella—. Hubo muchas candidatas, pero nosotras te elegimos a ti. Eras perfecta.

La Juani —con el «la» delante— era nuestra casera y, por lo que me contó la chica mientras subíamos a que me enseñaran lo mejor del piso, que irónicamente no estaba dentro de nuestra casa, había organizado una especie de *casting* para alquilar la habitación restante, en el que ellas habían ejercido de jurado. No me quedó muy claro por qué me eligieron a mí, pero por lo visto ninguna de las dos tuvo dudas.

—Sé sincera, Sara. Tú querías que fuera un tío y que, además, estuviese muy bueno. Con una atlética tableta de chocolate tan dura que pudieras lavar tu ropa interior a mano sobre ella, recuerdo que dijiste. Pero Juani, que es tradicional, te contestó que ni te lo plantearas...

—¡Siempre tan malpensada! Lo hacía para tener un manitas en casa y no recurrir constantemente a nuestro pobre vecino, que cualquier día se muda para no tener que volver a vernos el pelo.

Sara me contó, mientras seguíamos subiendo lo que a mí se me antojaron como millones de escaleras, aunque en realidad eran solo tres pisos más arriba, que nuestro vecino era el chico de los recados al que recurrían para todo. ¿Que se nos rompía el regulador del agua caliente, se nos atascaba la pila o no sabíamos sintonizar los canales? Allí estaba él. ¿Que nos cargábamos una estantería o la mesa, no sé cómo, del comedor? Allí estaba él. ¿Que se nos atrancaba el baño? No, para eso no le podíamos llamar. El aseo era el único territorio en el que no les echaba una mano. Por eso, me dijeron, todavía tenían el cerrojo roto desde que un día Sara abrió la puerta de una patada pensando que Vilma, al tardar tanto en salir, tenía algún problema. Y sí, lo tenía, una cagalera de campeonato que le impedía andar tres pasos sin tener que regresar descompuesta al retrete.

—No hace falta que saques a relucir todos mis trapos sucios a las primeras de cambio —se quejó Vilma.

—Sucio no sé, pero apestoso era un rato —dijo Sara.

—No me hagas hablar, pequeña lagartija.

—¡Cuenta! No te tengo miedo...

—¿Empiezo por el festival Low Cost al que has ido este verano, o por el Viña Rock del pasado?

—Dijimos que lo que ocurrió en el Viña Rock nunca

sería revelado, ni aunque nos metieran chinchetas por debajo de las uñas. —Sara se detuvo frente a una puerta de acero.

—Entonces deja de contar las anécdotas de mi flora intestinal. —Vilma la obligó a que se hiciera a un lado para abrir. Me sonrió antes de añadir—: Bienvenida a Madrid, Aura.

Sara me soltó el brazo que llevaba enganchado y ambas me hicieron un pasillo para que pudiese pasar la primera. El aire denso y caliente de Madrid en septiembre me azotó las mejillas en cuanto puse un pie en el exterior. Ante mis ojos se extendió la ciudad en todo su esplendor, construcciones irregulares que se perdían más allá de donde me alcanzaba la vista. La azotea del edificio era, en tres palabras, una auténtica pasada.

—¿Te gusta? —preguntó Sara, que se había situado a mi lado.

—¿Gustarme? ¡Me encanta! ¡Es increíble! —exclamé sin ocultar la emoción que me embriagaba.

—¡Me alegro! ¿Un selfi? —Desenfundó su móvil. Ya estaba faltando la intromisión de la tecnología.

—Por Dios, ¿nunca te cansarás de narrar hasta el mínimo detalle de tu vida en las redes sociales? —Vilma se quejó, sí, pero mientras tanto se colocó en mi lado libre, posando como si fuera una modelo, con los morritos en forma de un beso sutil y seductor.

—¡Eso es porque las tengo y me divierten! Las redes sociales no son el infierno y no eres mala persona por disfrutar de ellas.

Sara levantó la mano para hacer la fotografía y Vilma y yo tuvimos que agacharnos para que la pobre no saliese a la altura de nuestras axilas. No hizo cuenta atrás ni gritó «sonreíd», simplemente se dedicó a darle a la cámara tomando una decena de imágenes.

—Seguro que alguna vale —refunfuñó después de

por lo menos diez intentos (o más) chasqueando la lengua.

En el fondo, todas éramos coquetas y queríamos salir bien, y si alguna decía que no, mentía. Por eso, me moví disimuladamente hasta quedar detrás de ella y, aunque en la fotografía aparecíamos las tres y Madrid, me busqué a mí misma para comprobar si estaba aceptable en la imagen. El sol nos daba de cara y sabía que en alguno de los intentos había cerrado los ojos y arrugado la nariz como una pasa. Sin embargo, localizarme fue misión imposible, porque Sara ampliaba su cara y, con sus pequeños dedos, iba deslizando la imagen por la pantalla para ver que todo estaba perfecto: cabello negro rizado, ojos, sonrisa, nariz, y no salir con papada, que los contrapicados no favorecen a nadie.

A la quinta fue la vencida y asintió conforme.

—¿Tienes Twitter? —Asentí—. ¿Cómo te llamas?

—@AuraNu. —No es que fuera muy original yo, la verdad.

—Perfecto. —Y antes de que le pudiese pedir que me dejase echar un ojo también a mi *gepeto* para asegurarme de que no parecía un bebé que acaba de probar la amargura del limón, mi móvil vibró porque alguien me había mencionado.

Mis peores temores se confirmaron en cuanto amplié la foto en Twitter. Sin entrar en detalles, solo puedo decir que los capullos de mis amigos del pueblo ya tenían una nueva careta para la próxima despedida que me organizasen... Bajamos al piso y subimos de nuevo (tanto ejercicio podía convalidar como una clase de cardio en el gimnasio al que no iba), en esa ocasión acompañadas de tres sillas plegables verdes, de esas que usan los directores de cine en los añadidos de los DVD que suelen llamarse «detrás de las cámaras», y un cubo con hielo y agua en el que flotaban todas las variantes de Coca-Cola que conocía: la normal, la

Light y la Zero. Nos sentamos. Vilma me ofreció una manzana y Sara, una bolsa de grasientas patatas que crujían mientras se las metía de tres en tres en la boca. Me decanté por la segunda. Sí, era una chica perdidamente enamorada de la comida basura y no me avergonzaba admitirlo.

Sara se revolvió en el asiento.

—Aura, prepárate para ver el espectáculo —me indicó Vilma colocándose unas gafas de sol de montura roja, a juego con su pelo y sus labios carnosos.

No sabía a qué se refería hasta que, por el rabillo del ojo, observé cómo Sara se quitaba la camiseta para quedarse con un sujetador granate que dejaba prácticamente al descubierto sus enormes pechos.

—Hay que aprovechar los últimos rayos de sol para ponerse morena. A todas no nos gusta compartir palidez con Miércoles Addams... —habló la morena.

—A veces creo que llegas a creerte tus propias mentiras. Sabes tan bien como yo que lo que intentas es que, a nuestros vecinos, los estudiantes de Ingeniería, les dé un infarto el día menos pensado.

Vilma señaló el bloque de enfrente. Condensados frente al cristal y, seguramente, babeando la ventana, se apiñaban tres chicos que se empujaban los unos a los otros para poder tener una perspectiva mejor de las tetas de mi compañera de piso.

—Qué se le va a hacer, siempre he querido convertirme en un mito erótico... Además, los empollones son mi debilidad, me acostaría con todos. —Saludó a los futuros ingenieros, que trataron de esconderse. Uno debió de darse en la cabeza, porque vimos cómo acto seguido se rascaba la coronilla—. Bueno, Aura, ¿qué nos cuentas de ti?

—¿De mí? ¿Qué queréis saber?

—¡Todo!

—Tampoco hay mucho que contar...

Comencé con el recuerdo del día que perdí mi primer

diente, mis caídas cuando montaba en bicicleta o las noches jugando en la plaza al escondite y... ¡Mentira! En realidad, decidí empezar por mi fiesta de despedida, para que se riesen un poco de mí. Nunca estaba de más que comprobasen que tenía un buen sentido del humor. Les hablé de amores y desamores, momentos inolvidables con mis amigas y el camino que había seguido hasta acabar esa tarde viendo cómo se ocultaba el sol desde una azotea en Madrid.

Pensaba que todo lo que había contado había sido emocionante, hasta que Vilma me miró, entrecerró los ojos y con cierta dulzura me dijo:

—Vaya, Aura, eres lo que llamo un lienzo con pinceladas de muchas cosas y todo por definir.

—Si no te he entendido mal, me estás diciendo que tengo poca personalidad...

—Al contrario. Lo que intento decirte es que puedes ser lo que te propongas. Normalmente siempre que conozco a alguien veo que tiene un futuro definido, un color, pero contigo encuentro un universo de posibilidades. No sabría encasillarte. Me resulta complicado asignarte una tonalidad.

—¿Y a mí sí? —interrumpió Sara.

—Por supuesto. Tú serás una activista comprometida con todas las causas perdidas hasta los veinticinco, o como mucho los treinta. Luego te darás cuenta de que la solidaridad no llena el estómago...

—Pero sí el alma.

—Bueno, pero un alma saciada no evita que te suenen las tripas y tú estás dispuesta a soportar muchas cosas, pero pasar hambre jamás será una de ellas.

—Me gusta comer, sí —sonrió. Vilma se pasó la mano por la cabellera y los últimos rayos de sol destellaron en su tono rojizo. Me gustaba tanto que, si hubiera existido un tinte exactamente igual, creo que me lo habría teñido al día siguiente.

—Perroflauta hasta que termines Ciencias Políticas. Esa es mi predicción final.

—¿Y después me compraré una furgoneta, me iré a vivir a una comuna o me encadenaré con Greenpeace a los barcos para evitar la caza ilegal de ballenas? —preguntó entusiasmada, como si de verdad Vilma pudiese adivinar el futuro a través de una bola de cristal invisible.

—No. Entrarás en un partido, me da igual cuál. La primera vez que te ofrezcan un «sobresueldo» por asignar un proyecto a tal o cual constructor, te negarás, pero cuando tengas que pagar una hipoteca, acabarás cediendo hasta convertirte en la más corrupta. Y, por supuesto, mandarás destruir cualquier rastro de que un día fuiste una joven íntegra que luchaba contra las injusticias. Asesinarás a la heroína de desahuciados, animales abandonados y familias que no llegan a fin de mes a golpe de talonario, cheques con tantos ceros que creerás que vas borracha y ves doble.

—¿Eso piensas de verdad? —Las mejillas de Sara se encendieron. Era evidente que Vilma le había dicho todas aquellas cosas para que ella se molestase. Formaban una extraña pareja a la que le gustaba picarse mutuamente y, por supuesto, cayó en su provocación—. Pues tú te convertirás en la actriz más famosa de España. Tendrás uno de los mayores fenómenos fans que se recuerdan. Úrsula Corberó en *La casa de papel* se quedará corta en comparación con lo que desatarás tú...

—Creo que vas muy bien encaminada.

—Y cuando estés en la cima, ¿sabes qué ocurrirá? Que te harás vieja a los cuarenta, porque el cine es una mierda con las mujeres cuando superan los treinta y, como en lugar de ser una activista que lucha por los derechos y contra los atropellos, seré una política corrupta, no lo habré cambiado, te pincharás bótox, mucho, que dicen que es adictivo, y parecerás medio boba al hablar. Bueno, eso ya lo has parecido al no confiar en mi integridad y la fuerza de mis principios.

Sara se había quedado a gusto, no había duda: su rostro abandonaba el tono rojizo para volver a su estado natural. Todavía no conocía cuál era su relación, por lo que esperé a ver cómo reaccionaban; y gracias a Dios —porque no quería tener que posicionarme en una bronca el primer día—, ambas estallaron en carcajadas.

—Con cariño, eres una perra, Vilma.

—Y tú una bruja, lagartija.

—Si me hago una corrupta, te llevaré a que des el pregón en el Ayuntamiento del que sea alcaldesa, aunque tengas más de treinta.

—Si se cumple tu predicción, te diré quién es mi cirujano para que no le llames si tienes que operarte las tetas cuando esas pedazo bombas empiecen a sufrir el efecto de la gravedad. En serio, tiene que dolerte la espalda.

—Un poco. Pero me encantan mis tetas. Son perfectas.

Después de descargar la munición de guerra llegó su turno para presentarse. Vilma era catalana, concretamente de Barcelona, y llevaba un año en la capital estudiando en una de las escuelas de interpretación de Madrid. Si alguna vez, en mis más íntimos pensamientos, me había planteado que ser actriz era una profesión glamurosa, fácil y entretenida que sería divertido probar, después de escuchar a la pelirroja se me quitaron las ganas. Además de lo obvio, aprender a interpretar, tenía clases de canto, debía controlar su peso y, lo peor de todo, enfrentarse a centenares de personas con su mismo sueño en cada audición. De hecho, nos relató una prueba para un anuncio de un fármaco contra las hemorroides en la que llegó hasta la fase final y no la seleccionaron porque, según la directora de *casting*, no tenía cara de sufrir en silencio esas incómodas inflamaciones en el ano. Y yo me pregunté, ¿acaso hay un rostro tipo para las personas que padecen hemorroides?

Por su parte, Sara cursaba su segundo año de Ciencias Políticas, y debía de ser tan aburrido como el propio nombre indicaba, porque en lugar de hablar de su grado, se dedicó a narrarme su historia de amor con el Toni —sí, ella siempre ponía el artículo «el» delante de los nombres propios—. Aunque Sara lo llamaba «relación», por sus palabras se podía entender que había estado de rollo con el susodicho unos cuatro meses antes de que le destinasen a Cádiz en el ejército. Aseguraba que desde entonces se escribían todos los días, cuando lo que ocurría en realidad es que ella le enviaba mensajes hasta que él le ponía un simple «OK» seguido de una carita sonriente y Sara se iba tranquila, feliz y con las mariposas revoloteando en el estómago a la cama. Estaba muy pillada, solo había que oírla un átomo de segundo para averiguarlo. El chico venía a Madrid fines de semana alternos y, a pesar de que siempre le prometía que sacaría un momento para verla, nunca tenía tiempo. Blanco y en botella. Pues, aun así, la pobre, que era una enamorada del amor y más concretamente del Toni, albergaba la esperanza de que ese sábado quedase con ella, aunque en voz alta dijese lo contrario para proteger sus sentimientos encerrados en un tarrito de cristal del que no se quería desprender si tal cosa no sucedía.

—Ya le he dicho que esta noche ni se le ocurra llamarme, que en mi agenda Aura tiene prioridad —expuso tan seria que me dio la impresión de que hasta ella misma se lo estaba creyendo. Pobre. Conocía poco el amor, pero sabía que me parecía precioso hasta que se tornaba decepcionante, y una relación tóxica, dependiente y en la que una de las partes daba más lo era. No obstante, era una primera impresión, podía estar confundida y no tenía la confianza suficiente para decírselo.

Sara y Vilma se levantaron al rato y las ayudé a recoger las sillas. La noche había caído sobre Madrid y, si de día las vistas me habían parecido impresionantes, con el manto oscuro y el espectacular juego de luces, la ciudad se me antojó un paraíso sobre la Tierra. Era verdad que allí la capa de contaminación me impedía ver las estrellas, pero estaba todo tan brillante que parecía que el cielo se había abierto y estas habían volado hasta situarse a nuestros pies bajo la azotea. Suspiré. Era todo tan cosmopolita, tan diferente a aquello que siempre había tenido, que tuve el pálpito de que la nueva etapa que iniciaba se encontraba cargada de magia que tenía que ir descubriendo poco a poco perdiéndome entre sus calles a la vez que me encontraba a mí misma.

Vilma se me acercó antes de que comenzásemos a descender la escalinata tal y como ya hacía Sara, que nos había adelantado, y me susurró:

—Entre tú y yo, si el Toni descuelga el teléfono, nos quedamos sin ella hasta próximo aviso.

Traté de hacer de abogada del diablo.

—Supongo que es normal. Si está tan pillada...

—No, está enganchada y actúa como una ciega que no quiere ver. Y lo peor es que acabará acostándose con él y sufrirá todavía más. El muy cretino le ha dicho que cree que lo que falta en su «relación» —hizo el gesto de las comillas con las manos y por poco se le cae la silla— es acostarse. *Sexo*. Después, todo será perfecto... ¡Me cabrea que tenga tanta cara para inventarse esas excusas, y más todavía que ella se las trague! Sara es lista.

No creía que el amor fuese de inteligencia. No sabía de qué iba. Pero el raciocinio no lo medía, de eso estaba segura. Podías tener un coeficiente intelectual por encima de la media y volverte adicta a la persona menos adecuada. Si me hubiesen preguntado en ese momento qué era para mí el amor, quizá habría dicho que mente, piel y corazón alineados. Sin embargo, nadie lo hizo, y yo tampoco me atreví a verbalizarlo, así que lo que hice fue cambiar el rumbo de la conversación a uno menos tenso para evitar juzgar a Sara. En general, no me gustaba juzgar a las personas.

—Si yo te contase de excusas...

—¿Alguna peor que esta para meterla? —Enarcó una ceja.

—Okey, voy a presentarte a la reina de las justificaciones para una relación abierta unilateral. Le ocurrió a una amiga mía, Rita, que se fue un verano de intercambio a aprender inglés a Londres. Allí conoció a Ian, un chico mexicano que debía de leer mucha novela romántica para aprender técnicas de seducción, y para ligársela se convirtió en el protagonista ideal que todo el mundo desea. Pero una vez la tuvo comiendo de su mano, mostró su verdadera cara y, en vez de seguir prometiéndole que estaban destinados a estar juntos, le dijo que no quería atarse a una sola persona.

—Tampoco es muy original...

—Espera, que no he terminado. Rita se negó a una relación abierta. A ella no le van. Y una tarde Ian la llamó para decirle que tenía que confesarle *algo* y el dato en cuestión, y te prometo que no me lo estoy inventando ni exagerando, era desvelarle que él era la reencarnación de Buda en la tierra y no podía centrar su amor en un solo ser humano. Era injusto para el resto. No es que él quisiera tener una relación abierta, es que no tenía otra opción y ella debía comprenderlo. Pero, ojo, él era Buda, no Rita, por lo que ella tenía que respetarle y ser *fiel*.

—¿Iba fumado, drogado o estaba grabándolo para hacer un vídeo viral?

—Lo peor es que no. De hecho, a veces le cotilleamos en las redes sociales y se alimenta de semillas... Claro, siendo Buda, no puede hacer daño a ningún ser vivo...

—Dime que tu amiga no accedió.

Meneé la cabeza.

—No, Rita rechazó a Buda y siempre dice que si era cierto en la próxima vida se reencarnará en una cucaracha como castigo.

Las dos nos reímos.

—¿Se puede saber qué tramáis? —gritó Sara por la abertura de la escalera. Ella ya estaba en nuestra planta.

—¡Ya bajamos! —contestó la pelirroja—. Me caes bien, Aura.

—Y vosotras a mí.

Recuerdo echar un último vistazo atrás, a la noche madrileña, y la sensación que anidó en mi pecho era de que estaba en casa.

Capítulo 4

El cantautor

Mis tripas, que eran muy desconsideradas y no sabían cuándo debían estarse quietas y en silencio, rugieron exigiendo más comida. Las patatas les habían sabido a poco. Habría sido un buen momento para invitar a mis compañeras a cenar después del recibimiento que me habían dado y preparar algo, pero no había comprado nada para comer. Claro, tenía que olvidarme de la costumbre de llegar a casa y tener la nevera llena gracias a la bendita de Amparo.

Me ofrecí a comprar unas *pizzas*, pedir arroz y rollitos al chino o cualquier alimento que un amable repartidor trajese hasta nuestro piso; pero ellas me dijeron que no hacía falta y se pusieron manos a la obra. Parecía que estaban coordinadas y, aunque la cocina era un espacio minúsculo, se movían por su interior sin molestarse la una a la otra. Sara sacó unas bases de *pizza*, expandió tomate frito con una cuchara, colocó un par de lonchas de queso por encima, cebolla, atún y, su ingrediente secreto, orégano. Mientras, Vilma utilizó el tomate que le había sobrado a la morena y lo extendió en un plato, luego asó a rodajas un par de berenjenas que previamente rellenó de queso fresco y, como detalle final, queso curado por encima.

Una vez que estuvo todo listo, puse la mesa, siguiendo sus instrucciones para localizar los utensilios, y nos sentamos. Tenía tan buena pinta que me apetecía lanzarme como un animal hambriento a devorar los platos, pero contuve a la bestia que habitaba en mí. Entonces Vilma y Sara entrelazaron sus manos apoyando los codos encima de la mesa.

—Hay que bendecir los alimentos que el Señor nos da, Aura —me explicó la pelirroja al ver que las examinaba pensando qué narices hacían.

Vale, alguna rareza debían de tener. No podían ser solo amables, simpáticas, atentas, sociables y, por lo poco que me habían contado, divertidas. Aunque, en el fondo, rezar tampoco era lo peor que me podía pasar. No sabía si creía, no creía o me hallaba en un término medio en el que mi fe oscilaba y variaba según mi estado de ánimo, las penurias que veía en el telediario y mi propia experiencia. Fuera como fuese, las imité cerrando los ojos para seguirles la corriente solo esa noche.

—Padre nuestro... —comenzaron al unísono.

Por lo menos se trataba de una oración que conocía.

—Que estás en los cielos —añadí con voz monótona, y escuché el clic que anunciaba una fotografía, seguido de unas sonoras carcajadas que podían tirar la casa abajo.

—¡Te dije que lo haría! —exclamó Sara, que, del entretenimiento de, esto, *mofarse de mí*, casi se atraganta con su propia saliva y tuvo que beber agua.

—¿Qué ocurre aquí? —pregunté, aunque era bastante obvio.

—Una pequeña broma ya que no vas a sufrir las novatadas de las hermandades —explicó Vilma.

—Dime, ¿qué pensabas que éramos? ¿Una secta? ¿Extremistas? —inició su batería de preguntas Sara, lanzándole miradas furtivas una y otra vez al móvil, aunque, si el Toni no había dado señales de vida a esas alturas, estaba claro que ya no lo haría.

—Me decantaba más por las autoras del vídeo ese de hace mil años de *Amo a Laura*, ¿lo recordáis? Ya me veía haciendo en la azotea una nueva versión actualizada titulada *Esperar a besar en el altar*... —Y me reí de mí misma, algo que hacía muy a menudo. Era un ejercicio bastante reconfortante y sano, el de ser alegre. Y es que, como me decía el bestia de mi hermano, parecía que los astros se alineaban sobre mi persona y me sucedían todo tipo de sucesos inexplicables, por no hablar de que Murphy me adoraba y siempre me tenía en cuenta para sus *travesuras*.

—¿Y qué ibas a hacer?

—Robar todas las cruces de la comunión que tuvieseis por la casa, ir a un compro oro y fugarme con el botín —bromeé cogiendo la primera berenjena rellena para llevármela a la boca. Estaba deliciosa.

—¡Pues no lo hagas, o subiremos esta foto a todas las redes sociales y tendrás coña de por vida! Es más —Sara enarboló el móvil—, tengo entre manos una imagen con la que te puedo chantajear. Creo que va a ser la última vez que me preparo el desayuno esta semana. —Me guiñó un ojo.

—Cualquiera diría que haces como los americanos y te preparas un desayuno con veinte platos... ¡Si solo te sirves un vaso de leche y coges un bollo relleno de chocolate! ¿Tan vaga eres para amenazar a la pobre Aura con que haga eso? ¿Abrirte el envase de plástico? —Vilma la miraba con gesto reprobatorio, a pesar de que no podía disimular la sonrisa que luchaba por salir por debajo de la línea recta que formaban sus labios.

—Tú calla, mala amiga que se viene conmigo de fiesta a Gandía y, mientras hago cola a las siete de la mañana para comerme un kebab, que a esa hora me iba a saber a gloria bendita porque ni un cochinillo habría sido suficiente para saciar mi hambre voraz, me dices que tienes comida en el apartamento. ¿Y qué es? ¡Zanahorias!

—¡Era para ponernos morenas!

—¡Era para darte un golpe en la nuca, dejarte inconsciente y comerme unos filetitos hechos de las chichas de tu culo respingón!

Y así pasé toda mi primera cena como emancipada, entre risas, algún lanzamiento del borde de la *pizza*, que no nos gustaba a ninguna, confidencias y planes futuros, doble ración de esto último. De hecho, y por solidaridad con la pobre Sara, que me miró con los ojos de Shrek mientras me lo suplicaba —bueno, eso le dije a ella; la verdad es que yo era bastante fácil de convencer, y desde la segunda vez que me lo pidieron, sabía que mi respuesta iba a ser sí—, esa misma noche íbamos a salir juntas por primera vez. Lo sé. Conozco exactamente las palabras que me diría mi madre y que seguramente serían las correctas: «Has tenido un viaje largo, cariño. Quédate en casa, deshaces la maleta y descansas. Así mañana te levantarás temprano y podrás visitar la ciudad, prepararte el material para tu primer día en la universidad y estar al cien por cien». Amparo me había dado tantos discursos que sabía hasta el tono que habría utilizado y podía reproducirlo en mi cabeza. Pero ella no estaba allí. No podría mirarme con el ceño fruncido ni decir que era una inconsciente e inmadura.

Como me dejaron elegir, me decanté por la opción de un pub en vez de ir a una macrodiscoteca. No era necesario que la primera noche me transformase en Ezra Miller; el cambio podía ser más progresivo.

Según Vilma y Sara, el garito estaba «cerca» —siempre conforme a las distancias madrileñas, por supuesto— y no hacía falta ir excesivamente arregladas. Saqué el portátil de la mochila, encendí el Spotify y seleccioné una lista de Funambulista. La canción que sonó en ese momento, mientras yo comenzaba a lanzar camisetas por toda la habitación buscando una blusa marrón con la espalda al descubierto que quedaba muy bien con mis vaqueros ceñidos claros, las manoletinas y los complementos del mismo color, fue *Me inventaré*.

El espejo que había en el armario de la habitación era un punto a favor de la estancia, puesto que, desde mi posición, podía escuchar a Vilma y Sara discutiendo por hacerse con el del baño. Todavía me duraba el moreno del verano, y dado que habían dicho que no había que ir demasiado arreglada, me apliqué un poco de sombra marrón, pintalabios color carne y rímel. Y salí dispuesta a comerme la noche madrileña, pero nada más verlas, aunque esté feo decirlo, las maldije mentalmente. Creerlas había sido un error que no volvería a cometer. O nuestros conceptos de sencillez eran un poco diferentes, o el vestido de tirantes azul, ceñido hasta la cintura y luego de vuelo ancho, con unos zapatos con más de un palmo de tacón de Vilma y el corpiño rojo, las cuñas y el *short* blanco que dejaba entrever parte de las nalgas de Sara no encajaban en mi definición.

—Se te van a salir las tetas —indicó Vilma mirando los pechos de Sara, que parecía que se le iban a escapar por encima de la tela.

—Mejor. Así inicio la campaña de libertad para las tetas. Algún día saldré con ellas al aire, escucha lo que te digo. —Se colocó el aro de la nariz—. Y no se te ocurra decir que esto es porque no me ha llamado el Toni y quiero que reviente en millones de pedacitos cuando vea en mis *stories* lo que se estaba perdiendo.

—Tranquila, no pensaba hacerlo. Intento no malgastar saliva con él.

La pelirroja se encogió de hombros con indiferencia y como respuesta la morena la amenazó.

—Más te vale.

No había tiempo para cambiarme, así que me coloqué a su lado, siendo la más bajita de las tres. Las plataformas de Sara tenían tantos centímetros que temía que se cayese al suelo de bruces de un momento a otro. Pero no sucedió. Mantuvo el tipo durante el trayecto —corto, para tratarse de Madrid, bastante largo si fuese Cuenca, de una punta a otra y vuelta si hablábamos de mi pueblo— hasta el pub, el cual tenía un nombre un poco deprimente, Lágrimas de Sal.

Las luces de neón de la entrada me cegaron y no encontraba mi DNI, pero no hizo falta. Los porteros, dos armarios empotrados que, francamente, creí de un tamaño inhumano, prefirieron que pasase a derrochar los tres segundos que habría tardado en localizarlo. En fin... Aunque el día que pensaron el nombre los dueños debían de estar bajo los tristes efectos de una ruptura dolorosa, supieron cómo decorarlo. El interior tenía tres espacios: la parte más cercana a la puerta, con mesas negras bajas rodeadas de unos sofás blancos; una pista para bailar con luces azules que se reflejaban en el suelo en el centro; y, al fondo, un pequeño escenario donde, según leí en un cartel que colgaba al lado de los percheros para los abrigos, grupos *indies* y cantautores se enfrentaban al público algunos fines de semana. De hecho, ese día había actuación.

Aquello me gustó. Adoraba la música. Más en directo.

La emoción arrulló mi tripa y observé el sitio. El local no estaba vacío, pero tampoco lleno. La mayoría de la gente comenzaba a llegar a esa hora y la que estaba dentro se arremolinaba alrededor de las tablas del escenario. Mejor para nosotras, que encontramos a la primera una mesa donde sentarnos: Vilma totalmente erguida, sin mostrar mucho interés en los chicos de enfrente, que tenían los ojos fuera de las órbitas desde que la pelirroja había pasado por su lado, y Sara echándoles seductoras miraditas y sacando tanto pecho que daba la sensación de que la parte de arriba le explotaría de un momento a otro e iniciaría la campaña de libertad para las tetas de la que había hablado en el piso y sonaba bastante bien. *Topless* en el día a día. De hecho, parecía que la morena tenía un radar oculto dentro de su melena rizada por el que era capaz de presentir a los chicos guapos y *nerds*, ya que antes de que estos entrasen por la puerta, como si advirtiese su presencia, se giraba, con tal dominio de su cuello que estuve por decirle que podría ser la doble de la niña de *El exorcista* en la casa del terror del parque de atracciones y que los visitantes se cagasen de miedo al ver que podía girar toda la cabeza.

Por mi parte, yo..., yo me meaba tantísimo por las Coca-Colas que no me habría fijado ni en el mismísimo Ian Somerhalder. Bueno, en él sí, pero es que era mi fantasía desde que apareció en el primer episodio de *Crónicas vampíricas* que estaba viendo en HBO. El único actor que había sobrevivido a los asesinatos que había cometido mi nuevo «yo universitario» que había sepultado bajo tierra a todos los fenómenos fans de mi adolescencia. No me hizo falta preguntar a mis compañeras de piso dónde estaba el baño. Creo que todos los arquitectos de garitos españoles llegaron a la determinación de colocarlos al fondo a la derecha, para que los borrachos, después de quemar miles de neuronas que nunca podrían recuperar, llegasen hasta el váter por inercia. Como siempre, el de hombres estaba vacío y en el de mujeres había *overbooking*.

Las chicas formaban una cola en la que, normalmente, se forjaban amistades momentáneas. Yo había conocido a mucha gente interesante esperando para hacer pis. Sin embargo, en aquel pub de Madrid todas se encontraban calladas y mirando hacia delante. Fruncí el ceño. Estaba a un paso de llamar a Iker Jiménez para decirle que me encontraba presenciando un caso digno de *Cuarto milenio* cuando me giré y descubrí por qué una amplia mayoría de ellas tenía dibujada una sonrisa tonta en el rostro. Y, por la relajación de mis mejillas, supe que mi boca se curvaba en su mismo gesto.

Sobre las tablas estaba EL CHICO, con mayúsculas. En cualquier sitio su apabullante atractivo habría llamado la atención, pero si a su anatomía se le sumaba el erotismo de estar subido al escenario, con un foco concentrado en su figura, acentuando sus brazos moldeados, hombros anchos y pecho definido, el resultado era el de convertirse en uno de los pocos seres humanos capaces de dejar absortas y sumidas en el más absoluto silencio a varias decenas de chicas y chicos, muchas de ellas cotorras (como yo) que siempre hablaban por los codos, pero que ahora contenían la respiración en un suspiro generalizado.

Podría parecer que no nos prestaba atención por ese aire inaccesible y pasota de los músicos que tan locas volvía a las fans, pero si te detenías a analizarlo, veías que estaba absorto en las cuerdas de su guitarra. Las acariciaba con la punta de los dedos con cariño y cuidado mientras movía la cabeza y la maraña castaña de pelo revuelto se apartaba de su frente, permitiéndole ver cómo la púa arrancaba sonidos al instrumento.

No necesitaba grupo. Estaba él solo, sentado de manera dejada sobre un taburete, un micrófono a la altura de sus labios, que ahora se mordía frustrado por alguna nota que no le sonaba del todo perfecta, aunque a mí me parecía música celestial. Bueno, no es que fuera una melodía clásica, ni mucho menos, pero yo, que estaba al borde de caer bajo su embrujo, me encontraba paseando por el Olimpo codeándome con los dioses de la mitología griega, sobre todo con Dionisio, el dios de la vendimia, el vino, inspirador de la locura ritual y el éxtasis, que siempre había sido el que más gracia me hacía cuando estudiaba Cultura Clásica. Qué le iba a hacer. Me iban los casos perdidos.

Arrancó los últimos acordes, carraspeó, se pasó la mano por la barbilla y curvó los labios antes de elevar la vista y sonreír a alguien en la barra mientras asentía. Ya no fue solo que nos permitiera ver esos ojos en los que el color miel daba paso al verde que rodeaba la pupila. No. Eso solo había provocado que todas contuviéramos la respiración de nuevo y nuestro estómago se encogiese. Lo importante fue su sonrisa. Para mí, que a veces era un poco profunda, las sonrisas son el reflejo del alma. Tenía un dicho, y es que nunca me caía mal una persona si estaba siempre sonriendo, pero de verdad. Las analizaba tanto que creía que hasta había descubierto las diferentes clases que existían. Había sonrisas sinceras y también forzadas, que necesitaban ser acompañadas por una sonora carcajada o por un tímido rubor que cubría tus mejillas, que anunciaban una buena noticia o eran el prólogo de las lágrimas que ibas a derramar, que te mataban o te hacían resucitar..., pero, sobre todo, había sonrisas que enamoraban y otras que demostraban que estás enamorada. Y la de este chico era de las destinadas a conquistar corazones. Un explorador que llegaba a una tierra virgen para quedarse.

Estaba al borde de hacerle una fotografía con mi móvil y poner de fondo de pantalla a ese chico de unos veinte años cuando observé lo que sujetaba con la otra mano, e inmediatamente el mito cayó al suelo como la ceniza que se desprendía del cigarro mientras él le daba golpes secos con sus dedos. ¿Por qué tenía que fumar? ¿Por qué? ¿Es que acaso no sabía que besar a un cenicero no era agradable? O, lo que es peor, ¿estaba dispuesto a que sus dientes se volviesen amarillos y esa sonrisa se perdiese en el olvido de una dentadura carcomida? Sí, lo reconozco. Era muy radical con este tema. Y no porque hubiera vivido alguna tragedia que me hubiera sensibilizado, no. Simplemente no comprendía por qué con la cantidad de información que teníamos ahora la gente se emperraba en probarlo. ¡Todo era malo! El olor que se impregnaba en la ropa, la halitosis, los dedos ennegrecidos... Vale que el chico era artista y en otra época sujetar un cigarrillo parecía algo rebelde y glamuroso, pero eso era en las películas en blanco y negro que mi padre me obligaba a ver de vez en cuando. Cuando el cine introdujo el color y los productores vieron lo horrible y poco seductor que quedaba ese humo grisáceo saliendo por la boca de la *celebrity* de turno, dejaron de usar el recurso excepto en mafiosos o asesinos en serie.

Decepcionada, me giré de nuevo hacia la cola, dispuesta a preguntar por qué estaban tardando tantísimo tiempo, cuando me percaté de que uno de los hombres que custodiaban la puerta de entrada venía hacia el escenario, y recordé que estaba prohibido fumar en los locales. Mi primer instinto fue cruzarme de brazos y esperar a que multasen al cantautor, para que aprendiese para la próxima vez. Pero yo siempre he sido muy dada a ayudar a los casos perdidos y tardé medio segundo en internarme entre las chicas que estaban pegadas al escenario. Ante sus miradas de enfado, sorteé unos brazos que trataban de detenerme y conseguí llegar a la altura del cantante, que, por los golpecitos que daba en el micrófono, iba a comenzar de un momento a otro.

Traté de captar su atención y, como todas estábamos haciendo lo mismo, no lo conseguí. El portero cada vez estaba más cerca y no tenía tiempo para elaborar un plan. Quiero pensar que ese fue el motivo por el que cogí impulso en un extremo del escenario para subirme. Lo malo es que nunca he tenido mucha fuerza en los brazos y me quedé con medio cuerpo colgando.

Por supuesto, él me miró..., como si hubiese perdido la cabeza.

—¡El cigarro! —exclamé señalando detrás de mí.

Echó un vistazo al gorila de la entrada y se concentró en mí, que estaba descendiendo lo más dignamente posible. Se había relajado y me pareció ver que, mientras le daba el cigarro al portero porque, para confusión mía, resultaba que se lo estaba sujetando y era suyo, para fumárselo en una especie de almacén trasero en el que supuse era «legal», me dedicó una sonrisa antes de ponerse a cantar. En el momento en el que comenzó, estuve segura de que desaparecí para él. De hecho, me atrevería a afirmar que, para el cantautor, todos habíamos desaparecido y lo único que conservaba era su música.

Regresé a la fila del baño.

Yo siempre había sido muy comercial y me encantaba berrear los estribillos sin pararme a pensar ni lo que decían. De hecho, era probable que muchas veces hubiese bailado al ritmo de reguetón alguna canción de letra censurable con la que no estuviese en absoluto de acuerdo. Sin embargo, con él fue diferente. Escuché fascinada cada frase, cada pausa, cada palabra. Y es que sus letras no eran canciones, sino historias que te embaucaban y de las que necesitabas conocer el final. Te capturaba con la introducción, te angustiaba con el nudo y te emocionaba con el desenlace.

A la que me quise dar cuenta, se me habían colado un par de chicas en la cola del servicio. Pero no las culpaba. Había llegado mi turno de entrar y no me había movido, petrificada por la voz rota y armoniosa del chico, que terminó y, en vez de crecerse con los aplausos de los asistentes, acarició su guitarra con cariño como si le estuviera dando las gracias.

El cantautor descendió por la parte trasera del escenario y, una vez abandoné el estado de letargo en el que me había sumido esos minutos, comencé a estremecerme: o entraba en el baño, o me meaba encima con todas las consecuencias. Busqué un vaso de un cubata para tirármelo por encima en el caso de que sucediese aquel acto fatídico. Parecería que era un poco patosa, pero por lo menos nadie se percataría de que me había hecho mis necesidades encima.

Las chicas comenzaron a formar un pasillo, y me percaté de que era para dejar pasar al artista. Casi me muero de la risa al ver que todas, fingiendo que lo hacían de manera casual, se colocaban con sus mejores poses. Pero él no prestó atención a ninguna, como si tuviera un destino fijado con anterioridad, y, por el rumbo de sus pasos, parecía que el punto al que se dirigía era a mí.

—Gracias por el aviso. —Se detuvo a mi lado y tuve que pedir a mis ancestros celtas por parte de mi abuela materna, que era gallega y desde que tenía demencia senil le había dado por asegurar que siempre había sido una meiga, para estar firme y recta en lugar de retorciéndome por la presión de mi vejiga—. Espero que no te hayas hecho daño en la tripa.

—Confiesa una cosa, desde ahí arriba parecía una sardina fuera del mar retorciéndose para volver a entrar en el agua, ¿verdad? —bromeé para quitarle hierro a mi actuación ridícula.

—Más bien uno de esos niños que se apuntan a natación y les ponen una tabla debajo y, desesperados porque no saben flotar, patalean sin control. —Sonrió, y se mordió el labio de manera inconsciente; era su manía.

—En tu próxima actuación puedes usarme como parte del decorado... Seguro que consigues que más de uno se ría; dicen que eso es lo más complicado para los artistas. —Estaba nerviosa y, cuando me ponía en ese estado, tendía a eliminar el filtro mental y soltar tonterías al azar.

—Se podría negociar, aunque me da miedo que acabes quitándome protagonismo. Todos esperando a ver qué locura haces en lugar de escuchar mis canciones.

—Eso es imposible. Eres realmente bueno —afirmé con sinceridad.

—Gracias.

Ya estaba; ya había fallado a los consejos que siempre me daban mis amigas de hacerme la misteriosa e inaccesible, de que pareciera que no tenía interés alguno por el chico de turno. Pero es que yo no podía controlar mis palabras y tendía a expresar lo que pensaba. El arte de la seducción nunca sería mi fuerte. Yo no tramaba complicadas estrategias para conquistar a los tíos que me gustaban. Hacía todo lo contrario: me mostraba tal y como era. Un libro abierto fácil de leer. Si me apetecía contestar a un mensaje, no esperaba el tiempo de rigor para no parecer que estaba ansiosa por hablar con él; si me pedía una cita y quería quedar, decía que sí en lugar de inventarme planes para que pensase que tenía una vida apasionante. Vamos, que si en esos momentos eran el eje sobre el que giraba mi mundo, no me importaba que lo supieran. Era... *yo*, y no me parecía tan mala opción.

—No me lo puedo creer —añadió. Mantenía su mirada fija en la mía y me observaba como minutos antes lo había hecho con la guitarra que llevaba colgada en el hombro.

—¿Qué? —pregunté con un nudo en la garganta. Era tan fácil perderse en esa mezcla de marrón y verde, como arena mojada con el musgo de una selva exótica que te gustaría visitar...

—Tus ojos. Estaba seguro de que eran lentillas. Pero de cerca veo que son tuyos. El color con más identidad que he observado en mi vida.

Vale, como diría Mafalda, «¡paren el mundo, que me quiero bajar!». Esto no me podía estar sucediendo a mí. Y no, no tenía baja la autoestima ni pensaba que un chico como él no podía fijarse en mí. Medía uno sesenta y tres, por más que comía, mi cuerpo no tendía a engordar, tenía menos pecho del que deseaba y mi melena castaña clara enmarcaba mi cara redonda con un flequillo recto, que casi siempre llevaba alborotado. Pero es que la situación me parecía surrealista. Esas. Cosas. No. Me. Pasaban. A. Mí.

—¿Estás intentando ligar conmigo o es solo un halago? —Eso solo lo debería haber pensado, pero lo solté en voz alta. Iba a taparme la boca con las dos manos cuando él comenzó a reírse con ganas. Mi pregunta le había pillado desprevenido y, por lo visto, había desarmado su aire de artista bohemio para mostrarse como un chico risueño.

—¿Siempre eres tan directa?

—¿Y tú tan evasivo? —Ya que había formulado la maldita e inoportuna cuestión, quería saber la respuesta.

—Estaba diciendo un dato objetivo, nada más. Ese gris claro parece más animal que humano. —¿Era un piropo o un insulto? Arrugué la nariz sin responder—. ¿Sabes que se necesitan cuarenta y seis músculos para fruncir el ceño y solo...?

—Y solo trece para sonreír. Frase hecha y poco original. Esperaba más de alguien que es capaz de componer esas canciones, la verdad. —Me relajé y sonreí con suficiencia.

—Iba a decir que se necesitan cuarenta y seis músculos para fruncir el ceño y solo cuatro para enseñarme el dedo corazón. Y es más efectivo para mostrar que te ha molestado mi comentario que fulminarme con la mirada.

—No te creas. Tengo antepasados que afirman que son brujas; tal vez lo lleve en la sangre y pueda acabar contigo con un parpadeo.

—Eso explicaría mi teoría de que tus ojos no son humanos. Acabamos de cerrar el círculo.

Iba a añadir algo más cuando la chica que estaba delante salió del baño y, con fuerzas renovadas, mi vejiga me exigió que entrase urgentemente, ya.

—Es mi turno. —Me encogí de hombros.

—Huyo antes de que me eches cualquier maldición.

—Por lo pronto, recuerda que en los establecimientos

no se puede fumar. —Sabía que el cigarro era del portero, pero si lo tenía él, habría sido para darle alguna caladilla antes de comenzar la actuación—. No puedo llevar la capa de superhéroe todo el día puesta, y la próxima vez es posible que acabes con una bonita y suculenta multa de propina. O una patada en el culo para echarte. Nunca se sabe.

—Tranquila, *Ladybug*, yo no fumo.

El chico se fue. Me arrepentí de no haberle preguntado su nombre. Esperé en el marco de la puerta para ver cómo se alejaba, con sus andares dejados y los pantalones caídos que dejaban entrever la parte superior del calzoncillo Calvin Klein en la zona que su camiseta estaba subida porque se había enganchado con la funda de la guitarra.

—¿Pasas de una maldita vez o prefieres mirarle el trasero un ratito más mientras nos haces esperar al resto?

Me sacó de mi ensoñación la rubia que estaba detrás de mí en la cola.

—Lo siento. Tardo dos minutos.

Placer. Eso es lo que nos regalan los instintos animales todos los días. Regresé a la mesa donde había dejado a Vilma y Sara con la misma alegría que el primer y último día que saqué la mejor nota de la clase. Y no es que yo fuera una mala estudiante, pero mi vida no giraba alrededor de las cifras de un examen como algunas amigas mías, que entraban en un bucle de lamento profundo si no superaban el notable y, lo que es peor, si otra sí lo hacía.

Había más gente en la zona de las mesas bajas y los sofás. Aun así, no me costó encontrarlas. No solo porque el local no era lo suficientemente grande como para que me perdiese con mi falta de orientación, sino porque había un volcán enorme que expulsaba humo y estaba rodeado de chupitos delante de mis dos compañeras.

—¿Qué es esto? —pregunté mientras me sentaba y localizaba al cantautor en otra de las mesas. Estaba recostado en un sofá con un grupo de amigos bebiendo una cerveza.

—Un Volcán Etílico —señaló Sara, a la que malamente podía ver a través del humo.

—Con ese nombre, da un poco de miedo... —Bizqueé al contar el número de vasitos pequeños que lo rodeaban.

—¡No me digas que tú tampoco bebes! Con una abstemia en casa, tengo suficiente. —Vilma puso los ojos en blanco sorbiendo sonoramente de la pajita de su zumo—. Estoy harta de las mañanas de resaca en las que me recuerdan toda la mierda que hice el día anterior. —Empleó un tono repipi con el que pretendía imitar el de la pelirroja—. Ayer lloraste, ayer encendiste el modo exaltación de la amistad, ayer te caíste de culo mientras lanzabas un dardo, ayer mandaste un mensaje patético a tu ex, ayer te liaste con un chico gótico que podría protagonizar la próxima película de Tim Burton y casi le vomitas...

—Si no quieres que te lo recuerde, hay una solución, ¡no te emborraches hasta ser un despojo humano! La próxima vez te voy a grabar para que te veas al día siguiente.

—Hazlo y te prometo que lanzo tu móvil al váter y tiro de la cadena. Avisada estás. —Sin hacer caso a las palabras de Vilma, cogió el primer chupito—. ¿Bebes o no? —me preguntó con una ceja arqueada.

—Sí.

Cuando salía con mis amigas me gustaba beber. Claro que en Chillarón, donde todo el mundo me conocía, no podía comprar alcohol. Eso sí, en las fiestas de los pueblos siempre nos hacíamos con alguna botella para compartir entre las chicas, ya fuera encargándosela a los mayores —los muy capullos nos cobraban su impuesto particular— o robándole alguna de la despensa a algún padre despistado. Calimocho, martini y, el día más arriesgado, vodka rojo. Nos íbamos a las afueras y bebíamos un mini a hurtadillas hasta que llevábamos el clásico mareo que nos indicaba que ya podíamos acudir a la plaza a bailar en la verbena. Frente a eso, el Volcán Etílico parecía de una categoría superior.

Sara colocó dos chupitos delante de mí. Uno era de un tono verdoso y otro, rojo.

—¿Podríamos beber con más calma? —apunté. Tampoco quería acabar inconsciente.

—Créeme, cuando pruebes el Tumbabarcos —rozó con las yemas el verde—, necesitarás el Elixir de la Resurrección inmediatamente.

—Con estos nombres tan premonitorios quién se va a negar... —ironicé, pero Sara no lo pilló.

—¡Por la primera noche de Aura! ¡Y por nosotras! —Levantó la mano y las tres chocamos con nuestro vaso, dos con alcohol de desinfectar las heridas y una con un zumito.

Después del brindis, me bebí el Tumbabarcos de un trago. La garganta me empezó a arder. Corriendo para que no se me derritiese, cogí el segundo, que sabía a piruleta, y mitigó el espasmo que me estaba dando. El sabor asqueroso que me dejó en la boca debió haber sido la señal de que no tenía que probar los siguientes, pero yo, que era muy valiente (inconsciente, sí, mamá), me enfrenté con coraje al Volcán Etílico y acabé haciendo honor a su nombre.

A la salida de Lágrimas de Sal ya no me tenía en pie. Me había reído mucho, sí, pero en esos momentos solo quería que alguno de los famosos investigadores que salían en la televisión y estaban emigrando a Alemania o Estados Unidos inventase la máquina de la teletransportación. Pulsar un botón rojo, desintegrarme y aparecer en mi casa tumbada en la cama con el pijama puesto para sobrevivir al mal cuerpo que tenía. De la resaca del día siguiente, mejor no hablar.

Iba de camino a casa cuando noté cómo una asquerosa arcada ascendía por mi garganta. Me sujeté con mi poco equilibrio en la primera farola que encontré y, con la versión más lamentable de mi propia voz, avisé a mis compañeras:

—Creo que voy a potar.

—¡Estarás contenta! Casi te cargas a la pobre Aura... —regañó Vilma a Sara mientras yo me encogía sobre mí misma.

—Ni que la hubiese obligado, ¡al final era ella la que se los bebía de dos en dos y ha propuesto que sumásemos uno de Jägermeister!

—Se llama presión de grupo.

—¿De grupo? ¡Soy solo una persona!

—¡Tan pesada como veinte! Deja de escribir al Toni como una arrastrada suplicando que te vea aunque sea un segundo, porque esta noche no ha pillado y eres la chica de repuesto, y ven a ayudarme con Aura.

Con mi visión distorsionada pude observar cómo Sara guardaba el móvil en su bolso y se acercaba. Recogió mi pelo y me lo sujetó detrás cuando a mí me vino la primera arcada potente.

—No hables de nuestra relación, no la entiendes.

—¡Claro que no! Porque no existe... —Vilma, que me estaba frotando la espalda y parecía realmente cansada de la situación, de ahí el tono, elevó la voz. Quise decirle que gritando y acorralándola no la iba a hacer entrar en razón, al contrario. Las amigas aconsejaban, no acusaban y mucho menos juzgaban. Pero temía expulsar todo el vómito en cuanto abriese la boca, como en los vídeos de YouTube de gente mareada después de subirse a las montañas rusas más grandes del mundo—. No sé qué clase de fantasía te has inventado, pero la realidad es que ese chico pasa de ti absolutamente, y mejor que lo haga, porque es un capullo.

—Tú no sabes las cosas que me dice cuando estamos los dos solos.

—No, gracias a Dios, esas mentiras solo las escuchas tú. Yo veo cómo actúa y, lo siento mucho por cómo me he puesto, en serio, pero creo que es hora de que le des una sonora patada en su trasero y dejes de soportar todos los desprecios que te hace. Tú eres maravillosa, Sara, y cuando estás con el Toni lo olvidas.

La discusión no habría terminado en siglos si yo no hubiera empezado a expulsar hasta el desayuno y las dos se hubieran preocupado por mí posponiendo su desencuentro. Casi parecía que lo había hecho aposta para poner paz. Pero no. Nadie vomita hasta la leche materna por placer.

—Cuidad de *Ladybug*, parece que se ha pasado un poco.

¿Quién diablos era *Ladybug*? Me entraron sudores fríos, y no por la expulsión de todos mis fluidos corporales, precisamente. Distinguía esa voz que acababa de colarse entre mis sacudidas y la bronca de mis compañeras...

—Tranquilo, Víctor, estamos en ello. Las chicas siempre cuidan de las chicas —le contestó Sara.

Levanté un poco la cabeza, moribunda, y vi cómo él se marchaba. Así había acabado mi primera noche, apoyada de un modo demacrado en una farola, vomitando, con la maleta sin deshacer y, lo peor de todo, con el cantautor que me había dicho que tenía los ojos con más identidad que había visto como testigo. Lo único positivo que podía rescatar era que entonces averigüé su nombre: Víctor. Se llamaba Víctor.

Capítulo 5

Estalla, cabeza, vamos, pero déjame en paz

Me aferraba a los últimos segundos de sueño, arañando el tiempo antes de tener que despertarme y enfrentarme a la realidad: iba a padecer una de esas resacas míticas en las que juraba, con una mano levantada y la otra sobre la Biblia, como en los juicios americanos, que nunca más probaría una gota de alcohol, aunque me estuviera amenazando el mismísimo Risto Mejide. Tenía la cabeza enterrada debajo de la almohada, pero ni eso evitaba el pitido de una taladradora que me traspasaba el cerebro. Siendo estudiante, ¿cuántas neuronas podría matar en las noches de desfase antes de acabar convirtiéndome en el estereotipo de colega fumado y colgado de cualquier película estadounidense juvenil?

Si no hubiera sentido esa sed que me trasladaba a los desiertos del Sahara y me hacía ver espejismos en mis sueños, no me habría decidido a levantarme en todo el día. Los párpados me pesaban cuando abrí los ojos, debía de llevar mucho tiempo en la cama. Consulté la hora. Las seis de la tarde. ¡Bravo, otro día perdido!

Lo primero que hice fue abrir la persiana y las ventanas de par en par. No sabía si había sudado alcohol, impregnando la habitación de un olor que mezclaba los licores, o simplemente el aroma se había adherido a mis fosas nasales. Desde el otro lado, Madrid me saludó con un día soleado y alegre, lo opuesto a mi estado de ánimo. Me habría gustado más encontrarme con un cielo encapotado para poder justificar mis ganas de estar en pijama todo el día tirada en el sofá, deambulando por la casa al más puro estilo zombi de *The Walking Dead*, con la lluvia repiqueteando contra los cristales.

La hora a la que me había acostado era un misterio más grande que las caras de Bélmez, pero yo tenía mis propios métodos de investigación para averiguarlo. Entre imágenes confusas que me mareaban, recordaba haber escrito en el móvil antes de dormir. Desbloqueé mi teléfono, y el icono del WhatsApp en la parte superior me saludó con una sonrisa maligna.

«Por favor, que no la haya liado», supliqué, pero nadie atendió a mis plegarias. No me hizo falta observar la fotografía, en la que salía con Vilma y Sara en el interior del local, que había enviado a mi grupo de amigos del pueblo a las cinco de la madrugada. Me bastaba con leer sus comentarios.

> Hostia, ahora tendremos que enseñar esta fotografía a otra persona, o en siete días la niña de *La señal* vendrá a matarnos... Ah, no, si es solo Aura más pedo que Alfredo.

> Joder, ¡qué miedo! Voy corriendo a mandar la imagen a *Cuarto milenio* para que averigüen quién es ese fantasma.

> He escuchado que Jim Carrey estaba
> buscando protagonista femenina para
> un *remake* de *La máscara*, ¡mierda,
> Aura, de Madrid a Hollywood!

Y así muchos más que decidí ignorar. Paseé el dedo por la pantalla y llegué a la peor parte..., sí, mi hermano también me había escrito.

> ¡Quita la última fotografía de tus
> estados! Como alguna amiga se la
> enseñe a mamá, va a pensar que has
> empezado a darle al *crack* y no lo
> has hecho, ¿verdad? 😊 Por cierto, la
> pelirroja está muy buena; puede que
> me pase a verte después de todo.

Me apresuré a quitarla y después le contesté con un escueto:

> Déjame en paz y para de cotillearme.

Debía dar la cara después de mi patética actuación. Me puse unas mallas negras, la primera camiseta blanca que encontré en la maleta sin deshacer y, evitando mirarme en el espejo para no asustarme con mi propio reflejo, salí rumbo al salón donde, suponía, estaban Vilma y Sara.

—¿Hola? —pregunté al ver que la casa se encontraba sumida en el más absoluto silencio.

Por un instante, creí que yo no era la única marmota del piso y ellas estaban también en sus camas, pero al llegar a la cocina me di cuenta de que me equivocaba. Yo era la única con el síndrome de la Bella Durmiente; lo malo es que en mi caso no me había despertado un apuesto príncipe con un beso, sino una sed voraz que me hizo vaciar un vaso tras otro hasta que logré calmarla.

Encima de la barra americana que comunicaba el salón con la cocina había un plato tapado con papel Albal sobre el que reposaba una nota escrita a mano. Me senté en la encimera de un salto, cogí un puñado de los cereales de avena que tenía al lado y la leí.

> ¡Buenos días, Aura!
> Palabrita del Niño Jesús que nuestra intención no era dejarte KO. La próxima vez iremos a ver un monólogo en La Chocita del Loro con un cóctel sin alcohol. Prometido.
> Vilma se ha ido a hacer *running*, que ella es muy moderna y no lo puede llamar «correr», al Retiro. Y a mí..., ¡a mí me ha llamado el Toni! Para que luego diga la petarda pelirroja que no tiene interés alguno en mi persona. Voy a pasar una tarde de cuento de hadas antes de que regrese a Cádiz.
> Supongo que estás hambrienta, porque ayer vomitaste hasta las magdalenas del desayuno que, según repetiste un millón de veces, las hace tu madre y son las mejores de Cuenca. De hecho, nos aseguraste que en tu próximo viaje al pueblo nos traerías una docena. Te lo recuerdo porque después de tu insistencia me muero por probarlas. Como imagino que no soy la única que se levanta con una cagalera brutal el día después de pillarme un pedo de colores, te he dejado el plato que me suele ayudar.
> ¡Nos vemos esta noche!
> Besos,
> Sara

¿Había comprado décimos de la lotería sin darme cuenta? Porque, obviamente, me había tocado un buen pellizco con las dos chicas. Tras engullir sonoramente los cereales, quité el papel de aluminio. El menú para ese día era pasta con tomate y una pechuga de pavo. Malcomí lo poco que me dejó mi maltrecho estómago antes de regresar a la habitación y encender el PC. Seleccioné una reproducción suave de bandas sonoras de películas y, colocando las manos en mis caderas para analizar la estancia que parecía un estercolero, decidí que era hora de deshacer la maleta y adecentar el cuarto.

Iba a ponerme manos a la obra cuando la característica voz de Sidonie se coló por las paredes de nuestro piso con *En mi garganta*. Nuestro vecino —ese que decían que era nuestro «manitas» particular— había decidido poner su música a todo volumen. Me gustaban sus canciones, pero yo necesitaba tranquilidad, melodías que calmasen mi enorme dolor de cabeza. Acostumbrada a relacionarme como los animales con el becerro de mi hermano, me lancé sobre la cama, apoyé las manos en la pared que comunicaba con mi vecino y golpeé como una posesa con tres manotazos secos. Y exactamente igual que me ocurría con el zopenco que compartía mi sangre, que solía poner la música alta cuando mis padres se habían marchado y llevaba a alguna inocente para hacerle virguerías prometiéndole amor eterno mientras sujetaba a la espalda la daga con la que le rompería el corazón, no me hizo caso; es más, subió el volumen.

Indignada, me calcé mis Converse azules destrozadas —que siempre me hacían sentir más segura y fuerte— y fui directa a su puerta, el 3.º B. Pulsé el timbre un par de veces antes de que se abriera un poco, solo una fina ranurita. ¿Es que ese extraño no iba a ser capaz ni de dar la cara? Lo imaginaba como el típico cincuentón gruñón que se acababa de independizar después de que su madre se lo pidiese de rodillas y estaba enfadado con el mundo.

—Por favor, ¿podrías bajar la música? —Traté de sonar educada porque sabía que no había llevado la razón en golpear la pared como si fuera la prima hermana de Godzilla.

—No —fue lo que me pareció escuchar, aunque no estaba segura con la maldita puerta entornada.

—¿Perdona? No te oigo bien, ¿podrías abrir y lo negociamos como vecinos civilizados? —Le lancé el guante de tregua a su terreno. Si no me hacía caso, le pediría a mi hermano el nombre de las sesiones *house* que hacían que su cuarto pareciese una discoteca y le haría la competencia al señor del 3.º B que tan poco sociable era.

—Me temo que ahora mismo no puedo...

—¡Por el amor de Dios! —Escuché mi tono y era como el de mi madre, un mazazo para mis costillas—. ¡Solo serán treinta segundos!

—Está bien —cedió.

¡Aleluya!

Me preparé para ver al cincuentón borde y maleducado y, entonces, al otro lado del marco de la puerta, apareció Víctor. Ya no era solo que estuviese recostado con un gesto rebelde de niño malo y el pelo revuelto, no; lo mejor se encontraba en su ropa, o la ausencia de esta. Llevaba únicamente un calzoncillo *boxer* negro con la cintura en blanco que dejaba ver su torso, bastante definido y atlético, al desnudo. Y ahí estaba el meollo de la cuestión: parecía un lienzo repleto de frases en diferentes idiomas, chino, japonés o coreano, griego, árabe y latín, en sus antebrazos, en la parte inferior del abdomen y, la más llamativa y única que podía leer, en la muñeca: *Luctor et emergo*.

—Deja de observarme así, me siento un tanto violento ante tu sucia mirada. Te falta salivar, Aura —se quejó de coña Víctor.

Levanté la vista de los tatuajes de su cuerpo para mirarle a la cara: parecía divertido; mi falta de disimulo le hacía gracia.

—¡Pues tápate!

—Una de las ventajas que más me gusta de vivir solo es poder ir en pelotas por la casa si me da la gana. Y hoy, con el calor asfixiante que hace, es precisamente lo que me apetece. De hecho, deberías agradecerme que me haya puesto el calzoncillo.

—Entonces tú y yo tenemos un problema. Mi vena cotilla, que no salida, me impide apartar la vista de cualquier texto hasta descifrarlo, ¡y tú eres un manuscrito en carne y hueso! —El deseo no era lo que me impedía apartar mis ojos, sino descubrir qué significaban las malditas frases.

—Has venido a Madrid a estudiar Periodismo, ¿me equivoco?

—Completa y absolutamente. Futura graduada en Administración y Dirección de Empresas por la Universidad Rey Juan Carlos. Aunque ojalá no estuvieras confundido... —murmuré para mis adentros, pero él lo escuchó.

—¿Y eso? ¿No te dio la nota? —Se pasó la mano por el pelo para tratar de colocarlo, sin éxito; era indomable.

—Sí, estuve dudando entre una y otra.

—¿Y por qué te decantaste por ADE? —Frunció el ceño como si mi elección fuera la peor de las dos.

—Sí, yo también pienso que ADE es una mierda, y sin la sonrisa tierna que tiene la de WhatsApp. Temo las noches que sueñe con números, estadísticas y legislación, pero soy una chica seria que necesita dinero para vivir. Entre una opción muy divertida, apasionante y enriquecedora, que me mandase directa a dormir en la puerta del paro, y otra en la que me pudiese permitir pagar el alquiler de una habitación diminuta en un piso enano de cualquier ciudad no tuve dudas. —¿De verdad estaba hablando de temas trascendentales en mi vida con el cantautor en ropa interior? Seguía borracha y estaba alucinando, no había otra explicación coherente.

—Tengo una duda. Si tus padres...

—Ellos no han tenido nada que ver. Siempre han confiado en mi criterio. —Amparo podía manipularme para limpiar más la puntera de mis Converse, sin darse cuenta de que estaba desgastada, y el señor Miguel intentaba siempre que mis notas se mantuviesen en la mediocridad y no descendiesen al suspenso; sin embargo, sobre mi futuro podían aconsejarme, pero nunca imponerme. Como tantas veces me repetían, ellos solo querían que fuese feliz.

—Vale. La formularé de otra manera. Si en la televisión no fueran tan alarmistas y no mencionasen dos o tres veces al día que estamos condenados a ser una generación sin futuro, ¿qué habrías hecho?

—En el hipotético caso de que todas las profesiones tuvieran salidas laborales o el ser humano pudiese existir sin alimentarse, ¡me habría ido a la guerra!

—¿Militar?

Víctor abrió los ojos de par en par de un modo muy mono. Estuve por mentirle y decirle que mi sueño siempre había sido tener una metralleta y matar a cualquiera que se pusiera delante como en un videojuego para que se pensase que estaba un poco ida y la próxima vez no dudase en bajar la música, pero en el último instante me apiadé de él.

—¡Corresponsal de guerra, animal! —Le di un golpe cómplice en el pecho y, cuando mis dedos le rozaron, sentí la suavidad de su piel—. Ser los ojos que narrasen lo que ocurre en los conflictos. Trasladar realidades que nadie quiere contar. Ofrecer el testimonio más sincero.

—Te enfrentarías a cosas muy duras para las que hay que estar muy bien preparada. Si no, te podrías venir abajo en cualquier momento.

—¿Y quién dice que eso sea malo? —Entrecerró los ojos y se rozó el mentón con curiosidad ante mi pregunta, y continué—: No creo que llorar te haga menos profesional. Somos humanos y me gustaría transmitir sensaciones, que la gente se emocionase, enfadase, indignase o alegrase, más que fabricar teletipos de agencias edulcorados y retocados para que los grandes medios los comprasen. La gente no leería, vería o escucharía las noticias, sino que las viviría.

—Impresionante. —Se separó del marco y me miró fijamente—. Los periodistas deben generar confianza y tú..., tú me has convencido más en un segundo que las grandes estrellas mediáticas.

—Pero ese no es el tema. —Cambié el rumbo de la conversación. Yo ya había tomado una decisión y a lo hecho, pecho. Además, no existía ese edén en el que tener dinero no importaba. En un mundo en el que los euros eran los reyes del baile de primavera, el periodismo tal y como yo lo concebía no tenía salidas. Por no hablar de que sufría el síndrome «NoEn» (*No* tenía *Enchufe* en ningún maldito sitio)—. La cuestión es que..., bueno, me viste ayer, ¿no?

Víctor asintió y esbozó una sonrisa ladeada mientras entrecerraba los ojos recordando algo muy gracioso para él y vergonzoso para mí. ¡Capullo...!

—Sí, y pensaba que sería la última vez que te vería...

—¡Mentiroso! Estaba con Vilma y Sara, ¡sabías que era tu vecina!

—Siempre me cortas en mitad de las frases —repuso con familiaridad, como si nos conociéramos de toda la vida. Lo extraño era que yo también sentía esa confianza. No me sudaban las manos ni me temblaba la voz hablando con el cantautor que, subido a un escenario, parecía inaccesible, diferente, una estrella con luz propia—. Iba a decir que pensaba que sería la última vez que te vería... viva.

—Bromear con ese tema, ¡te parecerá bonito! Si quieres caerme bien, vas por mal camino...

—Soy un irresponsable y sé que estoy tentando a mi suerte, pero... sabes que deberías pedirle una indemnización al creador de *Los Simpson*, ¿no?

—No entiendo tu humor de señorito madrileño. Ilumíname.

—Creo que se basaron en ti para crear al personaje de la tía de los gatos.

Hasta ese momento no había reparado ni un instante en mi aspecto, ese que no había querido observar en el reflejo del espejo. Me pasé la mano por el pelo y comprobé que parecía estar tan alborotado como si hubiera metido los dedos en un enchufe y me hubiera dado una descarga eléctrica.

—Lo consultaré con mi abogado. ¿Algún defecto más que resaltar?

—Si te pones así, sí. Deberías darte una ducha o por lo menos lavarte la cara antes de ir mañana a la universidad. Hazme caso.

—¡Esto ya es demasiado! —exclamé—. ¿Acaso huelo mal? —Si me respondía que sí, tendría las mismas ganas de arrancarle la lengua que de transformarme en una feliz zanahoria y vivir en un huerto para el resto de mis días.

—¡No! —se apresuró a contestar—. Tú mírate en el espejo y comprenderás por qué lo digo.

—Sabes que ahora mismo te odio, ¿verdad?

—¿Debería tener miedo?

—Bastante. Ya verás cuando te ponga en mitad de la noche los grandes éxitos de la Pantoja o Raphael...

—No te atreverías...

—Baja el volumen de la música de... —iba a decir de Sidonie cuando escuché que sonaba *Mundo imperfecto* de Sidecars—, de cantautores varios y me lo plantearé.

—Lo haré si me prometes una cosa.

—¡Lo que sea con tal de que desaparezca la maldita hormigonera de mi cabeza que se activa con cada nota!

—La próxima vez que me quieras pedir algo, no des golpes en la pared y hazlo directamente. Suele funcionar mejor conmigo.

—No debería haberlo hecho, lo siento. Es la mala costumbre de haber convivido dieciocho años pared con pared con Pedro Picapiedra.

Estábamos tan a gusto hablando que creo que me habría invitado a seguir en su casa si no llega a hacer su aparición estelar Sara, subiendo los últimos tramos de escaleras más roja que un tomate mientras rumiaba entre dientes a la nada.

—¿Es que nunca piensan arreglar el maldito ascensor...?

La morena iba tan inmersa en su propio cansancio corporal que ni siquiera se percató de que estábamos en el descansillo.

—¡Hola, Sara! —la saludé—. ¿Qué tal con el Toni?

Me miró con los ojos enrojecidos e hinchados por haber llorado mientras las manos le temblaban intentando abrir nuestra puerta.

—Sin comentarios.

Giró la cerradura y entró cerrando de un portazo.

—Creo que deberías ir con ella... —murmuró Víctor.

—Sí.

—Solo una última cosa. —Me detuvo saliendo en calzoncillos al recibidor. Me fijé en su espalda ancha, en donde también tenía bastantes tatuajes. Si no hubiera sido muy descarado, habría sacado el móvil, le habría hecho una fotografía y la habría enseñado a profesores de diferentes lenguas para saber qué simbolizaban—. ¿Cómo te llamas?

—Aura.

—Me gusta. Aura —repitió saboreando mi nombre, como si significase para él mucho más de lo que yo alcanzaba a comprender.

Víctor se metió en el interior de su vivienda y yo hice lo mismo. Iba a cerrar la puerta cuando una mano me lo impidió. Era Vilma. Venía con ropa deportiva y una coleta alta.

—¿Sabes qué pasa? —Entramos las dos a la vez—. He recibido un mensaje de voz bastante alarmante de Sara.

—Ni idea. Estaba con Víctor y la he visto pasar como el relámpago que anuncia una tormenta.

No me equivocaba en mi afirmación. El «tifón Sara» había entrado en casa destrozando todo lo que pillaba por su paso. Después de dar un puntapié a la esquina de una pared y hacerse daño en los dedos, lanzó el bolso al suelo —por un momento temí que fuera a derribar el jarrón de la mesa, como si fuera el único bolo que le quedaba para conseguir la partida perfecta— y se dejó caer en el sofá.

Vilma y yo nos miramos cómplices sin entender nada de lo que estaba pasando y, cautelosas por si nos llevábamos algún golpe de la fiera herida, nos sentamos frente a ella, que en esos momentos mantenía la vista fija en algún punto de la televisión de pantalla plana apagada.

—Te ha dejado tirada, ¿no? —intervino Vilma.

—Todo lo contrario, pelirroja malpensada. He estado toda la tarde con el Toni y nos hemos acostado. —Una vez aclaró ese punto, hundió la cabeza entre sus manos y rompió a llorar con agonía.

Ahora sí que no comprendía nada. Vale que mi primera y única experiencia sexual no había terminado con unos fuegos artificiales como los anuncios de Durex; pero de ahí a acabar expulsando lágrimas como si me pagasen por cada una de ellas un lingote de oro había un mundo.

—¿Y cuál es el problema? Eso es lo que querías, ¿no? Y no me vengas con que tiene un micropene o algo parecido...

—¡No digas tonterías! —Levantó la vista y se rio con amargura—. Sabes perfectamente que no me habría importado el tamaño de su... Le quería lo suficiente como para suplir con amor los centímetros de menos.

Vilma rebuscó en la mochila que llevaba colgada un pañuelo, que le tendió mientras se sentaba a su lado. Sara se sonó los mocos.

—Primero, ten cuidado, que te vas a arrancar el *piercing* —apuntó su amiga, y no lo hizo de broma. Sara se frotaba la nariz con tanta potencia que no era exagerado pensar que acabara extirpando el pequeño aro de sus fosas nasales—. Coge aire y explícanos qué ha pasado para que vengas como mi ex cuando eliminaron a España de la Eurocopa, que solo le faltaba chuparse el dedo como su sobrino pequeño. —Hizo una pausa recordando el pasado y puso una cara de asco que no dejaba lugar a dudas: la relación no había terminado bien—. ¿Lo habéis hecho en un coche, te ha pillado la policía y te mueres de vergüenza?

—No seas absurda... —Se quitó las gafas empañadas y las dejó encima de la mesa.

—Perdona, pero es que intento barajar opciones...

—Hemos ido a un hotel por horas en el centro —explicó—. Hotel que, por cierto, he pagado yo, porque cuando hemos llegado a recepción, se ha dado cuenta de que no llevaba efectivo encima y no aceptaban tarjetas.

—¿Era muy caro y no llegas a fin de mes?

—No, qué va. Entre lo que me dan mis padres y los currillos de mierda que cojo los fines de semana tengo más que suficiente para mis caprichos.

—¿Entonces?

—Nada más vernos, me ha dicho que quería ir conmigo a un sitio más íntimo, que me había echado muchísimo de menos y necesitaba que estuviéramos los dos solos. Eran las palabras con las que llevaba soñando desde que se marchó a Cádiz y casi me rompo el cuello asintiendo. Hemos ido andando de la mano, ¡de la mano! —recalcó elevando las palmas al aire como si fuera un detalle trascendental en su relato. Un paso adelante en su historia de amor que, por la cara que tenía la morena ahora, no había terminado del todo bien—, hasta una de las calles paralelas a Gran Vía, y he visto que el plan era pasar la tarde en la habitación de un hotel...

—La verdad es que no ha disimulado sus intenciones...

—Tenía muchas cosas que preguntarle y que contarle, pero él me ha comido a besos desde que hemos puesto el pie en la moqueta verde y cutre de la habitación. No ha existido ningún tipo de conversación, solo besos y más besos, hasta que lo hemos acabado haciendo, como si necesitásemos tanto el contacto que fuera prioritario sentirnos en todos los aspectos, fusionar nuestros cuerpos en uno. —Así lo veía ella, claro, porque en mi mente aparecían muchos motivos diferentes.

—Deja de describirlo como si fuera la maldita escena de uno de esos libros que te encantan. Habéis follado y... —la interrumpió Vilma.

—No, yo he hecho el amor.

—No hay diferencia. El acto es el mismo.

—No, la diferencia es abismal. —Sara puso los ojos en blanco—. A veces me das pena, ¿sabes? No ser capaz de querer a nadie y vivir la intimidad como un instinto animal, no porque sea lo que deseas, sino porque te aterra salir dañada.

—Sí, debe de ser genial. Por eso te pasas la mitad de la vida sufriendo desconsoladamente mientras yo disfruto de cada experiencia. Pero no es a mí a la que estamos psicoanalizando...

—Ya, aunque no te vendría mal que un día hiciéramos sesión de chicas y tratásemos de averiguar por qué narices eres incapaz de abrirte totalmente a una persona y huyes como si tuvieras un petardo en el culo a punto de explotar cada vez que un chico comienza a importarte. —Sara recogió su melena en un moño—. El problema ha venido cuando, después de *hacer el amor* —repitió la expresión con lentitud, desafiando a Vilma a llevarle la contraria, pero esta, simplemente, suspiró—, he ido a abrazarle y ha salido corriendo al baño, rehuyendo el contacto. Le he esperado tapada con la sábana blanca (que, por cierto, tenía unos manchurrones de lejía amarillos impresionantes por intentar eliminar unas manchas que prefería no saber qué eran), y cuando ha salido, he estado segura de que algo iba mal. Se frotaba las manos y miraba insistentemente la puerta, como si se quisiera largar de un momento a otro.

—¿Y no le has preguntado qué le pasaba?

—Sí, cuando he visto que se ponía la ropa sin dirigirme la palabra.

—E intuyo que la respuesta no te ha gustado...

—Lo que me ha dicho ha hecho que yo, que estaba inflada como un pavo, me deshinchase hasta quedarme en el pellejo. El muy cretino me ha explicado con el tacto de una oruga que era la última vez que nos veíamos, que necesitaba acostarse conmigo para ver si sentía esa conexión...

—¿Pero estamos hablando de ADSL, fibra, o de estar con una persona? La verdad es que con este tío me pierdo...

—Según él, una conexión que le permitiese saber si yo era la adecuada y, por lo visto, mis quince minutos encima de él sudando como un pollo con las caderas entumecidas de tanto moverlas para delante y para atrás no han sido suficientes... Vamos, que lo único que quería era sacar su polla a pasear, que estaba muy cansada de permanecer encerrada en su jaula. Lo peor es que, reflexionando mientras venía, me he dado cuenta de que ni siquiera le puedo aplicar el dicho de «Promete y promete hasta que la mete». Él siempre se ha mostrado y comportado como un cretino. Nunca ha disimulado. He sido yo solita la que se ha hecho unas pajas mentales de campeonato y —levantó el dedo índice para remarcar la amenaza—, como me digas algo similar a «te lo dije», te prometo que me levanto, cojo las tijeras y te corto el pelo a tazón.

—No soy tan bruja, lagartija. Lo único que iba a decirte es que estás mejor sin él.

—Sí, lo sé. También conozco eso de que un clavo saca a otro clavo, que el tiempo lo cura todo, que no me merece, que sola estoy bien y un largo etcétera del manual de consejos de la buena amiga que yo misma daría. Pero ¿sabes qué es lo peor?, ¿lo más humillante de todo? Que, aunque se ha comportado como un cabrón sin tacto, lo único que deseo es que regrese y me asegure que se ha equivocado, que estaba confundido, que lo que ha dicho ha sido un error y quiere que lo borre de mi mente como si nunca hubiese pasado. Solo recuerdo las tres o cuatro frases bonitas que me ha dedicado estos meses entre las miles que hemos compartido y me aferro a ellas como si fueran la verdad más absoluta para crearme falsas esperanzas conscientemente. He borrado de un plumazo el día que me dijo que yo no era el tipo de chica con la que tendría una relación, y he grabado a fuego la noche que al verme con el vestido verde perla me susurró que le parecía la más sexy del local. Sé que lo que se merece es que le olvide, pero lo único que deseo es que me quiera un uno por ciento; ya pondré yo el noventa y nueve restante...

Sara volvió a romperse después de la confesión y Vilma le ofreció su hombro para apoyarse. Su honestidad me hizo admirarla.

—Soy patética, ¿verdad?

—No, eres sincera. Humana. La mayoría de las personas no piensan ni sienten siempre lo que más les conviene. No lo podemos manejar. Que nadie te mienta: la perfección no existe y hay cosas que se escapan a nuestro control. ¿Sabes lo que sí decidimos? Cómo actuamos. Lo que hacemos. Y ahora te toca luchar por ti, por cuidarte y apartar lo que no te aporta, lo que en la balanza te hace más llorar que reír. No será un camino fácil, pero lo conseguirás, porque vales un montón y cuando lo olvides, me tienes a mí para recordártelo, lagartija.

Y allí estaba yo, presenciando un momento entre dos amigas que, se veía a la legua, harían cualquier cosa, lo que fuese, la una por la otra. No había intervenido porque sentía que todavía no había alcanzado ese nivel de confianza. Por eso había escuchado sin interrumpir, juzgar o restar importancia a lo que contaba. Odiaba a las personas que menospreciaban los problemas ajenos... Es decir, por supuesto que el mundo no se acababa porque un cerdo como el Toni mostrase su verdadera cara y la dejase como si ella solo fuera un pañuelo de usar y tirar, no, pero eso no significaba que esa experiencia, que le rompieran el corazón por primera vez, no la marcase. Al final el amor, ya sea por un familiar, un amigo, una pareja, tu mascota, y el sufrimiento y las alegrías que otorga, es la señal que marca el camino hacia tu futuro, el profesor que te enseña lo que quieres y, como decía James Dean, el ingrediente para soñar como si fueras a vivir para siempre y vivir como si fueras a morir mañana.

—¿No te vas a unir a nosotras, o todavía me odias por la casi intoxicación etílica que te provoqué ayer? ¡El maldito karma ya me ha castigado bastante, Aura! —se dirigió a mí con cascadas de rímel deslizándose por sus mejillas.

A veces cuando no hay nada que decir un abrazo lo explica todo, y eso fue lo que hice.

—¿Hay palomitas? —susurró la morena en mi cuello.

—Sí.

—¿Os parecería bien si hacemos una tarde-noche de chicas con muchas palomitas, Coca-Cola, chocolate y películas de esas que hacen a los machirulos removerse inquietos en la butaca como si tuvieran ladillas en las pelotas cuando te acompañan al cine por obligación, aunque por dentro están del todo conmovidos con el argumento?

Las tres coincidimos en que era el plan perfecto. Pijamas, comida y americanadas típicas de esas sobre las que los expertos vomitaban las críticas más que escribirlas cuando los obligaban a asistir a un pase de prensa: la tarde perfecta para mi superresaca, que, pese a que había menguado, seguía mandándome pequeñas señales de que estaba ahí y se pensaba quedar por lo menos unas horas más.

Fui a mi habitación a deshacerme de las mallas y ponerme mis pantaloncitos de Mafalda. El portátil, que ya estaba un poco mayor el pobre y sufría por todo el uso que le daba, me saludó con el sonido propio de una bomba cuando le quedan diez segundos para explotar —lo había dejado sobre la cama y estaba recalentado—. Pero justo cuando iba a apagarlo, recordé una cosa..., bueno, más bien el tatuaje que había leído en la muñeca de mi increíble vecino, que, por cierto, había cumplido su palabra bajando el volumen de la música. Puse en el buscador *Luctor et emergo* para averiguar su significado en español y leí «caigo, lucho y me vuelvo a levantar».

Contenta con la nueva información sobre Víctor, apagué el ordenador, me atavié con el pijama y una coleta, y ya iba a dirigirme hacia el salón cuando me detuve en el espejo de la habitación y comprendí inmediatamente por qué me había dicho que me lavase la cara. No sabía cómo, cuándo ni por qué —intentar encontrar lógica o sentido a algo de lo que había hecho la noche anterior era absurdo—, pero yo también tenía una frase —más bien una palabra en otro idioma—, grabada en mi frente con la tinta negra de un bolígrafo que se empezaba a difuminar. *Dreamer*, ponía, y sentí que nada me podía identificar mejor.

Capítulo 6

Universidad

¿Qué ponerme para mi primer día en la Universidad Rey Juan Carlos? Ese tonto y superficial interrogante me había tenido veinte minutos camiseta para arriba y camiseta para abajo. Al final me decanté por unos vaqueros azul celeste y una camiseta blanca con un paraguas rojo pintado en la parte delantera. Dejé que el pelo se secara a su aire formando unas bonitas ondas y me coloqué unas horquillas para hacerme un semirrecogido y poder tomar apuntes sin que los mechones sueltos me molestasen. Y entonces llegó la peor parte: elegir entre la fila de calzado que iba, con todas las gamas intermedias, desde las zapatillas al par de zapatos que tenía de tacón. Adoraba mis fieles y cómodas compañeras Converse, pero me recordaban demasiado a mi etapa en el instituto y estaban muy desgastadas. Los zapatos se me antojaban para alguien mayor que yo; más para ir a una oficina que a la primera clase del curso. De modo que las zapatillas blancas resultaron la mejor opción. Cómodas, prácticas y bonitas.

No me perdí tratando de llegar al metro, ¡minipunto para Aura! Había salido con tiempo de sobra, así que me puse mis cascos, que me hacían parecer la prima hermana de la hormiga atómica, sintonicé la primera radio de pop que encontré y canturreé la canción de Rosalía, *Despechá*, que, de tanto ponerla en las verbenas el verano anterior, se había convertido en el grito de guerra de mis amigas del pueblo. Era sonar los acordes y daba igual que te estuvieran tapando mientras meabas entre dos coches: ellas salían corriendo como si las hubiera poseído el mismísimo Lucifer de la danza.

En cada parada entraban más y más personas. Yo era una de las pocas afortunadas que había logrado un asiento y sentía la presión de las que se agolpaban a mi alrededor mirando con deseo mi hueco. De hecho, temía que dos de ellas —la que se sujetaba en la barra lateral a mi derecha y la que estaba enfrente de mí haciendo equilibrios— se peleasen cuando me bajara.

Conforme nos aproximábamos al destino, los andenes empezaron a llenarse de jóvenes, universitarios y universitarias, que subían al vagón. Sentí un vuelco en el estómago de la emoción. Ya estaba, se acercaba el momento que tanto tiempo había soñado. La mayoría eran de cursos superiores y habían quedado para ir juntos el primer día. Lo reconozco, bajé el volumen de la radio para poder escuchar sus conversaciones. Ellos se saludaban, se contaban qué tal les había ido el verano —vacaciones en las que, por cierto, la mayoría habían viajado al extranjero, se habían ido de festival, a la playa o las tres cosas—, y bromeaban acerca de los profesores que tendrían este año. ¡Y yo tan feliz porque me habían dejado irme un fin de semana a Villar del Maestre, el pueblo de veinte habitantes de mi mejor amiga! Serían pocos, pero, eso sí, se lo montaban como si fueran miles.

Llegué al campus de Vicálvaro y por fin pude ver mi universidad. Vale, no era tan imponente como Harvard, Oxford o Yale, las cuales, por otra parte, solo había visto en el cine. Seguramente si Almodóvar o Amenábar hiciesen una película en la que la acción transcurriese en la Rey Juan Carlos, esta parecería más impresionante. Anduve hasta la puerta principal acristalada, crucé el primer pasillo y, por fin, llegué al patio central, que estaba enmarcado por el cuadrado perfecto que formaba la edificación de la institución educativa.

Abrí la boca de par en par formando una O. Decenas de personas se concentraban en él, sentadas sobre el césped, con las carpetas apoyadas al lado y el eco de muchas risas y conversaciones como banda sonora. Aspiré con fuerza porque se me había cortado la respiración. Estaba acostumbrada a conocer a la totalidad de la juventud de mi pueblo y, en Cuenca, a la mayoría solo de vista. Allí todos eran desconocidos y diferentes. Los había que jugaban a las cartas, que charlaban animadamente, fumaban alguna que otra sustancia ilegal o bebían... ¿un mini de calimocho a las ocho de la mañana? Estaban locos, alcohólicos o empalmando con la fiesta de la noche anterior, quién sabe. Sonreí con tanta fuerza que noté que se me tensaban las mejillas. Me encontraba tan emocionada que quería ponerme a saltar hasta que me doliesen los pies.

Mi primera clase, según ponía en el horario que me había impreso la noche anterior —apurando al máximo—, estaba en la planta baja. Anduve por el pasillo, pero no pude evitar detenerme en dos lugares: reprografía y la cafetería. En el primero acaricié el corcho donde los profesores dejarían la materia que teníamos que fotocopiar, las prácticas, los grupos de trabajo... Faltaban las taquillas americanas, pero ya llegarían. En el segundo, comprobé que los estudiantes podían comerse una hamburguesa doble con patatas bravas a primera hora de la mañana. Sí, los camareros estaban trabajando a destajo ante los hambrientos zombis que necesitaban su dosis diaria de grasa. Las mesas estaban todas ocupadas y la gente compartía los taburetes para colocar los platos. Esperaba convertir ese espacio en mío en poco tiempo, ¡para eso había aprendido a jugar al mus y a tolerar el asqueroso café ese verano!

El aula 6 era mi destino. Ese día tenía dos asignaturas con unos nombres que te daban ganas de coger el primer autobús de vuelta a Cuenca en el descanso: Historia de la Economía e Introducción a la Empresa. Los alumnos —y ya mis compañeros durante cuatro largos años— estaban dentro hablando animosamente. Era sencillo, solo tenía que acercarme y presentarme. Nadie se conocía de antes, ¿dónde estaba el problema? Pues básicamente en que me daba muchísima vergüenza ese tipo de situaciones incómodas en las que llegabas a un grupo y, como quien no quiere la cosa, te entrometías y comenzabas a hablar de carrerilla al más puro estilo *casting* de *Gran Hermano* para ver si te aceptaban y encajabas con ellas: «Hola, chicas. Mi nombre es Aura Núñez, y tengo dieciocho años. Vengo de un pueblo de Cuenca, Chillarón, ¿no te suena? Es que es muy pequeño. Mis padres son panaderos; mi hermano, gilipollas, y yo elegí ADE porque, ya que no podía hacer lo que me gustaba, pues por lo menos coger un grado que me convirtiese en una adulta funcional que puede pagar sus facturas. Me gustan los gatos, negros mejor, la música mala, la comida barata y mi primer día en Madrid probé el Volcán Etílico. No se lo aconsejo a nadie. ¿Queréis ser mis amigas?».

En las últimas filas divisé, como la buena depredadora que era, un grupo que me interesaba. Todas ellas muy monas, elegantes, con sus pelos ondeando al viento y ese aire de «soy la más guay del lugar» que tanto atrae al resto de los mortales que desean ser sus amigos, si bien solo ellas tienen el privilegio de decir quién puede o no entrar a formar parte de su selecto clan.

Me armé de valor y, justo cuando iba a dejar sobre la mesa mi carpeta de color rosa y presentarme, una chica, claramente más similar a ellas, me apartó con un empujón en la cadera y colocó sus bártulos en el sitio que yo había elegido mientras decía:

—¡Hola, soy Andrea!

Y todas la saludaron al unísono ignorando mi presencia. Un poco cabizbaja por mi intento fallido, me fui a una mesa libre y me senté echando fugaces miradas asesinas a la tal Andrea que había fastidiado mi momento. Estaba a punto de hacerle el gesto de *Los padres de ella* en el que Robert de Niro señala sus ojos y luego los de Ben Stiller para, de un modo amenazante, decirle que la estaría vigilando, cuando alguien me agarró de la mano.

Me giré y observé a la chica más extraña que había visto en mi vida analizando mi cuello como si le fuera la vida en ello. Tenía el pelo corto a la altura de la nuca, teñido de un morado bastante extraño, las gafas de medialuna del mismo tono, unos ojos pequeñitos marrones, un colgante con el símbolo de la paz y pendientes con el símbolo de la anarquía, y un voluptuoso cuerpo que llamaba la atención por su atuendo, una camiseta de tirantes violeta y unos pantalones anchos de topos negros y verdes. Si la Real Academia Española pedía una imagen para añadir al diccionario al lado de la expresión «perroflauta», les mandaría la suya.

—No tienes los músculos del cuello dados de sí de llevar la cabeza alzada. Levántala y mírame, por favor.

Me quedé paralizada buscando la cámara oculta.

Sabía que en determinados *castings* psicológicos, para saber si realmente eras agresivo y que no les pudieras engañar fingiendo ser una ameba, un extraño se sentaba a tu lado y te molestaba hasta colmar tu paciencia.

Me levantó la barbilla e, inmersa en mis propios pensamientos, le hice caso de manera inconsciente, como si se tratase de mi madre.

—Vale, definitivamente tu mirada dulce no es de suficiencia.

—¿Hay alguna finalidad para el análisis que me estás haciendo? —consulté.

—Sí, estar segura antes de decirte que dejes de observar a esas con cara de cordero degollado. No eres de las suyas. Las pijas altivas no te van a aceptar. No tienes los músculos del cuello estirados por contemplar al resto del mundo por encima del hombro y, lo más importante, me atrevería a afirmar que tu familia no es dueña de una empresa en la que te enchufará o puede enchufarlas a ellas, ¿me equivoco?

Su intervención no me tranquilizó, al contrario, me hizo pensar que la chica era todavía más extraña de lo que había creído en un primer momento. Lo surrealista de todo es que me sentí obligada a contestar:

—Con mi tamaño no puedo mirar a nadie por encima del hombro y mis padres son panaderos —aclaré.

La desconocida se sentó a mi lado, invadiendo mi espacio personal. Le gustaba estudiarme desde demasiado cerca.

—¿Tienes novia?

—No, no tengo novia. No soy lesbiana. Tampoco tengo novio.

Otra cosa más que me gustaba de Madrid: la libertad de pensamiento. Allí la gente podía hablar de su identidad sexual sin tabúes. En los sitios pequeños era un poco más complicado. De hecho, se veía a la legua que un par de amigos, que eran pareja de dos buenas conocidas, estaban completamente enamorados y cada día que salíamos cruzaba los dedos para que salieran de una maldita vez del armario y comenzaran a ser felices; no obstante, yo no era quién para presionar. Cada cosa a su tiempo.

Ellos debían marcar el ritmo antes de reconocerse a sí mismos lo que de verdad necesitaban y deseaban.

—¿Acaso tienes algo en contra? —Apretó los labios y me apresuré a contestar sin comprender qué había malinterpretado de mi última respuesta.

—No, siento si te lo has tomado a mal. Quiero decir que a mí no...

—¿Tomármelo a mal, por qué? Yo no soy lesbiana. A mí me gustan las personas y me da igual que sean hombres o mujeres, pero tú deberías aprender a respetar...

—¡Si lo respeto! —me quejé—. ¡Lo que pasa es que a mí no me gustan las mujeres!

Sabía que estaba roja de la vergüenza. Había elevado el tono y ahora buena parte de la clase me estaba mirando.

—¡Ya puedes venir, Daniel! —La chica del pelo morado se giró—. Ya tenéis el marcador de hacer el ridículo uno a uno.

—¿De qué va esto?

—Mi amigo Daniel, que ha venido de León y no conoce a mucha gente. Desde que te he visto pasar, he sabido que tú eras el tercer vértice que le faltaba a nuestro triángulo, pero él, dale que dale con que le daba vergüenza. —Se había separado y hablaba tan rápido que resultaba difícil seguirla—. Que hizo el ridículo delante de ti, bla, bla, bla, bla...

—¿De mí? Creo que se confunde. No conozco a nadie aquí.

—A mí sí.

Habló con la voz tan baja que casi no le oí. Me giré y observé a un completo desconocido, muy pequeño, con la mirada dirigida hacia el suelo y una postura tensa, que se mordía las uñas con ansiedad como si fuera una ardilla royendo una bellota. Entonces me fijé en sus gafas de pasta y le reconocí.

—¡Tú eres la flamenca!

—Sí —contestó sin mantener contacto visual, como si en el suelo hubiera algo muy importante, cuando la única que veía cosas importantes en los azulejos era Amparo, que distinguía una mota de polvo antes siquiera de que lo rozase.

—¡Me meo! ¡El mundo al final es un pañuelo! —Me reí con ganas.

—¿Lo ves, memo? No tenías nada de que preocuparte. Tengo un don, sé elegir a los amigos —añadió la chica mientras se levantaba para animar a Dani meciéndole por los hombros.

—¡Para, Ana! —se quejó.

—¿Lo conseguiste? —le pregunté con mi curiosidad habitual.

—¿Qué? —Me miró por primera vez, un poco más relajado.

—¡Los sujetadores!

—¡Qué va! La dependienta se pensó que los iba a robar y me echó de la tienda al grito de pervertido...

—Madre mía... —bromeé sin poder controlar una sonora carcajada.

—¡La verdad es que salió bien! —Su boca se torció hasta formar casi una sonrisa—. Les hizo tanta gracia que olvidaron que no había conseguido ninguno, ¡hasta me mantearon!

—Entonces debes agradecer mi consejo.

—No del todo. Ahora me llaman el Huelebragas, y no me quiero ni imaginar lo que va a pensar mi madre como venga y lo escuche...

—¿No me dijiste que se pensaba que eras gay? —intervino la llamativa chica.

—Sí, eso dijo.

—Pues con lo retrógrada que es, se pondrá contenta pensando que eres un semental, ¡choca esos cinco! —Dani le hizo caso, aunque no parecía muy convencido con su argumentación—. Por cierto, me llamo Ana, ¿y tú?

—Aura.

En esos momentos entró el profesor, un señor calvete, regordete y con un gran bigote negro, que más que dedicarse a la enseñanza debería haber sido un profesional en el arte de las nanas; si grababa un pódcast con melodías para que un bebé llorón cayese rendido, se forraba el tío. Era la primera persona que escuchaba con un tono de voz tan monocorde y lineal que los párpados te pesaban como si tuvieran vida propia y estuvieran hechos de cemento. Eso sí, entre las canciones de cuna, que eso parecían sus discursos, le había dado tiempo para agobiar a un aula repleta mencionando todos los trabajos grupales, prácticas individuales, lecturas obligatorias, vídeos que teníamos que ver y, como plato fuerte para terminar, el examen, que se compondría de un test, parte de desarrollo y preguntas cortas; debe de ser que no sabía decidirse por un estilo y decidió poner un poco de todo.

La clase de Introducción a la Empresa no fue mucho mejor. A pesar de que la profesora, una chica de no más de treinta años que venía muy motivada, intentó hacer la presentación de la manera más dinámica posible, con diapositivas y poniendo fragmentos del discurso de Steve Jobs en la Universidad de Stanford, el temario era lo suficientemente aburrido como para producir un bostezo por sí mismo.

Por lo menos me sirvió para conocer un poco más a los dos vértices del triángulo del que ahora formaba parte. Ana era madrileña —¡aleluya, por fin conocía a alguien de allí!— y Dani, de León. Parecía que se conocían de toda la vida, pero en realidad solo habían coincidido un par de días en un hotel de Bournemouth, donde ella estaba de paso con una amiga y él había viajado con sus padres. La flamenca intentó escaparse una noche de la asfixiante presencia de sus progenitores y se topó con ella sentada en mitad del pasillo esperando a que su compañera terminase de tirarse a un irlandés que se había ligado esa misma tarde. Conversaron y, después de descubrir que ambos iban a estudiar lo mismo en la misma universidad, se intercambiaron los teléfonos y el Instagram y TikTok.

Mientras que Dani hacia ADE por vocación, Ana aseguraba que era por obligación.

—No puedo criticar hasta la saciedad a los empresarios corruptos, a la casta, y no hacer algo para evitarlo, derrocarlos del mando. La sociedad solo cambiará cuando gente íntegra alcance el poder. —Colocó los brazos encima de la mesa—. Además, ya se sabe: el que vale vale, y el que no, para ADE.

—¡No digas eso! —se quejó Dani—. Nosotros estamos estudiando ese grado.

—Por eso: nos mofamos de nuestra situación antes de que se rían otros de nosotros con las frases hechas.

—Deberías conocer a mi compañera Sara y aliaros —intervine.

—¿También es de ADE?

—No, Ciencias Políticas.

—Me vendría bien para mi guerra contra el Club Bilderberg...

—¿Quién?

—Una reunión a la que asisten las ciento treinta personas más influyentes para decidir el futuro del mundo. —Enlazó los dedos.

—¡Por favor, no empieces con las teorías conspiratorias!

Pero había empezado, y nadie la podía parar. Comenzó por Bilderberg y terminó por unos supuestos hombres lagarto que habían construido las pirámides de Egipto, extraterrestres que dominaban a la humanidad sin que nosotros lo supiésemos. Incluso me puso un vídeo de YouTube en el que distintos presidentes y jefes de Estado hacían el saludo al diablo mientras daban un mitin.

Sí, me había hecho amiga de la flamenca y la chica que creía que seres paranormales se escondían entre nosotros. Y no me arrepentí, porque durante todo el tiempo que compartí con ellos no tuve que fingir ser otra. Les había mostrado a la verdadera Aura y la aceptaban, y para mí no hacía falta nada más.

De regreso al piso, aproveché para —atención al dato— hacer mi primera compra como emancipada. Había un supermercado de camino y me interné con la lista de cosas que necesitaba y que había escrito durante mi primera clase para no ceder al sueño. Cogí champú, gel, pasta de dientes, papel higiénico, leche entera —la semi que tenían en casa me sabía a agua—, cereales de chocolate, mucho fiambre de todas las clases y colores, pasta, arroz, tomate, queso y todo lo que se me fue antojando por el camino.

Enarbolé mis cincuenta euros cuando me planté delante de la cajera y esta me dio la fatal noticia.

—Ciento veinte con cincuenta y seis.

¿Perdona? ¿Acaso había metido una gargantilla de oro en la cesta sin darme cuenta? A regañadientes, le tendí la tarjeta de crédito y, después de muchos años, comprendí por qué mi madre iba buscando las ofertas en los diferentes supermercados. Ahora era yo la que tenía que controlar el gasto. Amparo y Miguel me habían asignado una paga mensual y no podía emplear ni un mísero euro más de lo que me ingresaban en la cartilla.

Mientras recogía las bolsas —solo con cosas de primera necesidad, lo juro—, me percaté de que independizarse no era del todo bueno. Un pensamiento que nunca antes había tenido sacudió mi cabeza con mi propia e irreconocible voz: «Aura, tienes que empezar a hacer cálculos o, a este ritmo, no llegarás a fin de mes».

Capítulo 7

Y de repente apareces tú...,
¡que el suelo se venga abajo!

La lavadora se agitaba tanto que me pregunté si las vigas estarían preparadas para soportar su movimiento o el suelo se vendría abajo. Daba la sensación de que la casera no se había molestado en cambiar los desfasados electrodomésticos desde que en las radios nacionales sonaba Nino Bravo como la novedad del momento o la época de la Movida madrileña.

Estaba sentada en el suelo con las piernas cruzadas, observando ensimismada cómo mi ropa giraba en el tambor. Viendo mi posición, cualquiera diría que no tenía nada mejor que hacer, y eso era totalmente falso. Durante la semana nos habían atosigado a prácticas individuales, trabajos voluntarios y lecturas obligatorias. Barajaba dos opciones: o Bolonia era una mierda más grande que la de un caballo, o los amigos de mi hermano que se jactaban de que en la universidad se tocaban los huevos a dos manos —ellos siempre tenían sus partes íntimas en la boca— hasta la época de exámenes mentían.

La lista de tareas pendientes aumentaba y, con ello, mi

capacidad de posponerlo para el día siguiente. Era mi manía: cuando estaba agobiada por tener mucho trabajo, en lugar de ser la chica responsable que se pone manos a la obra nada más llegar a casa, cogía mi agenda, me hacía un *planning* que casi nunca cumplía y anteponía cualquier cosa antes de comenzar. Así me pasaba que siempre me pillaba el toro, y la noche anterior a la entrega necesitaba buenas dosis de Red Bull, me tiraba de los pelos, bufaba, golpeaba las teclas del ordenador con tanta violencia que parecía que iba a partir el teclado, y me reprendía a mí misma por no haberlo hecho antes mientras juraba entre dientes que había aprendido la lección; pero en cuanto entregaba el trabajo impreso y encuadernado, olvidaba lo dicho. Tal vez era adicta a la adrenalina de vivir en el límite entre el aprobado y el suspenso.

La colada —mi excusa de esa tarde para no ponerme a analizar el vídeo de Introducción a la Empresa que nos habían mandado— estaba lista. Recogí la ropa y fui al tendedero exterior. Canturreando una vieja canción que me encantaba, *Te entiendo* de Pignoise, comencé a colgar la ropa con las pinzas en la cuerda. Deposité un par de braguitas, unos vaqueros y, cuando iba a colocar la camiseta del paraguas rojo, todo se vino abajo. Ni siquiera supe cómo reaccionar. Por supuesto, nadie había tenido la delicadeza de contarme que el tendedero estaba roto en uno de los extremos, o tal vez me lo acababa de cargar yo. Me asomé para ver si habían caído al patio interior, pero no, mis prendas estaban sobre las sábanas blancas del dueño o dueña del 2.º A.

Bajé las escaleras dispuesta a recuperar mi ropa y llamé al timbre. El inquilino contestó que ya venía y esperé unos segundos antes de que abriera la puerta, y cuando le vi, no pude articular palabra, muda y petrificada. Cualquier persona habría corrido a llamar al Samur al ver mi estado de parálisis temporal temiendo que me estuviera dando un ictus, pero el chico debía de estar acostumbrado a provocar ese tipo de reacciones. De hecho, tuve que contenerme para no estirar los brazos y tocarle con el fin de comprobar que era cierto, que era *él*.

Frente a mí, relajado, con unos vaqueros raídos y una camiseta de pico gris oscuro, estaba Ismael Collado, el actor de moda y protagonista de *El secreto de Nacho*, mi serie favorita, esa por la que me encerraba en casa un sábado por la noche si la reponían y me ponía en bucle vídeos en YouTube realizados por fans de la historia de amor de Nacho, personaje que interpretaba él, y Clara, su pareja en la ficción. El chico en cuestión había adornado las carpetas que me había dejado en Cuenca porque creía que me hacían parecer infantil. Y yo ya no era la adolescente que se ponía a gritar que quería casarse con él cuando salía en la televisión... O sí. Viéndole tan de cerca, con la cara de niño malo, pelo rapado, sonrisa perversa y traviesa y esa pose macarra, la misma que me conquistaba miércoles tras miércoles, que es cuando emitían su serie, tuve serias dudas.

—Eres Ismael Collado —logré articular al fin.

—Sí. —La comisura de sus labios se elevó formando una sonrisa irresistible que le era innata, esa por la que Clara le había besado apasionadamente en el capítulo anterior—. ¿Y tú?

—Aura. Tu nueva vecina del 3.º A.

Debió de interpretar mal mis intenciones, porque depositó dos besos en mis mejillas mientras yo seguía como una estatua de hielo. En mis fantasías había imaginado muchas veces cómo sería sentirle, y superó con creces las expectativas.

—Encantado. Muy americano lo de ir presentándote puerta por puerta. ¿Traes galletitas o magdalenas? —Los hoyuelos que se formaban en sus mejillas me tenían embrujada, pero el contacto de sus labios fue como la descarga de un *electroshock*.

—La verdad es que no he venido a saludar. Estaba

tendiendo y se ha roto la cuerda. Creo que tienes encima de tus sábanas un par de vaqueros y...

¡Mierda! Las bragas. Se me habían caído dos: unas rojas normales y otras blancas, de abuela, de esas de cintura alta que me ponía los días que mi único plan era quedarme en casa y vegetar con el ordenador delante. Después de eso, sería el antimorbo personificado.

—Entiendo. Pasa. —Se apartó de la puerta.

—¿A tu casa?

¿De verdad la estrella Ismael Collado me estaba invitando a entrar en su piso?

Me sentí como una vampira a la que permiten acceder a una propiedad privada.

De hecho, no me habría importado ser una vampira y morderle.

—Sí. —Se encogió de hombros y, a través de la manga corta de su camiseta, pude ver ese torrente de musculatura tan bien definida que parecía que Miguel Ángel había regresado de entre los muertos para tallar una figura que superase a su famoso *David*—. No temas. El espíritu del famoso asesino en serie Ted Bundy solo me posee los lunes; hoy estarás a salvo. No asesino a las chicas con una sonrisa tan bonita como la tuya.

El calor ascendió por mi cuerpo hasta mis mejillas.

—¡No creo que me vayas a matar! Más que nada porque no podrías. Son años de práctica en la lucha cuerpo a cuerpo con mi hermano ganándole. Mi tamaño engaña. —Comencé a relajarme—. Pero, como comprenderás, me resulta un poco raro entrar en casa de Nacho.

—Cuando abandono el plató prefiero que me llamen Ismael —me guiñó un ojo, exactamente con la misma pose que mi imagen favorita de Google, ¿es que acaso no posaba en las sesiones de fotos y era su estado natural?— y, mientras no tengas una cámara oculta para hacer vídeos y subirlos, estás invitada.

—Gracias. —La puerta se cerró tras mi paso.

Allí estaba, en el piso de Ismael Collado. No sabía qué era mejor, si vivir la experiencia o imaginar la cara de envidia que se les quedaría a todas mis amigas cuando les dijera con quién había estado.

Ismael fue directo al tendedero y me dejó libertad absoluta para echar una ojeada a su casa. Imaginaba que las estrellas como él vivían en La Moraleja o La Finca, pero por lo visto se trataba de uno de esos artistas bohemios que preferían un piso en el centro a la exclusividad del lujo. Eso sí, debía de tener un buen arsenal de gorras para que no le distinguiesen por la calle.

La distribución parecía la misma que la nuestra, aunque su decoración era bastante distinta. Todo se regía por el blanco y el negro, con un estilo minimalista en el que lo único que desentonaba eran los diferentes premios que había obtenido y reposaban en la estantería. Para tener solo veintidós años, había ganado más que muchos actores en toda su carrera.

Estaban colocados en orden cronológico. Cogí el primero y quité el polvo de la placa: MEJOR ACTOR REVELACIÓN. La casa estaba impoluta excepto los trofeos, lo cual me indicaba que no era muy narcisista niególatra.

—No pierdas el tiempo. Esos son los peores. Si quieres ver el que más me gusta, está en el baño —escuché que decía a mi espalda, e inmediatamente coloqué el premio de nuevo en la balda. «¿Quieres dejar de ser entrometida?», me regañé a mí misma.

—¿Y se puede saber cuál es? —Porque no iba a ir al aseo a mirarlo para parecer más cotilla todavía, ¿verdad?

—El actor más vomitivo.

—¡Ni lo menciones! No sabes el cabreo que me pillé cuando lo leí. Los puse finos en Twitter... —Ya estaba. Había perdido la vergüenza y el filtro mental porque, de otra manera, me habría dado cuenta de que estaba pareciendo una fan loca que seguramente le produciría urticaria.

—¿Te enfadaste? —De nuevo esa sonrisa macarra que desentonaba con llevar en sus manos mi ropa húmeda. Por supuesto, las bragas de abuela estaban encima de los vaqueros y era lo primero que se veía.

—¡Muchísimo! No comprendo el insulto gratuito. Parece que, si te conviertes en un fenómeno fan de adolescentes, tienen que desprestigiar tu trabajo día tras día porque, si no, no se quedan a gusto. —Me despaché y le quité mi ropa—. Por cierto, estas bragas horrorosas son de alguna de mis compañeras. —Sí, tirando balones fuera y echando la mierda de la ropa interior cutre sobre Vilma y Sara.

Ismael se cruzó de brazos y bajó el tono:

—Pero no me negarás que era totalmente merecido. Hice un papel horrible de vampiro. —Pronunció cauteloso, como si el tema de conversación no fuera su carrera. Daba la sensación de que estábamos hablando de un actor externo al que yo defendía con uñas y dientes.

—Puede —reconocí—, pero, aun así, la bilis casi me quema el estómago al leerlo. —Yo no podía ser objetiva con él.

Su móvil comenzó a sonar e Ismael lo cogió.

—Es de la productora. Tengo que contestar.

—Sí, yo ya me iba.

Me giré mientras Ismael hablaba con alguien del equipo de rodaje y saludé con mi frente el pico de su estantería. Vamos, que me di una buena hostia que picaba muchísimo.

—¡Mierda! —grité soltando las prendas para darme un masaje en la sien con las dos manos.

—Te llamo en un momento —se apresuró a avisar Ismael a la persona que estaba al otro lado del teléfono, y acudió a mi lado—. Aura, mírame. —Me cogió del mentón para analizar mi cara. Y todo dejó de doler, porque yo ya no podía pensar en otra cosa que en sus labios a la altura de mis ojos—. Te has dado un buen golpe. Esta vez no te libras del chichón. —¿Qué más me daba a mí esa hinchazón con tal de tenerle tan cerca, envuelta entre sus músculos, sintiéndome pequeñita?—. Voy a por hielo para evitar que se inflame mucho.

Como la cocina estaba comunicada con el salón, pude ver cómo removía en el interior del congelador hasta encontrar una bolsa de hielo, coger un par de cubitos, envolverlos en un trapo y venir de vuelta.

—Toma. —Me lo tendió. Lo coloqué en la parte de la frente en la que me había dado el golpe e inmediatamente noté el frío, pero yo necesitaba mucho más para poder bajar mi temperatura corporal, que, en esos momentos, estaba por las nubes—. ¿Quieres que te acompañe a casa?

—Estoy bien, gracias.

Anduvimos hacia la puerta.

—¡La ropa! —recordé.

Ismael la recogió del suelo y me la dio.

—Toda tuya. —Salí al descansillo y, antes de cerrar la puerta, añadió—: Por cierto, Aura, solo una cosa. La próxima vez que te avergüences de tu ropa íntima cómoda y sexy, asegúrate de que no llevan tu nombre cosido en la etiqueta.

—Y este es uno de los motivos por el que algún día llamará un policía a tu puerta para informarte de que me he convertido en una parricida y tú, encogiéndote de hombros, dirás que parecía una chica de lo más normal. —«¿Por qué tenía que hacer esas cosas mamá? ¿Por qué? ¿No se daba cuenta de que nadie en su sano juicio intentaría hurtar esa prenda tan horrible?»—. Y a ti también te llegará tu hora. ¿Por qué no has fingido no ver nada? ¿Eres un sádico y deseabas ser testigo de mi sufrimiento?

—La verdad es que no lo he hecho por ningún motivo, pero estás muy graciosa cuando se te encienden las mejillas.

El móvil volvió a sonar.

—Anda, actor solicitado, atiende el teléfono.

—Nos vemos. Y que sepas que, si esta noche llamas a mi puerta porque se te ha vuelto a caer la colada y resulta que es ropa interior de Victoria's Secret, sabré que lo has hecho aposta —susurró como si fuera nuestro secreto.

—¡Mierda! Acabas de chafarme el plan.

Floté por las escaleras hasta mi casa repitiéndome una y otra vez que Ismael Collado era mi vecino. En el interior me recibió Sara, ¡comiéndose una manzana! Ese detalle no sería importante si no fuera porque llevaba una semana alimentándose a base de bollería industrial para lo que ella denominaba «endulzar su amarga existencia».

—Creo que me he cargado el tendedero —le informé.

—Tranquila, nos has hecho un favor. La cuerda estaba tan podrida que Vilma y yo estábamos meditando un plan para romperla simulando un accidente. —Tiró el corazón de la manzana a la bolsa de residuos orgánicos—. Por cierto, tengo novedades.

—¿Con el Toni?

—¿Toni?, ¿quién es ese? —Me guiñó un ojo y me percaté de que estaba perfectamente maquillada. Vilma siempre iba impoluta, pero Sara solo se pintaba como una puerta si tenía algún plan—. ¿Nunca te he hablado de David, el gasolinero?

Hice memoria. La verdad es que después del décimo nombre de futuros objetivos de «hombre tirita» para que le ayudase a curar la herida perdí la cuenta.

—Creo que no.

—Trabaja en la gasolinera a la que siempre voy a rellenar el depósito. Yo ya había notado miraditas y eso, pero me daba vergüenza decirle algo.

—¿Tú y vergüenza en la misma frase? Hay algo que no me cuadra... —dije medio en serio, medio en broma.

—Bueno, en realidad, nunca había visto la oportunidad.

—Eso ya me lo creo más.

—La cuestión es que hoy, mientras estaba pagando, me he lanzado a la piscina y le he preguntado por qué no me pedía de una maldita vez el móvil en vez de mirarme el escote cuando me agachaba a meter la manguera en mi coche.

—Y será verdad...

—No tenía nada que perder. Si me rechazaba, dejaría de ser su clienta y a otra cosa.

—¿Y qué te ha contestado?

—Que tenía la firme propuesta de hacerlo en ese mismo segundo, y lo ha hecho. —Se echó a reír y los rizos le taparon la cara. Apartó el cabello de manera desenfadada con una mano—. Nada más salir, me ha escrito para ver si quería ir esta tarde a ver una película a su casa, y allí voy.

—¿A su casa? ¿El primer día? —De nuevo acudió a mi cabeza la imagen de Amparo recordándome que los asesinos en serie más importantes de la historia parecían personas totalmente normales y no debía fiarme de nadie, montarme en coches ajenos o ir a la casa de un desconocido.

—Os mandaré la ubicación nada más llegar y lo diré en voz alta para que me escuche. Así, si es un caníbal que quiere comerse mi culazo, se echará para atrás. De todas maneras, ya me toca un cambio de suerte. Después de besar tantos sapos impresentables, alguno tiene que transformarse en príncipe. Tú lo deberías saber bien, es estadística, y se estudia en primero de ADE.

Sara se colgó su bolso maleta en el que nunca encontraba nada de todas las cosas que llevaba y se marchó. Me quedé sola en el piso. Vilma se había apuntado a unas jornadas en la universidad sobre guion en ficción. No es que ahora quisiera ser escritora o creativa, sino que iba cargada de CD, con su currículo artístico y un *book* con fotos y vídeos para entregar a los trabajadores del gremio, por si podía encajar para algún papel. Vamos, como el noventa por ciento de los asistentes.

Intenté buscar una nueva excusa para no tener que ponerme con los aburridos trabajos, pero la casa estaba impoluta, ya no podía comer si no quería reventar y me acababa de terminar la última novela de fantasía erótica que me había comprado.

Encendí el ordenador, desplegué los folios por la mesa, cogí un par de bolígrafos y me metí en el campus virtual de la asignatura para descargarme el enunciado. Para concentrarme mejor puse música de fondo. *Jóvenes eternamente* comenzaba a sonar por los altavoces cuando escuché el eco del timbre. Barajé dos opciones mientras iba a abrir: o a Vilma le había ido realmente mal y ya estaba de vuelta, o Sara había olvidado algo y, como nunca encontraba las llaves en el bolso, se había decantado por la opción más rápida.

Pero al otro lado no estaba ninguna de ellas, sino de nuevo Ismael. Me apresuré a soltarme el moño alto que me había hecho, con el que mis amigos siempre bromeaban pidiendo un *whopper* como si fuera un micrófono o golpeándolo como si fuera el pulsador de cualquier concurso de la televisión al grito de «¡Sé la respuesta!».

—¿Me harías un favor, Aura?

Ismael puso ojos de cordero degollado y morritos de súplica, seductor y sexy. Desde luego, sabía muy bien cómo resaltar sus puntos a favor. Y no le hacía falta. Si me hubiera pedido en ese momento que me fuera con él a Nepal, habría corrido a la comisaría más próxima a hacerme el visado y, si me hubieran dicho que necesitaba cita previa, habría obligado al policía a punta de pistola. Aun así, yo, que tenía una vena maléfica muy desarrollada, me hice de rogar.

—Depende, ¿pondré mi integridad en peligro?

—Totalmente. —Sonrió de una manera traviesa pasándose las manos por el cabello rapado—. Es una misión a vida o muerte que no confiaría más que a alguien tan valiente como para enfrentarse a la organización que me dio el premio al actor más vomitivo.

—Desembucha. Pero te advierto que, si tengo que defenderte de los críticos, vas a tener que pagarme un sobresueldo en negro como *community manager*.

—Se trata de la princesa Leia...

—¿Quieres que me disfrace para alguna convención friki de *La guerra de las galaxias*?

—No esa princesa. Leia, el chihuahua de mi compañera de reparto.

—¿Clara?

—Amanda en su tiempo libre. —El sonido de un gruñido provocó que desviase su vista a la derecha, y yo le imité.

Allí, con una ridícula corona y una —atención al dato— cadena de diamantes, estaba una rata peluda marrón que nos miraba con cara de pocos amigos, mostrándonos unos dientes demasiado desarrollados para su tamaño. Era más feo que los gremlins cuando se transformaban en pequeños monstruos destructivos.

—¿Quieres que lo cuide en casa? —Enarqué una ceja.

—Más bien que lo saques a pasear.

—¿Tiene cagalera y te da asco tener que recoger sus pequeños excrementos?

—Lo haría encantado si no estuvieran los *paparazzi*.

Ismael se cruzó de brazos y se puso serio. Su mandíbula cuadrada se tensó y el gesto de su cara pasó de la diversión al cansancio. No hacía falta que lo dijera en voz alta para saber que estaba harto de tener espías apostados en la puerta de su casa.

—Es la nueva moda, ¿sabes? Desde que descubrieron que Blanca Suárez estaba comenzando una relación con Dani Martín porque vieron al cantante pasear a Pistacho, el perro que le había regalado Miguel Ángel Silvestre hace mil años, encontraron un nuevo filón. —Chasqueó la lengua molesto—. Se han retrasado en la grabación de la última secuencia y Amanda no tenía a nadie que sacase a pasear a la perra y me he ofrecido sin saber que los fotógrafos estarían aquí. No tengo nada con ella y no me apetece salir en las portadas de las revistas del corazón y que comiencen a perseguirme en busca de una imagen que no van a encontrar, mientras me preguntan a todas horas cuándo vamos a formalizar la relación que ellos se inventan para vender más ejemplares. Es agotador.

—Solo le veo un punto flaco a tu plan: ¿qué pasa si deducen erróneamente que yo soy la nueva novia de Amanda? —bromeé.

—Que Amanda demostraría tener un gusto exquisito.

Otra vez sentí el calor lamiendo mi cuerpo.

—Antes de aceptar, debes saber que mi paciencia es limitada y mi agresividad no conoce límites, y me veo haciéndome viral enseñándole el culo a los cámaras o alguna salida de tono del estilo.

—Si me juras que vas a hacer eso, doy yo mismo el chivatazo. —De nuevo se relajó.

—Anda, deja de hacer mohínes y dame la correa y las bolsas, Leia y yo tenemos una cita con el baño.

Nuestros dedos se encontraron por el camino mientras me la tendía y no pude evitar dar un respingo que, por supuesto, no le pasó desapercibido y le hizo mucha gracia, aunque no dijo nada. Intentaba normalizar la situación de estar hablando con el hombre al que más admiraba, pero necesitaba tiempo, por lo menos unas horas, para asimilarlo.

—No te mentía cuando te decía que era un favor a vida o muerte. En el set todo el mundo teme a la pequeña Leia.

—Eso es porque los trabajadores del mundo del cine sois muy blanditos... Os movéis por decorados y os reemplazan figurantes para no romperos una uña en las escenas de acción...

—Recuerda que yo te he avisado.

Y no había exagerado. Leia venía directamente desde las cavernas del infierno para hacer la vida imposible a todo aquel que osase tener contacto con ella. Siendo un perro más pequeño que el conejo belier de una de mis amigas, se dedicaba a ladrar a los más grandes y, cuando estos respondían a sus provocaciones, corría y se escondía entre mis piernas mientras se meaba encima y se sacudía en los bajos de mi pantalón. Así, casi me muerden un par de pastores alemanes, y tuve que pedir disculpas a más de un dueño.

Todo podría haber acabado ahí, pero no fue así. Cuando comprendí que Leia no quería amigos, la llevé a un parque en el que ella era el único animal. El chihuahua cagó y debió de creer que su mierda era sagrada, porque cada vez que intentaba recogerla, me gruñía y corría hacia mi mano enarbolando los dientes por bandera. Al final, tuve que arriesgarme y cogerla y... Si algo tenía ese chihuahua era energía. Cuando parecía que ya no podía hacer nada más para tocarme las narices, la pequeña Leia decidió que había llegado el momento de echarse una siesta al fresquito. ¡Y ni se te ocurriera tratar de atraparla para llevarla en brazos hasta casa! No. La señorita descansó su media hora larga y, cuando se despertó, me ladró hasta que le coloqué bien la corona y decidió que podíamos regresar al piso.

Para lo único que me sirvió la experiencia fue para prometerme que, si algún día adoptaba una mascota, la educaría aunque se me fuera la vida en ello. ¿Acaso no existía un *Hermano mayor* para animales? Porque Leia necesitaba una rehabilitación de manera inminente.

Cuando Ismael me abrió la puerta de su casa, casi le tiro la correa del perro. Pero se había quitado los vaqueros y llevaba un pantalón suelto y ancho, gris oscuro, y una camiseta blanca de tirantes que dejaba expuesto su torso, tan marcado, tan fuerte, tan perfecto que superaba mis mejores fantasías.

Me quedé, esto, embobada.

—Me tenías asustado. Con todo lo que has tardado, ya pensaba que os habían secuestrado y me iban a pedir un rescate. Estaba haciendo una lista de gente a la que podía pedir dinero para reunir el efectivo en tiempo récord.

—¡Exagerado!

Tenía las ventanas abiertas y, gracias a una ráfaga de aire, me llegó el olor de la lubina al horno que había servido en un plato en la mesita del salón. También sabía cocinar, ¿tenía algún fallo? Ya no solo era mi chico perfecto, por esa cara de adonis acompañada de un cuerpo de infarto; ahora, con la limpieza del piso y su maña para los fogones, también era el de mi madre.

—¿Qué tal tu experiencia con Leia?

—Nos hemos hecho amigas.

—¿De verdad?

—Sí, es puro amor.

Ismael enarcó una ceja. Estaba mintiendo, pero no le iba a dar la satisfacción de que conociera mi sufrimiento con ese chucho que esperaba no volver a ver en la vida. De hecho, estaba segura de que, si salía en alguna revista con Amanda, pasaría corriendo las páginas para no tener que recordar mis dos horas a su lado.

—¿Tienes Twitter? —Cambió el rumbo de la conversación y su pregunta me pilló desprevenida.

—Sí, ¿por? —consulté cautelosa.

—Para seguirte, obviamente.

—@AuraNu —contesté recelosa.

—Bien, ahora mismo lo hago.

—¿Por algún motivo en especial?

—¿De verdad piensas que, conociendo como conozco a Leia, que viene al noventa y nueve por ciento de los rodajes, me puedo creer que es puro amor? Estoy deseando leer lo que piensas realmente de tu paseo con ella. Ya me imagino el tuit: «En casa después de la peor hora y media de mi estancia en Madrid #OdioChihuahuaParaSiempre».

—Estás muy equivocado. Escribiré algo como: «Si me queréis, compradme un chihuahua #AdoroAEsasRatasTanFeas».

No me había dado tiempo a llegar al 3.º A cuando mi móvil me avisó de que el mismísimo Ismael Collado me seguía. En otros momentos habría creído que se trataba de un error o que me llamaba igual que alguna amiga suya y se había confundido. Sin embargo, ese día tenía prisa por un motivo muy concreto. Normalmente daba rienda suelta a mis desvaríos varios en las redes sociales y estaba completamente segura de que en el pasado habría puesto algún comentario sobre Ismael o Nacho, su personaje en la ficción, en el que parecería una perra en celo que se moría por sus huesos. Y tal vez todo eso era cierto, pero no era necesario que él conociese ese detalle y solicitase una orden de alejamiento por acoso.

Saludé a Vilma, que ya había regresado de su curso de guion y estaba concentrada apuntando cuántos currículos había logrado entregar, mientras corría mi propia maratón hacia mi habitación, donde el ordenador, que de nuevo me había dejado encendido, estaba con la pantalla en negro anunciando su muerte inminente. Lo apagué y me metí en la App lo más rápido posible de pie para leer todo lo que había publicado desde que me había abierto el perfil. ¿De verdad era una niña de doce años con un payaso en su interior? Porque eso parecía según leía mis tuits. La mayoría de los que se referían a Ismael eran aceptables. Alababa su carrera o la pareja que formaba con Clara en la ficción. A todos podía darles el visto bueno menos a uno, que dejaba claro que aquella noche las hormonas tomaron el control de mis dedos: «¿De verdad @Ismael Collado no está hecho por ordenador? ¡No se puede estar más bueno! Parece tan dulce que solo con mirarle se me pica una muela #CuántoMeCobrasPorDarteUnBocado».

Era el típico piropo malo que no me apetecía que leyera, así que lo borré, y, antes de darle al botón en el que afirmaba estar segura de lo que quería hacer, Ismael me escribió por privado.

Vamos, que estoy deseando leer tu verdadera opinión.

Me apresuré a contestar:

Ya te la he dicho. Que tú no le caigas bien a la preciosa Leia no significa que no haya caído sucumbida ante mis encantos.

No te lo crees ni tú.

¡Vamos, cena esa suculenta lubina y deja de molestarme!

Por supuesto, esperaba que siguiera haciéndolo hasta que se me entumecieran las manos.

Ahora que hablas de comida, espero que tu muela esté bien y, por un paseo diario a Leia, te dejo que me pegues ese bocado del que hablabas en un tuit que, por cierto, ¿has borrado?

Te odio. ¿No podrías fingir que no lo habías leído, como cuando has visto mis bragas de abuela que, por cierto, déjame decirte que son muy cómodas?

Ya te he dicho que estás muy graciosa
con las mejillas encendidas. Además,
no se me da muy bien mentir...

> Pues deberías, que para eso eres
> actor. Si no, el año que viene te
> ganarás otro premio vomitivo...

Eso es un golpe bajo y duele mucho,
más que tu chichón, patosa.

> ¿Ahora me insultas? Deberías estar
> haciéndome la ola después de sacar
> a ese bicho inmundo.

Y la verdad sale a la luz: D.

¡Mierda! Había picado con sus provocaciones.

> Pues sí, la verdad es que voy a mandar
> un cuestionario al encantador
> de perros para que acepte el caso de
> ese chihuahua.

Entiendo que te debo una cena por
las molestias.

> ¿Una? ¡Una por cada vez que me ha
> gruñido! Lo que se traduce en que no
> voy a cocinar durante todo este año.

Trato hecho, patosa-con-un-gusto-
para-la-ropa-interior-discutible.
Por cierto, gracias.

De nada, pero la próxima vez
que subas con Leia, trae un fajo
de billetes bajo el brazo o me negaré
en redondo a aceptar.

No te las daba por eso.

Ismael pegó un *link* y lo pulsé. Llevaba directo a una
de mis fotografías de Twitter. Era una imagen en la que
salía con una nariz de payaso y posaba mal aposta. Con
una cara tan horrible que me dieron ganas de buscar el
teléfono de un exorcista para que expulsase al orco interno que me poseía cuando intuía el *flash* de una cámara.
Iba a contraatacar, pero él se me adelantó.

Creo que voy a ver esta foto todos los
días antes de irme a dormir. Por muy
dura que sea la jornada, estoy seguro
de que siempre me hará reír.

Me alegra ser oficialmente tu mono
de feria particular.

No, de verdad, gracias por devolverme
la sonrisa, que creía perdida entre
photocalls, actuaciones y posados.
Hacía tiempo que no surgía de
manera involuntaria.

Ya que soy la causa, creo que tengo
derecho a verla.

Y lo harás. Acción-reacción. Empiezo a
pensar que mis mejillas responden
espontáneamente cuando pienso en ti.

¿Porque soy una patosa y sabes
que de un momento a otro
me ocurrirá algo?

Eso también, pero no es el motivo
principal. Eres diferente al resto de la
gente. Por lo menos, de los que me
rodean. Y con esto te dejo, que la
lubina se enfría.

Yo soy más de carne. Lo digo por la
cena, que no se me olvida. Soy
española, es oír «gratis» y mi memoria
lo graba a fuego.

Carne será, entonces. Buenas noches,
Aura.

Buenas noches, Ismael. Y no ronques,
que solo nos separan veinte
centímetros de techo...

Está bien saberlo. Si alguien me ataca
en mitad de la noche, gritaré...

Y yo bajaré a salvarte.

¿Lo ves? Acabo de sonreír.

Ismael no escribió nada más y yo me tiré encima del
colchón, rebotando como de costumbre, con un único
deseo un poco suicida, ya que todo estaba tan viejo en ese
edificio: ¿no se podía venir el suelo abajo accidentalmente
y caer a su lado?

Capítulo 8

Si tú me dices ven, lo dejo todo.
¡Dímelo, por favor!

«Juernes.» El corrector ortográfico, que era un poco anti-
cuado y no estaba a la moda, todavía lo cambiaba y tenía
que reescribir el nombre del día por excelencia de los universitarios. Y es que las calles de Madrid eran nuestras por
una noche. La ciudad, con sus arterias interminables, se
llenaba de estudiantes hasta el punto de que la capital se
podía equiparar con Salamanca o Granada. Las discotecas
y los pubs, conscientes de este fenómeno que iba al alza,
sacaban su munición pesada innovando e inventando todo
tipo de fiestas para completar el aforo. Estaba la del semáforo, en la cual vestías dependiendo de tu estado civil:
solteros, de verde; con un amigo especial o con novio, pero
sin mucha consideración por este, de amarillo; y los feliz-
mente emparejados, de rojo. También la de la tuerca, en la
que te daban un tornillo y una tuerca y, si encontrabas a tu
pareja, conseguías una copa gratis. Vamos, más que camareros, contrataban creativos para inventar todo tipo de
festividades en las que los jóvenes se gastaran los últimos
ahorros antes del temido último fin de semana del mes.

¡Por no hablar de los erasmus! No lo podía evitar. Me meaba de la risa con los extranjeros. La mayoría, que llevaba aquí desde finales de agosto, no sabía cómo se preguntaba la hora, pero eran expertos en la materia si tenían que pedir una cerveza, sangría o recitar los nombres de las diferentes tapas.

Aunque sabía que al día siguiente me arrepentiría de mi decisión cuando sonase el despertador para ir a clase, acepté la invitación de Dani para acudir a la fiesta de su colegio mayor en la que inauguraban el curso académico de este año. Llevaba toda la semana insistiendo porque, si no metía ninguna chica, le estarían atormentando toda la noche y, al final, llevaba a tres: Sara, Ana y yo.

Su colegio mayor tenía algunas cosas rancias que apestaban.

—Creo que he oído la puerta. Voy a decirle a Vilma si se apunta.

—Ni se te ocurra.

Me detuvo Sara, que estaba pletórica después de haber quedado tres veces más con el gasolinero (así le llamaba ella y yo había olvidado su nombre), el cual siempre tenía múltiples excusas —un día tenía fiebre, otro le dolía la cabeza, o iba mal de pelas...—, algunas más evidentes que otras, para no quedar fuera y tener a mi amiga dentro de las cuatro paredes de su piso compartido en busca de un polvo que, por lo visto, todavía no había llegado. Vilma se lo había intentado decir a nuestra compañera, pero su ceguera con los hombres era crónica y siempre encontraba algún pretexto para darle la razón a él. Si no la hubiera conocido, nunca habría creído que existía gente tan inocente, maravillosa y que se valorase tan poco. Sara era genial, pero ella no lo veía, y se codeaba con cerdos impresentables.

—Hoy es el día punta, talón, punta —añadió mientras seguía estirándome el pelo para lograr hacerme una trenza lateral que saliera de raíz y terminase transformándose en una de espiga.

—¿El día punta, talón, qué? —me quejé del tirón que me dio.

Estaba bien que me hubiese maquillado y ayudado a seleccionar el vestido rosa palo, de corte griego con la espalda al descubierto cruzada simplemente con dos tiras, pero el dolor de cabeza que me estaba produciendo para que el peinado estuviese firme se me antojó como una tortura por comerme la última napolitana de chocolate para merendar. Sara y yo peleábamos habitualmente por el chocolate.

—Solo hay un día en el que no tienes que hablar a Vilma si no quieres que te arranque los ojos. Yo le llamo su día punta, talón, punta.

—¿Y recibe ese nombre por algún motivo en especial?

—Te lo debería contar ella... —A través del espejo pude ver que Sara se ponía seria. Iba a decirle que no importaba, que ya me lo contaría Vilma en el momento que quisiese, cuando la lengua de la morena empezó a largar—: Está bien, te lo contaré. —pronunció, como si yo le hubiese insistido en algún momento. Era muy buena, pero los secretos le quemaban por dentro si no los compartía con los demás—. Ya sabes que, si Vilma un día habla contigo de este tema, tienes que fingir que no sabías nada...

Lo que habría hecho una buena amiga sería taparse los oídos y negarse a escuchar el contenido. «¿Qué dices? No quiero oír ni una palabra más. Esperaré a que Vilma decida hacerme partícipe de su intimidad.» Eso debí argumentar entonces, pero en su lugar, afiné el oído. Tenía muchos defectos, y la curiosidad era el que se comía a todos.

—Hoy salen las plazas de los bailarines que interpretarán este año *El cascanueces* con el *ballet* ruso. El *ballet* ruso le deprime un pelín.

—¿Por qué?

—Vilma estudió danza durante toda su infancia. Vivió por y para lograr la meta que se había propuesto, que era participar en esa actuación en concreto. Lo demás no le importaba. Prácticamente aparcó su niñez, su adolescencia, sus amistades, sus días de cine..., todo a cambio de triunfar, comerse el escenario y convertirse en una estrella cuyo nombre acabase coronando alguna escuela de baile cuando se retirase.

—¿No superó las pruebas?

—Sí, ella iba a ser la bailarina principal.

—¿Y qué pasó?

—Se permitió un paréntesis, un día de celebración sin dieta, probando el alcohol, saliendo por ahí... Y se pilló un pedo de colores con una cerveza y un par de chupitos, con tan mala suerte que perdió el equilibrio, se jodió el tobillo por tres partes y tuvo que despedirse de todo lo que había soñado.

—¡Pobre! —Me llevé la mano a la boca. No era capaz de imaginar lo que debió de sufrir. Llevar años esforzándote para alcanzar la cima de la montaña y, una vez en el pico, caer de golpe sin ningún tipo de protección que mitigase el dolor.

—Yo tengo una teoría. Siempre he creído que las cosas ocurren por algo. Creo que en el cosmos no hay azar, sino destino. Pienso que lo que le pasó fue un regalo, una oportunidad.

—¿Un regalo? Recuérdame que no te invite a mi cumpleaños, que lo mismo apareces con ántrax...

—No, en serio. Una vez leí en un libro de autoayuda que la vida es lo que pasa mientras esperas que pase algo. Eso le ocurría a ella. Ni siquiera tenía una amiga que la fuese a visitar al hospital durante la rehabilitación. Estaba sola. Se había obsesionado tanto con el *ballet* que había eliminado el resto de los aspectos que componen al ser humano, los sentimientos, el cariño. Cuando llegó aquí no sabía ni relacionarse con las personas. Y empezó a vivir. A saborear las rutinas, el día a día, y no basar su corta existencia en dos conceptos: ganar o perder. Ahora no trabaja porque es lo único que tiene, sino porque le hace feliz. Ha descubierto que es posible aunar la vida profesional y personal.

—Si eso es cierto, ¿por qué cada año se deprime el mismo día?

—Ella era una infeliz, pero ha idealizado ese recuerdo para no sentir que tiró diecisiete años por la borda...

Continuamos debatiendo hasta que estuvimos listas. Utilizamos mi habilidad recientemente adquirida —el conocimiento de todas las líneas de autobuses y sus paradas— y fuimos hasta el colegio mayor de Dani. En la entrada nos esperaba Ana, que, contra todo pronóstico —siempre vestía con pantalones anchos y cuantos más estampados tuviesen, mejor—, iba ataviada con una falda de tubo negra ceñida, una camisa morada, del mismo tono que su pelo, y unos zapatos de plataforma. Le presenté a Sara y, mientras esperábamos a nuestro amigo, vimos el desfile de mujeres y hombres que iban entrando.

—Dios, voy tan apretada que creo que voy a estallar cuando me tome una o quince cervezas —se quejó Ana y las demás nos reímos.

Dani salió a recogernos al rato. Con su traje de corbata negro y camisa blanca parecía un ejecutivo, pero, como de costumbre, rompía esa aura misteriosa con la manía de mirarse la puntera de los zapatos y hablar más para el cuello de su camisa que a nosotras. Nos saludó a las tres y nos tendió las invitaciones.

—¿Hay mucha comida? ¡Me muero de hambre! —exclamó Ana quejumbrosa.

—Creo que mis compañeros han preferido gastar casi todo el presupuesto en bebida. —Se encogió de hombros mientras nos indicaba que le siguiésemos.

—¿Quién en su sano juicio hace una fiesta a las siete y media de la tarde y no pone casi canapés? —se indignó nuestra amiga, colocándose las gafas de medialuna.

—¡Esa me la sé! —Levantó el brazo de un modo muy gracioso Sara, como si estuviera en mitad de una lección—. Unos chicos que quieren haber olvidado cómo se habla a las ocho.

—Pues ya son mayorcitos para andarse con esas gilipolleces...

—Si supieras la apuesta que han hecho los veteranos... Tienen una competición para ver quién consigue más chupetones —relató avergonzado Dani.

—Si ya lo decía una buena amiga mía: con cada pelo nuevo que les nace en las pelotas, se vuelven más salidos. Debe de ser algo genético. Es culpa del vello corporal, que excita su testosterona... —Sara no parecía del todo escandalizada. De hecho, creo que le gustaba el juego que se habían inventado los mayores del colegio mayor, pero no lo decía en voz alta para no sufrir el ataque «Kung Fu Panda» de Ana.

—¡Pues que se depilen!

—Esa es la peor solución. Luego les saldrán más.

—¿Y cuándo maduran estos seres repletos de testosterona?

—¡Nunca! —gritamos Sara y yo al unísono.

—¡Eh, que yo también soy miembro del colegio mayor! —se quejó Dani.

—Ya, tú eres la excepción que me hace seguir creyendo en el cromosoma Y. —Le besé en la mejilla.

En el pasillo que conducía al salón había un *photocall*. Habríamos parado, pero, dado que cada grupo de amigos posaba por lo menos diez minutos, nos habríamos pasado allí toda la tarde. Continuamos nuestro camino hasta el salón, que, junto a la terraza y los baños de las plantas bajas, eran las únicas zonas habilitadas para que estuviésemos las chicas. Apostados como gorilas, los bedeles se colocaban estratégicamente en cada uno de los accesos a las habitaciones para evitar que la inauguración del colegio mayor se acabase convirtiendo en una plaga de embarazos no deseados.

El espacio estaba dividido en dos zonas. En una estaban las mesas sobre las que reposaban los pocos pinchos que habían comprado —tortillas, saladitos y algún que otro sándwich variado— y las botellas que me permitían asegurar que nadie saldría de allí con sed y manteniendo el equilibrio. En la otra estaba la pista, totalmente vacía, en la que dentro de unas horas bailaríamos sin ritmo alguno, tratando de poder respirar entre la sudorosa marea humana.

Estábamos para grabar un documental de Netflix, en serio. A un lado, todos los chicos y, en el otro, nosotras. La escena era tan absurda que me dio la risa. Sacudí la cabeza y descubrí que Sara ya tenía una copa en la mano, cómo la había conseguido a esa velocidad y sin que nos diéramos cuenta solo lo supo ella.

—Esto está lleno de tíos buenos —dijo.

—¿Y el gasolinero? —le recordé, aunque, si mi intuición era cierta, ese chico no se merecía esa deferencia por mi parte.

—Probabilidad y estadística. Aura, tienes que estudiar más o vas a suspender todas. Cuantos más sapos bese, más oportunidades tengo de dar con el príncipe...

—O contraer un herpes. —Le guiñé un ojo.

Dentro de la producción audiovisual que estaba imaginando solo desentonaban dos especies en peligro de extinción: Dani y Ana. Mientras ella contabilizaba los canapés, él se aproximaba cada vez más a la esquina para intentar pasar desapercibido las horas, de tormento seguramente, que le quedaban antes de irse a dormir.

—Huelebragas, deja de parecer un maricón inútil y lígate a una tía que esté buena —le dijo uno de los chicos al pasar por su lado.

Y, como buena amiga que era, con una furia asesina activada por haber visto cómo maltrataba a mi amigo, fui dispuesta a encararme con él.

—No, ¿qué crees que vas a hacer? —Me detuvo Dani a mitad de camino con los ojos como platos.

—Pedirle explicaciones, mandarle a la mierda o sacar el dedo corazón e introducírselo por el orificio de la nariz, todavía no lo he decidido. —Mi hermano, que en lo que a peleas respecta era todo un profesional, siempre me decía que lo peor que se le podía hacer a un chico era dejarle en ridículo. A su ego le herían más la educación o la humillación que los puñetazos.

—No es necesario. No te preocupes, que no me afecta. Los chicos de aquí solo sueltan perlas por la boca comparadas con las cosas que me ha dicho mi madre...

—Pues tal vez tenga que ir un día a León y lavársela con la escobilla del váter para que aprenda que la mierda solo se tira ahí.

Dani sonrió y, por primera vez, me miró a los ojos, aunque solo duró un segundo antes de comenzar a frotarse las manos de nuevo con nerviosismo.

—Gracias.

—Para lo que necesites puedes llamarme. Soy tu *malota* a domicilio.

Siempre había sido la amiga caótica alrededor de la cual giran casi todas las anécdotas después de una fiesta. Lo que más odiaba del reencuentro del día siguiente era tener que soportar cómo lo relataban con pelos y señales una y otra vez. Daba la sensación de que, en vez de disfrutar, ellos se pasaban la noche a la espera de ver qué hacía.

Ese día, en cambio, yo era la amiga que bebe poco y controla a los demás. Una mera espectadora observando cómo Dani, gracias al estado de desinhibición del alcohol, balbuceaba con otros novatos que, como él, no estaban del todo de acuerdo con las novatadas y parecía que estaban organizando un motín; Ana conseguía ingentes cantidades de comida gracias a su recién adquirida relación con dos miembros del *catering* por los que sentía mucho interés —aunque no era capaz de distinguir si en él o en ella—; y Sara —ella era caso aparte— bailaba encantada encima de una mesa, un pódium improvisado donde se restregaba, como si tuviera sarna y le picase, con dos veteranos que ya tenían el cuello morado gracias a la apuesta.

El móvil me vibró en ese momento, y dejé de observar la película americana que se había organizado a mi alrededor para ver quién me escribía a las nueve de la noche.

Solomillo y vino, ¿te apuntas
a la cena?

Ismael me había escrito un privado por Twitter en el que había adjuntado una fotografía en la que se veía la carnaza y la botella. Sin pensármelo dos veces, me apresuré a contestar:

Sí.

Te espero, ¿en diez minutos?

Dame mejor treinta.

Tardona...

Lo bueno se hace esperar.

Yo, que tantas veces había escupido al cielo despotricando sobre las personas que dejaban tiradas a las amigas por un chico, esperaba impaciente a que el *gapo* cayese en la diana de mi frente. Me decía que Ana, Sara y Dani no tenían por qué enfadarse, pero aun así evité el conflicto con una pequeña mentirijilla, afirmando que había olvidado terminar la práctica del día siguiente y me tenía que marchar inmediatamente.

Como mis compañeros de clase ya la tenían hecha, se ofrecieron a ayudarme, y tuve que hacer acopio del discurso propio de una chica formal que se negaba porque ella no hacía los trabajos para aprobar, sino para aprender, y, de esta manera, no era correcto hacer trampas usando seis manos en lugar de dos.

El problema era la morena de pelo rizado, que, a esas alturas, se creía que tenía el mismo movimiento de caderas que Shakira. Si ella decía de acompañarme a casa, mi red de mentiras caería por su propio peso. Por suerte, cuando fui a su particular escenario, me indicó que se quedaba y que no la esperase despierta.

Con todos los cabos atados y una excitación nerviosa que aumentaba conforme desandaba el camino rumbo a mi portal, llegué al 2.º A, el piso de Ismael, y pulsé el timbre. Abrió la puerta ataviado con unos sencillos vaqueros azul marino desgastados en la zona de los muslos, una camiseta blanca de manga corta y un colgante de un símbolo celta con la cuerda negra. Era su *look casual* y, aun así, superaba a todos los chicos trajeados que acababa de ver en la fiesta del colegio mayor.

—Estás preciosa, Aura —me saludó Ismael bastante impresionado por mi atuendo.

—Tampoco es para tanto. —Me hice la interesante como si en mi día a día saliese a comprar el pan con recogidos laboriosos, vestidos de princesa y tacones. Con familiaridad me metí en el interior del piso y él cerró la puerta detrás de mí. Me recibió un olor a frambuesa y me percaté de que había encendido unas velas aromáticas en la mesa que estaba junto a la pequeña terraza—. Tenía una fiesta en uno de esos colegios mayores que te obligan a ir de etiqueta... —confesé al percatarme de que no se lo tragaba, para que no pensara que me había esmerado tanto en mi aspecto porque estaba coladita hasta por las células de su sistema nervioso.

—¿Y te has ido por mi mensaje? Podíamos haber pospuesto la cena para otro día...

¡Mierda! Me había pillado. Salí por la tangente.

—¡Qué va! Estaba yendo hacia la puerta cuando lo he leído. Ya tenía material suficiente para hacer el guion de la versión española de *Euphoria*...

—Cuando lo termines, déjamelo y se lo paso a mi agente... —bromeó indicándome que tomara asiento en la mesa.

—¡Pues sería todo un éxito! Tiene todos los ingredientes para convertirse en uno de esos bodrios típicos que tanto nos gustan: jóvenes, mucho alcohol, sexo y, si queremos darle un giro interesante, más sexo y algún asesinato.

—A veces me asustas... —murmuró con esa sonrisa que le acentuaba los hoyuelos. Colocó tres botellas delante de mí, dos de tinto y una de blanco—. ¿Tinto o blanco?

—Tinto. —Elegí esta porque tenía dos, para no dejarle sin blanco. Bueno, y también porque me sonaba que mi padre decía que era lo que se bebía con la carne.

—¿Ribera o Rioja?

—Rioja —decidí, y no porque conociera la denominación. De hecho, el único vino tinto que yo bebía con mis amigas era el malucho que sus madres compraban para cocinar y nosotras le quitábamos disimuladamente, o las marcas blancas de los supermercados de Cuenca. Pero en esos momentos Rioja me sonó mejor, por aquello de que llevaba el nombre de una comunidad autónoma y tal.

Ismael sacó dos copas de cristal, descorchó la botella y sirvió el vino. Todo parecía tan adulto que sentí que, por primera vez, me pegaban más los tacones —los cuales llevaba puestos, por cierto— que las Converse que había dejado en mi habitación.

—¿Por qué brindamos? —le pregunté.

—¿Por Leia? —Enarcó las cejas esperando mi respuesta.

—Perteneces a una secta satánica y adoras a ese diablillo, ¿verdad? No se me ocurre ningún otro motivo para dedicarle absolutamente nada...

—Si no hubiera sido por tu sufrimiento sacándola a pasear, no se habría producido este encuentro...

—Eso solo fue la excusa que utilizaste. Me habrías acabado invitando a cenar igualmente, y lo sabes. —Me tiré un farol enorme, pero no se notó porque mis maestros de mus me habían enseñado a disimular demasiado bien cuando aguardaba una respuesta al borde del infarto.

—Seguramente —afirmó tras meditar, y los gusanos de mi estómago se transformaron en mariposas, la mayoría de ellas rosas y empalagosas, que emprendieron el vuelo—. Pero habría tardado más tiempo en descubrirte.

—Entonces, brindemos por ella.

Las copas chocaron en el aire, apoyé el fino cristal en mis labios, sorbí un trago... y tuve que contenerme para que los músculos de mi cara no se tensaran hasta formar una cara de asco que asustase. Tal vez fuera el mejor vino del mundo, pero yo no entendía y me sabía como meterme un rayo de Zeus directamente por la garganta.

—Sé que va a sonar muy poco glamuroso, pero ¿podrías sacarme una Coca-Cola para acompañarlo?

—¿Vas a hacerte un calimocho con un gran reserva? —Se puso tan serio que no sabía si estaba actuando o le molestaba de verdad.

—Solo si tú me acompañas. Hay quien dice que hago las mejores mezclas de San Mateo y turbas.

Ismael se echó a reír y comprobé que era verdad: le había robado una sonrisa que no había visto nunca en ninguna de sus sesiones fotográficas, series o películas.

—Está bien, ¿te vale normal o tiene que ser Zero o Light?

—Voy a comerme un filetón de medio kilo, normal está bien. —Sonreí.

Regresó con la Coca-Cola y, mientras yo la servía, colocó dos manteles individuales negros y los cubiertos antes de traer un suculento plato en el que había espárragos, pimientos rojos y un par de patatas enanas, todo ello asado.

—¡Alguien te ha robado la carne! —bromeé enarbolando el cuchillo en la mano.

—Tranquila, que hoy no te vas hasta que te pese la barriga al andar y tengas que subir inclinada hacia atrás con las manos en los riñones para hacer contrapeso. —Bebió un sorbo del vaso—. Está bueno. Ya ni recuerdo la última vez que bebí un calimocho de botellón...

—¡No hables como si tuvieras cincuenta años! —En realidad, lo que no quería es que me viese como una niña pequeña. Cuatro años de diferencia no era nada—. Muchos de mis amigos siguen bebiendo en la calle con veintidós; no todos somos tan *cool* y vamos a reservados donde nos invitan a botellas de doscientos euros.

—Algún día te llevaré.

—No lo digas si no tienes la firme intención de cumplirlo, que ya te dije: escucho «gratis» y lo marco en mi agenda...

—Iremos juntos, Aura, no lo dudes.

De no haberse marchado en esos momentos a la cocina, habría visto mi gesto de victoria y mis labios apretados con fuerza para evitar gritar de alegría. Regresó con la carne en una bandeja, cruda y partida en filetes finos, y una piedra con ascuas debajo para que nosotros mismos la hiciéramos a nuestro gusto.

—Sácala cuando quieras. A mí me gusta medio cruda... —dijo Ismael, espolvoreó sal encima de los dos filetes y los colocó en la piedra. El calor comenzó a cocinar la carne, que emitía una columna de humo con un olor tan apetecible que hizo que mis tripas aplaudiesen por su elección.

—¿Te acostumbraste a la sangre en el rodaje que hacías de vampiro?

—¡No me lo recuerdes! Todavía temo que mis hijos dejen de respetarme el día que vean la película...

—Así que «el niño malo de España» —así le llamaban en la mayoría de los medios de comunicación— quiere formar una familia.

—Sí, algún día me gustaría tenerla... ¿A ti no? —Sacó el filete tan poco hecho que temí que llegase el día que comiera directamente de la vaca.

—No lo sé, todavía no me lo he planteado. —Tener hijos se me antojaba algo tan lejano como el día en que visitara la Luna o Marte. Me daba igual cuál de los dos astros, pero antes de morirme tenía que poner el pie en alguno.

—Es verdad, eres demasiado joven.

—¡Y tú, un viejo anticipado, como los futbolistas, que con diecinueve años se casan, con veinte tienen un hijo, con veintiuno les pillan la primera infidelidad y a los veintidós se divorcian!

—Supongo que es adelantarme, pero ya sabes lo que dicen, lo que hay que hacer para sentirte completo en esta vida: plantar un árbol, escribir un libro y tener un hijo...

—Sí, y también soy consciente de que nadie te avisa de lo importante. El árbol hay que regarlo, el hijo hay que cuidarlo y para escribir y tener algo que contar has de observar el mundo con la emoción de un niño y no con la indiferencia de un adulto.

Saqué mi filete al borde de quedar carbonizado y, combinándolo con un trozo de pimiento rojo, lo introduje en la boca. La carne de ternera estaba buenísima, se deshacía en el paladar. Estaba tan absorta saboreando mi comida que no me percaté hasta pasado un rato de que tenía sus ojos negros fijos en mí. Más que mirarme, parecía que estaba tratando de romper una especie de escudo invisible que me envolvía para poder leer en mi interior.

Su postura llamó mi atención. Mientras que con los ojos me rozaba íntimamente, los brazos estaban colocados encima de la mesa, sentado totalmente erguido con una leve inclinación a la derecha, en tensión, intentando estar perfecto, con sus músculos en su mejor pose para que se marcaran definidos, como si en vez de compartir una conversación mientras cenábamos estuviese esperando que sacase la cámara para hacer fotografías para el cartel de su próxima película.

—Conmigo puedes relajarte. Lo sabes, ¿verdad?

—Sí, de hecho, lo estoy. —Parecía confuso por mis palabras.

—No. Estás en tensión, como si tuvieras que mantener esa pose de tipo duromacarra que interpretas en la mayoría de tus papeles. ¡Si hasta estás sacando bíceps, cuando es más que evidente que tus brazos son dos rocas!

Ismael miró su incómoda y posada postura y asintió.

—Llevas razón. Mis representantes insisten tanto en la imagen que tengo que proyectar que a veces creo que he olvidado mi propia identidad —afirmó serio.

—Pues esta noche mando yo. Solo tienes que hacer caso a mis indicaciones, que para eso soy la invitada..., y lo único que quiero es que estés tranquilo, calmado, sin máscaras, con confianza. No me apetece cenar con la persona que quieren que seas, sino con quien eres realmente. Tienes permiso para hacer cualquier cosa... excepto tirarte un eructo; soy muy intransigente con los gases. Para eso esperamos a la tercera o cuarta cena cuando haya confianza.

—¿Habrá tantas? —Enarcó una ceja, pero sus ojos negros brillaban contentos con la perspectiva.

—Me prometiste una por gruñido de Leia —le recordé—. Al final voy a tener que agradecerle que no parase de enseñarme los dientes toda la tarde.

—Voy a intentarlo, pero no sé si podré ser yo mismo. La fama puede llegar a ser desbordante y surrealista. Todo el mundo se cree con derecho a tener un punto de vista sobre ti y te hacen dudar. Creo que a veces conozco más lo que pensaría o haría Nacho en una situación que mi propia opinión.

—En eso puedo ayudarte. Toda chica que se precie sabe escuchar, así que, si quieres, puedes hablar conmigo.

Ismael sirvió más vino en las dos copas y yo le añadí la Coca-Cola.

—¿Y cómo empezamos?

—Háblame de ti.

—Espera que haga memoria. —Le dio un sorbo al calimocho con delicadeza mientras meditaba. Estaba increíblemente sexy con la copa en la mano. Yo siempre había salido con chicos, y él era un hombre que desprendía atracción en gestos tan cotidianos como partir un simple filetón de ternera con contundencia—. Creo que grabé mi primer anuncio con ocho años. Luego hice un par de cameos y...

—No. Eso no es lo que te he pedido —le interrumpí—. No quiero que me relates tus logros profesionales. Para eso ya está la Wikipedia o mis propias investigaciones en internet. —No me importó que se me hubiera escapado. No quería fingir que no le había admirado en el

126

pasado. Si pretendía que él fuese sincero, tenía que empezar por mostrarme como era, sin intentar impresionarle.

—¿Me has *stalkeado* por internet?

—Bueno, sí, un poco. Pero no quiero conocer al artista que me ha obsesionado durante la adolescencia, sino a la persona que tengo enfrente y parece que vale la pena.

—¿Por qué había tenido que ser tan directa? Quería que la tierra me tragase más allá del manto, hasta la mesosfera o el núcleo interior. Sin embargo, a Ismael no pareció asustarle mi comentario y, consciente de mi incomodidad, intervino:

—Tampoco hay mucho que contar... Por ejemplo, seguro que tú has vivido más anécdotas interesantes unas horas en el colegio mayor que todas las que yo te pueda relatar de los preestrenos, las fiestas de fin de rodaje...

—Pues a mí me suena interesante.

—No lo sería si estuvieras inmersa en ese mundo. Es como un círculo del que no puedes salir porque formas parte de la cuerda, la línea que lo une. Salvo excepciones contadas, siempre te encuentras con la misma gente, con las mismas conversaciones en las que te ensalzan creyendo que tú les podrás ayudar a encontrar su próximo trabajo, idénticos desfases, exaltaciones de la amistad y promesas que se rompen en cuanto dejas de estar en la cima del éxito. —Ismael sonrió con amargura—. No hay amigos. Al fin y al cabo, nunca se sabe quién será tu competencia en el próximo *casting*.

—Por lo menos, te ayuda a ganar títulos. ¡Te han nombrado el actor más deseado de España tres años consecutivos! —Bromeé, tratando de alegrar ese rostro. Verle tan decaído me dolía físicamente, en serio. Tuve que frenar mi mano en un par de ocasiones, que se lanzaba a la aventura para agarrar la suya y darle fuerzas.

—Es cierto, me desean muchas personas. Quererme, no tantas.

—Mira que lo dudo...

—Lo digo en serio. He estado con muchas chicas, muchísimas. Algunas en realidad querían a Nacho; otras, la fama; otras, simplemente fardar con las amigas... Creo que ninguna se ha molestado en intentar conocerme porque Ismael Collado es mucho menos interesante que el halo de estrella que las campañas de *marketing* proyectan a mi alrededor, y las ciega.

—Pues a mí no me interesa nada lo que esos publicistas hayan inventado. Siempre he sido más de realidad que de ficción. ¿Qué te gusta? ¿Qué te da miedo? ¿Qué te preocupa? ¿Cuál es tu mayor deseo inconfesable?

—¡Eh, para! ¡Una por una! ¡Y solo si el interrogatorio es mutuo! Primero respondo yo y después tú.

—Trato hecho.

Le tendí la mano y él la agarró y, aunque no me quise hacer ilusiones, fui consciente de que el contacto duró más tiempo del estrictamente necesario.

—Dispara.

—¿Qué te da miedo?

—¿No podríamos comenzar por otra? —contestó reticente.

—No, ahora tengo más curiosidad todavía.

Ismael tensó la mandíbula y habló entre dientes, tan bajo que casi no le oí.

—E.T.

—¿E.T.? —repetí pensando que me estaba vacilando, pero por su seriedad supe que estaba siendo sincero—. ¿El extraterrestre de los ochenta más mono, cuqui y adorable del mundo? —Rompí a reír con una sonora carcajada.

—Sí. Tenía cuatro años y mis padres me dejaron con la película puesta, y cuando regresaron encontraron a un niño aterrorizado que no podía parar de chillar. —Solo de imaginármelo yo también lloré, pero del ataque de risa que me estaba dando. El chico más duro que existía en la ficción, que era capaz de enfrentarse a treinta villanos y vencer sin despeinarse, temía a la criatura más pura de Spielberg—. Por lo menos podrías dejar de señalarme mientras te partes el culo.

Bromeó y me lanzó un cacho de patata que esquivé y acabó en el suelo. Iba a torturarle con mi descubrimiento cuando me detuve. Ahí estaba. Lo había logrado. Ismael Collado se encontraba relajado, disfrutando mientras fingía que intentaba desarrollar sus poderes de telequinesis para obligarme a cerrar la boca con su mente.

—¿Y a ti, risitas?, ¿qué te asusta?

Bebí un trago de calimocho para calmarme y poder contestar:

—¡Tiburones! Por eso algún día iré a nadar con ellos.

—¿Te gustan las emociones fuertes?

—No, pero quiero enfrentarme a mis propios temores. Solo de esa manera seré libre: el miedo es el mayor enemigo del ser humano. —Comí uno de los espárragos que ya estaban fríos—. Y después de esta frase que tan bien me ha quedado, debo confesarte que en realidad lo que deseo es poder ir algún día a California con mis amigos y no cagarme cuando alguno de ellos se ponga una aleta de plástico y bucee a mi alrededor...

—¿Serían tan capullos sabiendo que es tu fobia?

—Y tanto, mis amigos. Mi hermano sería capaz de pagar una fortuna, comprar un tiburón de verdad y tirarlo a mi lado solo para que me rompiese las cuerdas vocales del grito.

Ismael y yo hablamos hasta que la mecha de las pequeñas velas se apagó y nos trasladamos al sofá con un vaso de Baileys —y esto sí que me gustó, aunque nunca lo había probado—. Parecía que nos habían dado cuerda a la lengua y no podíamos parar de compartir desde temas trascendentales —como el día que los chicos de mi pueblo tuvieron un susto con el coche y el tiempo se congeló hasta que los vi salir por su propio pie del interior— a cosas tan absurdas como mi color preferido o que el invierno era mi época favorita porque me encantaba ponerme bufandas, gorros, guantes y todo tipo de complementos hasta adornarme como si fuera un árbol de Navidad andante.

Lo mejor era que él también se había abierto y me tuve que tragar mis palabras cuando decía que, si conocías al famoso que admirabas, el mito se caía. Ismael Collado era mucho más impresionante que la mejor versión de Nacho. Aunque compartía con él esa cara de niño malo con una sonrisa perversa y traviesa y una pose macarra, mi vecino tenía miedos, inquietudes, esperanzas, equivocaciones y defectos. No era perfecto, porque era tan real como los chicos de Cuenca que había conocido. Y eso le convertía en accesible. Un chico al que se podía bajar de las nubes en las que le tenía colocado y pasear con él de la mano pisando tierra firme.

—Creo que debería irme.

Consulté el reloj: era la una y media de la madrugada. Por lo menos, media clase iría a primera hora con mi misma cara de zombi por salir el «juernes». La mañana de los viernes en las universidades era el escenario perfecto para grabar el nuevo capítulo de *The Walking Dead* sin pagar a la figuración.

—Te acompaño a tu casa. —Ismael se puso de pie.

—No hace falta —dije yo encaminándome a la puerta.

—De verdad, no me importa —insistió.

—No es necesario. Vivo en el piso de arriba. Nadie va a atacarme en dos tramos de escalera y sé defenderme. Recuerda, mi hermano y yo nos hemos pegado mucho.

—¿Y si interrumpes a alguna pareja que está follando en los escalones, dadas las horas que son y que esto es el centro de Madrid?

—Me tapo la cara con una mano e intento no rozarlos. Seguro que ni se dan cuenta, y si lo hacen es que el polvo no merecía la pena y era mejor que acabase.

Iba a girar el pomo cuando noté que Ismael me lo impedía, envolviendo su mano con la mía, colocándola por encima hasta atraparla. Me quedé paralizada. Él debió de darse cuenta de que no era dueña de mi cuerpo y me obligó a girarme. Sabía que me estaba mirando, pero mis ojos no podían cruzarse con los suyos. No. No cuando estaban ensimismados con sus labios dubitativos.

—Te juro que no había planeado nada de esto cuando te he invitado, pero te he conocido bebiendo calimocho, Aura, he leído los primeros capítulos de tu libro y me he enganchado a los divertidos, a los profundos, a los de risa, y quiero conocer los íntimos.

Liberó mis manos y, con los dedos apoyados en mi mentón, me obligó a levantar la vista hasta que no pude distinguir nada más que el abismo profundo de sus ojos, en el que me perdí hipnotizada. En ese momento supe que nunca más podría ver el color negro sin acordarme de su cara, su olor, su cuerpo alrededor del mío haciéndome sentir pequeñita y esa mirada que me desarmaba y me dejaba frágil, indefensa y perdida, desubicada ante un sentimiento que desconocía y a la vez era lo más real que había soportado mi inexperto corazón. Y me asustaba porque, en este mundo, el negro era uno de los colores que dominaba, desde el manto de la noche hasta el tono que veía cada vez que mis párpados se cerraban; y ahora Ismael aparecería en cada uno de esos instantes, obligándome a pensar en él todos los malditos días.

Soltó mi mentón y acarició el camino que le llevó desde mis hombros hasta el extremo inferior de mi espalda, donde asentó la palma de sus manos y me atrajo hasta que apoyó sus labios en mi frente y depositó un beso, una corriente eléctrica que terminó con la poca estabilidad que me quedaba, comenzando un recorrido descendente en el que rozó con su cara mi rostro hasta detenerse a la altura de los labios, donde cerró los ojos para disfrutar con los cinco sentidos del contacto.

—No... —Le detuve con la voz entrecortada, sin poder terminar la frase. Ismael no se apartó y me dejó respirar profundamente para coger el aire que necesitaba para decir las palabras que se me agolpaban en la garganta—. No sé si voy a poder hacerlo. Me está temblando todo el cuerpo. —Hasta los dientes me castañeaban—. Sonará ridículo, pero estoy tan nerviosa que no me acuerdo ni de cómo se besaba.

Ismael sonrió y, después de ese gesto, supe que, si alguien me volvía a preguntar qué era lo que más temía del mundo, diría que a él. Yo era un jarrón de cristal que el chico sostenía y se partiría en mil pedazos si decidía soltarlo.

—¿Te cuento un secreto? Los mejores besos hacen que te lo replantees todo, aunque tengas experiencia. Y ahora mismo, mirándote, Aura, yo también tengo dudas. Eres tan dulce, joder...

Su boca atrapó la mía. Y le sentí, pero no solo en los labios. Su calor se convirtió en un impulso nervioso que me recorrió hasta llegar a todas y cada una de mis terminaciones. Era tan placentero que creí que podría vivir el resto de mis días en ese estado, pero Ismael se separó lentamente y me devolvió a la realidad.

—Buenas noches, Aura —susurró con voz queda, con el pecho subiendo y bajando.

—Buenas noches, Ismael.

No pude dejar de tocarme los labios todo el camino hasta mi piso y, tras comprobar que Sara no había regresado y Vilma seguía en su cuarto, fui a mi habitación y me puse a saltar para poder descargar toda esa energía exultante de alegría que no me dejaría dormir en una semana si no la expulsaba.

Ismael me mandó un mensaje. Esta vez al móvil, ya que le había dado mi número durante la cena.

Sabes que puedo escucharte saltar,
¿no?

Me detuve. Tal vez le agobiaba ver lo entregada que yo estaba a lo que fuera que estaba empezando entre nosotros.

¡Pero no pares! Cada vez que parece
que el suelo se va a venir abajo, miro
el techo como un idiota feliz al darme
cuenta de que no soy el único que
anda ahora mismo emocionado...
Buenas noches, artista.

¿Te gusta el intercambio de
personalidades? Porque hasta donde
yo sé, tú eres el actor y yo,
la estudiante de ADE...

No, tú eres pintora. ¿Acaso
no lo sabías?

Tal vez en tus fantasías
subidas de tono...

No, te lo aseguro.

¿Y desde cuándo?

Desde que me pintas sonrisas
en la cara constantemente, Aura.
Gracias otro día más.

Capítulo 9

La caótica de la habitación de al lado

El otoño había llegado a Madrid. Así, sin avisar ni saludar. Un día aprovechábamos la terraza y a la mañana siguiente casi sufro una hipotermia por congelación de camino al metro. Podría quejarme del cielo encapotado eternamente gris que dominaba la capital, las tormentas que colapsaban el transporte público, o de mis pies, eternamente congelados, con unos dedos transformados en cubitos de hielo, pero me encantaba llegar por la noche a la cama y taparme hasta arrebujarme debajo del nórdico blanco, relleno de plumas y muy grueso, mi iglú particular en el que reposaba después de un duro día de estudio. Lo más complicado era despertarme y abandonar su cobijo para correr a la ducha y ponerme debajo del chorro de agua hirviendo hasta que de nuevo alcanzaba una buena temperatura corporal.

No solo usaba el edredón para dormir, sino que me lo echaba por encima con cualquier excusa. De esta manera, en lugar de utilizar el escritorio, me había pasado toda la tarde con él por encima, sentada en la cama con la espalda apoyada contra la pared, mientras pasaba los apuntes semanales al ordenador. Eso me había servido para dejar de darle vueltas, al menos unos minutos, a lo que iba a vivir en unas horas, y es que todavía no me podía creer que fuera a acompañar a Ismael a una de esas fiestas que se hacían después de la *première* de una película. Siempre cumplía su palabra, eso me había quedado claro. Él no salía, pero, siendo el actor de moda, estaba invitado y, según me explicó, ya que no parecía tener muchas ganas de asistir, era su obligación. En el mundo del espectáculo siempre debías estar presente, tenían que verte para que no se olvidaran de ti, ser activo.

Me había pasado con la temperatura del agua y había formado una nube de vapor en el interior del baño. Salí de la bañera, me coloqué una toalla en la cabeza, me sequé el cuerpo y me puse la ropa interior. Intenté secar el espejo empañado para ver mi rostro, un pequeño círculo a la altura de mi cara que me permitía comprobar lo que yo ya sabía: estaba radiante de felicidad. Y mi alegría tenía nombre propio: Ismael Collado.

Poco a poco me había hecho a la idea de acudir a su casa cada día cuando salía de la universidad y pasar horas hablando antes de subir a la mía, los veintiocho peldaños —sí, los había contado— que nos separaban. Dentro del 2.º A teníamos nuestro propio ritual. Ismael me preparaba una taza de Cola Cao con leche caliente, yo me descalzaba y me sentaba encima del sofá con las piernas cruzadas, él apoyaba la cabeza en el hueco y nos contábamos todo lo que nos había sucedido hasta que no podíamos aguantar más hablando y nos besábamos hasta desgastarnos los labios. Nos comíamos el uno al otro con tal intensidad que apenas cenaba cuando llegaba a casa porque lo que más me apetecía era irme a la cama, cerrar los ojos, trasladarme al pasado y rememorar cada momento que había vivido a su lado hasta que la piel se me ponía de gallina y me encogía sobre mí misma de los insoportables escalofríos. Anhelar tanto a alguien, tanto como para necesitar estar con él a todas horas, era un dolor placentero, excitante, extraño y nuevo para mí. Entonces llegaba la mejor parte, su mensaje de buenas noches. Todos eran diferentes y originales, pero terminaban con la misma frase: me daba las gracias por haber logrado un día más que sonriera.

Estaba tratando de reconocerme a mí misma en la imagen que se reflejaba desde el espejo cuando escuché que alguien llamaba a la puerta del baño. Supuse que se trataba de Sara, que esa noche había quedado con el gasolinero —naturalmente, en su casa, con el pretexto de que creía que había cogido frío—. Yo iba vestida únicamente con ropa interior, pero no me importó abrirle; al fin y al cabo, las dos teníamos lo mismo o, en todo caso, ella tenía bastante más que yo con sus curvas alucinantes.

—¡Pasa! —grité para hacerme oír.

La puerta se abrió al instante, pero en lugar de ver a mi compañera entró mi vecino, Víctor, ataviado con unas Vans, un vaquero desgastado, una camiseta negra cubierta con una camisa abierta a cuadros rojos y una cinta recogiendo su cabello rebelde. Estaba monísimo y, por si fuera poco, me miró de arriba abajo con una sonrisa ladeada destinada a arrancar una oleada de aplausos cuando se hallaba encima de un escenario; puede que incluso una ola por parte del público. Entonces me percaté de lo que le hacía gracia: yo estaba prácticamente desnuda delante de él.

—¿Se puede saber qué crees que estás haciendo? —Traté de cubrirme con las manos, pero había demasiadas zonas de mi cuerpo expuestas.

—Lo que tú me has dicho, entrar —razonó sin apartar sus ojos de mí.

—¿Quieres dejar de mirar? Me siento inspeccionada por tu sucia mirada.

—Así sabes lo que experimenté yo el día que viniste a pedirme que bajase la música...

Utilizando mis reflejos en su versión ultrarrápida, le bajé la cinta hasta cubrirle los ojos.

—Tú tenías muchos tatuajes que llamaban mi atención —justifiqué mi curiosidad.

—Y tú, un lunar en la barriga que ha distraído a la mía... —Sonrió, pero no se subió la cinta.

Me quité la toalla de la cabeza, dejando que la melena empapada chocase contra mi espalda, y la coloqué cubriendo mi cuerpo.

—Sí que te ha dado tiempo a percatarte de los detalles en un segundo...

—Soy rápido y muy observador, qué le voy a hacer.

—Por lo pronto, explicarme qué haces en mi casa y cómo has entrado antes de que llame a la policía y te acuse de invadir mi propiedad, de ser un mirón o del delito que se me antoje y por el que más indemnización me tengas que dar —bromeé, subiéndole de nuevo la cinta, recogiendo todo el pelo para echárselo para atrás.

—Empecemos por lo más sencillo. He entrado porque, como vecino, tengo mi propio juego de llaves, por si alguna vez os olvidáis de las vuestras...

—¿Las tres a la vez? —le interrumpí con la ceja enarcada.

—No es por juzgar, pero el año pasado me tocó abrirles un total de nueve veces..., eso sin contar un par de días que, para darle una lección a Sara, me hice el loco y fingí no estar en mi apartamento y tuvo que esperar media hora a que Vilma regresase.

—Vale, te han dado un juego porque no pierden la cabeza porque la llevan anclada encima de los hombros, pero eso no explica que entres tú solo cuando te salga de las narices. ¿No serás de esos salidos que se tocan mientras huelen nuestros cepillos del pelo? Sería asqueroso, Víctor.

—¿De verdad eres siempre tan imaginativa, o lo haces para que acabe escribiendo una canción que se titule *Ella, la mujer más rara, la caótica de la habitación de al lado?*

—Contesta.

—He venido porque Vilma me ha pedido que os arregle la puerta del baño. Ella se lo había dicho a Sara y se suponía que esta te informaba a ti. Por cierto, se ha puesto a saltar y dar vueltas a mi alrededor lanzándome besos mientras me decía que iba a echar gasolina. ¿Ha empezado a darle a alguna *movida?*

—No, tiene un rollo con un chico de allí. —Le resté importancia—. Y no, no me habían dicho nada. ¿No se suponía que tú nunca nos ayudabas con el baño?

—No soy un chico de principios y Vilma me ha sobornado con unas entradas para ver a Ismael Serrano con su nuevo disco...

Se apoyó con aire rebelde contra el marco de la puerta y cruzó los brazos a la altura del pecho.

—¿Quieres que arregle el baño o no?

—Sí.

Estaba un poco harta de que la puerta se abriese cuando le daba la gana, como si viviéramos en una casa poseída por un fantasma con bastante sentido del humor. De modo que salí para ir a mi habitación a cambiarme y él entró en el baño.

—¡Aura! —me llamó mientras yo andaba por el pasillo.

—Dime. ¿Necesitas algo? —Me detuve y asomé la cara.

—¿De verdad que no sabías que venía? —Se mordió el labio con aire pícaro.

A saber qué estaba tramando...

—Ya te he dicho que no, ¿por qué?

—Porque cualquiera diría que has dejado el baño a cuarenta grados de temperatura para obligarme a quitarme la camiseta y así poder descifrar los tatuajes...

—No soy tan sutil, Víctor. El día que la curiosidad me corroa y ya no aguante más, creo que te arrancaré la camiseta, haré fotos con el móvil y las llevaré a una academia de idiomas para que me lo traduzcan...

Escuché el eco de su risa en el baño mientras me metía en la habitación. Tenía el conjunto perfectamente planchado encima de la cama. «¡Qué orgullosa se sentiría Amparo si me viera hecha toda una mujer responsable que incluso plancha la ropa!», me dije. Repasé las prendas: una camisa blanca con el cuello redondo con adornos en el borde, una falda granate de vuelo, mis medias negras y los zapatos de tacón. Vale, no era el pedazo de vestido que se merecía la ocasión. No. No destacaría en un *photocall* ni saldría en las listas de mejor vestidas en el caso de que yo fuera conocida y a alguien le importase, pero había intentado comprarme un conjunto adecuado y, juntando todo el dinero que me quedaba, no tenía ni para uno de la temporada pasada. Además, Ismael me había dicho que quería que fuera fiel a mi estilo, que yo era única y no tenía que disfrazarme. ¿Cómo no me iba a derretir como si rozase la corteza solar cuando escuchaba cosas como esas salidas directamente de sus labios?

Me vestí y me coloqué los complementos —unos pendientes de caída larga grises y un collar redondo con tintes egipcios—, me pinté con los ojos ahumados y me eché tanto perfume que casi me mareo del olor. Seleccioné mi abrigo de vestir negro y granate y salí apresurada. Siempre era muy puntual y llevaba quince minutos de retraso. Odiaba las típicas bromitas de lo mucho que tardaban las chicas en vestirse y me temía que ese día me tocaría soportarlas.

—¿Todavía no lo has arreglado? —pregunté a Víctor al ver que seguía en el baño—. ¡Seguro que, si me pongo un manual sobre cómo hacerlo en YouTube, soy más rápida! —bromeé.

—La verdad es que estaba haciendo tiempo para que comprobaras mi obra con tus propios ojos.

—¿De verdad? Es solo una puerta. —Me reí mientras confirmaba que se cerraba a la perfección—. Pero gracias. Tenía pánico a que algún día se abriese mientras estaba... —Me callé de pronto.

—¿Mientras estabas...? —insistió.

—Bueno, te voy a contar un secreto por el que me expulsarán de la asociación femenina del glamur, pero las chicas también cagamos...

Víctor se pasó la mano por el pelo mientras se reía quitándose la cinta. El cabello saboreó su libertad enmarcándole el rostro, con cada punta disparada en una dirección diferente.

—Los honestos son inadaptados sociales, ¿lo sabes?

—Sí, pero, como dicen, yo no sufro de locura, la disfruto cada momento.

Salimos del piso y cerré con llave. Víctor fue hacia su casa y yo me disponía a bajar las escaleras cuando me llamó.

—Aura, ¿has dejado ya el grado?

—No, ¿por qué dices eso? —Obviamente, se refería a que abandonase ADE para matricularme en Periodismo. Otra voz más que sumar a esa inconsciente que emanaba de mi cabeza y me repetía hasta la saciedad que me había confundido con mi elección.

—No lo sé. —Se encogió de hombros metiendo su llave en la cerradura—. Supongo que cada vez que te veo me reafirmo más en la opinión que tuve de ti en nuestro primer encuentro.

—Miedo me da saber qué pudiste pensar viéndome patalear como una sardina encima del escenario.

—Que eres el tipo de persona que ha nacido para ser feliz, nada más —dijo sin percatarse de que era una de las cosas más bonitas que me habían dicho en la vida. Lo mejor es que no lo hizo como un halago, sino constatando una realidad—. Y creo que para lograrlo tienes que empezar a conocerte a ti misma. Háblate hasta que descubras qué es lo que necesitas y no lo rechaces porque otros te digan que es imposible; esa palabra no debería existir en tu vocabulario.

—En mi mente solo hay un hermoso caos. —Sonreí.

—Pues si quieres, da unos toques en la pared y te ayudo a poner orden; para eso eres la chica de la habitación de al lado.

—Trato hecho, pero te aviso que hay más posibilidades de que termines formando parte de mi locura antes de que me conviertas en una persona cuerda con las ideas claras.

—No creas que soy un completo inútil..., por lo menos, sirvo de mal ejemplo. Para decirte todos los errores que yo, que era como tú, cometí antes de descubrir la verdad. Para que no los repitas.

—No formarás parte de una secta y vas a intentar convencerme para que me meta, ¿verdad?

—Nop.

—Entonces, ¿cuál es esa misteriosa verdad?

—Que lo peor que te puede pasar en esta vida es arrepentirte en el futuro de aquello que no hiciste en el pasado cuando aún podías y no era demasiado tarde. Hay dos tipos de personas: los conscientes y los soñadores. Los primeros se rigen por las reglas sociales que algunas personas han decidido que es lo correcto, en las que el dinero es la piedra filosofal. Para los segundos, su meta es el jodido cielo, y se equivocan, luchan por imposibles y su nombre no suele pasar a la posteridad, ya que el motor que mueve su mundo es ser felices, y eso hoy en día no está valorado. Un coche, un piso, un buen puesto te definen como persona, pero que disfrutes de cada puto segundo de nuestra corta estancia en la Tierra no le importa a nadie. Y tú,

Aura..., tú hasta escribiste en tu frente a cuál de los dos grupos pertenecías. —Recordé la pintada que presidía mi frente mi primera noche en Madrid, *Dreamer*—. Pásalo bien y recuerda: nuestras paredes comunican. Dos toques y puedo acudir a tu lado, chica caos.

—¿No era *Ladybug*?

—Mereces tu propio apodo.

Capítulo 10

Entonces tú serías diferente del resto de la gente

Descendí las escaleras de dos en dos tratando de no caerme de bruces y acabar la noche en el hospital, mellada y con una brecha enorme en la cabeza, en lugar de disfrutando de la compañía de Ismael.

Nada más salir del portal, observé su coche, un discreto Audi A3 blanco, esperándome, tal y como habíamos hablado.

Oí cómo Ismael desbloqueaba la puerta del copiloto y me introduje antes de que mi nariz comenzase a ponerse roja por la temperatura. En cuanto me senté, volvió a poner los seguros.

Ismael me recibió con una de esas miradas intensas, acariciando íntimamente todo el cuerpo con cada parpadeo, que hacen que te sientas el ser humano más importante que ha pisado la Tierra en los millones de años que esta tiene. Si normalmente con su *look casual* estaba impresionante, con el traje de corbata negro y la camisa blanca parecía sacado directamente de mis fantasías más perfectas. Un hombre elegante, seductor e imponente. Con esa visión, intenté quitarme el pañuelo que me había puesto para no coger frío en la garganta y evitar levantarme al día siguiente con una voz de ultratumba propia de la solista de un grupo de *heavy metal*, pero lo llevaba tan enroscado que se convirtió en una soga que me ahogaba. Él se percató de lo que estaba pasando y me ayudó.

—Ya está —anunció tendiéndomelo—. Mira que eres patosa. ¿Voy a tener que preocuparme porque cualquier objeto se convierte en un arma de destrucción masiva en tus manos? —Sonrió ante mi fingida cara de indignación y encendió el motor para comenzar la marcha—. No les has dicho nada a tus compañeras, ¿verdad?

—No, tranquilo, nuestra relación sigue siendo un *top secret* más oculto que los documentos clasificados del Pentágono o la NASA...

Ismael me había pedido que no hablase a nadie sobre nuestros encuentros y para mí su palabra era una norma capital más importante que la Constitución de 1978. Al principio debo reconocer que me extrañó, pero él me explicó que confiaba en pocas personas y no quería volver a sentir el agobio de los medios persiguiéndonos para tratar de conseguir una imagen de ambos juntos o, lo que era peor, atosigándome a mí. Con cada contrato que firmaba, quedaba implícito entregar parte de su vida a los periodistas, pero quería protegerme de sus afiladas plumas y sus comentarios malintencionados en los artículos.

Como tampoco tenía que dar muchas explicaciones, no como cuando vivía en casa de mis padres, simplemente les había dicho a mis compañeras que me iba de fiesta con unos amigos de la universidad. Era extraño. Yo, que siempre había disfrutado casi más contando lo que me sucedía que viviéndolo, estaba encantada con que nuestros momentos fueran nuestros y de nadie más. No quería compartir esos instantes que me estaban enseñando poco a poco lo que era querer a una persona hasta el punto de que sentía que las bocanadas de aire llenaban más mis pulmones cuando estaba a su lado. Me hacía sentir más viva, poniéndome como bandera la expresión *carpe diem*, arañando a las manecillas de mi reloj segundos extra para detenerme a memorizar cada gesto, cada milímetro de su piel, su tono de voz, el tacto de sus labios, el aroma que se instauraba en mis fosas nasales cuando me abrazaba... El tiempo era relativo a su lado, se ralentizaban esos segundos en que le besaba afinando mis sentidos para saborearle con todos, sin excepción.

—Comprendes por qué lo hago, ¿no? —interrumpió mis pensamientos. Debía de haber malinterpretado mi parálisis temporal.

—Sí.

—Soy muy receloso de compartir mi intimidad, y más cuando esta es una parte muy importante de mi vida, ¿entiendes? —insistió, movió su mano y la colocó encima de la mía, que reposaba en mi rodilla, para apretarla.

Debía haberme acostumbrado; eso era lo que me pasaba siempre cuando estaba con un chico: caía en la rutina y la emoción del principio se esfumaba. Pero con él todo era diferente. Excitante. Mis sentimientos eran nuevos, desconocidos y reales. Por este motivo, no tenía la capacidad de controlar la descarga de adrenalina que me atravesaba sin piedad cada vez que me rozaba y me producía un escalofrío que a Ismael, por cómo se curvaban sus labios cuando lo veía, le encantaba.

—Es como si todo lo que expongo al público se pudriera, y esta vez no quiero que se eche a perder.

Y aunque no debía, porque iba conduciendo a través del congestionado centro, se giró y me besó.

—¡Mierda, creo que he visto el *flash* de un *paparazzi*! —bromeé cuando se separó. Todavía me parecía increíble que lo hubiera hecho después del millón de veces que me había argumentado sobre por qué no podría ser cariñoso conmigo en cuanto cruzásemos el portal y saliésemos al exterior—. Abre la puerta y me bajo a robarle la cámara...

—Tú te lo tomas a coña, pero es serio.

—Lo sé, es que estoy sorprendida por lo que acabas de hacer, nada más.

—¿Te crees que yo no? Siempre soy muy cuidadoso. Mido mis apariciones públicas al milímetro. Todo está programado. Nada, ni lo que hago, ni lo que digo o a dónde voy, se escapa de mi hermética agenda. Y, sin embargo, llegas tú y haces que pierda el control y no me resista a besarte en medio de Gran Vía...

Ismael se aferró con fuerza al volante y se le marcaron los músculos de los brazos, lo que provocó que temiese que se partiese la chaqueta en dos, como en las películas de superhéroes. Siempre me había dado mucho morbo ver a los hombres conducir. Me parecía muy sexy, y él era el rey de todos los gestos arrolladores; desprendía sensualidad en cada movimiento. Con una mano en el volante y otra en mi rodilla, recostado en una postura macarra, guiando el coche con la misma fuerza con la que me atraía hacia él cuando me agarraba por la espalda y ya no tenía escapatoria, hasta que nuestros cuerpos se acoplaban como las piezas de un puzle que encajaban a la perfección.

—Tendré que tomar las riendas de la situación esta noche, no vaya a ser que acabes borracho y, en mitad de un baile, no te puedas contener...

—Imposible. Yo no bailo —interrumpió.

—¿Y eso?

—Nací con muchas cualidades, pero el ritmo no es una de ellas. ¿Y a ti? ¿Te gusta bailar?

—Me divierte. No es que lo haga bien, pero me río. Además, soy bastante flexible y...

—Eres bastante *flexible* —murmuró con voz aterciopelada—. Interesante...

De nuevo me puse nerviosa, pensando en el día en que Ismael y yo intimásemos.

Decidí mirar por la ventanilla para tranquilizarme.

Callejeamos por Madrid. Lo único que reconocí fue el Palacio Real, que dejamos detrás de nosotros. Había tanto ambiente, tantas personas diferentes ocupando las calles de la capital que me entretuve observando la magia cosmopolita de la ciudad que, decían, era la antesala para subir al cielo.

Suerte que la organización había reservado un aparcamiento para los invitados, porque si no, habríamos gastado todo el depósito buscando un sitio para aparcar, una aventura más complicada que encontrar el famoso santo grial.

Ismael se adelantó en bajar del coche y sujetó mi puerta para que yo pudiese salir.

—¿De qué te ríes? —me preguntó curioso. Le encantaba conocer el motivo de cada una de mis carcajadas. Solía decir que grababa en su cabeza mi imagen cuando no paraba de reír, que le gustaba recordarlas cuando tenía un día malo.

—Es raro. Nunca me han abierto la puerta. Me gusta, aunque estás poniendo el listón muy alto para mis próximos ligues.

—¿Habrá otros? —Enarcó las cejas fingiendo ponerse tenso.

—Solo si tú quieres.

—¿Si yo quiero?

—Sí, tú eres el único que puede cagarla. Si no, y espero que esta afirmación no haga que te crezcas, es posible que yo quiera estar contigo para siempre.

—Eres consciente de la maldad que tienes dentro, ¿verdad?

—¿Yo? ¡Pero si te acabo de decir algo precioso que en una película de Disney cantaría junto a los animalitos con los ojos vidriosos!

—No lo digo por eso. ¿Sabes lo complicado que me resulta en este instante no besarte? Estoy peleándome con mis instintos y mis sentimientos a vida o muerte.

Me aprisionó contra el coche, con sus dos brazos a ambos lados de mi cuerpo.

—¿Y quién gana, el corazón o la cabeza? —murmuré, con la atención fijada en sus labios, que se entreabrían sedientos de mi boca.

—¿El corazón o la cabeza? ¿Quién te dice que no están en el mismo bando en mi contra? Ambos se han aliado, pero no puedo. No por mí, sino porque sé que es mejor para ti. Este mundo consume y, cuanto más tiempo pueda mantenerte al margen, mejor.

—¿Cuanto más tiempo? ¿Eso quiere decir que algún día...?

—Lo haremos público, sí —afirmó, acariciándome con el dedo pulgar desde la mejilla hasta llegar a mi labio inferior, que reaccionó temblando a su contacto. Ismael era el dueño de mi sistema nervioso central y periférico y mandaba en todos y cada uno de mis movimientos—. Claro, para siempre es demasiado tiempo para mantenerlo oculto.

—¿Qué somos, Ismael? ¿En qué punto estamos?

—No lo sé. Las palabras me parecen insignificantes para definir lo que me provocas y la conexión que tengo contigo, Aura.

Estaba a punto de decirle que a mí me pasaba exactamente igual. El diccionario de la Real Academia Española no contenía ningún término que abarcara lo que sentía a su lado. Tal vez tendría que fusionar varios e inventarme una palabra que los contuviera para así poder expresar en voz alta el torrente de emociones que me azotaba una y otra vez destruyendo todo lo que creía conocer y saber acerca del amor, enseñándome una dimensión a la que solo el sentimiento podía acceder, un universo paralelo en el que por fin había descubierto a qué olían las nubes, y es que esas masas de agua, en mi mundo, mezclaban los aromas de Ismael. Sin embargo, en mitad de mi exaltación del amor, apareció la primera persona de muchas que le reconoció y le pidió un autógrafo.

Anduvimos el camino que nos separaba hasta el local. Me habría gustado poder caminar de la mano, pero por el momento no era posible. Ismael andaba erguido, con seguridad, masculino, haciéndose fotografías con todo aquel que se lo pedía. Había dejado de ser el chico que yo conocía, con el que había hablado hasta sentir agujetas en la lengua, para convertirse en la estrella que brillaba por sí misma.

Se debía a su público y lo sabía. Por este motivo, cuando llegamos a la entrada del local en el que se celebraba la fiesta privada que se suponía que estaba de moda y yo no conocía, algo así como Fire, se detuvo a saludar a las fans congregadas a ambos lados de la alfombra roja y contentó a todas menos a una que le pidió que le firmase en un pecho y, en vez de en sus dos firmes tetas con el pezón de la derecha saludando a través del escote, lo hizo en su antebrazo.

Si pensaba que la «competencia» se acababa una vez entrásemos en Fire, estaba muy equivocada. Más que una discoteca, parecía una exposición de mujeres con vestidos impresionantes, piernas largas, culos firmes y caras perfectas. Eso por el lado femenino; en el masculino destacaban cincuentones que vestían como chavales de veinte años, con relojes y trajes caros de marcas de lujo y pinta de empresarios de la industria cinematográfica, que saboreaban su copa preparando sus expertas lenguas para pronunciar falsas ofertas de trabajo en alguna película que les permitiese divertirse en la cama con alguna de las ingenuas jóvenes.

Eran asquerosos.

Ismael y yo fuimos al ropero a dejar el abrigo y, luego, directos a la barra. El camarero, un experto en cócteles, estaba preparando una bebida haciendo unas piruetas con la coctelera que convertían el hecho de pedir una copa en todo un espectáculo.

—¿Qué quieres? —me preguntó mi acompañante.

—Lo que está haciendo ahora mismo.

—¿Sabes qué es?

—No —confesé con una risita nerviosa—, pero, si está la mitad de bueno de lo entretenido que es verle prepararlo, merece la pena.

Ismael asintió divertido al ver cómo yo estaba con los ojos como platos, analizando todo lo que sucedía a mi alrededor. Me faltaba dar saltitos y aplaudir de la emoción. Ese era su mundo y estaba acostumbrado, pero para mí todo era llamativo, como a un bebé al que llevas a una fiesta de cumpleaños y no puede dejar de mirar todos los globos de colores.

—Ponnos dos de lo que acabas de hacer.

—¿Mojito de arándanos y frambuesa? —preguntó el camarero.

—Sí, eso mismo.

El camarero volvió de nuevo a demostrar su habilidad para fabricar bebidas alcohólicas y nos las tendió. Di un sorbo.

—¿Te gusta?

—Hemos acertado. —Sonreí satisfecha.

Estaba pensando las palabras de un brindis para expresarle mi agradecimiento por llevarme con él cuando uno de los hombres trajeados, algo más joven, pero con la misma pose de «Soy un superjefazo que puede darte la oportunidad de tu vida», se acercó a nosotros y agarró a Ismael por los hombros.

—No te pierdes una.

—Ni tú —le saludó Ismael con esa sonrisa cordial muy bien ensayada.

—Y veo que hoy vienes acompañado. —Me miró con curiosidad.

—Sí. Este es Alfonso, productor ejecutivo de Change Producciones —se apresuró a contestar Ismael—. Y ella es mi vecina, Aura —el tipo me dio dos besos. Olía demasiado a *whisky* y me dio un poco de asco. Ese aliento y el mañanero después de una noche de juerga para mí eran los peores—, una fan de la serie a la que he traído para que conozca a sus ídolos —añadió restando importancia.

Y surtió efecto porque, a partir de ese momento, el hombre trajeado me miró como si fuera una niña pequeña con dos coletas y una piruleta que había acudido a una fiesta de mayores.

—¿Sabes quién ha venido con ganas de marcha? Eloise. Y con una amiga que me tiene loco. Francesa, rubia, cuerpo de infarto, sin pasar por quirófano, mirada inocente, cándida... —comentó de un modo vomitivo—. Al verte, me ha sugerido que esta noche la fiesta puede acabar en su casa y...

¿Hola? ¡Yo estaba allí! ¿Quién era Eloise y por qué el hombre ese ponía una voz repulsiva de salido para pronunciar su nombre? ¡No era necesario, con su mirada lasciva bastaba!

—No me interesa. Cuando termine, llevaré a Aura a casa... —repuso serio, echándome fugaces miradas para ver mi reacción.

—Te podemos esperar.

—Paso.

—Tú te lo pierdes. Con su fama, otro se la follará, aunque tú es que ya la tienes muy vista. —Vale, ¿ese hombre no se podía meter la lengua por el culo y atragantarse con su propia mierda?—. ¿Vienes a saludar al resto de los chicos?

—Sí, ve tú delante y ahora te alcanzo.

El cerdo, porque así le comencé a llamar interiormente, se marchó, e Ismael me rozó la espalda mientras se acercaba apresurado a susurrarme en el oído. Me gustó que reaccionara tan rápido y preocupado: eso significaba que yo le importaba, aunque me hubiese presentado como la friki de su bloque y no como la chica con la que pasaba todo su tiempo libre y a la que había besado miles de veces hasta dejar la boca roja y escocida, tanto que ni el cacao calmaba el dolor.

—¿Estás celosa?

—No —mentí.

—No tienes por qué estarlo.

—Ya te he dicho que no lo estoy. Eres libre de hacer lo que quieras, pero todos los actos tienen consecuencias. —Aviso número uno.

—Lo único que quiero es estar aquí el tiempo necesario por compromiso, ir a casa y, en cuanto pisemos el portal, besarte mientras subimos las escaleras y continuar en mi piso hasta que me pidas que me detenga...

—¿Y si no lo hago nunca?

—Nos encontrarán dentro de una semana consumidos...

De nuevo me puse nerviosa y, como casi siempre, tuve que decir un comentario estúpido para romper la intensidad del momento porque me daba pánico creer que lo que decía era cierto. ¿Cómo iba a andar con pies de plomo para no romperme en dos si se cansaba de mí, o me cambiaba por una modelo de las que nos rodeaban, cuando con cada frase me hacía levitar?

—Y yo que había dicho que tardaría tres meses en enamorarte... ¡Me lo estás poniendo demasiado fácil para ganar la apuesta!

—¿La apuesta?

—Claro. A mí no me gustas, todo es una apuesta, como en las películas...

—No reclames tu recompensa, que todavía no estoy enamorado.

Un jarro de agua fría fue directo a mi cara.

—Era broma, no he querido decir eso. Ya sé que no estás enamorado y... —balbuceé roja y apurada. Eso me pasaba por tensar, por buscar unas palabras que deberían salir solas. En el fondo me lo merecía.

Ismael me agarró por el mentón, como siempre cuando no le quería mirar, y me obligó a levantar la vista directamente hacia sus ojos negros.

—Te he dicho que todavía no estoy enamorado, pero solo es cuestión de tiempo. No sé cuántos besos más podré resistirme antes de que me tengas en la palma de tu mano. —¿Me estaba dando un infarto, o mi corazón luchaba por salir, abrazarle y no volver nunca a mi pecho?—. Espérame aquí, que en un segundo regreso.

Y con esta declaración de intenciones que me hacía pensar que estaba en coma después de un accidente y todo lo estaba soñando como Resines en *Los Serrano*, se marchó para saludar al grupo de hombres entre los que estaba Alfonso, el impresentable salido. Ismael era el protagonista, no había dudas. Todo el mundo tenía algo que decirle y él, con seguridad y una sonrisa perfectamente ensayada frente al espejo, otorgaba la respuesta perfecta. Sabía llevar las riendas y era el centro de atención, dividiéndose para contentar a todos.

Di un sorbo al mojito de arándanos y frambuesa hasta que entró un poco de hielo picado y paré con, seguramente, la mueca de asco que se me quedaba en la cara siempre que tenía frío en los dientes. Miré a los lados para ver si alguno de los desconocidos se había percatado y me choqué con la mirada entretenida de Ismael. ¡¿Cómo le podía gustar tanto verme hacer el ridículo?! Posiblemente sería la clase de novio que, ante una caída tonta, primero se reiría y después vendría a socorrerme, con las lágrimas de diversión cayendo por sus mejillas. Me hizo un gesto que yo interpreté como «Estoy harto de estos pesados y sus conversaciones aburridas. O me rescatas, o escupo en tu plato la próxima vez que te invite a cenar», y yo le contesté poniendo los dedos sobre mi sien simulando que me disparaba con una pistola.

Al principio me divirtió verle tan seguro de sí mismo, sentir que era la acompañante, y amiga especial, o como nos quisiéramos llamar en la intimidad, del hombre más buscado de la fiesta. Sí, me gustó la primera hora y los tres —sí, tres, ni más ni menos— mojitos que me bebí mientras la gente que se congregaba a mi alrededor me miraba con lástima, pensando que era tan triste que no tenía ni un solo amigo que viniese conmigo y había acudido sola. Además, tampoco es que la música acompañase y en mi estado de animación pudiese berrear mientras comprobaba que la lista de invitados que requerían la atención de Ismael aumentaba, no; era una melodía *chill out* que incitaba a las personas a ir a las camas blancas que estaban en el reservado. Estuve por imitarlas, pero no con sus mismas intenciones, pues dudaba que los que acababan allí quisiesen echarse una siesta.

El baño fue mi salvación. Por lo menos me movería un rato de sitio y el camarero dejaría de servirme un mojito tras otro para que el alcohol ahogara mis penas. Yo no estaba triste, pero el chico no lo entendía. Al entrar en el aseo, me quedé tan impresionada que tardé un rato en reaccionar. Era más grande que mi piso actual y estaba tan limpio y olía tan bien que creo que, si Amparo lo hubiera visto, me habría sugerido que celebrase mi futura boda allí, con el cura presidiendo la homilía encima del váter.

—¿Quieres un poco de colonia o maquillaje? —me ofreció una mujer que estaba allí con su propio puestecillo de perfumes, cremas, papel de diferentes texturas y una variedad de cosméticos tan amplia que desconocía el uso de la mitad de ellos.

—No, venía a hacer pis. —¿De verdad? ¿Acababa de decir que «venía a hacer pis», como cuando estaba en la escuela infantil? Era un dato que a la mujer no le importaba para nada y, con tanto glamur y gente importante, me dejaba a mí como una chiquilla paleta que se había colado.

—El tercero y el cuarto están vacíos —me informó la mujer con una sonrisa amable en el rostro que venía a decir «Pobre, está muerta de vergüenza».

Como me encontraba regañándome a mí misma, la verdad es que no escuché muy bien qué me había dicho la señora y, tras mirar de reojo y no ver la sombra de unos pies, abrí la primera puerta con la que me topé. La madera cedió y entonces observé que estaba ocupado por dos chicas, estéticamente iguales, salvo que una era rubia y la otra castaña, que se estaban haciendo unas rayas de cocaína en un espejo de mano; exactamente conté cuatro filas de un polvo blanco que a mí me pareció similar al azúcar.

—Está ocupado, ¿es que no te has dado cuenta? —me espetó la primera que yo denominé la del pelo castaño y cara de estreñida.

—No —alcancé a decir con un hilo de voz.

Intenté cerrar la puerta e irme, pero la que no sostenía el espejo me agarró por el brazo.

—¿Y tú con quién coño has venido? Porque me da la sensación de que solo hay un motivo para que una chica como tú esté en esta fiesta... —continuó con su *amable* acercamiento.

—Te has colado —completó su amiga por ella mientras se taponaba una fosa nasal y aspiraba. Con esta solo existían dos opciones: o se había pasado con los cubatas, o Dios había estado muy poco generoso el día que le repartió las neuronas.

—No, he venido con Ismael Collado.

—Él nunca trae acompañante y, sin ofender —se limpió la nariz como si tuviera mocos—, si la trajese, creo que sería algo más... Más de todo que tú.

No me dolieron sus palabras. Comprendo que intentaba humillarme o hacerme sentir inferior a ellas, pero a mí me daba absolutamente igual. Esa chica podía decir misa, pero lo cierto es que al final del día, la que descansaba en el sofá y le daba besos por la cara hasta cubrir todos los espacios era yo.

—Soy su vecina y me ha hecho el favor —contesté, y debí de resultar muy convincente o mi versión bastante creíble. A veces una mentira parecía más real que una verdad.

La chica se encogió de hombros, me soltó e imitó a su compañera.

—¿Quieres una? Las amigas de Ismael son mis amigas —me ofreció la del pelo castaño con un cambio de actitud bastante considerable que no sabía a qué se correspondía. Así, sin conocerme.

—Tía, deja de intentar follártelo, que ya das un poco de pena. ¿Ahora qué le vas a pedir a la niña, que le convenza? —Se rio de ella su amiga.

—No, gracias, no necesito la raya de la paz... —sentencié para zanjar la conversación e irme.

Mi ocurrencia les pareció graciosa, o bien los cubatas empezaron a hacer su efecto; la cuestión es que salieron tambaleándose para dejarme entrar antes de que yo me marchase a otro vacío.

—Tía, el caracol, ¡límpiatelo! —dijo la rubia a su amiga, que tenía polvo blanco debajo de la nariz como la marca de la baba de un caracol cuando se desliza.

La chica del pelo castaño se limpió antes de sobarse los pechos para colocárselos y salir al exterior. Cerré el pestillo y no pude evitar reflexionar acerca de lo que acababa de ocurrir.

Yo nunca había probado las drogas. No era algo que

me atrajese a mí y, gracias a Dios, tampoco a mis amigas. Por eso me resultaba inaudito que esas chicas actuasen con total normalidad cuando yo las había pillado esnifando cocaína. No sé, me imaginaba que esas prácticas eran tabú, pero ellas habían reaccionado como si fuera lo más habitual del mundo.

Salí del baño con el ceño fruncido. ¿Serían ciertos los rumores que relacionaban el mundo del cine con el consumo? Nunca lo había hablado con Ismael, pero no me gustaría descubrir que él también disfrutaba del «polvo blanco» cada vez que acudía a alguna fiesta. Como tenía confianza y yo no me podía morder la lengua bajo ningún concepto, resolví que aprovecharía la siguiente ocasión para aclarar la duda.

Iba a volver al lado de la barra cuando descubrí que había una puerta al fondo de la sala que daba a una terraza. Como suponía que a mi acompañante aún le quedaba un buen rato, y, si yo seguía a ese ritmo con los mojitos, llegaría a casa gateando como cuando era un bebé, decidí salir a inspeccionar el terreno. Total, no tenía nada mejor que hacer. Sabía que en el exterior hacía frío, pero el alcohol y su magia de engañar a mi temperatura corporal me permitió aguantar los torrentes de aire helado sin el abrigo.

Los fumadores no se debían de haber percatado de su existencia, o tal vez el dinero cambiaba la ley y podían hacerlo en los reservados, porque estaba vacía, con el césped artificial húmedo. No había mobiliario a excepción de un par de mesas con ceniceros y una fuente circular, con una figura de un ángel vengador en medio, de la que no manaba agua. Me senté en la piedra y traté de mirar las estrellas como hacía en Cuenca cuando me dolían los pies de tanto saltar y buscaba un lugar para reposar, pero la boina de contaminación de Madrid me lo impidió.

La puerta se abrió e Ismael salió al exterior solo. Me

puse de pie de un salto y corrí a su encuentro, pero me detuve en el último momento frenando en seco a dos centímetros de él.

—Mierda, casi me olvido y me lanzo a besarte...

—Pensaba que te habías enfadado por haberte dejado sola... Te estaba buscando y no te encontraba. He llegado a creer que te habías largado a casa... —Se pasó la mano por el pelo con nerviosismo y entonces me percaté de que, hasta ese momento, había estado preocupado.

—La verdad es que debería estar haciéndote vudú o cualquier ritual de magia negra para castigarte por haber hecho que pareciera una borracha solitaria y sin amigos... No lo descartes la próxima vez.

Ismael miró a ambos lados para asegurarse de que no había nadie, sonrió con picardía y, antes de que pudiera descifrar lo que estaba pensando, me aprisionó contra una de las esquinas y, envuelta con su cuerpo, apoyó su mejilla contra la mía.

—Una vez más me demuestras que eres lo único real que tengo, algo auténtico que no quiero compartir con nadie —pronunció con lentitud las últimas palabras.

—¿Qué estás sugiriendo?

—Exclusividad —añadió moviendo los labios en el sendero que le dirigía rumbo a los míos, que, a esas alturas, ya estaban impacientes.

—Yo no tengo problema, ¿podrás contenerte entre tantos culos perfectos?

—El único que necesito es el tuyo. —Y movió sus manos hasta mi trasero, colocó una palma en cada nalga y apretó para empujarme contra él. No era la primera vez que sentía su miembro erecto, pero esa noche parecía más duro que nunca—. Eres perfecta. Y quiero que seas mía igual que yo ya soy tuyo. Mierda, Aura, me vuelves loco, haría cualquier cosa que tú me pidieras.

—¿Hasta bailar?

—En mitad de la Castellana y sin pantalones si es tu deseo.

Sonreí y me mordí el labio. Estaba sugiriendo que lo nuestro avanzase un paso más y yo necesitaba saber algo.

—Ismael, ¿tú has probado las drogas?

Mi pregunta le pilló desprevenido y se separó un poco, aunque las puntas de nuestras narices seguían rozándose.

—Sí. —Frunció el ceño—. Consumo en alguna que otra fiesta, pero nada de dependencia. Si la duda es si estoy enganchado, la respuesta es no.

—Si te pido que no lo hagas nunca más, ¿me harás caso? No quiero ser como esas mujeres de los artistas de *rock* que acaban viendo más a sus maridos en un centro de desintoxicación que en casa...

—Claro, nunca haría nada para perjudicarte. No necesito otras adicciones teniéndote a ti.

—Perdón.

—¿Por qué?

—Porque voy a hacer algo que te he prometido que no haría...

Solo tuve que moverme un centímetro para capturar sus labios con los míos. Contaba los segundos que tardaría en apartarse, pero en lugar de eso me apretó más contra él con las manos aún reposando en mi trasero, y comenzó una guerra de la que no creía que mi boca saliese con vida.

—Vamos a mi casa —susurró antes de morderme el labio inferior y descender marcando un sendero de besos hasta mi cuello, que, el muy listo, sabía que era mi punto débil.

—Sí, por favor. —Mi voz sonaba ahogada y no podía mantener los ojos abiertos. El tacto tenía el dominio de la situación. Se recreó en cada centímetro de mi piel hasta que pegué un salto y rodeé con mis piernas su cintura para sen-

tirle más cerca—. Esto se nos está yendo de las manos...
—murmuré al notar cómo mi espalda impactaba con la
pared y sus besos bajaban más abajo de mi garganta, a un
territorio que todavía no habían explorado.

—No importa —se apresuró a contestar, y, por la pasión que desprendía en cada caricia, deduje que en esos
momentos tenía toda la sangre concentrada en el mismo
sitio, un músculo en su entrepierna que palpitaba contra
la mía como si tuviera vida propia.

—Por favor, Ismael, que como nos pillen, mañana me
odiarás por haber provocado esta situación.

—Yo nunca podría odiarte, pero llevas razón. —Se
separó acalorado y me dejó en el suelo. Sacó las llaves del
coche—. Vamos. Esto es una tregua, pero la guerra continúa en cuanto pongas el primer pie en el 2.º A.

Ansiosos por llegar a Moncloa, nos fuimos sin despe-
dirnos de nadie. A esas alturas de la noche tampoco es que
importase demasiado. Ismael condujo el camino a casa sin
apenas hablar, concentrado en la carretera, en llegar lo antes posible, aunque para ello superase en numerosas ocasiones el límite de velocidad.

—Sabes que, como hayamos pasado algún radar, tendrás que decir adiós a tus puntos, ¿no? —puntualicé
mientras él abría la puerta del portal.

—Calla. —Me silenció con sus labios tras cerrar la
puerta detrás de él.

Me cogió en brazos y me besó con pasión, como si
fuera la primera o la última vez que lo hacía, mientras subíamos las escaleras. Parecíamos dos personas perdidas
en mitad del desierto, sedientas, al borde de la muerte,
que solo calmaban esa necesidad de agua a través de los
labios del otro.

Una vez en su piso, me dejó tumbada en el sofá y tiró
la chaqueta al suelo antes de lanzarse encima de mí.
Flexionó los brazos, marcando esos músculos que me vol-

vían loca, para no dejar caer todo su peso encima y aplastarme. Se detuvo para observarme con devoción antes de volver a la carga y cubrirme toda la cara, el cuello y la clavícula de unos besos acompañados de mordiscos juguetones.

Tenía calor. Muchísimo calor. Él debía de sentir lo mismo y se arrancó la camisa, por lo que los botones saltaron desperdigados al suelo. Le agarré de la corbata, que seguía pendiendo sobre su pecho desnudo, y le atraje hacia mí. Necesitaba sentirle, su contacto, todo lo que pudiera darme. Apreté mis labios contra los suyos, pero eso ya no era suficiente. Descendí y me volví loca al notar sus pezones en mi boca.

Ismael se separó, dejándome muerta de deseo. Leyó dentro de mi mente y arrancó mi camiseta antes de que me percatase de que yo misma había levantado los brazos para que él lo hiciera.

—No tengo mucho pecho... —le avisé.

—Son perfectos —repuso sacando el primero de la copa del sujetador y succionándolo hasta que el pezón se me puso duro y enrojecido.

Me encantaba lo que estaba haciendo. Me provocaba un placer desconocido y adictivo. Sin embargo, no era suficiente. Cuando me quise dar cuenta, estaba arqueando mi espalda en busca de rozar otra parte más íntima. Su miembro estaba duro, atendiendo a la llamada de todo mi cuerpo, dispuesto a calmar esa necesidad de completarse, llenarse con él, ser uno en todos los aspectos.

Y, en ese momento, me quedé petrificada y me bloqueé cagada de miedo. No había hecho ningún juramento de permanecer casta y pura hasta el matrimonio ni era virgen. De hecho, me había acostado el año anterior con mi novio, con el que llevaba medio año. El problema era cómo lo había hecho. Aunque a mis amigas se lo había dibujado tan perfecto que creo que lo había descrito con una melodía de violines de fondo y fuegos artificiales al final, la realidad era completamente diferente.

Quedé con él en su casa. Ambos éramos conscientes de lo que iba a pasar, ya que lo teníamos programado en nuestras agendas desde que supimos que sus padres se iban a pasar el fin de semana fuera. Era lo que tocaba, algo así como una alarma que te suena con el texto de «Hoy debes acostarte con tu novio, que ya es hora». Cerramos las ventanas y nos desnudamos mecánicamente el uno frente al otro, avergonzados de mirarnos incluso. Luego él se colocó encima de mí y me penetró despacio hasta que derribó mi himen. Estuvo todo el rato pendiente de mí para no hacerme daño, atento. Es más, él terminó llorando mientras decía todo lo que me quería y yo... Yo le acaricié el pelo mientras pensaba que el sexo no era para tanto.

Repetimos la hazaña tres o cuatro veces más y, aunque resulte triste, en ninguna disfruté la mitad de lo que lo había hecho con un solo tocamiento de Ismael. Con el paso del tiempo, descubrí la triste verdad que nunca diría en voz alta: no perdí mi virginidad con el hombre de mi vida, ni lo recordaría como el día más importante de mi juventud. Lo hice porque quería quererle y porque quería experimentar y dejar de ser virgen, comprobar si eso lograba unirnos, y lo que hizo fue separarnos definitivamente.

Con Ismael era distinto. Las cosas que me hacía sentir y desear eran diferentes de las que habían provocado los demás chicos con los que había estado. Durante algún tiempo pensé que era incapaz de disfrutar del sexo porque no me ponía a tono ni deseaba moverme con mi exnovio. Sin embargo, con el actor, mi espalda se arqueaba y mi sexo palpitaba ansioso por conocerle y tenerle dentro.

¿Cuál era el problema entonces? Muy sencillo: el miedo a decepcionarle, a hacerlo mal. Ismael había estado con muchísimas mujeres más experimentadas que yo. Me sentía perdida, asustada, temiendo que en cuanto viera lo patética que era en la cama, decidiese que no quería seguir conociéndome. Había escuchado en un programa de televisión que una relación se basaba en la intimidad, el compromiso y la atracción. La primera la teníamos, ya que confiábamos plenamente el uno en el otro; la segunda la habíamos alcanzado esa misma noche con la exclusividad, y la tercera..., no podía fallar en la tercera.

—Para. —Me aparté agobiada y me levanté tapándome con una mano.

—¿Pasa algo? —preguntó con la respiración agitada. No comprendía nada, y con razón.

—Quiero ir más despacio. —Las manos me temblaban—. Lo necesito.

—Claro. ¿Estás bien? ¿He hecho algo que te haya incomodado? —Se levantó y me acarició la cara. Estaba preocupado por mí.

—No, pero vamos poco a poco, por favor.

—¿De verdad estás bien?

—Estoy... insegura —confesé—. Tú has estado con muchas chicas, y yo no sé si lo voy a saber hacer bien, porque no tengo ni idea y...

—No sigas. —Me tapó con el dedo índice, impidiendo que continuase balbuceando frases inconexas—. Por ese motivo te apartas siempre de mí, ¿eso es lo que temes?

—*Eso* se ha convertido en mi mayor pesadilla —confesé.

—¿Sabes lo que me ofende escuchar lo que estás diciendo? —Se puso serio.

—¡Pero es que no puedo evitar sentirlo!

—¿Crees que te dejaría porque no funcionáramos en la cama a la primera? Eso es estúpido. Tú eres más que un cuerpo que me pone cachondo, Aura, muchísimo más.

Y aprenderemos a darnos placer juntos. Tenemos toda una vida de intentos para lograrlo. —Me abrazó al verme tan frágil y vulnerable y sonrió antes de añadir—: Joder, si hace falta, veremos tutoriales porno o nos compramos una guía y probamos todas las posturas hasta dar con las nuestras, pero quiero que grabes esto en tu cabecita: el sexo no nos va a separar. Nada lo va a hacer. Lo que más me gusta de la frase *quiero follar contigo* es la última parte, *contigo*, Aura.

—Gracias.

—No me las des. No hasta que te demuestre que hacer el amor es fácil cuando ayudan los sentimientos. —Iba a decirle que, por favor, esperase a enseñarme eso otro día, que todavía estaba asustada, cuando se me adelantó diciendo—: Aun así, iremos despacio. Tómate el tiempo que necesites, días, semanas, meses o (y espero que esta no sea la opción que elijas) años. Yo estaré aquí. —Puso su sonrisa de rompecorazones y añadió—: ¿No dicen que lo bueno se hace esperar? Esperaré por ti lo que haga falta porque eres lo mejor.

Capítulo 11

Morir de amor

—¿Qué quieres? —pregunté a Vilma depositando mi abrigo, el gorro beis y la bufanda en el respaldo de la silla.

—Un zumo de naranja sin pulpa. Odio que tenga grumos. —La pelirroja se sentó al lado del cristal, desde donde podía ver los árboles mecidos por el viento, arrancándoles las hojas que se habían teñido de amarillo.

Asentí y, mientras me movía en dirección a la barra, observé que sacaba un libro del bolso, se apoyaba contra el frío cristal y comenzaba a leer sin percatarse de la expectación que había desatado entre las personas de las mesas de alrededor. Así era ella. Llamaba la atención y no tenía un segundo que perder. Era una máquina de encontrar cursos gratuitos o becas para títulos propios a distancia. Ya había perdido la cuenta de todo lo que había estudiado en los meses que llevaba en Madrid. Además de interpretación, había hecho algo de maquillaje, peluquería, dirección en ficción, guion y producción. De esta manera, dado el mundo precario en el que nos había tocado desarrollarnos profesionalmente, podría asumir todas las funciones. ¿Que la cogían para un papel pequeñito que grababa en un día? ¡No había problema! Se podía quedar en cualquiera de los departamentos. Por este motivo, y porque se tenía que documentar viendo la mayoría de las películas que salían en la cartelera —ficciones españolas y extranjeras— y leyendo libros *best sellers* —que últimamente estaban de moda las adaptaciones—, por si la llamaban, la pobre exprimía cada segundo. Yo estaba esperando, porque sabía que llegaría el día en el que estuviera cocinando con los apuntes en la mano y aprovechase los silencios entre frase y frase de una conversación en la cena para leer un párrafo de alguna novela.

Dudaba mucho que en ese antro —porque era la mejor denominación que podía dar al local en el que, misteriosamente y sin darnos ni una pista del porqué, nos había citado Sara un sábado a la hora del aperitivo— tuviesen un zumito de naranja sin los grumos y el bollo que yo me quería pedir. Amparo, que cualquier día se suscribiría a una secta a favor de la verdura, siempre me criticaba por mi adicción a los dulces; pero yo le respondía con una frase que había leído en internet, en un cartel que sostenía un minion de *Gru, mi villano favorito*, y me había facilitado el argumento perfecto: «El chocolate viene del cacao, que sale de un árbol. Eso lo hace una planta. Por lo tanto, el chocolate cuenta como ensalada».

El sitio en cuestión, situado en Ciudad Universitaria, un local en el que Sara pasaba más tiempo que en clase, era un lugar oscuro, de mesas bajas, luz tenue y pizarras por todos los lados hablando de las ofertas que tenían, y, tras echar un vistazo, me percaté de que conocían bien una de las normas fundamentales de los jóvenes de dieciocho años que todavía no teníamos un sueldo: elegimos el restaurante o el bar para comer en función de los litros de sangría o, en su defecto, cerveza, por euro invertido y la cantidad de las raciones —que no calidad—, por lo que los sofritos, empanados y comida rápida eran nuestra cocina de cinco estrellas.

Sara me había descrito tantas veces al camarero que no me sorprendió cuando apareció un chico con pinta de acabar de salir de la cárcel tras cumplir condena por cualquier delito imperdonable como, por ejemplo, robar caramelos a los niños de infantil que estaban en el parque con sus padres disfrutando de una tarde de verano, ¡maldito!

Me eché a reír por mi ocurrencia tonta.

—¿Quieres algo? —me preguntó secando unos vasos mientras me miraba intentando averiguar si me había fumado cualquier cosa. Como solía desatar esas reacciones en mucha gente, ya ni me preocupaba.

—¿Tenéis zumo de naranja sin pulpa?

Levantó la mirada para analizarme y comprobar si estaba bromeando, momento en que el tatuaje del cuello se extendió en todo su esplendor: un dragón expulsando una llamarada que le tapaba una cicatriz —por herida de arma, o eso se había inventado Sara, y en realidad era de una operación— que tenía en la garganta.

—Sí —indicó tras ver que iba en serio.

—Pues un zumo y un pepito de chocolate. —Al ver que me miraba como si fuera un extraterrestre que acababa de pisar la Tierra (no tenía mucho sentido ir a un bar de estudiantes famoso por sus tubos de cerveza o lo económico que salían unos litros de calimocho y pedir una taza de té mientras leía con un monóculo), añadí—: Y una maceta.

—Sabes que son tres litros de calimocho, ¿no?

—Sí. —Mentira, no lo sabía, pero ya no me quería echar para atrás y reconocer que ni había leído la pizarra con las cantidades y precios—. Ahora vendrán más amigas.

Me giré mientras esperaba a que lo sirviera. Cada vez llegaba más gente. Sara decía que entre semana era impresionante. Había días que a las once de la mañana ya formaban una pequeña fila fuera porque el aforo estaba completo. Ella, que cada vez estaba más reivindicativa y en un par de desahucios había estado a punto de acabar la mañana en la comisaría de Moratalaz, acudía allí normalmente a planificar sus próximos movimientos como activista. De hecho, a veces les dejaban bajar al almacén para hacer las pancartas, pintar las camisetas blancas, que compraban en los chinos por dos euros y a las que allí les añadían frases con mensaje, o, en el peor de los casos, esconderse si después de liarla el decano las ibas buscando.

Me gustó el ambiente juvenil. Los gritos, las risas exageradas, los cacahuetes volando de un lado a otro del establecimiento, las peleas veladas entre los grupos de mesas opuestas para terminarse antes los tubos de cerveza y ser los reyes del local, las conversaciones absurdas entre amigos... Todo.

No es que me aburriese con Ismael. Me encantaban sus cenas con vino bueno —más que las fiestas a las que iba yo en las que había tres botellas de alcohol por cada una de limón—, ver películas, abrazarle, que me besase el puente de la nariz mientras curiosa leía alguna escena que no fuera trascendental ni un *spoiler* doloroso del próximo capítulo o —lo mejor, sin lugar a duda, la cosa de adultos que más molaba— los masajes. Podría haber estado el resto de mi vida sintiendo sus manos sobre mis músculos hasta conseguir relajarlos completamente. Sin embargo, no fue hasta ese momento cuando me di cuenta de que echaba de menos ciertas cosas de mi edad, la locura permitida de unas personas que todavía creían que en la vida todo era posible y no se agobiaban con problemas que les dibujaban una vena palpitante surcando su frente por las preocupaciones.

El camarero carraspeó y me tendió lo que había pedido. Anduve hacia la mesa indagando sobre cuál sería el motivo que había llevado a Sara a citarnos allí. Suponíamos que su invitación a tomar algo en su garito favorito tenía que ver con que hubiera pasado la noche fuera con el gasolinero.

—¿Has visto a algún estudiante de intercambio americano y te lo quieres ligar? —Vilma cerró el libro tras la pregunta, y yo me senté enfrente.

—¿Te gustaría ir este verano a Gandía?

—¿A qué viene eso?

—No sé, pensaba que estábamos jugando a hacer preguntas absurdas.

—Pues no es el caso. Lo decía porque el único motivo que se me ocurre para que traigas tal cantidad de alcohol es que necesitabas desatar tus habilidades lingüísticas y Sara siempre me dice que balbucea muchísimo mejor inglés cuando va con unas copas encima. Pero si no, entonces debe de ser que quieres salir de aquí con un pedo de colores... —Enarcó una ceja. Por supuesto, ella no iba a dar ni un sorbito.

Estaba pensando una respuesta adecuada cuando Sara entró como un torrente, y no solo por el aire frío que se coló por la puerta, sino porque ella era un terremoto que desprendía energía allí por donde pasaba.

—¡Perfecto! —exclamó dando un sorbo de la pajita gigante antes de saludarnos. Comenzó a quitarse capas de la cebolla y, antes de que le pudiésemos preguntar por qué estábamos allí, ella nos lo desveló—. El gasolinero me ha dejado.

Vilma y yo nos miramos cómplices. Sabíamos lo que tocaba. Sara se pondría a llorar como una magdalena. Le encantaba montar escenas, compadecerse, gritar lo injusta que era la vida y dramatizar con su existencia. La diferencia en esa ocasión era que había elegido un sitio público cuando normalmente se decantaba por la intimidad de nuestro piso. Nos preparamos para comenzar nuestra sesión de consejeras y, en cierta medida, amigas que critican el género masculino sin piedad para lograr que se sintiese mejor.

—¿Cómo estás? —pregunté a la vez que Vilma inquiría sobre qué había pasado.

—Bien, ha sido la crónica de una muerte anunciada. Ayer me dijo que no concebía una persona con la que estar más a gusto que conmigo, nos acostamos, y esta mañana me explica que tiene algo que contarme.

—Sorpréndenos... —murmuró Vilma con voz cansada. Quería a Sara de verdad; por eso se tomaba tan a pecho cada vez que alguien se reía de ella. Era como si también la ofendiese.

—Está conociendo a una chica.

—¿Tiene novia? —Abrí demasiado los ojos. Eso no me lo esperaba. De ser así, ¿cómo no se había dado cuenta Sara o la amiga especial del gasolinero? Suponía que las personas infieles utilizaban técnicas propias de los espías de la Guerra Fría para que no les pillasen, nombres falsos, ocultarse, mensajes cifrados, dos móviles..., pero este chico le había presentado hasta a sus amigos, ¿es que ya nadie respetaba nada?

—No, pero le gusta para ir en serio. Hasta tal punto que creo que ayer cuando terminamos de echar el polvo, le escribió un mensaje diciendo que no podía parar de pensar en ella...

—Capullo... —masculló entre dientes. Confiaba plenamente en Ismael, pero cuando me enteraba de estas cosas, no podía evitar que surgiese una duda. Sin embargo, sabía que él no sería capaz. Lo nuestro era diferente. La gente podía mentir con palabras, pero la mirada era el espejo del alma y sus ojos me rozaban con tanto amor que a veces incluso me entraba vértigo al saberme protagonista de sus sentimientos.

—¡Pero ahí no queda la cosa! Le estaba deseando toda la suerte del mundo en su nueva relación...

—¿De verdad? —le interrumpió incrédula Vilma.

—No, le estaba diciendo que ojalá ella le dejase cuando viera su minipolla...

—Eso ya me cuadra más —afirmó la pelirroja poniendo los ojos en blanco. Ella era tan madura que censuraba esa clase de comportamientos. A mí me hizo bastante gracia imaginar la situación y la cara de gilipollas que se le debía de haber quedado—, los chicos tienen una extraña y enfermiza obsesión por el tamaño del pene, aunque no lo reconozcan.

—Espera, que viene lo mejor. El caradura me ha pedido que sigamos viéndonos como amigos... Vamos, que quería tener un plan B, y poder llamarme cuando la dejase en su casa después de una cena romántica siendo el novio idílico para hacer todo tipo de cerdadas conmigo, que, siendo honesta, una vez que me pongo, cumplo todas las cosas sucias que han salido por mi boca; aunque debo de follar fatal, porque después me dejan.

—Dime que te has negado...

—Por supuesto. Eso sería utilizarnos como juguetes sexuales y le he dicho que tengo zanahorias y salchichas más gordas y largas en el piso con las que disfrutar...

—Por favor, si es cierto, no las vuelvas a dejar en la nevera... —bromeé.

—... Así que me he largado de su casa después de pedirle amablemente que no vuelva a escribirme si no quiere que incendie la gasolinera el próximo día que vaya o, en su defecto y para no convertirme en una asesina de seres inocentes, le raje las ruedas del coche.

—Qué *malota*. En unas semanas, te veo de nuevo tiñéndote el pelo de negro, comprando una cadena de oro y vistiendo unos pantalones rosas como en las fotografías esas del instituto que demuestran que un día te acercaste peligrosamente a convertirte en una «nini»... —apuntó Vilma.

—Todas tenemos un pasado... —Bebió otro sorbo de la maceta centrando su atención en el envase. Estar en un sitio repleto de chicos y que no les echase ni una mirada fugaz no era buena señal.

—¿Y qué tal estás? —insistí. Conociéndola como lo hacía, llegaba el momento en que se rompería en mil pedazos y nosotras nos encargaríamos de recomponerla.

—Bien. Disgustada conmigo misma.

—Tú no tienes la culpa de que se haya comportado como un cretino... —maticé apoyando mi mano encima de la suya.

—¡Claro que no! Pero sí de engañarme a mí misma por mi dependencia del género masculino. Tengo tantas ganas de echarme un novio que llega un momento en que creo que cualquiera es el candidato idóneo, y eso es un error —confesó—. Basar mi felicidad en tener un chico a mi lado no me hace ser más feliz, sino actuar como una idiota que lo permite todo con tal de que no me dejen, y así no puedo seguir, ¡mira para lo que me sirve! —Se colocó el pendiente de la nariz, signo de que había estado llorando. Pero en esos momentos parecía fuerte, por muy extraño que eso me resultase. Ella solía ahogarse en un vaso con dos gotas de agua—. He tomado una determinación. A partir de ahora voy a empezar a quererme a mí misma más que a ellos, ser la mujer de mi vida. Tal vez si yo me respeto, los demás tomen ejemplo y comiencen a hacerlo.

—¿Quién eres tú y qué has hecho con Sara? —No pude evitarlo. Si Sara tuviera una gemela, habría pensado que se trataba de ella. Mi amiga, mi compañera de piso, esa enamorada del amor, ¿diciendo esas palabras? Si hubiera llevado más calimocho encima, me habría subido sobre la mesa para aplaudirla como en *El club de los poetas muertos*.

—Mis plegarias han surtido efecto. Estoy muy orgullosa de ti —añadió Vilma.

—¡No seáis exageradas! —Sonrió más animada—. Además, hay cosas mucho peores. ¿Y vosotras qué tal?

—Nos vemos todos los días en casa... —le recordó Vilma.

—Ya, y estoy harta de vuestro vestuario de pijama y moño que podría servir de nido para las cigüeñas. Por eso he pensado que era buena idea que saliéramos fuera. Venga, contadme cómo van vuestras vidas...

—Mi grado cada día es un peregrinaje hacia el purgatorio... —me quejé—. Y nada más interesante... —Obviamente, mi vida giraba en torno a Ismael, pero como de él no podía hablar, no tenía mucho que relatar.

—¡Vaya mierda de primer año de independencia! Tendremos que empezar a convertirlo en más emocionante. ¿Y tú, pelirroja?, ¿qué tal va el corto?

—Poco a poco, pero muy ilusionada. Hay un productor que se ha puesto en contacto con el director, pero ya sabéis, con los pies en la tierra, que estas cosas son muy difíciles.

Si los recién graduados se quejaban de la vida del becario era porque no conocían la de los cineastas que trataban de abrirse camino. Con más del ochenta por ciento parados y siendo más complicado entrar sin tener ningún contacto que lamerse el codo a uno mismo, la mayoría se agrupaban con la idea de comenzar proyectos independientes, para ver si así destacaban y tenían suerte. De esta manera, y sin cobrar un duro —es más, pagando el material—, Vilma se había unido a unos estudiantes con mucho talento y ganas, o eso decía ella, para protagonizar un cortometraje de terror que pensaban presentar en los principales festivales españoles en busca de una oportunidad. Como estaba de moda, habían desarrollado una campaña de autofinanciación de ayudas con *crowdfunding*. A cambio de la voluntad, los accionistas podían ver todos los días en una plataforma cómo iba el rodaje y el montaje, y el equipo se comprometía a poner tu nombre en los créditos. Yo había aportado mi pequeño granito de arena y estaba muy ilusionada, ¡quién sabe si James Cameron iba a alguno de estos festivales y, tras leer Aura Núñez, se preguntaba quién era yo!

El móvil vibró encima de la mesa. Revisé el teléfono.

No pensaba contestar, lo juro. Odiaba estar hablando y que mis amigas prestasen más atención al móvil que a mí. (En alguna ocasión les había escrito un mensaje, estando sentada enfrente de ellas, en el que les pedía que me hiciesen caso si no querían que me marchase en mitad de su estado de letargo con las nuevas tecnologías y tuviesen que pagar ellas toda la cuenta.)

Sin embargo, observé la imagen de perfil y no me pude contener. Ismael había recortado mi nariz de payaso de la fotografía que tanta gracia le hacía de Twitter y la había puesto como principal de su contacto. Como me daba miedo la cara con la que salía y era un poco dada a hacer tonterías sin sentido cuando me aburría, aproveché un rato en el que estaba en su casa mientras él repasaba y ensayaba los diálogos de las secuencias que grabaría al día siguiente para buscar en internet cómo se hacía un exorcismo y practicárselo al aparato, no fuera que mi espíritu de orco le atormentase.

Le molestó un poco cuando me vio derramar agua en la pantalla, pero como se había comprado una funda carísima con la que se suponía que lo podía sumergir hasta a veinte metros de profundidad, me perdonó después de torturarme un buen rato con que no me besaría en una semana como castigo. En realidad, eso nunca me preocupó; era él quien no se podía contener en cuanto me tenía lo suficientemente cerca para oler mi aroma. Y no es que fuese una creída, no; suscribía exactamente sus palabras.

¿Estás cansada?

No, ¿debería?

Sí, porque no paras de pasear
por mi mente...

Tengo ganas de...

¿Morir de amor?

Sabía que se estaba riendo mientras le corregía:

Vomitar.

Las frases precocinadas sobre el amor me hacían gracia, pero no me tocaban la fibra sensible en absoluto. Prefería mil veces cuando veíamos una película cutre en su casa, yo temblaba por el frío y él, instintivamente, me atraía contra su cuerpo para darme calor, ya que tenía una temperatura corporal propia del calefactor más efectivo. Yo solía aprovechar esos momentos para recostarme apoyando mi cabeza en el hueco de su hombro, él me besaba la coronilla y, cuando yo le daba las gracias, Ismael me decía que «lo haría siempre», que «para eso estaba, para mimarme y cuidarme». Ya está. Nada más. En la sencillez era donde me conquistaba y me hacía reafirmarme en que la magia existía, aunque se empeñasen en negarlo los científicos más prestigiosos. Luego podía leerme un poema de Bécquer o Rosalía de Castro, ponerse de rodillas y recitar, como si fuera el mismísimo Shakespeare, «¿Sabía yo lo que es amor? Ojos, jurad que no. Porque nunca había visto una belleza así», de su obra *Romeo y Julieta*, que me quedaba tan fría como cuando pasaba por la sección de congelados de un supermercado. Pero ese «siempre», con todas las promesas veladas que contenía, me hacía pensar que últimamente tenía un poco de insomnio, porque había comenzado a soñar despierta.

Qué pena que lo veas así. Yo que
pensaba invitarte a un sitio que sé
que te hace mucha ilusión... Ahora
me da miedo que te pongas mal del
estómago y vomites...

¡No! Tranquilo, que lo único que
puedo expulsar de mi boca son
corazones, mariposas y mucho
confeti. ¿Cuál es la sorpresa?

Di un bote de ilusión en la silla y Vilma y Sara me miraron fijamente, como quien analiza un comportamiento para hacer un perfil psicológico a lo *Mentes criminales*.

Va, es una tontería romanticona de
esas que te producen sarpullidos...

Si quieres ser mi estrella, prometo
convertirme en tu cielo. ¿Lo ves? Yo
también sé decir cosas de estas.
Ahora, dime, ¿cuál es la sorpresa?

Llevas muchos días pidiéndome
conocer el entorno de Nacho...

¿Vas a llevarme al set de rodaje?

Le interrumpí eufórica.

¡Di que sí!

¡Di que sí!

¡Di que sí!

¡Sí!

Se apresuró a contestar para que dejase de ponerle «¡Di que sí!» en bucle (había seleccionado la frase, dado al botón de copiar y la estaba pegando sin control).

¿¿¿Cuándo???

Deduzco que te ha gustado mi idea.
¿Ahora?

Estoy fuera con las chicas.
Tardaré un rato en llegar.

Podría pasar a recogerte, ¿te parece
bien?

Estamos sentadas al lado del cristal,
te verán. ¿Me muevo hasta
una calle secundaria?

Ese era uno de los inconvenientes de nuestra relación
clandestina.

No, diles que has quedado conmigo.

¿Como la chica que te ha dado
más de mil besos?

No, como una vecina que me ayudó
con Leia y le estoy devolviendo un
favor...

Tenía que intentarlo, ¿no?

¿Cuánto tiempo más vamos
a seguir ocultándolo?

Poco. La temporada está a punto de
terminar y para entonces ya no estaré
en el foco de los periodistas.

Mira que me encanta *El secreto de Nacho*, y, por primera vez, estoy deseando leer en los créditos «Fin». ¿En qué clase de monstruo traidor a mi serie favorita me has convertido?

En un ser maligno que me tiene totalmente a su merced y me ha provocado una alteración del sueño, ¡y te odio por ello!

¿Acaso sugieres que te cante una nana antes de ir a la cama?

No, que dejes de moverte en el piso de arriba, más bien. Cada vez que te oigo andar, acudes a mi cabeza y, por más que lo intento, no hay quien te saque...

Estás hipermegaenamorado de mí, ¡pobre!

Anda, deja de decir tonterías y mándame la ubicación. Cuando esté fuera, te doy un toque.

Lo hice inmediatamente. En realidad, lo que me hacía ilusión de ir al set del rodaje era que Ismael me abría una puerta más de su vida, tal vez la más importante. Allí era donde pasaba la mayor parte del tiempo, donde interpretaba, donde se dejaba la piel y el alma porque, si algo adoraba, era su trabajo. Que me dejase ser partícipe de aquello significaba mucho, que llegaría al puerto con el barco y no me abandonaría en medio de una tormenta condenándome a vagar como una náufraga o cualquier chorrada de esas. Ponerme profunda no se me daba del todo bien.

—Me tengo que ir, chicas —avisé.

—¿Con quién has quedado?

—Con nadie. —Le resté importancia, a sabiendas de que en cuanto pronunciase su nombre, iban a sufrir un colapso mental—. Sabéis que nuestro vecino de abajo es Ismael Collado, ¿verdad?

—Sí, pero es muy solitario. Vilma lleva meses intentando hacerse la encontradiza para dejarle un currículo o un *book*...

La pelirroja le dio un codazo.

—Pues he quedado con él y, si quieres, se lo llevo yo. —Me ofrecí. Con lo orgullosa que era la pelirroja, nunca me pediría el favor, y para eso estaban las amigas. En realidad, no sé por qué no se me había ocurrido antes. Bueno, sí, porque no podía decir que le conocía.

—No creo que lo acepte... Los actores se suelen negar a pasar nada de otros compañeros desconocidos a sus representantes.

—¿Y eso por qué? —Sara preguntó la cuestión que yo misma me estaba haciendo.

—¿Tú sabes la cantidad de personas que deben de intentar que Ismael Collado dé referencias de ellos cada día? Si lo hace por uno y se corre la voz, no le dejarán en paz.

—Entonces, no se lo contarás a nadie. —Le guiñé un ojo—. Anda, dame uno. —Sabía que Vilma siempre llevaba en su maleta bolso un currículo y varios CD con un *book* de los diferentes registros para la ficción.

—¿Qué te hace estar tan segura de que lo aceptará si se lo das tú? Es más, ¿de qué le conoces? ¿Por qué has quedado con él? —consultó mientras rebuscaba para tendérmelo.

—Es una historia muy larga... Un día se me cayó la colada y me pidió para que sacase a pasear a un perro...

Y comencé mi verdad a medias con todos los detalles excepto que, entre pitos y flautas, como quien no quiere la cosa, nos habíamos enamorado.

Capítulo 12

Un beso diferente...

Al principio se negó a coger el currículo y el *book* de Vilma. Una caída de pestañas sugerente y un par de «porfis» después, y ya lo estaba guardando en la guantera mientras mascullaba entre dientes que era una bruja que hacía con él lo que quería. No me aseguró que se lo iba a dar a su representante, pero yo sabía que lo haría en cuanto le viese. Aunque eso no significaba que la fueran a llamar, por lo menos ya tendrían conocimiento de su existencia y la tendrían en cuenta para algún papel que tuviera su perfil.

Hollywood y las películas que mostraban la entrada a los estudios con una valla dorada y un miembro de seguridad custodiando la puerta de esa especie de paraíso en el que nacían los filmes más taquilleros tuvieron la culpa de la cara de estreñida, que no puede ir al baño ni con el mejor laxante, que se me quedó cuando comprobé que *El secreto de Nacho* se grababa en una especie de naves abandonadas, a las afueras de un pueblo de Madrid, donde pegaba más hacer una *rave*, destilar alcohol ilegalmente o utilizar los alrededores de picadero que grabar una de las series con más audiencia de la ficción española.

El aparcamiento de ese polígono industrial en el que la mayoría de las fábricas estaban abandonadas, con los cristales de las ventanas rotos, era una explanada de tierra que en la época de lluvias debía de convertir en toda una proeza sacar los coches de allí sin que se quedasen atrapados en el barrizal que se debía de formar. Ismael me explicó que, como la superestrella mimada que era, normalmente un chico del equipo de producción iba a recogerle a nuestro portal y le llevaba hasta la misma localización una vez terminaban el rodaje.

Pasamos el comedor —un garaje con mesas y sillas de plástico que tenía enfrente una furgoneta de *catering* a domicilio— y llegamos a las cuatro naves que lo componían. En la primera, donde estaban las oficinas de producción y dirección, los auxiliares repartían el material, preparaban las órdenes de rodaje del día siguiente, se reunían los directores de los diferentes departamentos y, entre unas cosas y otras, todos los jefazos tomaban las decisiones al borde de un ataque de nervios. Las dos siguientes albergaban los decorados: a la derecha, los de interiores y a la izquierda, los exteriores. Me llamó la atención ver cómo reutilizaban los espacios. Por ejemplo, la habitación de Clara, cambiando los cuadros, la funda de la cama y desorganizándola un poco, se convertía en la de Nacho.

Finalmente —y ahí fue donde nos dirigimos en primer lugar—, estaba la nave que contenía los camerinos, maquillaje, peluquería y vestuario. Cruzamos la puerta en la que rezaba, en un cartel pegado con celo cutre y con letras Times New Roman 12, ISMAEL COLLADO. Había escuchado las excentricidades de los famosos y no sé, me imaginaba que sería una especie de cuarto futurista con un sofá que te daba un masaje, copas de champán con oro dentro y la última versión de la Play para matar el tiempo muerto. Pero, en vez de eso, estaba compuesto de un sillón individual con un estampado más cutre que el que tenía mi abuela —la que se creía meiga, en la aldea remotamente perdida de Galicia—, una mesilla y un burro con la ropa, previamente seleccionada por la sastra, colocada en el orden que debía ponérsela para grabar las diferentes escenas.

Cerró la puerta y le pregunté si me tenía que salir para que se cambiase.

—No hay nada que no hayas visto, Aura.

Ismael se quitó la camiseta y, como siempre que veía su torso moldeado, me entraron ganas de tumbarme sobre él y estar oyendo los latidos de su corazón mientras su pecho subía y bajaba conforme sus pulmones se llenaban de aire y lo expulsaban.

—No sé, sería más realista que me fuera para mantener la coartada de mi papel de la vecina friki fan... —Me apoyé en la puerta con los brazos cruzados. Ismael, quien, para mi propia satisfacción, se estaba quitando los pantalones, se detuvo para mirarme.

—¿Estás molesta con ese tema?

—No, pero me gusta quejarme. —Sonreí, y él suspiró tranquilo.

Se puso un mono de trabajo azul manchado de aceite con una camisa blanca debajo. En la ficción, se suponía que trabajaba en un taller, el policía que se hace pasar por un trabajador para destapar la red de narcotráfico de un mafioso y se enamora de su hija; una historia de amor imposible.

Sin darme tiempo a reaccionar, me atrapó entre sus brazos contra la puerta e intercaló, en la misma proporción, besos y mordiscos en mis labios. Respondí con pasión a su locura, enredando mis manos en su pelo rapado.

—Cuando me maquillen, ya no lo podré hacer —explicó su reacción mientras se separaba y yo me quedaba con los morros como un pez boqueando por más.

—Tampoco te ibas a morir por esperar seis horas...
—Me hice la dura.

—¿Tantas?

—Sí, eso pone en la orden de rodaje. —Cogí los papeles para tendérselos, señalando los horarios, pero él me los quitó y los tiró sobre la mesa, con tan poca puntería que los folios acabaron esparcidos por el suelo.

—No sé si aguantaré. Cuando te tengo cerca, nunca puedo contenerme... —dijo antes de volver a la carga.

—Solo se me ocurre una solución: que me beses tanto hasta que te quedes saciado y aborrezcas mis labios toda la tarde...

Sonrió perverso.

—¿Acaso crees que eso es posible? Contigo nunca es suficiente...

—Me siento como Caperucita atrapada por un lobo feroz que se la va a comer...

—Y eso es exactamente lo que pienso hacer: devorarte.

Y continuó, sin darme tregua ni para coger aire. Sentía que me asfixiaba, pero era tan placentero que no podía pedirle que se apartase. Morir así tampoco estaría tan mal.

Oí el sonido de un folio rasgándose y, al bajar la vista, observé que estaba pisando la orden de rodaje, destrozándola. Iba a avisarle cuando uno de los ayudantes de dirección llamó para avisarle que tenía que ir a maquillaje si querían ser puntuales.

—Salvada por los escrupulosos horarios del cine. Esta noche en mi casa no habrá nada ni nadie que logre liberarte, pequeña —amenazó seductor antes de separarse y atusarse la ropa para salir.

—Espera. Creo que me has dejado los labios en carne viva y nos van a pillar.

—La verdad es que están rojos. —Me pasó el dedo y me escoció de dolor. Algunas veces sentía que nos relacionábamos con un instinto más animal que humano—. Perdón.

—No pasa nada, tampoco es que los tuyos estén mucho mejor. —Le resté importancia, aunque a este ritmo, la farmacéutica iba a pensar que tenía algún tipo de obsesión compulsiva por comprar barras de cacao.

—No lo digo por lo de ahora.

—¿Y por qué te disculpas entonces?

—Porque me temo que antes de que acabe el día, van a estar morados e hinchados.

—Eres un fantasma...

—No, pero te deseo tanto que pierdo el poco autocontrol que poseo. A veces me da miedo que llegue el día en el que no me frene y te los acabe arrancando...

—¿Me tengo que preocupar de un impulso caníbal del que todavía no tengo constancia?

—No, tienes que preocuparte más de que contrate a unos butroneros para que me hagan un acceso directo a tu cuarto.

—Me gusta la idea. Así no me acabaré rompiendo una pierna de tanto saltar para que el suelo se venga abajo... —Le recordé.

Esperamos un rato, exactamente hasta que el ayudante de dirección volvió a llamar un poco más alterado, y recorrimos el pequeño pasillo hasta la sala de maquillaje, dejando a nuestra espalda peluquería y vestuario. El espacio era exactamente como suponía. Sillas altas, espejos con decenas de potentes luces que, para mi desesperación, resaltaban hasta la más mínima imperfección, y una mesa repleta de cosméticos. Me gustaba maquillarme y pensaba que lo hacía bien, pero estando allí, al ver algunos artilugios que no sabía ni para qué servían, comprendí que era una novata que se pintaba peor que si utilizase la escopeta que disparaba una cara maquillada que había inventado Homer en un capítulo de *Los Simpson*.

Ismael se sentó en una de las sillas y entonces llegó el jefe del departamento; Jota, a secas, se hacía llamar. Con un tupé hacia el lado derecho con tanta laca que podría hacer que todo él se consumiese por combustión si se acercaba a alguna llama, unas gafas de pasta negras y una perilla perfectamente recortada, era en sí mismo un tópico andante. Adicto a la moda, con comentarios mordaces y refiriéndose a sí mismo en femenino, le encantaba tirar los trastos al actor mientras le pintaba un ojo morado y, como el artista que era, lo difuminaba y retocaba hasta que daba la sensación de que lo tenía completamente hinchado.

—Ya está. Y diez minutos antes, para que la maricona mala de Antonio no me estrese —anunció satisfecho con su obra.

—Como te oiga el director, te va a meter tal grito por el *walkie* que va a dejar a medio equipo sordo —le avisó Ismael.

Según me había dicho él durante su transformación en un guía turístico particular que me explicaba absolutamente todo como si yo acabase de venir de la selva donde me había criado con gorilas a lo Jane Fonda, todos los técnicos se comunicaban por el mismo canal de un *walkie* y, luego, cada equipo utilizaba uno particular. Por este motivo, era más vergonzoso si el director te regañaba, ya que todos podían escuchar tu humillación.

—Yo no tengo la culpa de que esté casado con una mujer que le pone lo mismo que un pepino. Bueno, no, que un pepino sí que le pone, que lo puede utilizar como juguete sexual...

—No seas malo...

—Contigo, nunca. Ya sabes que aún albergo la esperanza de que un día salgas del armario calzando unos Manolos y corras la carrera de tacones del Orgullo Gay hasta que me des caza. —Me miró a través del espejo—. Aunque veo que cada vez me sale más competencia.

—Yo no —balbuceé. ¡Qué mal se me daba mentir!—. Yo soy su vecina y le ayudé con un perro...

—Y yo no me he puesto bótox y estos pómulos son naturales, cariño. —Se colocó detrás de mí, me quitó el gorro y comenzó a recogerme el pelo. Todo sin sentido alguno—. Tranquila, alguien tenía que cazar a un monumento como este, y me alegro de que haya sido alguien con tu... Hay que hacer algo con este pelo. YA.

Preocupada, busqué a Ismael a través del espejo, pero él parecía tranquilo, con su pose de seguridad habitual, aunque no tan relajado como cuando estábamos los dos solos.

—No te alarmes, fingiré que me creo que solo sois amigos...

—Jota me empareja con el noventa por ciento de las chicas que conozco —puntualizó Ismael—. Debe de ser que, desde que en carnavales se disfrazó de Cupido, se quedó un poco tocado...

—Pues si esta jovencita no te gusta, es que no sabes apreciar una obra de arte antes de que otro la compre. Con esa mirada puedo hacer un juego de sombras que, con un recogido griego y unos labios retocados hasta que parezcan más carnosos, haga que tus ojos se salgan de las cuencas y corran para verla más de cerca.

Jota, que llevaba un cinturón como el de los policías, pero en vez de esposas, porra y pistola, iba cargado de rizador de pestañas, máscara, polvos iluminadores, pintalabios y todo tipo de artilugios, desenfundó varias bases, que colocaba al lado de mi cara antes de decidir cuál era la más apropiada con mi tono de piel.

—Yo de ti no haría eso —le avisó Ismael girándose sobre sí mismo en la silla.

—¿Eres alérgica?

—No.

Nunca me había maquillado un profesional y estaba

encantada, ¿a quién no le gustaba verse bonita, diferente, especial, de vez en cuando?

—Yo de ti me detendría...

—¿Tan posesivo eres con la pobre que temes de las intenciones de un hombre que le tiró los trastos al rey mago Baltasar cuando le llevaron a la cabalgata con diez años? —Se acercó a mi oreja y susurró—: No soy un enfermo, es que estaba muy bueno, reina; fue un año que la Comunidad de Madrid los seleccionó en una agencia de modelos.

—Lo peor es que no me extraña, creo que nunca fuiste cándido e inocente —bromeó Ismael. Aunque sabía que era maquillaje, cada vez que le veía con el ojo hinchado y morado se me revolvían las tripas.

—Te equivocas. Fui un angelito hasta la primera comunión, cuando, según mi tía, bebí el elixir del diablo en la copa que me ofreció el sacerdote... Un pobre niño con un traje de marinerito tan hortera que me hice uno a medida para el Orgullo del año pasado... —Volvió a la carga enarbolando un pincel—. Pero ese no es el tema. Dime por qué no puedo regalarle una sesión de chapa y pintura a esta mujercita o comienzo...

—Tú mismo, pero pondrás tu profesionalidad en entredicho.

—¿Y eso por qué?

—Siempre dices que logras que salgamos de aquí un noventa por ciento más atractivos...

—Y lo hago. Me gustaría que vieses a alguna de las actrices antes de pasar por mis manos...

—Ya, pero con Aura no lo vas a lograr.

—¿Es un reto?

—No, es la constatación de una realidad. —Entonces me miró a través del espejo con esa cara de enamorado hasta la uña del dedo gordo de mi pie, que, francamente, era horrible, y, con una voz intensa y ronca, añadió—:

Ella es perfecta tal como está. No hay nada que puedas mejorar.

Había memorizado cómo me miraba él siempre que me decía algo bonito, pero hasta ese instante no pude ver mi reacción. Las mejillas se me encendieron y le observé con tanta devoción que no me reconocí a mí misma. No, negué con la cabeza; definitivamente, nunca me acostumbraría a que él me quisiese. Siempre sería especial.

—Que sepáis que no os pienso dejar solos porque bastante trabajo me ha costado pintar a Ismael a tiempo para que lo destrocéis enrollándoos... —Cruzó los brazos sobre el pecho.

Los dos nos echamos a reír y dejamos de mirarnos. Se notaba que Ismael tenía confianza con Jota; de otra manera, no actuaría así ni se atrevería a decirme esas cosas en su presencia, ¿o es que acaso ya no se podía contener, ya no dominaba ni sus propias palabras?

—Y como me digáis «ahora mismo no hay nada entre nosotros», en la próxima reunión propongo afeitarle una ceja a Nacho para dar más realismo a su papel, ¡os lo juro!

—No, por favor, no me dejes unicejo —se mofó.

No confirmó ni desmintió nada. Yo me emocioné, ¡cada vez quedaba menos para poder gritar a los cuatro vientos hasta que me quedase afónica que yo, Aura Núñez, era el ser humano más feliz sobre la faz de la tierra por una persona que tenía nombre y apellidos!

—Avisado estás. Y tú, señorita, deja de hacerle pasar las noches en vela, que luego viene con muchas ojeras, y procura no tenerle todo el día tan sonriente, que los hoyuelos se le quedan marcados y me cuesta Dios y ayuda cuando tengo que maquillarle como el Nacho melancólico que interpreta...

—No puedo asegurarte nada, pero lo intentaré.

El ayudante de dirección llamó a Ismael y él le siguió para ir al set.

—¿Dónde te crees que vas? —me dijo Jota al ver que le seguía—. Tú te quedas aquí conmigo. Hoy tengo el firme propósito de que este chico sufra su primer amago de infarto cuando te vea...

Jota se esmeró hasta tal punto que, cuando terminó e Ismael me vio en mitad de la grabación de una escena entre todos los auxiliares, cámaras y atrecistas, olvidó el diálogo y tuvieron que comenzar desde el principio de nuevo. Estaba tan bien camuflada entre ellos que al final me confundieron con una becaria, e incluso tuve que realizar una función de vital importancia. No, no di a la claqueta y grité «¡Acción!». En lugar de eso, me mantuve en una puerta en la que tenía que pulsar un botón, que activaba una luz roja para que nadie del exterior entrase cuando decían «prevenidos», y volvía a darle cuando escuchaba «corten» y esta se teñía de verde. Vamos, que fui el semáforo del estudio.

Controlar el tráfico humano era un trabajo muy solitario, aunque me permitió ser testigo de la anécdota del día. Uno de los figurantes tuvo un apretón mientras esperaba para entrar en escena. El pobre, que no podía aguantar ni un segundo más, utilizó el baño de uno de los decorados, sin percatarse de que no era un servicio de verdad y, como tal, no tenía tuberías y la cadena no funcionaba. En vez de avisar a alguien, observé cómo huía de la prueba del delito como si allí no hubiese sucedido nada. Una chica de producción descubrió el «cadáver» avisada por el tufillo que comenzaba a impregnar la sala. Por supuesto, asqueada por tenerlo que limpiar, preguntó quién había sido, y el señor en cuestión se hizo el loco de manera tan profesional que tuve mis dudas sobre si era la primera vez que se veía en una situación similar.

Terminaron dos horas después de lo previsto. A esas alturas de la noche yo me había convertido en una hiena capaz de comerse el brazo de uno de los trabajadores si se ponía a tiro y enterrar el cuerpo en el aparcamiento. Con los pocos euros que llevaba sueltos, me compré un par de bolsas de patatas en la máquina que estaba en el pasillo junto a maquillaje, peluquería y vestuario. Comenzaba a engullirlas de dos en dos mientras esperaba a que Ismael saliese del camerino cuando escuché que dos chicas hablaban en peluquería mientras recogían los postizos que les habían puesto a algunas actrices que, sin las extensiones, no tenían esas melenas frondosas y estupendas que volaban al aire. Aburrida como estaba, habría puesto la oreja, aunque su conversación girara sobre el apasionante mundo de la física cuántica, pero cuando oí que se referían a mí, me faltó colocarme en la puerta apoyando un vaso para captar mejor sus palabras.

—Me han dicho que Ismael ha venido acompañado... —Abrió la veda la primera.

Como no podía distinguir cómo eran, pasé a llamarlas Voz 1 y Voz 2 o Saltamontes número 1 y Cucaracha número 2, depende del comentario.

—Sí.

—Eso no es muy habitual... —murmuró. Se notaba a la legua que quería ahondar en el tema.

—Era una niña. —De nuevo ese afán por hacerme sentir un bebé que tan poco me gustaba. ¡Que ya era mayor de edad, hostia!—. No tienes de qué preocuparte.

—Ya sabes que la nueva generación viene pisando fuerte. Cada vez son más guarras. Aprenden antes a chuparla que a montar en bicicleta.

Las dos rompieron a reír con una carcajada que a mí se me antojó maligna. En mi mente se dibujó la imagen de dos brujas, con una verruga colgando de la punta de su nariz aguileña, mientras daban vueltas a una poción en un enorme caldero negro.

—No creo que tenga la suficiente experiencia para enganchar a Ismael; será un capricho pasajero. Además, seguro que no tienen nada en común. Él necesita a una mujer madura, que comparta sus inquietudes, y no una chiquilla cuyo mayor problema es no tener plan un viernes por la noche... —Sí. Ellas, muy adultas, despedazando celosas y sin piedad a alguien que ni siquiera conocían...

—Lo mismo todavía está en el instituto... —Y por el tono con el que lo dijo, parecía que se tratara del mayor insulto jamás pronunciado.

—No me imagino a Ismael ayudándole con sus deberes de matemáticas...

—Está fuerte, puede llevarle la mochila a la salida. —Otra vez rieron con maldad.

—En serio, él busca a alguien estable con quien encauzar su vida. En el caso de estar con esta niña (que, por otra parte, no es nada del otro mundo), será para comerse un último dulce antes de centrarse...

—Y ahí estaré yo.

Si en esos momentos no llega a salir Ismael, que, con dulzura, se acercó hasta mi posición y me limpió las migas de patatas que tenía en la comisura de la boca antes de indicarme que nos marchábamos, habría hecho mi entrada triunfal en peluquería, habría cogido las primeras tijeras que encontrase y les habría cortado la melena hasta dejarlas con unos trasquilones que las obligasen a raparse la cabeza.

Durante el trayecto en el coche, las escaleras y mientras él preparaba dos sándwiches y comenzaba a comer, no paré de hablar sobre lo que había escuchado. Estaba dolida, indignada y enfadada porque alguien me hubiese juzgado así.

—¿De verdad te importa tanto lo que opinen dos chicas amargadas que ni siquiera conoces? Anda, come.

Le di un bocado por complacerle y seguí hablando mientras me lo tragaba.

—No me va a quitar el sueño...

—Pero sí el apetito...

—Eso tampoco.

—Pues tu estómago está rugiendo y no te veo devorar el suculento plato que te he preparado.

—Es solo un sándwich de queso y jamón york...

—Caliente, untado con mayonesa y mucho amor; eso debería contar. —Me abrazó por la espalda y apoyó sus labios en mi cuello. Quería que olvidase el tema, pero ni su contacto logró que mi sangre dejase de hervir.

—Lo que no comprendo —volví a la carga, e Ismael, un poco desesperado por la situación, se separó. Pero es que cuando a mí me daba por un tema, ni el mismísimo y terrorífico muñeco de *Saw* era capaz de callarme— es por qué lo hacen... ¿Acaso dejarme a mí mal hace que a ti te gusten más? No —me contesté yo misma—. ¿Y qué ganan entonces?

—Exactamente lo mismo que tú ahora mismo: nada.

—Si sé que no debería caer ante sus provocaciones, pero es que me entra muy mala leche.

—Y estar todo el rato dale que te pego ¿te ayuda?

—No —acepté.

—Francamente, sus comentarios maliciosos no me influyen en absoluto. Yo me guío por lo que veo y siento; el resto me es indiferente. Aclarado ese punto, se me ocurren muchas maneras mejores de emplear este sábado por la noche que dándoles a ellas la satisfacción de verte pasarlo mal...

—¿Como cuáles? —cedí. ¡Esas desconocidas no iban a ser las protagonistas cuando tenía al hombre por el que babeaban con la vista clavada en mis labios, esperando el momento perfecto para atacarlos!

—Déjame que te las muestre. Lo primero es el factor sorpresa de un rapto.

Con una sonrisa perversa y juguetona, me cogió en brazos y me llevó a la habitación. Dejó la luz apagada, con la claridad de las farolas colándose por las rendijas de la persiana. Me soltó en la cama —era tan amplia que incluso desplegando mis articulaciones no llegaba a tocar los extremos— y, como un animal, se colocó encima de mí con los brazos flexionados y comenzó a recorrerme la mandíbula comiéndome a besos.

—Estás loco. —Sonreí ante los millones de descargas eléctricas que sentía allí donde apoyaba los labios.

—Por ti —aclaró.

Rodé sobre mí misma hasta posicionarme encima, sentada sobre su miembro a horcajadas.

—Hace calor —murmuré levantando los brazos. Ismael me rozó desde la cintura hasta mis pechos antes de quitarme la camisa, quedando expuesta, únicamente con el sujetador blanco de encaje.

—Mucho, muchísimo —afirmó imitándome, y yo le arranqué la suya.

Colocó las manos en su nuca para observarme, sin censura ni pudor, recorriendo con los ojos cada milímetro de mi piel desnuda, como quien está en una galería de arte desentrañando los misterios de un cuadro, memorizando los detalles. Apoyé las manos en su pecho y me mordí el labio. Era tan guapo que costaba creer que fuera de carne y hueso y no un ser que provenía directamente de las fantasías de un colectivo femenino. Y lo más increíble de todo, mío. Le acaricié descendiendo hasta sus abdominales, donde recorrí la línea, firme, recta y dura, que los separaba con la yema de los dedos.

—Quiero que me dejes hacer una cosa.

—Lo que sea —le dije.

Se incorporó y, sentado, sujetó mi cara entre sus manos. Pensaba que comenzaría a devorarme, tal y como me había prevenido en su camerino, pero en lugar de eso, con destreza, me movió hasta dejarme de nuevo tumbada con él situado encima.

—Quiero que me permitas besarte.

—No necesitas permiso. Lo has hecho miles de veces.

—No, no como siempre. En esta ocasión no quiero que quede un centímetro de tu piel por el que no pasen mis labios.

Me miró a los ojos, dubitativo, con una pregunta velada, y asentí nerviosa. Estaba preparada para ese contacto sexual. Comenzó por la cara, ninguna parte se salvó de sus labios, para pasar a recorrerme el cuello, el pecho y descender por mi estómago. Se detuvo al llegar a mi ombligo y volvió a levantar la vista para comprobar si seguía dispuesta. Con la respiración agitada y la voz entrecortada, pronuncié un tembloroso «sigue».

Me levantó la pierna derecha para quitarme poco a poco la media que la cubría y repitió el gesto con la izquierda. Mientras las acariciaba retiró la falda, dejándome en ropa interior.

—Eres preciosa —murmuró antes de recorrer el largo de la pierna derecha, desde el muslo hasta el pie, con sus labios.

Una vez terminó, deshizo el camino con la izquierda comenzando por el empeine hasta llegar a la goma de mis braguitas blancas.

Tenía toda la piel de gallina y mi corazón latía como si se fuera a salir del pecho de lo excitada que estaba. Colocó las manos en los laterales de la prenda para poder deslizarla y bajarla. Agradecí que la luz estuviera apagada. Aunque confiaba plenamente en él y quería entregarme entera, no podía evitar sentir cierta vergüenza al saber que me estaba viendo desnuda, suya definitivamente.

Me besó el monte de Venus, y me recorrió tal sensación, mezcla de cosquillas, mezcla de placer, que instintivamente levanté las piernas para protegerme, como cuando en el médico te golpean en un punto de la rodilla.

—Lo siento —me apresuré a pedir perdón al comprobar que no le había dado en la cara por los pelos.

—No te preocupes, pero de ahora en adelante, intenta no dejarme sin dientes, por favor. No quiero que mi representante me asesine al verme mellado. —Trató de quitarle hierro al asunto bromeando.

—No es mi intención. Me encanta tu sonrisa.

—No es para menos. Tú eres quien le has devuelto la vida.

Movió sus manos cauteloso, lento, para dejarme asimilar esas emociones nuevas, hasta que introdujo el primer dedo en el interior y me estremecí al saber que él era mi maestro, el hombre que iba a enseñarme por qué el sexo era una necesidad humana.

Flexioné las piernas para sentirle mejor.

—Relájate, pequeña, y no pienses en lo que está sucediendo, solo disfruta.

Una última sonrisa y se perdió donde ya no le podía ver, pero sí sentir. Sus labios me besaron y, tras un contacto inicial, su lengua invadió mi intimidad, moviéndose en círculos en mi clítoris mientras su dedo entraba y salía sin tregua. Cuando me quise dar cuenta, tenía la respiración agitada y sonidos guturales salían de mi garganta, pequeños gruñidos que no sabía que mis cuerdas vocales podían emitir.

Yo, que estaba acostumbrada a buscarle significado a todo y no podía parar de darle vueltas hasta a las cosas más insignificantes, desconecté mis pensamientos y cedí a las sensaciones. Cerré los ojos porque me costaba mantenerlos abiertos. A medida que aumentaba el placer y ese estremecimiento que me estaba devorando se volvía agradablemente insoportable, mis caderas se arqueaban más y más.

Parecía que mis gemidos daban cuerda a su lengua y, conforme estos sonaban más altos y seguidos, más me invadía ella lamiendo todo lo que encontraba a su paso. Mi interior se había transformado en una granada a punto de explotar, Ismael ya le había quitado la anilla de la cuenta atrás. Y cuando lo hizo, cuando reventó, millones de sensaciones me sacudieron con tanta intensidad que tuve que agarrarme a las sábanas, que tenían su olor impregnado y aumentaron mis constantes vitales, con fuerza para que me mantuvieran anclada a este mundo, por temor a desaparecer entre esas estrellas a las que me había impulsado el actor con sus besos en mi intimidad. Apreté hasta que los nudillos se quedaron rojos y noté que mi cuerpo estallaba en fuegos artificiales. Me sentía feliz, pletórica, satisfecha, y no pude evitar gritar tan alto que temí haber despertado a todo el bloque.

Ismael levantó la vista y le recibí agotada con una sonrisa. Él era el primero para todo. Me había enseñado lo que era querer a alguien y, en esos momentos, me regalaba mi primer orgasmo.

Capítulo 13

Lo contrario de vivir es no arriesgarse

—Y en ese momento he visto la luz. Es imposible que hiciese tanto frío en esa maldita cafetería, a no ser que unos esquimales estuviesen controlando el aire acondicionado. Misterio resuelto. —Vilma se recogió el pelo en una coleta alta con los dientes castañeando. De esta no se libraba, tendría que convivir unos días con la gripe.

—Si hubieras bajado con nosotras en vez de quedarte con Dani, que, por cierto, es un poco rarito... —contestó Sara.

Ese día habíamos ido a patinar sobre hielo Ana, Dani, Vilma, Sara y yo a la pista de Leganés. Me gustaba fusionar a mis grupos de amigos. En el fondo albergaba la absurda esperanza —por eso era mía— de que, llegado el momento, todos nos diésemos la mano y nuestra cadena humana rodease la Tierra —¡malditos anuncios y las ideas descabelladas que instauraban en mi cabeza!—. Para lograrlo, tenía que conocer a muchísima gente más, pero mi intención era viajar mucho los años que me quedaban por delante, y tener amigos en todos los países, incluso en aquellos que todavía desconocía y cuyo nombre no sabía pronunciar.

Vilma había decidido acompañarnos, pero no patinar. El motivo era muy sencillo: estaba grabando el corto de *crowdfunding* y no quería que ningún imprevisto le chafase su primer papel protagonista. Por su parte, Dani se mantenía en su línea, sin hablar, sin participar en las actividades, retraído, silencioso, acompañándonos como una sombra invisible que estaba a nuestro lado, pero que no interactuaba casi nunca.

Por lo menos les proporcioné diversión para su estancia en la cafetería, desde donde nos podían ver a través de una cristalera. Y es que hice honor a la expresión «eres más burra que un *arao*» que mis amigos del pueblo me acuñaron una tarde de invierno. El día que me bautizaron con ese sobrenombre, entre los otros que tenía —lamentablemente, la lista era bastante larga—, había nevado. Estábamos todos en la cima de una cuesta tan empinada que no veíamos el final, debatiendo sobre si era buena idea o no tirarse con el cartón que habíamos recogido de la basura. Ellos estaban barajando los argumentos a favor y en contra, como si se tratase de un asunto de emergencia nacional, cuando yo entré en acción. No me lo pensé dos veces: me senté encima y me lancé a la aventura, ya que sabía que nos pasaríamos allí las horas muertas sin llegar a ninguna conclusión si nadie tomaba la iniciativa. Al principio el hielo me deslizó y me sentí la reina de las nieves, hasta que una piedra se interpuso en mi camino y salí disparada rodando como una croqueta durante algunos metros. El resultado fue un brazo roto, la regañina de turno de Amparo y los aplausos, ovaciones y respeto de los brutos de mis compañeros de aventuras.

En Leganés no iba a ser menos. En lugar de, como una persona normal que nunca ha patinado sobre hielo, sujetarme en las barandillas hasta pillarle el tranquillo, cogí impulso y, creyéndome una famosa patinadora de patinaje artístico que participaba en los Juegos Olímpicos, fui directa al centro de la pista donde los más experimentados realizaban piruetas. Gracias a Dios que estaban allí y, tras ver cómo me caía de culo como un pato mareado, me ayudaron a levantarme; si no, creo que me habría arrastrado de rodillas interrumpiendo y molestando a todos los que giraban en círculo disfrutando de la experiencia. Esa no fue la única caída, hubo muchísimas más, pero sí la que me había dejado un moretón que abarcaba toda mi nalga izquierda. Exceptuando mis heridas de guerra, me lo había pasado francamente bien.

—Tímido, sí —dije subiendo las escaleras a casa.

—¿Tímido? ¡Lo que está es reprimido! —Sara, que llevaba el pelo recogido en dos trenzas de raíz que se fusionaban en una coleta, se rascó la cabeza pensativa, destrozando el peinado—. Creo que deberíamos ayudarle a salir del armario...

—No empieces, tú no tienes que presionar a nadie —la cortó Vilma. Cuando Sara empezaba a darle vueltas a alguna cosa, no había quien la parase—. Si de verdad es gay, él elegirá el momento perfecto para compartirlo. Los homosexuales no tienen que llevar un cartel en la cabeza o presentarse aportando el dato de sus gustos en la cama.

—No seas cínica. Yo no digo eso. Pero el chaval está cohibido, se ve a la legua. A veces las personas necesitan un empujoncito...

—Puede, pero tú no sabes hacer las cosas con tacto. Conociéndote, querrías que mañana lo admitiese, pasado fuese a Chueca y al otro tuviese un novio monísimo por el que te murieras de envidia.

—Estás muy confundida, pelirroja faltona. El problema es que creo que él no se lo quiere reconocer a sí mismo...

—¡Pues, entonces, no tienes nada que hacer! ¡Déjale en paz!

—¿Y que sea un infeliz toda su vida?

—Solo le conoces de un par de días. ¿Qué sabes tú de su felicidad?

—Lo suficiente. Si no se reconoce a sí mismo como es, nunca podrá ser auténtico con nadie, y eso le llevará a estar siempre amargado sin motivo aparente.

—¿Y qué es lo mejor, según tu experto punto de vista de sexóloga y psicóloga titulada?

—Lo mejor es normalizar la situación, que vea que no tiene nada de malo...

—Tal vez en otra época sería la solución, pero hoy en día creo que eso ya lo tiene claro.

—Preguntarle directamente. —Se encogió de hombros mientras llegábamos a nuestra planta.

—Y lo más normal, y con más razón que un santo, es que te responda que a ti no te importa una mierda.

—Vale —cedió—, sacad el tema como que hablamos de otro amigo, que se sienta identificado y, poco a poco, ir aconsejándole como si fuera lo que le hemos dicho a la otra persona... —Aplaudió satisfecha de sus propias conclusiones.

—¿Hacer algo de manera sutil y disimulada? ¿Tú? Eso no hay quien se lo crea, lagartija. Te pillaría en la primera frase y, como te he dicho, tú no tienes la confianza ni la amistad para tratar ese tema tan importante con él.

—Es verdad. —Pensaba que se acababa de dar por vencida, pero llegó mi turno—. Aura, creo que deberías hacerlo tú. Y, por otra parte, o abres de una maldita vez, o me meo encima por la tardanza y tú lo friegas. —Pegó pequeños saltitos para indicar que iba en serio. ¡Como si no lo supiese ya! Se había pasado todo el trayecto en el transporte público repitiéndomelo una y otra vez.

—Lo primero, si no os hubieseis olvidado las dos las llaves, tal vez alguna las habría encontrado antes que yo, ¡maldito bolso, que parece el bolsillo de Doraemon! Y lo segundo, yo no tengo que forzar a nadie a que diga, haga o se reconozca a sí mismo algo. Dani sabe que me tiene ahí para contarme cualquier cosa y vendrá si lo necesita —dije para zanjar la conversación.

—Vale —aceptó antes de añadir—, pero si algún día os veo mal y sé, porque lo sabré, que estáis deseando que os pregunte qué os pasa porque no os veis con fuerza para comenzar la conversación vosotras..., ¡no lo haré! ¡Me niego!

El llavero asomó colgando entre la encuadernación de la agenda, un capricho de Mr. Wonderful en el que se podía leer «Hoy pueden pasar un millón de cosas buenas», y abrí la puerta. Vilma y Sara pasaron delante de mí veloces, en un visto y no visto —debía de ser que la pelirroja también tenía ganas y no había dicho nada durante todo el camino, o simplemente que quería molestar a la otra—. En su intento de llegar las primeras al baño, me habían empujado como jugadoras de rugby para apartarme y, por supuesto, se me habían caído todas las cosas del bolso al suelo. Comencé a recogerlas planteándome seriamente que tenía un problema de acumulación de anuncios basura. No sabía decir que no cuando iba andando por la calle y alguien me ofrecía un folleto. También me sabía mal tirarlos a la papelera más cercana por si me veían y me regañaban. De esta manera, los iba metiendo en el interior del bolso hasta que se convertían en molestos obstáculos cuando buscaba algo y tenía prisa. Leí algunos mientras los arrugaba antes de lanzarlos al interior del bolso como si fuera una canasta. Uno era para la disfunción eréctil. ¿De verdad? ¿Se puede saber para qué me habían dado a mí eso?

No encontraba mi barra de labios con sabor a fresa. No me habría percatado de no ser porque se trataba de la favorita de Ismael. Volví a vaciar el contenido, meterlo, mirar debajo del felpudo, pero nada. Cuando ya estaba pensando en bajar —¡otro día más!— a la farmacia, la encontré: había rodado por las escaleras. Descendí, triunfadora me agaché a recogerla y, mientras me levantaba, me topé de frente con las piernas de un chico al que le estaba impidiendo subir. Inmediatamente supe que se trataba de Víctor. A nadie le podían quedar tan bien unos vaqueros roídos; ese *look casual* y dejado solo era irresistible en su gloriosa anatomía.

—¿Me dejas pasar, por favor?

—No —bromeé con confianza, impidiéndole el paso.

Me reincorporé, esperando ver su sonrisa ladeada anticipándose a algún comentario juguetón y mordaz, pero él me apartó suave con la mano y siguió ascendiendo.

—No estoy para juegos, Aura —fue lo último que le escuché decir antes de que continuase subiendo.

Aunque le pegaba más la melancolía o el tono de artista torturado, no fue su bordería a la hora de hablarme lo que llamó mi atención, que también lo hizo. Le habría contestado algo de no observar, en las pocas facciones de su cara que quedaban al descubierto, a través de su cabeza gacha y la capucha gris de una sudadera ancha que le ocultaba buena parte del rostro, sangre, demasiada y reseca. Ascendí los pocos escalones detrás de él.

—¿Qué te ha pasado?

—Nada que te interese. —Ahí estaba: directo, seco, malhumorado, irreconocible; al menos, si lo comparaba con los encuentros que había tenido con él.

Me coloqué a su lado para evaluar los daños, pero él se movió esquivo, incómodo con mi presencia, e introdujo la llave en la cerradura. También tenía los nudillos ensangrentados.

—Vete a tu casa, Aura —avisó, pero yo no me di por vencida. Estaba preocupada.

—¿Vas a ir a un médico? —pregunté.

—No. —Abrió la puerta e intentó cerrarla delante

de mis narices, pero la sujeté—. ¿Quieres hacer el favor de largarte? —Se giró y habló con dureza muy cerca de mi rostro. Casi me llevo las manos a la boca al distinguir con claridad las piezas que me faltaban de su cara descompuesta.

—¡Por supuesto que no! ¿Es que acaso no te das cuenta de que tienes el ojo hinchado e inyectado en sangre?

No quedaba nada de ese verde musgo rodeado de un tono ámbar como la tierra de una montaña por la que ha caído un torrente de lluvia, salvaje y hermoso a la vez, hipnotizante, único, como mi gris. En su lugar, le rodeaban unas montañas moradas, gruesas, deformes, como cuando un alérgico a las avispas sufría un picotazo de estas y se empezaba a poner como una pelota de fútbol.

—Obviamente, lo sé. —Se llevó los dedos a la sien y se dio un masaje cansado; la capucha se le cayó y pude ver que tenía las puntas delanteras rojizas por un pequeño corte en el nacimiento del pelo—. Te parecerá increíble la revelación que te voy a hacer, pero esto me duele un poco más a mí que a ti.

—Con más motivo entonces deberías ir a que alguien te lo mirase, por si necesitas un par de puntos... —No le di tregua. Ese espíritu mío metiche que no me dejaba permanecer indiferente cuando veía a alguien herido.

—Eso no es asunto tuyo.

—Lo es cuando te comportas como un niño de cinco años que no se deja ayudar. —Me crecí—. ¿Te duele la nariz? Creo que está rota. —Volví a la carga. Intenté rozarle, pero se apartó. Un reguero parecido a un riachuelo caía con líquido granate desde las fosas nasales hasta el cuello.

—No me vas a dejar en paz, ¿verdad?

—No. —Le miré directamente a los ojos, seria, desafiante. Había tomado una decisión y sería necesario más que un cantautor con un aura de misterio vagando a su alrededor para que cambiase de idea.

—Tú misma.

Entró, puso la radio a toda pastilla —deduje que para no escucharme— y se dejó caer en el sofá mientras sonaba *Playa del Inglés* de Quevedo.

—¿Dónde tienes gasas, agua oxigenada y Betadine?

—¿Eres enfermera y no tenía constancia?

—No. Pero no necesito un máster para desinfectarte la herida; igual que tú tampoco para actuar como un auténtico gilipollas.

—Entras en mi piso cuando te estoy pidiendo claramente que no lo hagas, y encima tienes la cara de insultarme. Joder, Aura, joder.

—Creo que estamos en realidades paralelas. Deja que te explique cómo lo he vivido yo. Aguanto que me hables como un idiota en las escaleras, cosa que solo le permito al mendrugo de mi hermano porque compartimos sangre; aun así, en lugar de mandarte a la mierda, como claramente debería haber hecho, te persigo con la única intención de ayudarte y desinfectarte eso antes de que pierdas un ojo y tengas que tocar en los locales de mala muerte con un parche pirata porque de la cara de monstruo de mañana nadie te libra. ¡Sloth, de *Los Goonies*, parecerá una belleza exótica a tu lado!

Creí entrever un amago de sonrisa mientras cogía la guitarra y la colocaba en su regazo, como si el instrumento le transmitiese la paz que necesitaba, pero volvió a hablarme con el mismo tono seco y malhumorado.

—Baño, primer cajón.

—Gracias.

Encontré el botiquín donde me había dicho. A la vuelta me percaté de que Víctor era bastante desorganizado; o eso, o quería construir una torreta de platos sucios que alcanzase el techo.

—De vez en cuando deberías fregar si no quieres que el día menos pensado las bacterias se rebelen y se hagan con el control de tu cocina —le regañé robando a mi madre el tono de voz acusador con el que me decía que recogiese mi cuarto.

Víctor ignoró mi comentario y acarició las cuerdas.

—Suelta ese trasto, que no puedo curarte si está en medio. —Me coloqué a su lado en el sofá de rodillas.

—Instrumento. Se llama «instrumento» —puntualizó.

—Disculpe usted, aparte la guitarra sagrada, mientras le curo lo más rápido que pueda y me largo de aquí.

El cantautor la dejó a un lado, apoyada contra el brazo del sofá, y yo me concentré en ayudarle y no en analizar su comportamiento, que ese día dejaba mucho que desear.

Con un algodón bañado en alcohol, le limpié el reguero de sangre que caía desde la nariz hasta el cuello. Víctor dio un respingo cuando rocé una pequeña herida en su labio, pero no se quejó. A esa distancia podía notar sus malheridos ojos fijos en mí. Le rocé la nariz y, tras un examen inicial, decidí apretar.

—No está rota.

—¿Ahora también sabes diagnosticar una fractura con tan solo palpar?

—No, sabelotodo, pero deduzco que, si estuviera fracturada y no solo un poco hinchada, habrías gritado como un condenado cuando la he apretado. Si quieres un informe médico, ve a un hospital a urgencias, que es donde deberías estar.

Le reté a que me contestase algo, pero se abstuvo. Después de limpiar la frente y comprobar que mi primo de seis años se había hecho cortes más profundos cuando se caía jugando en las colchonetas —tendía a saltar en el extremo y lanzarse fuera como si existiera una piscina que solo podía ver él—, deduje que no era nada grave. Llegaba, pues, lo que más me preocupaba: los ojos. Víctor los cerró antes de que se lo pidiese y le pasé unas gasas, esta vez impregnadas de agua oxigenada.

—¿Quién te ha hecho esto? —Me aventuré a preguntar al verle más tranquilo.

—Supongo que tendrás teorías. —Apretó los labios y traté de rozarle más suave.

—¿Por qué siempre me contestas con una pregunta? ¿Acaso nunca puedes dar datos de tu apasionante existencia?

—Mi vida es solo mía. No me gusta compartirla con nadie.

—Sin embargo, tú sí que conoces muchas cosas de mí.

—Tú decidiste contármelas, yo nunca te obligué.

—Eso era porque antes me caías bien.

Silencio.

—¿Ya no? —preguntó al cabo de unos segundos. ¡Bien! ¡Por fin una media sonrisa que, por cómo se estremeció, debió de dolerle bastante!

—No, ahora has entrado en mi lista de enemigos.

Me reí tras decidir, con tan solo ese gesto amable por su parte, que no me apetecía estar disgustada con él. Por alguna extraña razón, incluso siendo un gruñón gilipollas me caía bien.

—Venga, creo que me merezco saber por qué has estado a punto de estropear tu carrera musical. A no ser que hayas matado a alguien. No quiero acabar mis días en la cárcel por cómplice, aviso.

—¿Qué tiene que ver mi carrera musical en esto?

Le pasé la gasa debajo del ojo y gruñó.

—Perdón. —Me apresuré a retirar la sangre reseca—. Tiene que ver porque, seamos sinceros, la mayoría de las personas histéricas que van a verte no lo hacen solo porque les gusten tus canciones, sino porque quieren acabar en tu cama...

—Y yo que creía que era un buen compositor...

—Lo eres, una cosa no quita la otra. Puedes crear letras que encojan el alma y humedecer las bragas de medio local a la vez mientras te aclaras la garganta.

—¡Qué bruta eres!

Intentó abrir los ojos para verme, pero no le dejé.

—Cerrados, ¡que todavía no he terminado! Bueno, ¿me lo vas a contar o qué?

—Prefiero escuchar tus teorías. Te dejo que me digas tres, ni una más, ni una menos.

—¿Boxeas?

—No.

—¿Una paliza merecida por liarte con la novia de algún musculito de gimnasio?

—Suelo ser bastante respetuoso con ese tema. No hagas a los demás lo que no quieras que te hagan a ti.

—¿Pone eso en alguna de las frases de tus tatuajes?

Meditó ladeando la cabeza.

—No, pero debería.

—¿Una exnovia despechada que te ha pillado por banda?

—Esta es la más improbable de todas.

—¿Por qué? Las mujeres podemos ser más peligrosas que un rottweiler. Yo, por ejemplo, pego unas patadas en la espinilla con las que dejo KO a más de uno que me dobla en tamaño...

—No dudo de tus habilidades de defensa o ataque, pero sí puedo afirmar que ninguna exnovia podrá jamás patearme el trasero, porque nunca he tenido.

—¿No te gustan las ataduras y eres un alma libre que va de orgía en orgía?

—La segunda parte espero hacerla algún día, y repetir varias veces. Pero lo cierto es que no creo en el amor, Aura.

—¡Eso sí que no te lo permito! Seguro que eres de esos que aseguran que el amor es un proceso químico que se produce en el cerebro con endorfinas como flechas de Cupido...

—¡Nunca diría ninguna frase que contuviese la expresión «flechas de Cupido», joder! —Rompió a reír hasta que tosió y me perdí en el sonido de su risa; era contagioso—. Simplemente no creo que exista ese sentimiento, o, de existir, es más pasajero y menos importante de lo que nos hacen pensar.

—O tú no lo has sentido.

—Eso te lo concedo.

Había terminado. Su cara seguía pareciendo un cuadro gótico de dolor y castigo, pero por lo menos ya estaba limpia.

—Ya está.

Me aparté y, hasta que estuve alejada, no me percaté del efecto calmante de su olor. Víctor despegó los párpados lentamente. Allí, sentado en el sofá, con aire rebelde y la guitarra a su lado, estaba tan atractivo que, de nuevo, tuve la tentación de bajar las luces, sacarle una fotografía en blanco y negro a su silueta distraída con Madrid de fondo, y venderla a cualquier galería para que la expusieran, y una multimillonaria la comprase para que decorase su salón. Transmitía tanto con solo mirarle que supe que no solo sus canciones eran arte; él, también.

—Ya que no me vas a decir nada, por lo menos asegúrame que no estás metido en un lío.

—No lo estoy. Lo que sea ha terminado hoy, para siempre.

No me quería ir, pero ya no tenía excusa para permanecer allí. ¿Era normal que me sintiese tan a gusto con un chico al que apenas conocía y que hacía un minuto se había comportado como un auténtico idiota? Otra persona me habría ofrecido una bebida y unas patatas de bolsa por la ayuda, por preocuparme más por él de lo que lo había hecho él mismo. Sin embargo, Víctor era un chico solitario que disfrutaba de la tranquilidad de estar con la única compañía de su guitarra. Además, necesitaba descansar.

Se pasó la mano por el pelo lleno de sangre reseca, y observé un tatuaje que no tenía localizado en el antebrazo. Mi curiosidad no le pasó desapercibida.

—Lo contrario de vivir es no arriesgarse —dijo.

—¿Cómo?

—Eso pone.

—Es una frase muy bonita.

—Y real. Aplícala en tu vida, a mí me vino muy bien.

—Algún día me contarás la historia de tus tatuajes...

—Puede, algún día —asintió.

—Te dejo, que tienes que descansar. Si quieres, mañana puedo pasarme a verte y traerte algo de comer...

—Tengo cosas en el congelador.

—Okey.

Iba andando hacia la puerta cuando noté que Víctor se había levantado y me retenía agarrándome por el brazo. Habló sin mirarme, con la voz ronca, con una melancolía que estuve a punto de cometer una locura: deshacer con él el camino hasta el sofá, sentarme en su regazo y abrazarle durante horas hasta que todo el dolor —y no hablaba del físico— desapareciese de su tono. A veces un segundo de cariño daba más fuerzas que el discurso inspirador más elaborado.

—Gracias por cuidarme, Aura. Ya no me acordaba de cómo era.

Y de nuevo no comprendí por qué mi nombre en su boca sonaba diferente, especial.

Capítulo 14

Si no soy un astronauta, ¿por qué me siento caminando por las estrellas?

Me senté en el bordillo gris con las piernas colgando sobre el río Manzanares. El sol se estaba ocultando detrás de los edificios y me entretuve contemplando cómo el agua se deslizaba hasta perderse detrás del puente que surcaba Madrid Río, el parque de las pasarelas. Había elegido el extremo con mejores vistas, esas que daban al Palacio Real y el centro histórico de la capital. El cielo se estaba tornando rosado, con la única compañía de alguna nube blanquecina. Era un espectáculo grandioso que no hacía sino aumentar mi buen humor, y es que, ese día, era la primera vez que tenía un plan con Ismael en la vía pública.

Con el romanticismo que desprendía el escenario, podíamos haber ido a pasear cual enamorados durante el atardecer, pero eso estaba muy lejos de nuestras posibilidades, por el momento. El motivo por el que nos encontrábamos allí era muy diferente, y en una película no tendría de fondo ninguna banda sonora melosa que pusiera la piel de gallina. Habíamos salido juntos a correr. Ismael era adicto al deporte, me preguntó si yo también solía hacer ejercicio y le mentí, asegurando que no me iba tranquila a la cama si no había recorrido algunos kilómetros. Por esa razón me invitó a acompañarle y yo gasté el presupuesto que tenía reservado para unas bonitas botas de invierno, marrones hasta la rodilla, en ir al Decathlon y adquirir toda la equipación de *runner* oficial.

Mientras me probaba sujetadores deportivos para cubrir mis pechos —esos que necesitabas una lupa para encontrarlos y las abuelas, muy a mi pesar, con esa sinceridad suya aplastante y cruel, se empeñaban en asegurarme que aún no estaban desarrollados y todavía eran «garbancitos», por mucho que yo les explicase con una sonrisa fingida que ya era mayor de edad y estaba bastante crecidita—, me pregunté si habría algo que no sería capaz de hacer por el actor. La respuesta fue un rotundo no. Si un día me pidiese que fuese con él a un restaurante exótico a probar hormigas, saltamontes y —atención al dato— cucarachas en su punto, lo haría encantada, disfrutando de cada bocado, a pesar de que yo era muy escrupulosa y tenía un pánico atroz a los insectos. Ese tipo de persona que se ponía a gritar como si la estuvieran apuñalando en el estómago con saña cuando se encontraba con una araña minúscula en el baño. Si los bichos de mi casa hablasen, seguro que lo primero que me dirían es que necesitaban ir a un psicólogo por mi culpa. Por eso tenía miedo a lo que Ismael me estaba haciendo sentir. Nunca lo confesaría en voz alta, pero tenía más control sobre mí que yo misma.

Saqué el móvil para entretenerme. Seguir el ritmo de Ismael era prácticamente imposible y, cuando noté que si continuaba corriendo tan rápido acabaría vomitando la cena del día anterior —champiñones rellenos de bacón y queso, receta de la madre de Vilma—, sugerí que nos separásemos para volvernos a encontrar una hora después.

Crucé los dedos a la espalda, me apoyé en un árbol para poder tocar su madera y, por si alguien me había echado un mal de ojo, giré en círculo siete veces en el sentido de las agujas del reloj; vamos, todas las supersticiones de la buena suerte que recordé para que él aceptara. Y, creyentes o no, lo hizo. Se marchó al trote tras quedar dentro de una hora en ese punto.

Fingí que me disponía a correr durante un rato y, en cuanto le perdí de vista, me senté sin tener que disimular lo asfixiada que estaba. Media hora a la misma velocidad que el Correcaminos cuando le persigue el Coyote era suficiente. Debería practicar más, puesto que, en un arranque de «Voy a convertirme en la mujer perfecta para ti, Ismael, que contenga todos los ingredientes que te gustan», le garanticé que sería su compañera en la San Silvestre Vallecana que se celebraba en diciembre. Tenía un par de meses para ponerme en forma.

Tras revisar mis redes sociales, abrí la agenda y, ¡sorpresa!, tenía programado realizar un trabajo y estudiar los dos primeros temas de Estadística 1 esa tarde. Sintiéndome el ser más irresponsable que había pisado la Universidad Rey Juan Carlos, le di a posponer y me concentré en el dolor aguijoneador que atormentaba mis muslos, esas agujetas que me recorrían como hormiguitas abriéndose paso. Mi propia imaginación me jugó una mala pasada y casi me mareo al evocar la imagen de los insectos, tan pequeños como pipas y negros como el carbón, saliendo del hormiguero para recorrerme entera. Me levanté de un salto con un escalofrío. Prefería mil veces que me pusieran delante de un tigre blanco, aunque este me pudiese arrancar la cabeza de un bocado, que, como había visto en algunos absurdos programas televisivos, me encerrasen en una urna en la que soltaban cualquier bicho.

El móvil vibró, y en la pantalla apareció la cara de Sara bizca con la lengua fuera; me encantaba esa fotografía y por eso se la había asignado a su contacto de la agenda del teléfono.

—¡Dime algo! ¡Lo que sea! —contesté dando saltos, aprensiva, ante la descarada mirada de los viandantes, que me echaban ojeadas como si estuviese poseída, cosa que, por otro lado, era lo que parecía.

—Culo peludo.

—¿Culo peludo?

—Yo qué sé. Ha sido lo primero que me ha venido.

—A saber en qué estarías pensando...

—Estaba dándole vueltas a dónde narices os habíais metido, amigas cero detallistas. Vale que no hayáis venido con una pancarta al aeropuerto, pero qué mínimo que esperarme ansiosas en el piso para que os cuente qué tal la boda.

Sara había viajado a Mallorca a la boda de una amiga.

—Vilma está ensayando y yo he salido a correr.

—¿Desde cuándo haces deporte?

—Desde hoy. El ejercicio es muy sano y mejor que la dieta exprés que hiciste para que te entrase la cuarenta del vestido para la fiesta...

En vez de intentar perder peso a un ritmo moderado a través de una alimentación saludable y deporte, Sara buscó una dieta en internet que se hacía llamar «milagrosa» y prometía que te ayudaba a perder cinco kilos en tres días. Durante una semana se alimentó a base de manzana y purés y, aunque bajó algún kilo, cuando la vi con el vestido rojo satén, me percaté de que no había sido suficiente y le continuaba quedando demasiado ajustado y prieto; y me pregunté por qué no se compraría uno de su talla con el que ir cómoda, preciosa y orgullosa de su cuerpo.

—Mucho criticarme, pero ha surtido efecto... —Dejó el misterio en el aire.

—¿A qué te refieres?

—Alto, moreno, ojos verdes y de nombre David. Un

214

hombre de unos veintisiete años con los labios más carnosos que he probado.

La imaginé asintiendo satisfecha por su hazaña.

—¿No se suponía que estabas desintoxicándote de los chicos?... —le recordé. Poco le había durado...

Acababa de perder una apuesta con Ana, mi compañera de clase, que me dijo con suma precisión lo que iba a pasar en cuanto se lo conté. Llegué a plantearme si era una visitante del futuro, porque me resultaba realmente increíble que ganase todas las apuestas, sin excepción. ¡Maldita ludópata suertuda que nos desvalijaba!

—Y lo estoy haciendo. Fue la prueba de fuego de que ya lo tengo superado. La anterior Sara se habría enamorado, le habría pedido el móvil y le estaría atormentando a mensajes, pero la nueva le dio un número falso y a otra cosa, mariposa.

—No tengo muy claro que eso sea una victoria...

—Aura, ¿has ido a la boda de alguna amiga?

—No. —Los únicos enlaces a los que había asistido eran los de unos primos lejanos de Bilbao a los que conocí en el momento de darles la enhorabuena.

—Entonces no sabes para qué sirven. Te lo explicaré. Cuando eres una niña, es una mierda, a no ser que tengas colchonetas y te den una bolsa de chucherías. Los adultos aprovechan para cebarse a comer, emborracharse mientras fingen que solo han tomado una copita de vino, atarse la corbata en la cabeza y bailar un pasodoble con cualquier canción, aunque esté sonando La Fuga o Mägo de Oz. Y para los veinteañeros o treintañeros, ¿cuál es la diversión?

—¿Proporcional a las horas de barra libre?

—¡Exacto! Y, salvo que tengas pareja y exclusividad, lo más divertido es ligar. Todo el mundo va receptivo a pillar en una boda. Aunque solo sea por amortizar los ciento cincuenta euros que me gasté en el conjunto más los treinta de peluquería. En realidad, a nadie le importa que los novios piensen: «¡Hostias, qué elegante ha venido mi amigo, eso es que me quiere!». Es una inversión para conseguir un polvo. Así de simple.

—Por eso dicen que de una boda sale otra.

—No seas ingenua. Esa es la mayor tontería que ha inventado el ser humano después de la coletilla «No eres tú, soy yo». Hay más posibilidades de que salga un embarazo no deseado que de que encuentres al hombre de tu vida en el estado lamentable en el que vas cuando comienza el baile y puedes relacionarte con alguien más que los conocidos de tu mesa...

—Espero que tú no...

—Si no hay protección, no hay penetración. Es mi lema —me interrumpió para tranquilizarme.

Me giré negando con la cabeza por la locura de mi amiga cuando le distinguí. Era imposible no verle. Incluso con los pantalones deportivos, la camiseta blanca y la sudadera azul celeste abierta con la capucha puesta llamaba la atención. Me planteé que tenía un halo invisible a su alrededor que provocaba que, sin saber por qué, todas las personas se sintiesen atraídas por ese desconocido que corría con los cascos puestos y la mirada fija en el suelo.

—Sara, te tengo que dejar, que viene... —Estuve a punto de meter la pata distraída por su imagen— mi amigo.

—¿Con quién has ido?

—Un compañero de la universidad.

—¿Está bueno?

—Muchísimo. —Puede que me pusiera roja, porque me ardieron las mejillas.

—Así que te ha dado por correr porque es sano. Ya... Seguro que no tiene nada que ver con mirarle el culo a ese desconocido.

—Te dejo, que ya llega.

—¡Te espero en la cena! He pensado hacer una fiesta en el piso para Halloween y tenemos que planificarla.

—Perfecto. Luego me cuentas.

—¡Madre mía, qué ansiosa estás por decirme adiós! Recuerda: sudados, los penes saben saladitos.

—Tomo nota.

Colgué porque, si no, Sara tenía cuerda para rato. Me coloqué los cascos de hormiga atómica que tenía y comencé la actuación por la que esperaba que me dieran un Oscar de la Academia estadounidense algún día. Emprendí la marcha en su dirección calculando que no nos separaban demasiados metros y mis piernas, que todavía se quejaban por el esfuerzo inicial, cuando corría al ritmo de Ismael, aguantarían.

El actor iba tan concentrado que le tuve que dar un codazo, haciéndome la encontradiza, para que me distinguiera. Levantó la vista y me recibió con una sonrisa mientras se detenía, como siempre. No podía evitarlo. Era verme y su boca se curvaba. Estaba sudado y se le marcaban más los músculos. Me pregunté si también acabaría así cuando practicásemos juntos otro tipo de ejercicio más íntimo y pasional. Inmediatamente me ruboricé. ¿Desde cuándo tenía ese tipo de pensamientos calenturientos que hacían que me estremeciera? Lo sabía: desde que él me había besado en mi sexo transportándome a las estrellas.

—Estoy agotada —me quejé.

—¿Sí? —Se quitó los cascos, pero se dejó la capucha puesta para que nadie le reconociera.

—Muchísimo. Creo que me merezco un buen masaje en cuanto lleguemos a tu casa. —Le miré con aire inocente; me encantaba cuando sus dedos me recorrían de arriba abajo desentumeciendo mis músculos. Ismael sabía lo que hacía, apretando con sus fuertes manos en las teclas correctas para que yo alcanzase el nirvana sentada en el sofá de su salón. ¿Para qué ir a un spa si le tenía a él?

—No creo que te lo merezcas...

—Ten piedad de mí, que no me tengo en pie...

—Definitivamente, no. No te lo has ganado.

—¿Por qué?

—Por mentirosa.

—¿Cómo te atreves a acusarme de algo así? —Fingí ofenderme cruzándome de brazos a la altura del pecho. De haber tenido unas buenas tetas, estas habrían subido con un efecto corsé hasta marcar un bonito escote. Qué pena que pareciese que ese día se me habían olvidado en casa.

Ismael se acercó hasta poder susurrarme al oído:

—Cuentista.

—¿Yo?

—Sí. La próxima vez que quieras hacerme creer que has corrido una maratón, por lo menos suda un poco. —Se apartó con una mirada de satisfacción por haberme descubierto.

Me había pillado. Era imposible estar tan impoluta, sin la respiración agitada, ni nada, si no me hubiese detenido la última hora a observar cómo el sol se escondía entre los edificios de Madrid. En otro momento, mi mente, que era más rápida que la luz, se habría apresurado a inventar una excusa que sonase mínimamente convincente y real. Algo así como que tenía unas glándulas de la piel especiales, como un 0,01 por ciento de la población, que no eliminaban agua con olor desagradable por los poros. Me habría servido para salir al paso, porque estaba segura de que no buscaría en internet si era cierto una vez que llegase a su casa.

Sin embargo, me quedé paralizada. Ismael normalmente vestía de manera impoluta, perfecto. Incluso cuando una camiseta parecía desgastada, estaba programado para que le diera un aspecto más juvenil en algún tipo de fiesta que quería fomentar sus cualidades para un papel de adolescente. Pero ese día iba en chándal, con el pelo sin peinar escapándosele fuera de la capucha, la camiseta adherida al pecho con marcas de sudor; natural, y, aun así, más atractivo que nunca. Con la elegancia de un buen traje, el aspecto roquero, con su chaqueta de cuero al hombro, sencillo, con un vaquero y una camisa, incluso con la barba de dos días y una parca verde..., todo le quedaba bien. Era el maniquí ideal para que los modistas innovasen diferentes estilos sabiendo que sería un éxito de pasarela. Ismael tenía mil caras, mil personalidades, dependiendo de lo que quisiera resaltar su agente, y me enamoraban todas ellas, sin excepción.

Algo me decía que esa tarde —bueno, ya noche— estaba delante del verdadero Ismael. Nadie le había apuntado lo que tenía que llevar, lo había seleccionado él. Siempre que salía de casa volvía a cargar con esa tensión y ese aire de pose permanente al andar y, mientras me miraba esperando para ver por dónde salía, estaba tranquilo, relajado, como un chico normal que puede permitirse el lujo de no estar impoluto como si le fueran a hacer una fotografía para un póster de un minuto a otro. Viendo sus imperfecciones fue cuando me di cuenta de que era perfectamente imperfecto para mí.

—Vale. Tal vez he exagerado un poco cuando te he dicho que o hago unos kilómetros, o no me voy tranquila a la cama. Habría sido más apropiado decir metros. Exactamente, los que separan el salón de mi habitación... —confesé sin remedio.

—Eso ya me lo creo más. ¿Y por qué me has mentido? —Frunció el ceño y me percaté de que el ejercicio hacía que se le pusieran la nariz y las mejillas rojas—. Podría haberte hecho una tabla más sencilla de haber sabido que era tu primer día. Mañana no podrás moverte o, de hacerlo, parecerá que estás imitando los movimientos de Michael Jackson en *Thriller*...

—Sinceramente, siempre he querido practicar ejercicio, pero lo iba posponiendo y tú me has dado la excusa perfecta. El estímulo de estar contigo lejos de las cuatro paredes de tu casa ha sido más eficaz que cuando a mi padre le diagnosticaron colesterol y le dijeron que, o empezaba a pasear, o podría sufrir un infarto, y nos pidió que nos solidarizásemos acompañándole.

—Supongo que estarás aburrida de que siempre nos veamos en el mismo sitio...

—No me entiendas mal. Me gusta estar contigo. Punto. El lugar es algo accesorio, pero yo qué sé..., de vez en cuando querría que todo fuera más normal, típico, corriente. A veces me descubro a mí misma muerta de envidia, cotilleando las fotografías de mis amigas y sus parejas, cosas tan tontas como compartir un batido en una cafetería... Yo, que los primeros días, cuando llegué a Madrid, buscaba como una desesperada un famoso para vivir una historia de película cada vez que iba al centro, ahora echo de menos las bobadas de las relaciones normales.

Ismael se quedó callado, meditando. Comenzamos a andar rumbo al coche con tanta proximidad que nuestras manos se rozaron inocentemente. Noté cómo sus dedos se tensaban y se movían hasta acariciarme un segundo antes de volver a apartarse.

Me empecé a poner nerviosa al ver que no decía nada. Quizá mis palabras le habían ofendido, pero le había dicho la verdad. La base de una relación era la confianza, y para eso había que ser sincera..., o eso creía. Aunque, tal vez, como siempre me decía Luisa, una amiga del pueblo, mi honestidad emocional a veces era dañina. Muchas personas eran más felices viviendo un engaño que la cruda realidad.

—Hoy me han hecho una entrevista.

Me alivió que volviese a hablar al entrar en el coche.

—Los medios están a la busca y captura de una exclusiva de Nacho ahora que se acerca el final de temporada, ¿no?

—Supongo que ese es el motivo, aunque el cuestionario ha sido más del tipo mi color favorito, si soy más de gato o de perro, *slip* o *boxer*, dulce o salado...

—Dulce. Si quieres que nos llevemos bien, el chocolate siempre está el primero en el *ranking* —le interrumpí bromeando para quitar hierro a la conversación. Todavía parecía que el ambiente estaba enrarecido.

—Son tantos años que..., no es por tirarme flores, que también, pero siempre tengo la respuesta perfecta para cada pregunta, para que los periodistas se vayan satisfechos a las redacciones.

—¿Y has suspendido en alguna?

—Concretamente, he mentido en un par.

—¿Cuáles?

—La redactora me ha preguntado qué me gustaría tener, algo que no posea, lo que anhelo. He sido correcto y le he contestado que tengo todo lo que un joven puede pedir y estoy muy agradecido. Tal como está el mundo y con lo mal que lo están pasando muchos ciudadanos, sería muy egoísta decir lo contrario. Pero sí que deseo una cosa. Querría tener libertad e intimidad, que mi vida solo me perteneciese a mí.

—Y te pertenece.

—No. Si eso fuera cierto, te podría haber cogido la mano hace un momento en vez de apartarme como he hecho, pensando en la bronca que me daría mi representante si saliesen unas fotografías en las que se descubriera que no estoy disponible. Él siempre dice que mi fama se basa en mi soltería, en parecer asequible, en que las personas que compran las entradas en la taquilla hasta agotarlas puedan fantasear con la idea de que existe alguna posibilidad de que estén conmigo... Y estoy harto. —Dio un golpe en el volante—. Quiero recorrer contigo Gran

Vía en Navidades, comprarnos unos gorros ridículos, tomarnos un bocata de calamares en la plaza Mayor y ver las campanadas en Sol mientras me río porque te atragantas con las uvas, que seguro que lo haces...

—Si les quito las pepitas, no —bromeé, pero él estaba serio con la vista clavada al frente. Moví mi mano y le acaricié la mejilla—. Claro que podemos hacerlo.

—No. La gente me reconocería y estaría haciéndome fotos, soportando cómo se burlan los graciosillos que creen que soy un músculo sin seso que no sabe actuar sin sacar morritos... Tú echas de menos las cosas normales, Aura. Yo nunca las he vivido, y no me llamaban la atención hasta que te he conocido y mi mundo ha dejado de ser blanco y negro entre *flashes*. He descubierto que hay muchos colores, y ahora los quiero conocer todos..., y por eso, joder, por eso me ha molestado más la otra pregunta en la que he mentido.

—¿Cuál ha sido?

—Si hay alguien importante en mi vida. Una chica especial que me haya robado el corazón. He puesto mi sonrisa seductora, esa de mujeriego que tanta gracia le hace a todo el mundo, «el hombre incapaz de sentar la cabeza», y lo he negado. He renegado de ti. De la única persona real que pone orden al caos de mi vida. Y no quiero, no puedo, me consume...

—Algún día...

—No. Empiezo a creer que mi representante siempre encontrará algún motivo para no hacerlo...

—Entonces le mandaremos a la mierda.

—Mandarle a la mierda... suena bien. —Sonrió.

Aparcamos enfrente del portal. Ismael tenía tanta suerte para encontrar un hueco libre que me planteé que había hecho algún tipo de pacto con los gorrillas, que le reservaban un sitio por el billete de cinco euros que les dejaba de propina. Aunque no era mucho dinero para el artista, seguro que duplicaba la media de lo que los conductores de la zona les daban.

Sujetó la puerta del portal para que entrase y la caballerosidad se terminó en el mismo instante que esta se cerró detrás de mí. Me besó como si llevara siglos sin hacerlo, con un ansia por devorar mis labios mientras subíamos que casi pierdo el equilibrio y me como un escalón. Menos mal que él me agarró a tiempo y paramos, enlazó los dedos con los míos y separó mis manos hasta pegarlas, extendidas, contra la pared, y así poder fusionar nuestros cuerpos, que se llamaban en busca de una penetración más profunda.

Nos separamos cuando las luces se encendieron, lo que nos indicaba que algún vecino subía o bajaba y, como todavía no habían arreglado el ascensor —empezaba a plantearme que era un mero decorado y nunca había funcionado—, nos podía pillar. Los latidos del pecho me dolían, golpeaban con fuerza, como si mi corazón no estuviera acostumbrado a bombear tanta sangre. Coloqué la mano en la frente y comprobé que estaba ardiendo. Eso era Ismael: una potente llama de fuego que abrasaba todo lo que encontraba a su paso.

El actor colocó la sudadera en el respaldo de una silla nada más entrar en su piso.

—Pon lo que quieras en la televisión, menos ese programa de Divinity, *Una boda perfecta*, que te da ideas absurdas y nos veo casándonos con el pelo cardado y un tanga de cuero con el que se nos vean las nalgas, o con un banquete ambientado en el castillo de las princesas Disney.

—¿Eso significa que tienes la firme intención de casarte conmigo algún día?

—Claro, quiero estar contigo para siempre y a mí con eso me basta, pero supongo, dado que ves todos los programas de vestidos de novias y tonterías de esas, que te gustará que demos ese paso. —Se encogió de hombros.

—¿Cómo se te ocurre decir eso a alguien de dieciocho años? ¡Estoy en la edad de tener pánico al compromiso! Voy a aprovechar la primera oportunidad para huir...

—No serías capaz.

—¿Por qué estás tan seguro? No te has preocupado ni un poco.

—Porque tú eres diferente del resto de la gente, Aura, y sé que nunca me abandonarás. —Se pasó la mano por la mandíbula cuadrada; tenía barba de dos días—. Un afeitado y una ducha rápida, y vuelvo contigo.

—Te lo has ganado. —Le perseguí por el pasillo, quitándome las zapatillas mientras andaba para dejarlas tiradas allí en medio.

—¿Qué? —preguntó en el baño mientras llenaba el lavabo de agua y sacaba las cuchillas y la espuma.

—Te voy a afeitar.

—¿Lo has hecho alguna vez? —Me miró a través del espejo con una ceja enarcada, muy sexy.

—No, pero en las películas parece muy romántico.

Era una de las cosas de adultos que siempre había querido hacer, como que me preparase el desayuno y me lo trajese a la cama, me recibiese después de un largo día de trabajo con una copa de vino blanco, me diese un masaje en los pies mientras veíamos juntos la televisión, me pidiese opinión sobre qué corbata se ponía... Vamos, todo lo que había visto en la ficción y que mi padre y mi madre, más básicos que el aceite para cocinar, nunca hacían.

Amparo, como mucho, cebaba a mi padre en el desayuno como un cochinillo al que vamos a sacrificar en Navidades para comer toda la familia, le recibía con una regañina por haberse quedado con los amigos en el bar y venir sin hambre, nada de masajes, que bastante cansada estaba ella, le chistaba para que se callase mientras veía cualquier programa de cotilleo en la televisión, y no podía pedir opinión sobre las corbatas porque ella le dejaba perfectamente preparado y planchado el conjunto de ropa el día anterior —si algún día, por lo que sea, mi madre no lo hacía, mi padre podía salir a la panadería con una combinación con tantos colores que parecería una bandera del Orgullo Gay andante.

—Alguien tiene que decírtelo... Lo que pasa en el cine no es real.

—¿Y me lo dices tú? Te recuerdo que tu máximo temor es E.T., un ser que no existe.

—Golpe bajo.

—¡Anda, déjame que lo haga!

—Está bien —aceptó, y yo aplaudí por mi victoria mientras él ponía los ojos en blanco como diciendo: «¡Qué cruz de sesenta kilos infantil me ha caído!».

Ismael se sentó sobre el retrete y yo me coloqué encima de sus piernas. Me rodeó la cintura con las manos para sujetarme y que no me pudiese escapar.

—¿De verdad quieres hacer esto? —susurró en mi cuello, depositando un suave beso que provocó que cerrase los ojos instantáneamente para saborear el escalofrío que me recorría.

—Sí. —Me aparté notando que se me aceleraba el pulso—. Hasta que dejes de oler a perro muerto, me temo que no nos podremos dar mimos... —sentencié.

—¿Tan mal huelo? —preguntó poniendo una mueca lastimera.

—Peor.

—Eres cruel.

—¿No me pides sinceridad? ¡Pues toma doble ración!

—No juegues con fuego, primer aviso —amenazó travieso.

Le apliqué la espuma encima de la barba de dos días. En realidad, a mí me gustaba cómo le quedaba, le daba un aire más adulto, pero pinchaba y eso era incómodo e irritaba mis labios. Era lo que tenía transformarnos en los dos amantes desesperados cada vez que teníamos oportunidad y comernos a besos como si mañana un asteroide fuera a impactar contra la Tierra y tuviésemos que aprovechar los últimos minutos de nuestra vida.

—Un objeto cortante en tus manos rumbo a mi cara no augura nada bueno.

—Cállate o te dejo bigote.

—Ni se te ocurra.

—Tú sigue metiéndote conmigo y experimentarás en tus propias carnes mis pensamientos más macabros...

—¿Debería tener miedo?

—Mucho. Una pequeña alma gótica habita en mí, esperando su momento... No quieras que nazca estando contigo.

—Fantasma. —Me empezó a hacer cosquillas.

—¡Para! —le grité intentando huir mientras me balanceaba de un lado a otro, pero mi carcelero me tenía bien sujeta.

Metí la mano en el lavabo y le tiré agua para que se detuviese; con mi sensibilidad para las cosquillas, estas se podían convertir en una tortura.

—Ni se te ocurra volver a hacerlo. —Me sujetó con una mano y con la otra se secó la cara.

—¿El qué? —pregunté inocente—. ¿Esto? —Y repetí el gesto. Le mojé a él, a mí, los azulejos e incluso el suelo.

—No juegues con fuego. Segundo aviso.

—Mira el miedo que me das... —Y, de nuevo, juguetona, volví a hacerlo.

—Ya está. —Se puso en pie y, al estar sentada encima de él, me obligó a hacer lo mismo—. Te lo has ganado a pulso. Vamos a pegarnos una buena ducha juntos.

—No me apetece.

—Ah, ¿no? —Me arrinconó en una esquina del baño. Su cuerpo, ancho de espaldas, cubría todo mi camino hacia una posible huida rápida.

—No.

—Está bien saberlo, pero en ningún momento te he preguntado.

Intenté escapar por el hueco entre su brazo y el lavabo, ¡de algo tenía que servir mi tamaño! En Chillarón, siempre que se nos colaba una pelota y teníamos que pasar por una rendija minúscula abierta en la barandilla a la propiedad privada para recuperarla, yo era la cabeza de turco. Algún día me encontraría en el otro lado un perro que me pegase un buen mordisco en el trasero, pero hasta entonces lo seguiría haciendo para ser imprescindible entre los chicos cuando jugaban al fútbol. De hecho, si iban a jugar a otro pueblo y había pocos coches para transportarnos, yo siempre tenía un hueco garantizado como parte del equipo.

Ismael me cogió y, sin apenas esfuerzo, me cargó como un saco al hombro y se metió en la bañera conmigo. Me dejó en el suelo, cerró la mampara y, con el grifo entre las manos, me miró saboreando esos instantes en los que tienes a tu presa arrinconada suplicando.

—No, por favor, ten piedad —hablé divertida entrecerrando los ojos por si disparaba el agua.

—No conozco el significado de ese término. —Puso su sonrisa canalla y supe que no tenía escapatoria.

Abrió el grifo y el agua impactó contra mi vientre, descendiendo por mis piernas, pegando el pantalón a la piel.

—¡Por lo menos regúlala! ¡Está helada! —me quejé haciéndome un ovillo, y guio el chorro hacia mi boca para que me callase—. ¡¿Serás idiota?! ¡Te vas a enterar! —escupí.

A tientas, cubriéndome con la mano como escudo, anduve hasta su posición, salté y le rodeé con mis piernas. Ismael me sujetó apretando mis nalgas.

—Si yo me mojo, tú te mojas.

—¿Y eso es un problema? —Enarcó una ceja.

Colocó la alcachofa y se metió, conmigo adherida a él, debajo.

—¿Y ahora cómo explico esto a mis compañeras? —Abrí los ojos. El agua caía por el rostro de Ismael quitándole la espuma, estábamos completamente empapados—. Hola, chicas, iba andando y me he caído en la Cibeles...

—Conociéndote, se lo creerían, pero se me ocurre otra idea.

—Sorpréndeme.

—Una noche será suficiente para que se seque, ¿no?

—Sí.

—Entonces quédate a dormir conmigo. —Me miró fijamente, esperando mi reacción. Mi experiencia a su lado me decía que no era una proposición espontánea. Él no dejaba las cosas al azar. Era algo meditado y estaba impaciente por conocer mi respuesta.

Para mí un gesto siempre valía más que mil palabras y, por eso, le besé con entusiasmo, dejando mi corazón en cada contacto como respuesta. Ismael me apoyó contra los azulejos y, con una mano fija en mi culo como sujeción, comenzó a quitarme la camiseta, que tiró al otro lado por encima de la mampara. Sacó los pechos del sujetador y los masajeó y succionó antes de despojarme de la prenda.

—Además, hoy tenemos algo que celebrar.

—¿Qué? —logré articular saboreando el placer de sentir sus caricias, su lengua dando vueltas sobre mi pezón izquierdo, que a esas alturas estaba tan duro que, como decían mis amigos de broma, podría colgarse un abrigo de pana.

—Un regalo.

Ismael me soltó para poder quitarme los pantalones y las braguitas y desnudarse él también. Apoyó los labios en el monte de Venus y depositó un beso antes de volver a cogerme a horcajadas, con mis piernas notando su duro miembro mientras volvían a rodearle. A esas alturas, toda mi sangre estaba concentrada en un sitio, y no era la cabeza.

—¿No me preguntas qué es?

Sin previo aviso, su dedo índice invadió mi intimidad subiendo y bajando con un ritmo suave. Todo mi cuerpo le recibió dedicándole una ola sabiendo lo que venía a continuación. Las terminaciones nerviosas eran sus fans número uno.

—Ahora mismo no puedo pensar, Ismael. —Apoyé la cabeza contra los azulejos, con toda el agua impactando de lleno en mi cara.

—Me gusta dejarte sin palabras, aunque lo que voy a darte te encantaría... —Aumentó la velocidad y yo noté que temblaba ante su experiencia.

—Dime —gemí, y bebí el agua que cayó sobre mi boca, sedienta.

—Unas... —dejó la frase en el aire y acarició el clítoris con maestría. Sonrió ante mi estremecimiento antes de añadir—: llaves.

—¿Las llaves de tu casa? —exclamé, y volví de las nubes al mundo de los mortales por un segundo, impresionada ante su revelación.

Pero él volvió a la acción y esta vez las descargas, que me agitaban con impulsos cada vez que sus dedos me llenaban, eran tan potentes e insoportables que perdí el hilo de la conversación y solo pude centrarme en disfrutar.

—No quiero que te asustes y pienses que voy a proponerte que te vengas a vivir conmigo, pero quiero que las tengas para que sepas que estas puertas siempre están abiertas para ti.

Como respuesta, le clavé las uñas en la espalda con tanta fuerza que le desgarré un poco la piel. Quedaría romántico decir que fue por la emoción intensa que me embargó al ver que dábamos un paso más en la relación, y ese era de los más importantes; sin embargo, lo que sucedió realmente es que de nuevo mi cuerpo estaba alcanzando ese estado en el que explotaba de una manera deliciosa. Apoyé la cabeza en su hombro extasiada conforme alcanzaba el orgasmo.

—Descansa, pequeña —susurró besándome en la coronilla.

—No. —Me zafé de sus brazos para ponerme de pie. Todavía tenía el cuerpo entumecido y notaba un cosquilleo recorriéndome entera—. Quiero que me dejes hacer una cosa.

—Lo que sea. —Frunció el ceño curioso.

Me separé para observarle debajo de la ducha. Él me había visto completamente desnuda con anterioridad, pero para mí era la primera vez. El agua caía por sus hombros, formando cascadas que surcaban sus perfectos abdominales y se perdían por sus moldeadas piernas. Lo normal habría sido echar una ojeada fugaz a su miembro y continuar con el escrutinio de ese experimentado hombre porque, aunque tenía veintidós años, hacía tiempo que había dejado de ser como mis amigos de su edad. Pero si algo tenía claro en mi vida era que la normalidad no iba conmigo. Solo había visto un pene con anterioridad y, en comparación con el del actor, parecía el primo pequeño al que todavía no le han salido los dientes.

Me asusté y excité a partes iguales. Sabía que me dolería el día que ese miembro, largo y grueso, me penetrase, pero también que una vez me adaptase podría explotar en un orgasmo más intenso que los que ya me había hecho vivir. Con Ismael no podría hacer como con mi ex y evadirme, pensando a qué hora había quedado con mis amigas, mientras me embestía. Los cinco sentidos no serían suficientes para capturar todas las sensaciones que podía transmitirme el sexo con ese hombre.

—¿Te das cuenta de que llevas veinte segundos mirándome la polla fijamente? —Rompió a reír—. Pareces una científica observando a través de un microscopio...

—Créeme, con ese tamaño, reventarías la lente.

—¿Eso es lo que querías? ¿Subirme el ego porque sabes lo importante que es que nos digan que la tenemos grande? Gracias, cariño —bromeó guiñándome un ojo.

—No. —Me acerqué a él—. Eso ya lo sabías, ¿verdad? No me vengas con que soy la primera que te lo ha dicho...

—Tan directa, sí, pero si quieres que sea sincero, nunca se han quejado. —Me miró desde arriba tratando de adivinar mis intenciones, y noté cómo le cambiaba el rostro al notar que mis manos envolvían su miembro.

—Quiero que me enseñes a darte placer como tú haces conmigo, Ismael. Quiero ser la culpable de que pasees un rato por las estrellas.

—Eso ya lo haces. —Moví mi mano subiendo y bajando la piel—. Eres la dueña de mi corazón.

—Y ahora espero también serlo de tus instintos, tu deseo, tu sexo.

Ismael colocó su mano encima de la mía y me mostró cómo le gustaba que se lo hiciera. Una vez que cogí el truco, él echó la cabeza para atrás y cerró los ojos mientras se mordía el labio con fuerza.

—Pequeña, me encanta, no pares —gruñó con una voz queda que provenía directamente desde las entrañas.

Nunca había entendido por qué decían que experimentabas placer cuando masturbabas a tu pareja. Con mi ex lo único que sentía era indiferencia. En vez de disfrutar de la intimidad, de conocer mejor a la otra persona, de saborear transportándole a otra galaxia, lo hacía tan mecánico como cuando ataba los chorizos en la matanza que Amparo hacía cada año.

Sin embargo, con Ismael comprobaba el placer de tener ese poder sobre otra persona. Yo mandaba en sus gemidos, haciendo que estos aumentasen o cesasen; en su respiración agitada; en la forma en que me apretaba por la espalda para poder sentir mis pechos mientras contraía los músculos antes de irse. Y deseaba que él disfrutase, porque cada vez que le sacudía un escalofrío y me decía «sí, pequeña, me está encantando», mi cuerpo reaccionaba y se me ponían los pezones duros, la piel de gallina y crecía el deseo en mi sexo.

—Aura... —gritó y, por su tono, supe que le faltaba poco para terminar.

—Dime. —Yo también tenía la voz entrecortada.

—Te quiero.

Ahí estaban. Las dos palabras y ocho letras que me convirtieron automáticamente en la mujer más feliz del mundo mundial. Acababa de tocar techo, ya no podría subir más arriba, porque ya estaba en la cima.

Esperó mi respuesta impaciente.

—Y yo.

Mis sentimientos eran tan evidentes que no creía que fuera necesario ni materializarlos en voz alta. Entonces se fue, cedió al placer, sin apartar sus ojos negros de los míos.

Todavía experimentando las últimas sacudidas, me atrajo para abrazarme. Depositó un beso en mi cabello.

—Te quiero —repitió de una forma tan intensa que tuve que contener la congoja ascendente que amenazaba con obligarme a derramar unas lágrimas de felicidad, mis favoritas—. Para siempre.

—Eso es mucho tiempo. Te cansarás de mí.

—Nunca. Cada día voy a enamorarme más y más de ti, hasta que al final confunda el verbo amar con tu nombre.

A la salida de la ducha, me envolvió con una toalla y me llevó, con el pelo goteando por todo el suelo —¡si mi madre lo viera, pasaría a engrosar la lista de hombres que no eran lo suficientemente buenos para estar conmigo!—, hasta el dormitorio, donde me dejó una camiseta suya de tirantes, que hizo las funciones de camisón para mí, y unos calzoncillos anchos. Él se puso la parte de abajo de un pijama gris oscuro, para hacer juego con mis ojos, dijo, y fue directo a la cocina a preparar una parrillada de verduras para comer algo antes de ir a la cama. Juntos.

Conforme asimilé las cosas, me empecé a poner un poco hiperactiva. La alegría me había ayudado a segregar dosis de energía extras y tenía que gastarlas en algo. Y encontré el objetivo perfecto en Ismael, al que, sinceramente, estuve molestando revoloteando a su alrededor. Él quería que todo fuera perfecto en nuestra primera noche compartida. Había colocado unas velas aromáticas, las copas buenas, incluso mantel blanco de los caros, seguramente del ajuar que le había hecho su bisabuela, en lugar de los individuales. Y yo, en vez esperar sentadita y apreciar su obra, le quitaba un espárrago de la plancha donde los estaba asando o me ponía de puntillas y le besaba en el lateral del cuello.

Por supuesto, él se quejaba y mi respuesta era la misma: «Da igual lo que haga, me quieres, para siempre». Lo canturreaba porque, en cierto modo, necesitaba decirlo una y otra vez, como si escucharlo en voz alta lo hiciese más real. No quería que se me olvidase nunca ese instante. Me aferraba a la idea de que, en un futuro, con treinta o cuarenta años, mientras durmiese apoyada en su pecho viendo unas entraditas que anunciaran una calvicie inminente, podría recordarlo con todo lujo de detalles: su olor corporal, sin perfumes ni aditivos, sus labios sobre mi pelo, la piel de gallina donde depositó su beso, y su tono, esa voz profunda, sincera y un poco ronca que había utilizado para hacer magia, decir las palabras claves, confesarme que me quería.

Cené más rápido que de costumbre y, en lugar de vaguear frente a la televisión diciendo «Cinco minutos más y me voy a dormir» —cosa que, en realidad, se transformaba en que me daba la una de la madrugada y seguía ensimismada con cualquier chorrada en la caja tonta—, salí corriendo rumbo a la habitación.

—Sí que tienes que estar cansada...

Se detuvo apoyando una mano en el marco de la puerta. La oscuridad del cuarto en contraste con la luz exterior hacía que se recortara su silueta y, de nuevo, pensé que era demasiado perfecto para ser real. La naturaleza se había esforzado a fondo en su creación.

—La verdad es que no. —Reí—. Pero me muero de ganas de que vengas y que hagamos la cucharita, durmamos abrazados, espalda con espalda, como sea...

Verme tan ilusionada le hizo esbozar una sonrisa. Apagó la luz del pasillo y vino descalzo hasta la cama. Al taparse con el nórdico, enroscó sus pies con los míos.

—¡Dios! ¿Los has metido en el congelador? Para esto me has traído, necesitabas un calefactor portátil... —bromeé mientras notaba que su temperatura se adaptaba a la mía.

—Exactamente.

Nos pusimos mirándonos de lado con la cabeza apoyada en la almohada. Durante un rato solo nos observamos, quietos, navegando en los ojos del otro, hablando a través del silencio como solo hacen los enamorados. Un dedo suyo se movió para enroscarse en un mechón de mi pelo y quitármelo de la cara. Aprovechó y se acercó hasta que las puntas de nuestras narices se tocaron.

—¿Eres feliz, Aura?

—Busca ahora mismo la definición de ese término en un diccionario y encontrarás mi fotografía, pero no esa en la que salgo tan horrible y te hace mucha gracia...

—Tú siempre estás guapa. —Se removió hasta besarme en la comisura de los labios.

—Y tú estás agotando los piropos, y en unas semanas te vas a quedar sin ninguno que decirme.

—Tendré que inventar unos nuevos, entonces.

—¿Siempre eres tan romántico, o te ha invadido la fiebre de la ñoñería?

—Normalmente me tachan de frío.

—Eso es porque no te conocen como yo.

—Literalmente, solo tú me conoces. Estás siendo la primera en tantas cosas que me siento inseguro, novato, inexperto... —Entrelazó su cuerpo con el mío, apoyando la barbilla en mi cabeza—. Vamos a hacerlo. Ya.

—¿Qué?

—Mandar a la mierda a mi representante. Hacerlo público. No creo que sea tan buen actor como para poder ocultar lo que significas para mí. Querer se queda corto para definir lo que me haces sentir.

Capítulo 15

¡Sorpresa!

Estábamos a martes. Un martes cualquiera. No era festivo, ni el Madrid y el Atlético jugaban la final de la Champions, ni comenzaban las rebajas. Aun así, el centro comercial La Gavia estaba abarrotado de gente. Si no supiera que era imposible, habría creído que ese día los ejecutivos de las grandes cadenas se habían vuelto locos y regalaban sus productos. Era la única explicación de vivir un atasco humano en los pasillos de la planta inferior, por no hablar de la de restauración, en la que no quedaba ni una sola mesa libre. Había que hacer cola hasta para que te pusieran en la lista de espera de un restaurante para poder tomar una Coca-Cola y pinchar algo.

A Sara casi le da un infarto cerebral cuando llegó al aparcamiento y observó que encontrar un hueco era como localizar una aguja en un inmenso pajar. Bueno, eso no era del todo cierto, alguno había, pero no tan amplio como el que necesitaba ella. Mi compañera, a pesar de que tenía el carné de conducir desde hacía algo más de un año, era nula aparcando. Lo había olvidado todo durante la espera hasta que se pudo comprar un coche de segunda mano que hacía más ruido que una taladradora e iba tan despacio que, en ocasiones, nos sobrepasaban los ciclistas y la mayoría de los conductores nos pitaban —la gente iba muy estresada en Madrid— cuando nos adelantaban. Solo sabía aparcar en batería, nada de lateral y mucho menos de frente.

Estuvimos dando vueltas hasta que memoricé el laberinto de callejuelas que componían el *parking* externo. Solo al final, con Sara al volante, roja como el pelo de Vilma y al borde de un ataque de nervios, y yo proponiendo que regresar a casa era la mejor opción, localizamos dos huecos libres juntos. Podría parecer una maniobra sencilla, pero me tuve que bajar a darle indicaciones y que no se comiera la furgoneta que estaba a su izquierda. Lo dejó entre los dos y salimos corriendo al interior para no tener que soportar la regañina de algún conductor que, desesperado como nosotras minutos antes, se quejase, y con razón, por haber invadido dos plazas impidiéndole estacionar. Bueno, por eso y porque hacía un frío que calaba los huesos. El otoño había venido con más fuerza que los últimos años, y el cielo blanquecino, con alguna nube gris oscura que anunciaba una tormenta inminente, no permitía el paso de un solo rayo de sol que nos diese tregua.

Ya en el interior, fuimos directamente a una tienda de artículos para fiestas, disfraces y demás. Por el camino me fui quitando una tras otra las diferentes capas que en el exterior me protegían de las temperaturas glaciales y allí, con el calor humano y la calefacción, provocaban que me asase como si fuera un pollo girando en un espetón, y metí los guantes, el gorro y la bufanda de lana en el bolso.

Nos costó convencer a Vilma, pero finalmente aceptó que hiciésemos una fiesta de Halloween en el piso, con la condición de que no se convirtiese en una bacanal en la que no conociésemos a la mitad de los invitados y acabase viniendo la policía por los ruidos, sino que fuese un encuentro íntimo entre amigos. Sara, que en un principio había pensado subir a la tarima de su clase en la universidad e invitar a todos los alumnos en plan «Soy la chica más guay que conocéis, y lo sabéis», redujo su lista seleccionando a los que ella denominó «objetivos potenciales» y aumentando la cantidad de alcohol —por lo menos así vería el doble o el triple de personas.

Como se acercaba el primero de noviembre, la tienda estaba repleta de personas y el precio de los objetos había aumentado hasta duplicar o triplicar el habitual. Era lo que tenía ser parte activa de la sociedad consumista.

—Cuatro euros por unos globos, ¿de verdad? —se quejó Vilma cogiendo un paquete en el que entraban cuatro. Venía directamente de una reunión con un posible inversor para el corto con una falda de tubo de cintura alta, una camisa blanca, el pelo recogido en un moño bajo y unas gafas de pasta, de esas para no fastidiarte la vista con el ordenador, y que solo usaba para que le dieran un aspecto más profesional porque no las necesitaba. Parecía una ejecutiva de éxito, uno de esos jóvenes que con veinte años llevan una empresa.

—¡Pero son especiales, globos gigantes con arañas dibujadas! —repuso Sara excitada.

Era el contrapunto de la ecuación. Estaba más emocionada viendo todos los objetos que los niños de cinco años. Si no llevase un vestido granate con un escote redondo en el que sus pechos sobresalían saludando animados al público, habría parecido la hija pequeña de la pelirroja, pero, claro, esas tetazas no podían ser de una adolescente.

—Nada de arañas, ese era el trato —apunté.

Fue mi única condición la noche anterior mientras hacíamos la lista, tras saber el dinero del que disponíamos para chorradas varias decorativas. En realidad, mi idea y la de Sara era ir a La Gavia a la aventura y comprar lo que se nos antojara hasta acabar con el presupuesto, pero Vilma, que era más responsable y ponía el punto de cordura en la república independiente de nuestra casa, nos obligó a detallar lo que queríamos y en qué lo invertiríamos, rollo un esqueleto en la bañera o una tumba en el salón con el nombre de alguna estrella del *rock* muerta en trágicas circunstancias. Después fue buscando el precio de los objetos, y cuando comprobamos que se nos antojaban tantas cosas que no teníamos dinero ni para la mitad, nos ayudó a ir quitando las menos necesarias. Yo aproveché ese momento para tachar de la lista todas las que contuvieran arañas, ya fuera adornos colgando de la lámpara, pintadas en los vasos o pegadas por las paredes. No quería vivir una pesadilla constante, asustándome a cada momento al verlas hasta que terminase la fiesta.

—Vale, pues este de calaveras o fantasmas.

—Fantasmas, que es menos tétrico —dijo Vilma poniendo en la cesta el paquete.

Sara paseaba la vista por las estanterías con los ojos cada vez más abiertos.

—¿Podemos coger también uno de helio? —preguntó a la pelirroja como si fuera más su madre que su amiga.

—¿Y para qué quieres uno de helio? —Se detuvo colocando una mano en la cadera, como las señoras mayores que estaban allí regañando a sus nietos.

—¿Tú sabes lo que tiene que molar taparme con una manta en el sofá y decir, como en *El sexto sentido*, «En ocasiones veo muertos», con voz de pito? Con unas copas de más seguro que nos partimos de risa...

Vilma ojeó el precio y volvió a dejarlo en la balda.

—No, verte hacer el idiota no vale tres euros, lo harás gratis en cuanto vayas borracha.

—Eres una bruja. —Se cruzó de brazos.

—Y tú, peor que una almorrana sangrante.

—¿Eso significa que tienes una y por eso siempre estás de tan mal humor?

La actriz puso los ojos en blanco, negó con la cabeza y prosiguió sin contestarle. Pero Sara tuvo su propia venganza particular. El globo de helio no podía porque era demasiado voluminoso y daba mucho el cante, pero aprovechaba cualquier distracción de la pelirroja para meter en la cesta pequeños objetos que no estaban en la lista.

—Ya verás cuando haga el recuento antes de ir a pagar y le salgan más cosas de las que tiene apuntadas, ¡se volverá loca! —me susurró al oído con una risa mitad macabra, mitad de niña traviesa.

—Sabes que acabará descubriendo que has sido tú...

—¿Yo? Yo no he hecho nada, Aura. Ha sido ella, que no hizo bien las cuentas... ¿No ves que es la única que va cogiendo cosas y tachándolas? —Me guiñó un ojo y siguió con su estrategia, esta vez, lanzando disimuladamente a la cesta una bolsa de sangre para vampiros que en realidad era zumo de pomelo.

Para que no me pillase la tormenta en medio cuando Vilma y Sara se pusieran a discutir, me fui a la zona de disfraces. La pelirroja era la única que había empleado tiempo y dedicación en fabricarse el suyo de Maléfica. Además del traje, un vestido negro ceñido y una capa del mismo color, hizo, con papeles de periódico, botones y mucha pintura, los cuernos y el cuervo que la acompañaba encima del bastón. Estaba tan impresionante que nada tenía que envidiar a Angelina Jolie en su encarnación del personaje de Disney. Sara y yo éramos más básicas o vagas, según se mirase, y habíamos decidido comprárnoslo.

—Es maravilloso, ¿verdad? —preguntó Sara acudiendo a mi lado.

Yo, que estaba muy solidarizada con los dependientes, colocaba con cuidado cada percha después de mirar el disfraz para ahorrarles trabajo. Ella, en cambio, los cogía, se los ponía por encima para ver cómo le quedarían (no nos los dejaban probar) y los soltaba en cualquier lado.

—¿Qué?

—Halloween y su poder de transformar cualquier profesión en un vestido de guarrilla. Sobra decir que adoro a las *guarrillas*. Soy una, y a toda honra.

Era cierto. No solo había vampiresas, brujas y zombis, esto, *guarrillas*, como había dicho Sara, sino que también cogían trabajos comunes como profesoras, enfermeras e incluso azafatas de avión y, con poca tela y mucho escote, transformaban lo cotidiano en algo sexy. Para poder usarlo en esa noche terrorífica solo hacía falta añadirle un par de cicatrices.

—En realidad, hemos adoptado esa fiesta yanqui para poder vestir medio en pelotas sin que nadie nos mire por encima del hombro o se lleve las manos a la cabeza.

—Tú siempre vistes así —le recordó Vilma, que, por lo visto, ya había cogido todo lo que necesitábamos.

—Ya, pero esta vez tengo excusa y no seré la única. —Sonrió satisfecha.

—Si tanto te molesta la ropa, ¿no te has planteado vivir unos meses en una comuna nudista?

—No lo descarto, aunque no me seduce mucho ver abueletes con la picha colgando. Creo que antes seguiría los pasos de Rael...

—¿Quién es ese? —pregunté y, por la cara que puso Vilma, supe que no era la primera vez que su nombre salía a relucir entre ellas.

—Un hombre que creó su propia secta, los raelianos, que sostiene que los seres humanos fueron creados con ADN donado por una especie extraterrestre, y que a raíz de eso se dedica a proclamar la sexualidad libre y monta orgías en las que selecciona a las más tremendas diciendo que son ángeles y solo se las puede tirar él. Pues bien, yo crearía los sarasianos. Me invento que en realidad hay una raza de hombres lagarto que nos dominan, que yo soy su representante en la Tierra y me acuesto con los más tremendos alegando que cumplo su palabra.

Al oír aquello, me pregunté si Ana y ella, con sus teorías extrañas, no serían almas gemelas separadas al nacer.

—Empieza a ahorrar —le aconsejó Vilma.

—¿Para crearla?

—No, para pagar a los psicólogos que vas a necesitar tú y todos los que se junten contigo. —No dejó que Sara le contestase y cambió de conversación—: ¿Tenéis alguna idea de qué queréis?

—Caperucita Roja. A ver si encuentro un lobo feroz que me intente comer...

—Evidentemente, el vestido más corto y pequeño que haya, ¿no? —Sara asintió. Vilma rebuscó y le tendió uno—. ¿Qué tal este?

—Creo que este es más sexy. —Le mostró otro. Vilma se lo quitó de las manos y miró la etiqueta.

—Es para niñas de diez años...

—No lo había visto. El que me has dejado está bien —asintió satisfecha por su elección.

—¿Y tú, Aura?

—Yo lo tengo muy claro: de novia cadáver.

No pude evitar pensar en Ismael mientras lo decía. Y es que él era el motivo de mi elección. Una especie de juego, ya que, en Halloween, durante la fiesta, desvelaríamos nuestro secreto y oficialmente me convertiría en su novia. Quería ir bonita, que me viese guapa. Él todavía no había elegido disfraz, pero yo le había dejado caer que Eduardo Manostijeras había sido una de mis obsesiones enfermizas cuando descubrí la película por casualidad.

Inmediatamente le eché de menos. Le había dicho que iba a tener una tarde de chicas y que no le podría ver. Me había torturado con su respuesta. Había utilizado ese tono de voz meloso y seductor con el que me hipnotizaba mientras se quejaba: «¿A quién voy a abrazar hoy mientras duermo? ¡Si hasta tienes tu lado en la cama!». Era cierto. Después de la primera noche me había quedado casi todos los días. Al principio yo ponía alguna excusa, luego simplemente sabía que pasaría y ya tenía su camiseta de tirantes y el calzoncillo, mi pijama en su casa, encima de la almohada. Al final les había tenido que confesar a Vilma y Sara que estaba con un chico, pero no quién era. Me reí al imaginar la cara que se les quedaría al descubrir que se trataba de Ismael Collado. La pelirroja seguramente permanecería estática con los ojos fuera de las órbitas y Sara..., bueno, ella era capaz de soltarme una burrada delante de él no apta para menores de dieciocho años, ¡ni de treinta y cinco!

De nuevo tuve que reprimir el deseo de pedirle el móvil a alguna de las dos —el mío lo había dejado en casa cargando— y escribirle un mensaje para informarle de que me esperara para cenar, que iba *ipso facto*, corriendo, volando, teletransportándome si eso fuera posible. Cerrar los ojos y aparecer a su lado y que mis palpitaciones, mi pulso, volviesen a alcanzar ese ritmo al que me había hecho adicta. Ismael era como una droga, un estímulo placentero que anhelaba a cada segundo, una dulce perdición en la que quería desaparecer para siempre.

Pero no. Tenía que mantenerme firme. Debía mantenerme firme. Necesitaba mantenerme firme. Demostrarme que podía pasar toda una tarde sin verle y sin angustiarme por ello. Sin sentir que estaba tirando un día a la basura porque solo Ismael les daba sentido. Y es que él estaba presente incluso en mi inconsciencia; incluso en sueños me removía incómoda hasta que le localizaba y podía descansar.

Nunca antes había estado enamorada. Ahora lo sabía. Yo, que me había pasado toda la vida criticando a esas parejas empalagosas que no podían separarse ni un segundo, me tenía que obligar a mí misma a hacer otros planes cuando lo único que me apetecía era olerle, tocarle, besarle, acurrucarme a su lado y estar así hasta que me muriera. Tal vez resultase exagerado, yo misma era consciente de ello, pero es que era su amor y no el Red Bull lo que a mí me daba alas.

Pagué los cuarenta euros del disfraz, los complementos —que iban aparte, para sajarnos un poco más— y las pinturas para hacerme unas buenas cicatrices que cortasen a más de uno la respiración. Luego fuimos a un bar y bebimos un cubo de cerveza tras otro mientras Sara —que le pidió a Vilma que trajera su coche de vuelta para poder seguir mi ritmo— trataba de ligarse a uno de los camareros porque le daba morbo con el trapo colgado al hombro. Al final le dejó su número de teléfono en una servilleta y me obligó a llevársela de parte de —cito textualmente lo que me suplicó que le dijera y que yo, un poco borracha por las cervezas, reproduje— «la diosa de ébano morena que todo el local desea y te ha elegido a ti», y la señalé. No sabía si el chico la llamaría o no, pero gracia no le hizo ninguna porque me miró con cara de «Pestuza, vete de aquí, que me estás haciendo quedar en ridículo con mis compañeros, y déjame trabajar».

Me reí, brindé, casi me caigo bailando como una loca cuando apareció un hombre con un organillo y puso *Paquito el Chocolatero* —*hit* que tuvo el efecto deseado y provocó que una banda de borrachillos nos pusiéramos en pie y nos contorneáramos con ese ritmo esquivando los taburetes bajos—, y dije que era la penúltima ronda por lo menos tres o cuatro veces. Vamos, que nadie pudo siquiera sospechar que mis pensamientos estaban muy lejos de allí, concretamente en Moncloa, donde Ismael, mi novio, estaría viendo la televisión sin sujetar mi cabeza en su regazo y hacerme cosquillas en la cabeza.

Era una persona de voluntad firme, pero el alcohol me anuló, y, en cuanto puse el primer pie en el segundo piso, supe que necesitaba verle. La noche de chicas se acababa en ese preciso instante. Pensé en escribir a todas las amigas que había criticado y pedirles perdón. «Chicas, lo siento, ahora que sé lo que es estar enamorada os comprendo. Yo también me he vuelto dependiente y quiero estar con él a todas horas. Los segundos de un día no son suficientes, no creo ni que lo sean los de toda una vida», sería más o menos el texto. Pero como no podía escribir muy bien porque estaba segura que de tener el móvil conmigo vería la pantalla borrosa, lo pospuse para el día siguiente.

Les dije una mentira a medias a Vilma y a Sara. Algo así como que me iba a dormir con mi novio a su casa. Eso era cierto; lo falso era que mi novio vivía por la zona de Huertas, y no en el piso de abajo. No les extrañó porque llevaba varios días haciéndolo. La pelirroja se ofreció a llevarme, cosa que rechacé alegando que él venía a por mí, y Sara me dijo que «cabalgara como una buena amazona».

Descendí las escaleras con una tarjeta en la mano. La había visto en la tienda de La Gavia y no me había podido resistir, aunque costaba la friolera de nueve euros. En la portada aparecían dos niños vestidos como adultos, con su sombrero y todo, de la mano. Toda ella estaba compuesta de tonos negros, blancos y grises, excepto por el rojo de la nariz de payaso que llevaba puesta la pequeña, exactamente igual a la mía en la fotografía que tanto le gustaba. En letras negras se podía leer «Si nada nos salva de la muerte, por lo menos que el amor nos salve la vida». Había rellenado el interior de palabras de amor, algunas ininteligibles porque la había escrito en el coche. Comencé parafraseando una de las películas que más me gustaban, *Sweet Home Alabama*. Nada más comenzar, aparecen los dos protagonistas de pequeños en mitad de una tormenta. Yo cambié la cuestión: «¿Sabes por qué me hace tan feliz este día? ¿Por qué quiero ser tu novia? La respuesta es sencilla, como yo: para poder besarte cuando me apetezca». Y le siguieron muchas declaraciones de mis sentimientos, tan intensas que seguramente nunca me habría atrevido a decirlas en voz alta, para acabar invitándole a ser mi acompañante en la fiesta de Halloween.

Abrí la puerta intentando hacer el menor ruido posible —cosa que, en mis condiciones de borrachilla, era un poco complicado—. La luz estaba apagada. Estaría dormido. Últimamente nos íbamos muy pronto a la cama. Y no porque tuviéramos más sueño o estuviésemos cansados, no. Sino por la sencilla razón de que nos gustaba enroscarnos el uno en el otro y poder cerrar los ojos escuchando los latidos ajenos, sintiendo su respiración, en paz. Esos instantes eran tan perfectos que para mí se convertían en lo más cercano a rozar el paraíso.

Apoyé la llave en mi pecho. Mi llave. Y apreté con fuerza hasta que se marcó en mi piel blanquecina. Quería tatuármela sobre el corazón, con su nombre en el interior, para que él supiera que era suyo, su dueño, la única persona capaz de habitar en su interior. Recorrí el pasillo a oscuras. Conocía tan bien la distribución que me sentía levitando rumbo a mi momento favorito del día. Le pediría a Víctor que me aconsejase algún tatuador que me hiciera un buen precio al día siguiente. Sin pensármelo dos veces. Una prueba de ese amor tan grande que me consumía para darme la vida en cada caricia.

La puerta de su cuarto estaba entornada, con la luz que se colaba por las rendijas de la persiana como única iluminación. Me detuve sonriente, exprimiendo los instantes previos, ese nerviosismo que hacía que las mariposas, que se resistían a caer en la rutina, cobrasen vida.

Estaba tapado hasta por encima de la cabeza, como de costumbre. Yo solía bromear diciéndole que parecía que nos metíamos en una cueva y que, si un día se tiraba un pedo porque cogía confianza, moriríamos asfixiados por el mal olor. Él, después de reírse y llamarme tres o cuatro veces «loca» y «cerda», me apretaba más y se defendía diciendo que lo hacía porque tenía la absurda teoría de que allí, abrazados bajo las sábanas, el tiempo se detenía, los segundos se alargaban y capturaba el eco de mi sonrisa para grabarlo en su cabeza. De hecho, mantenía que estaba mirando si alguien hacía cápsulas a medida para comprar una con nuestras siluetas que impidiese que, cuando dormíamos juntos, el aire se interpusiese entre nosotros.

Entonces lo observé. La borrachera se me pasó al instante y pude ver con nitidez. Una pierna. Femenina. Por encima del nórdico.

«Tranquila, Aura», me dije notando que se me ponía la piel de gallina y comenzaba a sentir náuseas, unas ganas tremendas de expulsar todo el dolor que se estaba apoderando de mí, poseyéndome como un demonio que se retorcía disfrutando de mi sufrimiento. «Seguro que le ha dejado su cuarto como picadero a algún amigo que no tiene vivienda propia. Eso es lo que hacen los colegas, ¿no?», recité en mi cabeza mientras encendía la luz.

Y se proyectó una imagen que me acompañaría durante meses, puede que años, torturándome en mis peores pesadillas. No sé qué me dolió más, si ver que Ismael dormía plácidamente, que ella estuviera en mi lado de la cama, o que la estuviese abrazando como hacía conmigo, con un brazo rodeando la cintura y el otro acariciando la mejilla. Cada cosa me destrozaba, cada detalle era un latigazo que desgarraba la carne.

Todo se vino abajo. La tarjeta. Las llaves. Mi corazón.

Buscaba aire, pero este no llegaba a llenar mis pulmones. Tal vez de manera inconsciente me negaba a respirar el mismo aire viciado que había sido testigo de su apasionado encuentro, quién sabe. Yo, por supuesto, no tenía ninguna respuesta y sí un millón de preguntas. Me mordí el labio para que cesara el temblor hasta que me hice sangre, que sabía salada como las lágrimas anunciadas por el enrojecimiento repentino de mis ojos.

Lo que pasó a continuación sucedió muy rápido, aunque en ese momento era consciente de que lo recordaría como una película a cámara lenta el resto de mis días.

La primera en reaccionar fue la chica. Decir que era guapa sería quedarme corta. Al distinguirme, parada en la puerta como una loca acosadora que había entrado en mitad de la noche, trató de taparse, pero yo ya había visto sus largas piernas bronceadas, su estómago plano, sus enormes pechos y ese rostro propio de un ángel de Victoria's Secret.

—¿Quién coño eres tú? —fue su intervención estelar.

Pero mi boca estaba seca y no tenía fuerzas para hablar sin partirme por la mitad. Además, ¿qué le podría contestar? ¿«Soy la novia del tío con el que te acabas de acostar, el hombre que ha roto mi frágil, joven e indefenso corazón en mil pedazos, tantos que no sé si seré capaz de reconstruirlo»? Gracias a Dios, Ismael reaccionó a su voz.

—¿Qué pasa, nena? —Estaba adormilado y le depositó un suave beso en el nacimiento del pelo, como hacía conmigo.

—Esa. —La chica estaba alterada. No la culpaba por ello.

—¿Quién?

Ismael abrió los ojos con lentitud y se giró siguiendo el dedo femenino que me señalaba. Al verme se quedó paralizado, con los ojos fuera de las órbitas, y cuando dijo mi nombre, lo hizo con tanta desesperación, con un terror tan infinito, como si estuviera muriendo lentamente al pronunciar cada una de las letras que lo componían, que supe que yo no era la única que acababa de destrozarse la vida.

—Aura...

Solo estábamos él, yo y nuestras miradas cruzadas: la mía, de decepción y la suya, de pánico. La chica era un mero testigo de una situación que no alcanzaba a comprender. El silencio, ser consciente de que no me podía dar ninguna excusa porque no había, hizo que mis piernas tomaran el control y corrieran para huir de ese tormento.

Le escuché gritar mi nombre con tanta agonía que, por un momento, temí que se desgarrase las cuerdas vocales. Sabía que vendría detrás de mí. Y yo no quería verle. No quería hablarle. No quería oírle. Porque deseaba perdonarle con toda mi alma. Porque no había pasado ni un segundo desde que le había pillado en la cama con otra y ya estaba buscando justificaciones para volver a caer en sus brazos. Porque me parecía imposible seguir existiendo sin sus besos. Porque cualquier noche no me interesaba sin él, cualquier mirada carecía de importancia sin él. Porque respirar no tenía sentido si no compartíamos el mismo aire. Porque, básicamente, quedarme sin él suponía amputarme a mí misma el sentimiento más valioso y hermoso que había sentido en mis dieciocho años. Porque empezaba a experimentar una milésima parte de todo el dolor que vendría y ya se me hacía insoportable.

Llamé a la puerta de Víctor con tanta fuerza que me raspé los nudillos. El cantautor abrió, pero ni siquiera le vi. Le obligué a hacerse a un lado, cerré la puerta y me coloqué a la altura de la mirilla con el corazón encogido. Esa isla que había estado llena de amor se había quedado desierta. La soledad había llegado sin una preparación previa.

No me equivocaba. Ismael tardó un segundo en aparecer por las escaleras y llamar al timbre de mi casa, nervioso, y pasear de un lado para otro en círculos, pasándose la mano por el cabello, mordiéndose sus preciadas y perfectas uñas, golpeando la pared al ver que mis compañeras tardaban en aparecer.

Volví a escuchar mi nombre salir de sus labios en cuanto Vilma abrió la puerta con cara de no comprender la locura del actor. Le dijo que no estaba, pero por si acaso, él trató de mirar en el interior y me llamó, aulló «Aura» como un lobo al que acaban de herir unos cazadores furtivos.

Me abracé a mí misma sintiendo un escalofrío, pero no salí. No podía. Correría a limpiar sus lágrimas y acabaría consolándole. Suplicando que volviésemos a estar juntos «para siempre». Los «para siempre», los «te quiero», los «gracias por devolverme mi sonrisa»..., todas las frases que un día habían hecho que me enamorase de él ahora se habían convertido en los dientes afilados de una cuchilla que me hería una y otra vez sin piedad. Y cuanto más me esforzaba por detenerla, más se hundía en la carne.

¿Por qué lo había hecho? ¿Había sido un error de una noche, o una rutina cada vez que no nos veíamos? ¿Qué pensaría él? ¿Tendría intenciones de contármelo? ¿Habría disfrutado en el acto o —lo más triste, pero que a mí me daba una punzada de esperanza— habría pensado en mí mientras lo hacía? No era la infidelidad lo que corroía mis entrañas, sino la incertidumbre, la angustiosa duda.

Oí cómo mi puerta se cerraba e Ismael golpeaba su cabeza contra la pared mientras lloraba con amargura. La luz del rellano se apagó, pero sabía que él continuaba allí, quieto. Era capaz de escuchar los lamentos de su culpa hasta que, andando con la vista perdida, descendió los escalones.

Bajé la mirilla y me giré. Por lo visto había tenido público en ese espectáculo lastimero. En otras circunstancias le habría preguntado a Víctor por qué había dos chicos de alrededor de trece o catorce años en su casa, pero no tenía fuerzas ni para cotillear. Ya nada me importaba. Creo que se despidieron inmediatamente, o tal vez se quedaron un rato más, pero yo estaba tan petrificada, tan evadida, que ni siquiera me enteraba de lo que sucedía a mi alrededor. Lo único que recordaría al día siguiente es que le chocaron la mano al cantautor, le dijeron algo así como «Gracias por todo, eres buena gente» y de mí se despidieron con un leve movimiento de cabeza mientras decían «Todo se pasa, tía. Menos la muerte, todo tiene solución».

Víctor y yo nos miramos.

—¿Vas a explicarme por qué has irrumpido así en mi casa?

Quise contestarle. A él sí. Pero la voz se había estancado en mitad de mi garganta. De repente todo se me vino encima y no era lo bastante fuerte para soportar la carga. Noté que mis pies perdían el equilibrio y me desvanecía en el abismo. Apoyé la espalda contra la pared y resbalé por ella hasta que me golpeé al chocar contra el frío y duro suelo. Doblé las rodillas, hundí mi cabeza y lloré como no sabía que se podía hacer.

Cada vez haría más tiempo de sus caricias, de sus besos, de sus palabras, de sus sonrisas, de sus abrazos; cada segundo me separaba más de Ismael, y llegaría un día que se convertiría en mi pasado, un recuerdo en el que se borrarían los detalles, tan insignificantes como la peca del cuello que me encantaba morder y que, llegados a ese punto, ya no existiría en mi memoria. No quería un futuro si su nombre no estaba grabado en él.

Me encontraba perdida, hasta que unos brazos me trajeron de vuelta a la tierra. Víctor se había sentado a mi lado, en la misma posición, sosteniéndome por la cintura, apoyando su mejilla encima de mi cabeza.

—Tranquila... —Acarició mi cabello. Aspiré su aroma. Olía a tierra, a césped mojado, a árboles salvajes mecidos por el viento, a mar, a libertad.

—Creo que te estoy llenando de mocos. —Me di cuenta de que su camiseta azul de tirantes, en la que se marcaba el tatuaje que sobresalía por el cuello y mostraba unos brazos definidos, no tan voluptuosos como los de Ismael pero igual de fuertes, estaba siendo mi paño de lágrimas.

—No te preocupes. Mañana, cuando estés bien, ya me compensarás lavándola.

Le di un codazo flojo en las costillas por la broma mientras me sorbía los mocos y me frotaba los ojos.

—Llora, grita, tira cosas..., ya sabes, lo que necesites... —añadió con su tono de voz dejado y le observé.

—¿Eres consciente de que das unos consejos de puta pena? —Traté de reír, pero con la congoja era imposible. El taco denotaba que no controlaba la situación; siempre que estaba alterada, introducía esas palabras.

—¿Y qué debería decir, según tu experta opinión en consolar, Aura?

—Lo típico. Que me calme, que él no merece la pena, que encontraré a alguien mucho mejor... yo qué sé, hay muchas frases hechas.

—¿Y sirven de algo?

—Pues... no.

—Puede que no lo haya hecho muchas veces. Bueno, confieso que en realidad es la primera. Pero tengo una teoría.

—¿Cuál?

—Para poder llenarte, primero tienes que vaciarte y dejar espacio. Además, no deberías avergonzarte por llorar. No voy a pensar que estás menos chiflada o eres más débil por ello. Te lo juro.

—Eso es todo un consuelo, lo de que creas que estoy chiflada...

—Trataba de ser un halago. La extravagancia es... especial.

Estaba a gusto en el hueco de su hombro. Como si me transmitiera su energía y, con ella, fuerzas. Me separé algo más calmada. Todavía se veía un surco morado alrededor de su ojo, pero tenía mucho mejor aspecto que el día que me lo había encontrado en las escaleras. Se había echado el pelo hacia atrás con una cinta negra y llevaba una camiseta de los Lakers y unos pantalones de *basket*; por lo visto, acababa de llegar de jugar al baloncesto.

—¿Por qué me mintió? —le pregunté a pesar de saber que él no conocía la respuesta ni conocía nuestra historia.

—No lo sé.

—¿Por qué dijo que me quería si no era cierto? Debería haber una ley, un pacto, algo que impidiese usar esa expresión si no es cierta.

—Llevas razón. Por eso yo no la uso y me chirría que la utilicen conmigo.

—¿Porque no quieres acabar como yo? —Sonreí con amargura.

—Porque no quiero ser el responsable de que una persona acabe como ahora mismo estás tú, destrozada. El amor debe de tener ventajas, no lo niego, pero también es capaz de destruir al ser humano.

Otro día le habría quitado la razón, habría argumentado hasta quedarme seca sobre las cosas maravillosas que tenía estar enamorado. Pero amar a alguien hasta la saciedad me había introducido de cabeza en ese pozo sin fondo.

—Debes de pensar que soy una exagerada, una estúpida por estar así por un chico que me ha engañado... —murmuré volviendo a descansar mi cabeza sobre mis rodillas, viendo la puntera de mis Converse.

—Para nada. Vivir en las nubes no es malo; lo complicado es bajar. —Pasó su mano por detrás de mis hombros con cautela. No estaba muy acostumbrado a regalar gestos de cariño a la gente.

—¿Cuánto tardará en pasar este tormento? Me hace daño, y no metafóricamente. Duele, duele aquí adentro —me señalé el pecho.

—No lo sé. —Chasqueó la lengua impotente. Permanecimos en un silencio que agradecí, interrumpido solo para aportar un último dato que Víctor estuvo largo tiempo meditando, como si le costase ofrecer su ayuda—. Lo único que te puedo recordar es que nuestras habitaciones están separadas por un muro muy fino mal insonorizado. Da un par de golpes cuando te sientas perdida e iré contigo. No importa la hora, padezco de insomnio.

—Gracias. —Me removí y le di un beso en la mejilla en señal de agradecimiento. Fue el primer momento que mis labios rozaron su piel y, en ese estado de muerte que tenía encima, él me hizo sentir viva.

Capítulo 16

Abre los ojos...

Abrí los ojos desubicada. ¿Dónde estaba?

Tenía la espalda y el cuello agarrotados. Aunque nada se asemejaba al otro dolor. Ese vacío, un abismo que surcaba mi pecho de manera descendente y se aferraba con sus garras en mi estómago retorciéndolo, clavando sus uñas. Comprobar que seguía en el sofá de Víctor me trasladó al día anterior y su devastador acontecimiento. Mi única esperanza, que se debiera a una pesadilla, se esfumó mientras los recuerdos se volvían nítidos. Ismael se había acostado con otra y nada ni nadie podría cambiar esa gran verdad de la que, sinceramente y aunque sonase patético, no querría haberme enterado. La ignorancia es la felicidad, decían algunos sabios.

Me removí con la misma inquietud que había dominado mis movimientos toda la noche. Había dormido de manera intermitente entre los distintos sobresaltos; tantos que perdí la cuenta la quinta vez que me desperté con mis propios gritos. Incluso en sueños le llamaba. Inconsciente, me trasladaba al pasado y le suplicaba que no lo hiciera.

Retiré la manta que me tapaba y me senté. No sabía cómo había acabado allí. Mentalmente retrocedí al instante en el que estaba sentada con el cantautor, con la espalda apoyada en la pared del vestíbulo...

Mi mente divagaba. Podría decir que había dejado atrás la fase en la que odiaba y despotricaba contra Ismael por romper algo que pudo ser realmente bonito, la historia de mi vida, pero sería mentirme a mí misma. Ningún pensamiento negativo sobre él surcó mi cabeza. No podría guardarle rencor. Nunca. Y ser consciente de eso era lo peor.

Sin embargo, sí que alimenté mis propios demonios. Me pregunté una y mil veces —y las que quedaban— si todo habría sido diferente de ceder. De acostarme con él. Tal vez había sido culpa mía. No le había dado lo que necesitaba y lo había tenido que buscar fuera. Eso situaba la diana de nuestra ruptura en mi frente. Yo, con mis miedos infundados, había terminado con nuestra relación. Nunca, ni aunque inventasen un suero de la verdad y me lo inyectasen en vena, lo reconocería delante de Vilma y Sara. Sabría lo que ellas dirían: «Es una tontería. Encima no justifiques a ese cerdo». Y posiblemente tendrían razón. O no.

—¿Vamos a estarnos aquí toda la noche? —interrumpió mis divagaciones con cautela Víctor. Estaba teniendo más paciencia de la que me merecía. Él no tenía por qué consolarme y allí estaba, apoyándome a través de su silencio y su compañía.

—¿Acaso tienes un plan mejor que quedarte aquí conmigo hasta que se nos quede el culo plano? —bromeé; ese era mi escudo.

—No quieres volver a casa, ¿verdad? —No me estaba echando, solo consultando. Y no era de extrañar.

—No —confirmé—. No quiero ver a Vilma y Sara.

—Supongo que no será por mi experiencia en rupturas y lo mucho que te estoy ayudando...

—No quiero contarles nada. Contigo es diferente, tú no me preguntas. Pero ellas lo harán en cuanto me vean la cara de pasa arrugada que tengo.

—No es desinterés, pero tengo la teoría de que, si quieres contarme algo, lo harás. Hurgar en tu herida es morbo, morbo por tu dolor, regodearme en el sufrimiento ajeno, y, a día de hoy, no soy tan cabrón.

—Ellas no lo harán de mala fe —las defendí.

—Lo sé. En su caso es diferente, son tus amigas. Yo solo el vecino de al lado.

—¿Sabes cuál es el problema? —insistí.

—No.

—Que me dirán las verdades que no quiero escuchar. Serán tan sinceras como yo lo he sido con ellas cuando me han contado sus cosas. Reducirán la relación de amor más bonita que he tenido a la del tío que me ha engañado y se ha acostado con otra. Nada más. Todo se perderá. Las miraré y veré que para ellas no existe nada bueno en la ecuación que nos fusiona a Ismael y a mí. Y no quiero que por un desenlace de mierda le resten valor a ese inicio y ese nudo que me han tenido levitando. —Me aparté el flequillo. Había sudado y lo tenía apelmazado—. Además, lo que más temo es que saquen a relucir el contador.

—¿El contador? —Al verme imitó mi gesto tratando de retirarse el pelo sin recordar que lo llevaba recogido detrás de la cinta.

—Sí. El contador del amor. —Cambié mi tono de voz para imitarlas—: «Solo llevabas un mes con él, no es para tanto...».

—¿Acaso el tiempo importa?

—No. Importa la pasión, el amor, el cariño, el sentimiento. Hay veces que te entregas a una persona más en un verano que otros en un matrimonio entero.

Víctor miró al infinito, sin detenerse en un punto fijo. Así, de perfil, me pregunté a cuántas chicas habría roto el corazón con tan solo besarlas diciéndoles después que lo suyo no llegaría a más, que era incapaz de amar.

—Tus palabras tienen sentido, aunque yo nunca haya, pues eso, querido del modo que describes. —Hizo una pausa antes de ponerse de pie de un salto—. Si no quieres ir todavía a tu casa, creo que tengo que abandonarte para darme una ducha.

—¿Me dejas quedarme aquí?

—¿Tengo opción?

—Sí, es tu casa.

—Vete —sonrió de forma ladeada.

—No, por favor.

—¿Lo ves? No tengo elección.

Se quitó la cinta y el pelo volvió a su posición natural, ese caos que dominaba su cabello, por lo que veía, también su casa, y por lo que intuía, también su mente. Era un misterio, como esos crucigramas que sabes que, si pones la primera palabra, no podrás parar hasta terminar.

—¿Te apetece comer algo?

—He picado antes de venir a casa.

—Mejor. Ni siquiera sabía si tendría algo decente que ofrecerte en la nevera.

—Eres un desastre...

—Y eso que todavía no me conoces bien. —Me tendió la mano—. Puedes sentarte en el sofá y poner la televisión. Aunque intentes distraerte, nadie te acusará de no ser una sufridora.

—¡Eres un insensible! —me quejé, aceptándola. Me levantó sin apenas esfuerzo.

—No sabes cuánto de cierto hay en esas palabras... —dejó la frase en el aire. Le gustaba dar la información con cuentagotas, como si sus palabras siempre contuviesen más de lo que se decía a simple vista.

Se giró para marcharse.

—Víctor.

—¿Qué? —Y mientras lo pronunciaba le abracé susurrando «gracias» de nuevo.

En vez de recibirme entre sus brazos, se quedó estático, incómodo por mi acercamiento. Ni una palmadita en la espalda. Nada. El filtro mental que tan poco caso me hacía desapareció. Me separé y le miré directamente a los ojos.

—¿Quieres acostarte conmigo?

—¿A qué viene esa pregunta?

—Contesta.

—No, y no te lo tomes como una ofensa, es la respuesta que más te conviene.

—Bien. Yo tampoco. Aclarado este punto, ya puedes dejar de ponerte como si te fuera a pegar la sífilis cada vez que te toque.

—No estoy acostumbrado a ser tan... —buscó la palabra adecuada— como tú con la gente.

—¿Cariñoso?

—Llámalo como quieras.

—¿Ni siquiera rodeas la cintura de una chica para dormir después de acostaros? Y no me digas que eres de los que dan la espalda nada más terminar...

—No es necesario porque siempre duermo solo.

—Ah, ¿eres virgen?

—Yo no he dicho eso.

—¿Y con tus amigos? ¿Tampoco ellos se ganan un gesto de cariño de vez en cuando?

—Hay pocas personas que pueda considerar *amigos* y nunca he sentido la necesidad de acariciarlos...

—Bueno, pues conmigo tendrás que acostumbrarte si quieres que nuestra relación avance...

—¿Qué relación? Creo que me he perdido.

—La de amistad. —Ya estaba. Acababa de encontrar otro caso perdido de esos que me llevaban a lanzarme de cabeza a una piscina sin agua—. Tengo el firme propósito de que me incluyas en el listado.

—Vas a causarme más de un problema, ¿verdad, Aura?

—Supongo que sí. Es mi naturaleza. Pero te garantizo que saldrás ganando.

—Me gustaría poder decir que tú también.

—Y puedes. Soy una experta en sacar lo mejor de la gente.

—Conocidos, está bien; solo vecinos, mejor. Sin embargo, si de verdad quieres *profundizar*, debería aconsejarte que te alejases antes de que fuera demasiado tarde...

—Pero yo no te haría caso y lo sabes. Me has ayudado la peor noche que recuerdo y eso no lo voy a olvidar nunca, para bien o para mal. Además, tampoco puedes ser tan mal amigo. Si he logrado soportar a mi hermano, puedo con todo.

—Está bien. No olvides que te lo avisé.

Víctor se marchó a ducharse. Le hice caso y busqué en la televisión un programa para evadirme. Acabé dejando uno del corazón en el que había muchos gritos y poco margen para la reflexión. Los colaboradores repetían los argumentos al grito de niños de tres años con un «y tú más».

No sabía en qué momento me quedé dormida. Debió de ser antes de que el cantautor terminase en el baño, porque no recordaba haberle visto salir ni colocarme por encima la manta que acababa de echar a un lado en el sofá antes de ponerme en pie.

Era de día. Un nuevo día. Otro comienzo para mi historia que creía ya encauzada desde que conocí a Ismael.

Me disponía a marcharme, como esas amantes que abandonan de puntillas una casa después de una noche de pasión, cuando escuché un sonido. Exactamente una melodía. Mi flautista de Hamelín particular me llamaba de una manera hipnótica. Solo esperaba que no terminase como la fábula de los hermanos Grimm, en la que los niños desaparecían para siempre siguiendo al siniestro hombre.

El sonido guio mis pies hasta su habitación. La puerta estaba abierta. Me asomé. Él no me vio. No podía. Estaba abducido en su propio arte. Evadido, capturado por esas musas de las que tantas veces había oído hablar y a las que yo les mandaba callar cada vez que me pedían escribir una novela. Ceder ante esos sueños a los que había renunciado al poner Administración y Dirección de Empresas en la matrícula. Sentado en la única silla de la estancia, sostenía la guitarra, acariciando las cuerdas, con la mirada fija en las vistas que Madrid le ofrecía desde la amplia ventana sin cortinas.

La voz ronca y rota comenzó a cantar en otra lengua. No era inglés. Habría entendido alguna frase o reconocido alguna palabra. Era una canción melancólica, triste y desgarradora. Durante un lapso de tiempo pensé que era el clima lo que dominaba el tema. El cielo estaba negro, llovía y las gotas impactaban con violencia, dejando su rastro a lo largo del cristal, como las lágrimas que durante toda la noche habían resbalado por mis mejillas. Pero no. A través de su pelo enmarañado pude ver que tenía los ojos cerrados para lograr una mayor intimidad con el instrumento.

Y entonces lo supe. Por absurdo que pareciese, estaba leyendo mi alma, mis sentimientos, y los estaba convirtiendo en canción. Ese tema era yo, con mis imperfecciones, mis altos, mis bajos, mis locuras a través de notas imposibles, mi inocencia y, en el último y dulce repunte que dio antes de terminar, una rendija para la esperanza.

Seguía sin comprender el idioma; aun así, el lenguaje de la música es universal.

La piel se me puso de gallina. Tal vez fueran imaginaciones mías. Tal vez había regresado a mis quince años cuando, tras cada ruptura, seleccionaba una lista con canciones lastimeras y aplicaba sus letras a mi vida. Existían todo tipo de posibilidades y sabía que él no me sacaría de dudas. Lo único real es lo que me hizo sentir. La boca se me secó al darme cuenta de que me había convertido en un conjunto de notas que, agrupadas, daban lugar a la banda sonora de mi estado anímico.

Quedó extasiado en cuanto puso el punto final. No le quería interrumpir. Por algún extraño motivo yo, sin tener ni idea de las rutinas de los compositores, sabía que necesitaba un tiempo para reponerse, recargar toda la energía que había gastado en tocar esa obra maestra. Era un genio. Por lo menos para mí. Su música no era comercial. No la bailarían miles de personas en la discoteca de turno, ni llegaría a ser el *hit* del verano en las verbenas de mi pueblo, pero seguro que, si alguien se molestaba en escucharlas una sola vez, no las olvidaría nunca.

—¿Estás esperando el momento apropiado para regañarme por ser tan poco caballero de dejarte el sofá y no cederte la cama? Si es así, deberías saber que te encontré como un angelito durmiendo y no te quise molestar. Esta mañana he vuelto cuando me he despertado, a las seis, y seguías en la misma postura... —habló sin abrir los ojos, como si me presintiese o, tal vez, en la quietud de la casa, yo había hecho demasiado ruido.

—¿Tan pronto?

—Sí, me gusta dormir poco, son horas de vida malgastadas.

Levantó la vista muy despacio. No se había afeitado, por lo que los primeros vestigios de una barba incipiente comenzaban a asomar en su mandíbula cuadrada. Con un pantalón holgado gris oscuro y una camiseta de manga corta ancha blanca, que dejaba que se le vieran los brazos y, lo más importante, los tatuajes, estaba realmente guapo. Como esos roqueros que son capaces de enamorar a las fans con un movimiento de cejas. La fantasía perfecta para dejar volar la imaginación.

Era muy diferente a Ismael. El actor tenía una belleza perfecta y armoniosa, como si unos cirujanos hubieran recogido la opinión de miles de personas sobre lo que más les gustaba en un chico y le hubieran hecho a medida, y Víctor, por el contrario, poseía unos rasgos distintos, únicos y salvajes, todo lo que miles de seres humanos anhelaban sin siquiera ser conscientes de ello porque nunca habían visto nada igual. Cada uno era lo opuesto del otro y por eso, intuía, ambos tenían tanto éxito.

—¿Qué hora es? —le pregunté.

—Las nueve y media.

—¡Mierda! —Me mordí el labio—. Tengo una presentación en una hora y ni de coña me da tiempo a llegar, ¡maldito Madrid y sus distancias kilométricas! —me quejé.

Ana y Dani me matarían, y con razón. Era su compañera y la profesora había dejado bien claro que o los tres componentes aprobábamos nuestra parte del trabajo, o suspendíamos. O todos o ninguno, vamos.

—Puedo llevarte.

—¿No tienes nada mejor que hacer? —«¿Como trabajar, por ejemplo?», pensé.

—Todavía no sé qué me va a deparar este nuevo día. No soy muy amigo de las rutinas...

Le habría preguntado cómo podía permitirse entonces pagar un piso para él solo en pleno centro de Madrid sin un mortal y rutinario horario de trabajo. Tampoco estudiaba, así que no había excusa alguna para que sus padres le mantuviesen.

—Está bien. Dame quince minutos.

—Mejor nos vemos en la puerta. —Víctor se quitó la camiseta para cambiarse dejando de nuevo a la vista ese manuscrito indescifrable. Busqué su armario, pero allí no había nada. Solo la cama deshecha, la silla y la guitarra apoyada en su funda—. Si sigues investigando mi habitación como si fueras una agente del CSI, no te va a dar tiempo... —me recordó andando hacia mí. Con tantas habitaciones libres, debía de utilizar alguna como vestidor. O puede que tuviera toda la ropa tirada en los respaldos de las sillas del salón.

—Lo siento. —Mi indiscreción llegaba a límites que me avergonzaban a mí misma—. No me puedo controlar.

—Lo entiendo. Llevas el espíritu de una periodista frustrada dentro y aprovecha cualquier ocasión para salir de su estado de letargo.

—No empieces de nuevo con el tema.

—Y tú vete a cambiarte.

Corrí a mi habitación y me desnudé a toda velocidad usando el suelo como perchero. Abrí el armario, pillé lo primero que encontré —unos pantalones negros, una camiseta básica del mismo color y un jersey de cuello largo gris claro—, volví a calzarme las Converse y, como no tenía tiempo que perder, utilicé el espejo de mi habitación para hacerme una coleta alta y no tener así que peinarme el pelo bufado como el lomo de un gato que intuye peligro.

Mi reflejo me asustó, ¿esa era yo? ¿De verdad? Estaba demacrada, con los ojos hinchados y la mirada apagada. Sin embargo, eso no fue lo que hizo que el suelo se tambalease bajo mis pies, sino una imagen que había pegado días atrás en el espejo con celo. Ismael me recibía con una de sus sonrisas que le acentuaban sus ojos negros, su sonrisa canalla, y dejaba entrever parte del pecho, duro y firme, en el que yo había pasado apoyada los mejores momentos de mi vida. Agarré el folio, que había impreso de internet —de hecho, era la primera fotografía que salía si ponías su nombre en Google—, e hice una bola para tirarlo a la basura. Rebotó contra el recipiente y cayó al lado de mi móvil, que había dejado cargando el día anterior y ahora titilaba anunciando mensajes inminentes.

Sabía que me tenía que ir. Víctor me estaba esperando. Llegaba tarde a una presentación por la que podrían suspender mis dos compañeros y únicos amigos en Madrid.

Me senté en el suelo, cogí el endemoniado aparato y, con egoísmo, dejó de importarme el resto del mundo.

Dieciocho llamadas perdidas. Todas con el mismo protagonista, Ismael Amor, ese nombre cursi y repelente con el que le tenía memorizado en el teléfono.

No contenta con eso, quise echar vinagre en mis heridas abiertas y me metí en el WhatsApp, sabiendo que, gracias al doble clic azul, el actor se percataría de que había leído sus mensajes.

Me salía el primero de la lista, pero aun así decidí empezar leyendo el de mi grupo del pueblo para reírme un rato, el de Vilma, en el que me relataba el «extraño comportamiento del vecino de abajo» y, cuando no me quedó ninguna excusa, pulsé su nombre.

«Última conexión 06.18» ¿No había podido dormir como yo? ¿Le perseguía la culpa en sueños? ¿Habría estado toda la noche esperando verme aparecer por el pasillo sin saber que estaba más cerca de lo que imaginaba, en casa de Víctor? O, puesto a ser infiel, ¿se habría revolcado con esa modelo una vez que regresó a su casa? Y ahí surgía otra pregunta: ¿qué le habría dicho, dada su actuación? Se me ocurrían dos opciones. Una, que hubiese mantenido mi identidad de vecina friki acosadora y, mientras volvía a entrelazarse con ella en la cama, le hubiese explicado: «Lo siento. Es mi vecina del tercero. La pobre está bastante pillada por mí. Le dejé las llaves por si algún día las olvidaba en casa y he subido para decirle que me las devuelva. No puede aparecer cuando se le antoje». Y dos, que hubiese sido sincero por primera vez en su vida con respecto a nuestra relación y, hundiendo la cabeza entre las manos para que no le viese llorar, hubiera logrado articular cuatro dolorosas frases: «Vete de mi casa. Esto ha sido un error. Esa chica era mi novia. La persona que me ha devuelto la sonrisa y la he cagado».

No sabía cuál de las dos posibilidades era la correcta. Comencé a leer.

23.01 Aura, por favor, coge el
teléfono.

23.02 Pequeña, necesito hablar
contigo, te lo suplico.

23.03 Mi vida, no sé ni por qué lo he
hecho, pero te juro que ahora mismo
me doy asco a mí mismo.

23.05 Contesta. Me tienes
preocupado.

23.10 Haré lo que haga falta para
que me perdones.

23.30 Sé que no quieres escucharme,
pero tienes que dejar que te explique.
Que me arrepienta.

23.45 Insúltame, haz lo que sea, pero
no me ignores.

00.00 Este vacío es insoportable.

00.10 Solo dime que estás bien.

00.30 Nunca he sabido llevar las
relaciones. Nunca he tenido ninguna.
Pero aprenderé. Por ti. A partir de
ahora todo lo haré por ti.

01.00 No necesito que me digas que
será fácil recuperarte, solo posible.

02.00 Llevo ratos dándole vueltas a
una frase que leí el otro día. Los
sueños nunca desaparecen siempre
que las personas no los abandonen.
Y no lo voy a hacer. Nunca.

Había tantos que pasé la pantalla táctil para abajo. No
porque no los quisiera leer. Estaba segura de que lo iba a
hacer tantas veces que acabaría por recitarlos de memoria. Lo que pasaba es que no podía. Cada mensaje lograba
que esa parte de mí que deseaba hacer como si nada hubiese ocurrido tomase más poder en mis decisiones. Y no
era justo. No se merecía que corriera a sus brazos después
del poco respeto que me había demostrado.

Me permití la tortura de ver el último antes de bajar.
Lo había escrito a las 06.18. Por lo menos ya tenía respuesta a una de mis preguntas: se había pasado la noche
en vela, escribiéndome.

06.18 No puedo estar sin ti.
Encontraré la manera de que lo
nuestro pueda seguir existiendo.

Una parte de mí se aferró a ese texto y deseó que se
cumpliera al pie de la letra. Recogí la pelota con su foto-

grafía, extendí el folio y coloqué un par de libros encima para que volviera a su estado natural antes de acudir con Víctor.

Le encontré en el exterior del portal. Eso me sirvió de excusa para justificar el tiempo perdido.

—¡Pensaba que habíamos quedado dentro y estaba esperando ahí!

—Ya... —Me colocó la capucha roja del abrigo encima hasta taparme la vista—. Anda, vamos, chica caos.

Le seguí corriendo bajo la lluvia hasta una calle paralela sin parquímetros. Para no acabar empapada, iba por la acera buscando la protección de terrazas y tiendas que tuvieran algún saliente. A Víctor parecía que le importaba bien poco y, a la que se detuvo, tenía el pelo chorreando. El color castaño de su cabello se había oscurecido y, en esos momentos no lo dudé, hasta en ese tono Víctor era único: lograba que un color de pelo que tenía el noventa por ciento de la población pareciese diferente y especial, como él.

Sacó una llave del bolsillo de la cazadora de cuero, que le daba un aspecto imponente.

—Toma. —Me tendió lo que parecía una horrible bolsa de basura amarilla—. Póntelo.

—¿Qué es esto? —Empecé a abrirla, pero él me lo desveló antes de que hubiera terminado.

—Un chubasquero.

—¿Para qué necesito un...? —dejé la pregunta en el aire. No íbamos a ir en el confortable Seat León blanco metalizado que se encontraba perfectamente aparcado frente a nosotros. No. Nuestro vehículo era la moto que estaba al lado.

No entendía nada de motocicletas. A mí solo me parecía negra y peligrosa, más grande que la vespino que, durante una época, se compraron la mayoría de mis amigas y la usaban hasta para ir a cagar, y más pequeña que las

Harley-Davidson que, cuando viajaba con mis padres, nos adelantaban por la autopista como un rayo y mi madre siempre decía «Luego se quejarán si les pasa algo; van como locos».

El cantautor quitó el gancho de seguridad que la mantenía anclada. Se giró para ver cómo lo llevaba con el chubasquero y enarcó las cejas.

—¿Quieres que te enseñe a ponértelo?

Estaba petrificada.

—Las motos me dan auténtico pánico. Vas desprotegida. Al menor golpe... —Hice un gesto como que me cortaba la pierna, el brazo o, lo peor, la cabeza.

—Pues es la única opción que tienes de llegar a tiempo. —Me tendió la mano—. ¿Lo tomas o lo dejas?

Le miré a los ojos. Puede que fuera un poco dramático, pero la duda que me surgió fue: ¿confías tu integridad física a este chico? Y una voz interna contestó: «Sí».

—Vale. —Le agarré la mano, colocándome el chubasquero. Parecía un pollito gigante. Menudo día elegía para enfrentarme a uno de mis miedos, lluvioso y con la calzada resbaladiza—. Pero prométeme que irás despacio.

—Te lo prometo.

Antes de que dijese algo más, me colocó el enorme casco y me sentí como un astronauta.

Me senté a horcajadas detrás de él y me agarré con fuerza a su cintura.

—Arranca —le ordené, y escuché el eco de mi voz asustada en el interior del casco.

—Me vas a cortar la circulación de las piernas. Y las necesito para que lleguemos —se quejó encendiendo el motor.

—No bromees y vamos ya. Cuento los segundos para bajarme de este chisme infernal.

Escuché su risa y apreté muy fuerte los ojos cerrados.

Ojos que no ven, corazón que no siente, aunque eso no era del todo cierto pues, en cuanto la moto rugió, mis pulsaciones subieron a mil por hora.

—¡Vas muy deprisa! —me guie por el sonido, que era arrollador.

—Aura...

—¡Me lo has prometido! —continué la retahíla, y esta vez tuve el suficiente valor para soltarme de un brazo y golpearle en la espalda.

—Aura...

—Víctor... —repetí con voz cansada yo.

Sentí cómo se giraba hacia mí.

—¿Qué haces, demente?

—Abre los ojos.

Lo hice. Y allí estábamos. Sin arrancar. Como dos idiotas observándonos debajo de la lluvia. La paranoia me había jugado una mala pasada. Me centré en su mirada, que era la única parte que no podía controlar.

—Lo siento —balbuceé—. Miedo irracional a las motos y los tiburones...

Víctor recogió la parte de mi coleta que se exponía al torrente que estaba descargando el cielo y lo metió debajo de mi casco. Sus dedos me rozaron el cuello haciéndome cosquillas.

—¿Confías en mí?

—No lo sé. No te conozco.

Echó la cabeza hacia atrás y rio con ganas.

—Esta sí que es buena. Te quedas a dormir en mi casa y ahora dices que soy un desconocido.

—Una cosa no quita la otra. Sí, me he acostado en tu sofá. Y no, no sé nada de ti.

—¿Qué quieres saber?

—Qué pie calzas, por ejemplo. —Estaba atacada y fue lo primero que me vino a la mente porque, en esos momentos, me encontraba mirando los apoyos y daba la sensación de que, si sus pies eran más grandes, se acabarían saliendo y perderíamos el equilibrio.

—Cuarenta y dos, cuarenta y tres —contestó—. Ahora escúchame. No tienes nada que temer. Estás conmigo y no haría nada que te pudiese dañar.

Asentí.

—Vamos a volver a intentarlo.

De nuevo cerré los ojos con fuerza.

—Aura, ¿me permites un consejo?

—¡Claro! —exclamé, y me di cuenta de que estaba apretando los labios.

—Deberías abrir los ojos. Una mirada como la tuya debería comerse el universo.

Dio gas y, esa vez, supe que sí que estábamos en movimiento. Tardé en reaccionar, pero al final le hice caso y eché un vistazo. Y no fue tan mal como esperaba. Las calles de Madrid estaban congestionadas de tráfico. No sabía lo que era un verdadero atasco hasta ese día. Los coches permanecían parados. Sin moverse ni un centímetro durante minutos. Las filas de vehículos llegaban más allá de mi vista, parecían piezas de un puzle encajadas. Los pitidos y los limpiaparabrisas ponían sonido a esa imagen que ninguno de mis amigos de Chillarón podía siquiera imaginar.

Y entre los conductores enfadados y desesperados por la situación, Víctor y yo. Surcando las arterias de la capital, sin detenernos, volando como si nos meciera el viento. La lluvia seguía chocando contra mi chubasquero, pero yo me había olvidado de ella, la ignoraba. Estaba demasiado entretenida empapándome, literalmente, de todo lo que sucedía a mi alrededor: la mujer que llamaba al trabajo por el manos libres para avisar de que llegaba tarde, el hombre que trataba de contener a los pequeños poniendo algo en la televisión de a bordo, la pareja que aprovechaba esa retención para comerse a besos, las amigas que reían y el grupo de chicos que intentaban ligar con ellas para no desperdiciar el tiempo...

Apoyé la barbilla a través del casco en el hombro de Víctor y enredé mis manos en su cintura.

—Bueno, no ha sido tan horrible, ¿no?

—No, aunque tú tienes las mejores vistas. —Desde esa posición podía ver cómo él lo hacía, cómo serpenteaba entre los coches, la velocidad golpeando de frente contra nuestro rostro, la sensación de libertad, de control, de dominio.

—Si quieres, un día te dejo que tomes los mandos y me lleves a mí.

—No tengo carné.

—Da igual. Yo te enseñaré.

—Está bien. Algún día...

Llegamos a la universidad con el tiempo justo, después de un trayecto que se me antojó demasiado corto —¡quién me lo iba a decir!—. Víctor se quitó su casco al tiempo que yo le devolvía el mío y el chubasquero. Una de las chicas de mi clase, de esas que no habían querido admitirme en su grupo social pese a que lo había intentado un par de veces, se detuvo junto a nosotros con su paraguas de Ágatha Ruiz de la Prada y sus zapatos de quinientos euros y, la muy falsa, hizo algo inaudito: me saludó como si fuéramos amigas. Obviamente, le interesaba más contonearse delante de mi acompañante que mi tímido gesto de cabeza de vuelta. Deseé, con toda la maldad interna que tenía y más, que se escurriese y se cayese de morros.

Le miré y, antes de que me dijera nada, le di dos besos. A diferencia de la noche anterior, aunque no me abrazó ni respondió a mi gesto de cariño, tampoco se puso tenso. Me aparté tras el breve contacto. Notaba que cada vez estaba más calada de agua.

—¿Podrás acostumbrarte a mis arranques de cariño?

—Tendré que hacerlo. Anoche no me diste opción.

—No seas exagerado. Tampoco es que te esté pidiendo que aceptes que te dé descargas eléctricas en las pelotas.

—¡Eres una pedazo de bruta, Aura! —rompió a reír—. Pero llevas razón. Supongo que no está tan mal importarle a alguien.

Se colocó el casco de nuevo.

—Gracias, Víctor. Por anoche, por hoy, por todo.

Asintió, aceleró y le perdí de vista.

Anduve a paso rápido hasta la puerta principal. Una vez en el interior hice recuento. Mi novio se había acostado con otra, cogería un resfriado porque llevaba el pelo más mojado que cuando salía de la ducha, parecía que me había meado al sentarme a horcajadas sobre la moto sin secarla previamente y, con la confusión, me había puesto una Converse de cada color.

«¡Enhorabuena, Aura! Ya nada puede ir peor», me reprendí a mí misma.

Y Murphy, que tiende a tocar las narices cuando menos te lo esperas, me demostró que estaba muy equivocada. El móvil comenzó a sonar y, ¡tachán!, mi hermano, la única persona capaz de amargarme en el día más feliz de mi vida, llamando la mañana que estaba hecha una auténtica basura para hundirme más todavía en la mierda. Una parte de mí se preguntó si no habría desarrollado algún tipo de sexto sentido —como ese que las madres decían que tenían para saber si sus hijos estaban mal— que le avisaba en el momento exacto que más podía molestarme. Por supuesto, él, que no desperdiciaba ninguna oportunidad para martirizarme y meterse conmigo, haría su aparición inmediatamente en cuanto le saltase la alarma «hoy puedes convertir a Aura en una infeliz».

—¿Qué quieres? —contesté sin preámbulos.

Entré en la facultad y fui dejando el rastro de mis pisadas por los pasillos.

—Saber cómo está mi querida, perfecta y mimada hermana.

—No te lo crees ni tú. ¿Qué quieres? —repetí. No tenía ni ganas ni tiempo para andarme con jueguecitos.

—Saber si has empezado ya a darle a las drogas.

En otro momento le habría insultado o, como mínimo, habría logrado picarme. Así era él. Mi mosca cojonera particular. Estaba convencida de que sus tres cosas preferidas eran, en este orden, el fútbol, pasear al Titán —que así llamaba a su pene y era mejor no saber por qué yo conocía esa información— y sacarme de quicio hasta situarme en el pequeño umbral que separa a los cuerdos de los trastornados.

—Sí, esnifar pegamento es una de mis actividades favoritas. Si quieres, te regalo un bote para Navidades y te explico cómo se hace.

Respondí cansada. Deseando contentarle y que zanjase la conversación. Un alumno, que estaba consultando qué apuntes tenía que imprimir en reprografía y me escuchó, se giró para mirarme; posiblemente trabajaría en alguna papelería para sacarse un dinero extra y el dato le había resultado curioso. O eso, o se reía porque parecía que me había meado, una de dos.

—No, mejor no. Daría positivo en el control *antidoping*.

Puse los ojos en blanco. No contesté. Mi hermano volvió a la carga. Debía de estar aburrido.

—Bueno, te estás haciendo de rogar, ¿vas a contarme o no qué te metes para poner esos estados en Twitter de —imitó una molesta y repipi voz que se suponía que era la mía— «sé a qué huelen las nubes, he rozado el cielo con la punta de los dedos y estoy tan feliz que si estornudo sale confeti»? Vamos, esas tonterías dulzonas y repelentes.

Sabía lo que esperaba. Yo era muy fácil de predecir y

la reacción que se imaginaba es que le gritase que no tenía por qué meterse en mi vida, que yo no le cotilleaba y que se buscase un mono para entretenerse, que estaban de rebajas.

—Ya no los volverás a ver y te dejarán de sangrar los ojos ante tu alergia crónica a todo lo que tenga que ver con el amor.

Me detuve en la puerta del aula. Todavía no había llegado la profesora. Distinguí a Ana y Dani en el interior y pude ver cómo este último suspiraba de alivio. En su expediente no había calificaciones por debajo del nueve y supuse que estaba temiendo comprobar lo que sentía con el primer suspenso. Seguro que hasta había tenido sudores fríos y calambres en las manos.

—La razón de mi felicidad suprema ha desaparecido. Vuelvo a ser tan desgraciada como te gusta...

Silencio al otro lado. No había controlado mi tono y había transmitido la tristeza que me embargaba. Ni a él se lo podía ocultar.

—Que te haya engañado o dejado un tío no es el fin del mundo, Aura. —Adivinó lo que me ocurría. Me sorprendió que dijera esa frase, y no alguna cruel y dañina.

—¿De verdad? ¿Quieres consolarme y que te cuente mis problemas? —me aceleré.

—No, para eso tienes a tus amigas, si es que has hecho alguna. —Eso era más propio de mi hermano. Pero en lugar de cortar, permaneció al otro lado—. Aunque puedo coger un AVE ahora mismo si quieres que le parta las piernas a alguien.

¿Quién era ese y qué había hecho con mi hermano? ¿Estaba, a su manera, intentando mostrarse protector? ¿Puede que en algún rincón, muy oculto, me quisiera un poquito?

—No es necesario. —Le resté importancia, extrañada—. Se me pasará.

—Menos mal, ya estaba reproduciendo la charla de mamá sobre que los AVE están muy caros y hay que saber administrar bien el dinero.

—O, lo que es peor, podría proponer venir ella también para hacer una reunión familiar.

—Eso sí que sería una putada, porque solo tengo una píldora de suicidio de esas que toman los espías en las películas para morir instantáneamente.

Los dos rompimos a reír. Juntos. La última vez que eso ocurrió fue cuando le regalamos un conjunto de tanga y sujetador a Amparo y la pobre, que nunca había probado esa prenda de lencería, estuvo toda la noche sacándose el hilo del culo hasta que mi padre le preguntó, sin disimulo alguno después de unas copas de vino y delante de toda la familia, si se había vuelto a depilar el trasero. Al final no todo eran cosas malas al estar deprimida, ya que me había demostrado que ese orangután —mi orangután, porque yo le podía insultar, pero que no escuchase a nadie más hacerlo— se preocupaba por mí.

—Tengo que entrar a clase a hacer una exposición —anuncié al ver a mi profesora andando hacia el aula.

—Seguro que echas de menos nuestros momentos con el pinganillo.

—¡Pero si me pillaron y suspendí!

Cuando tenía trece años, mi hermano invirtió todos sus ahorros en la educación familiar. ¿Para qué estudiar o esforzarse si podía comprar un pinganillo para que nos chivásemos los exámenes? Tecnología punta para copiar, sí, señor. Constaba de tres partes: un auricular para el oído, un micrófono para decir las preguntas, y un *walkie* desde el que dictar las respuestas. Comparado con eso, las chuletas, los folios en las cajoneras para dar el cambiazo o las fórmulas garabateadas en el dorso de la mano eran para principiantes. El problema es que un día, mientras me examinaba de Biología, el micrófono se estropeó y la profesora me pilló cuando empecé a emitir sonidos como si fuera un robot, por no hablar de mi hermano, que, el muy lerdo, copiaba todo lo que yo le dictaba. Como sabía que era muy malo para la puntuación y a veces le bajaban la nota, solía decirle dónde se ponían los puntos y las comas y, demostrando que sus neuronas estaban de paseo, lo escribía textual, en plan: «El Muro de Berlín fue derribado en el año 1989 punto».

—¿Y lo que nos reímos?

—Llevas razón.

—¿Algo más? —aceleré la despedida al ver que la mujer entraba.

—Sí.

—Dime.

—¿He hecho bien en suponer que es por un chico?

—Sí. —Y las palabras surgieron solas. Él era la segunda persona a la que le confesaba en voz alta lo que había pasado—. He pillado a mi novio en la cama con otra. Supongo que para ti no es nada porque engañas a tus parejas todos los días, pero duele mucho. Deberías saber que destrozas a las chicas a las que se lo haces.

—Lo sé. Por eso puedo afirmar sin conocer a ese chico que, como yo, es un gilipollas que no te merece. Y ahora voy a colgar antes de que me arrepienta y te diga que te quiero.

—Sí, me provocarías un cortocircuito, un trauma que no sabría cómo superar —bromeé.

—Te dejo que entres a tu clase y espero que me saques de quicio y poder meterme contigo el próximo día que te llame, porque eso significará que ya estás bien.

—Y porque en el fondo es uno de tus *hobbies* favoritos.

—Sí, lo reconozco.

Mi hermano colgó el teléfono y me introduje en la clase con una sensación extraña que ni con la peor tortura china ni con el cinturón de san Erasmo confesaría: le echaba mucho de menos.

La presentación fue de lujo. Le habíamos mandado los textos a Dani, que preparó un PowerPoint digno de cualquier ejecutivo de Wall Street. Había gráficos, animaciones, imágenes e incluso vídeos informativos. Si hubiera sido para la Bolsa, todos los brókeres habrían comprado acciones. Tan perfecto estaba que en ocasiones me quedaba ensimismada mirándolo mientras pensaba: «¿De verdad esto es lo que yo le he enviado?». El único punto flaco que tenía el chico era su capacidad de expresarse en público, totalmente nula, pero cuando se bloqueaba, mirando la puntera de sus zapatillas, Ana y yo salíamos en su auxilio con nuestro desparpajo. Un triángulo con tres vértices perfectamente compenetrados que obtuvo como resultado un diez que pensaba enmarcar y regalárselo a mis padres para que lo pusieran en el salón.

Con la energía de esa notaza, las dos clases siguientes se nos pasaron volando. Nuestra jornada terminó y salimos al exterior. Había parado de llover, pero el suelo seguía mojado. Así, Ana tuvo que realizar su ritual diario, fumarse un porro con forma de trompeta, en la parte techada, en uno de los extremos del cuadrado de la Rey Juan Carlos.

—¿Qué vais a hacer en Halloween? —consulté colocándome la capucha roja por encima para evitar que el frío llegase a mis oídos.

—Dirás el Día de Todos los Santos —puntualizó Dani, que, como si fuera el hombre del tiempo, inspeccionó hacia dónde soplaba el viento para situarse estratégicamente en el extremo que no tendría que soportar el humo de Ana—. Iré con la familia...

—No vaya a ser que el cura te ponga falta, ¿no? —le interrumpió Ana, que ya tenía el tabaco esparcido en la palma de la mano y sacaba la piedra de costo.

—A llevar flores a los difuntos.

—No me entiendas mal, no lo digo para ofenderte. Cada cual, con sus creencias, y si el día del juicio final se demuestra que llevas razón, intercedes por mí. —Chupó el papel que precintaba el «cigarro con sustancia», que así lo llamaba ella—. Yo me voy a Ámsterdam.

—Vaya, yo que quería invitaros a una fiesta en mi casa... —Ana se giró y me envolvió en el humo que expulsaba después de una larga calada nada más encenderlo—. ¿Y cómo es que te vas?

—Ventajas del inminente divorcio de mis padres y sus ansias por captarme a su lado.

Dani y yo nos miramos incómodos por la situación. Era la típica conversación en la que no sabíamos qué decir. Rompí el hielo porque sabía que el chico no se atrevería.

—¿Estás bien? Si necesitas algo, aquí estamos... —Respuesta típica pero sincera.

—¿Y por qué iba a necesitar algo? He sido yo la que se lo he propuesto.

—¿Tú? —intervino Dani—. Pero si es la estabilidad de tu familia, uno de los votos más sagrados, el matrimonio...

—No. Son dos personas que se tuvieron cariño hace mucho tiempo y llevan años soportándose por un absurdo convencionalismo...

—Siempre hay solución —apuntó Dani, que, por alguna extraña razón, parecía que se lo tomaba como algo personal—. Lo que pasa es que en la sociedad actual las personas se rinden demasiado rápido.

—Yo no lo veo así. La gente por fin se ha dado cuenta de que no hay que aguantar por aguantar. Fue bonito mientras duró. Punto. Todo eso ha desaparecido. La vida es demasiado corta para estar anclado con una persona con la que ya no tienes ningún tipo de *feeling*.

—Tirar la toalla ante la primera adversidad no es la solución —insistió el chico—. Es verdad que hay momentos malos, pero hay que intentar superarlos unidos para que regresen los buenos.

—No ha sido por una discusión. No les apetecía dirigirse la palabra ni para eso. Dormían en habitaciones separadas con la excusa de que uno de los dos roncaba para no tener que rozarse por la noche, no paraban de inventar absurdos planes con más gente para no tener que estar solos, comían con la televisión puesta para evitar hablar... Y tuve que abrirles los ojos. Yo quiero que sean felices y, si no lo son juntos, lo mejor es que se separen.

Estaba completamente de acuerdo con Ana, pero no sabía si yo sería tan valiente como para decirles a mis padres, el matrimonio que yo creía perfecto y quería que durase para siempre, que lo hicieran. Tal vez en su misma situación actuaría de manera más egoísta y me pondría una venda en los ojos en lugar de ver que la relación iba mal.

—¿Y las cosas están complicadas por casa? —le pregunté.

—No. Los dos quieren que me vaya a vivir con ellos, pero no hay mal rollo. Son adultos con todas las letras. Lo de sobornarme con un viaje en realidad es agradecimiento por decirles en voz alta lo que ellos mismos no se atrevían a pensar.

—¿Y no les da miedo la soledad?

Imaginé a Amparo y Miguel independientes, sin estar el uno con el otro, y supe que me tendría que trasladar con mi madre antes de que se pusiera a llorar por todas las esquinas de la casa vacía.

—No, mi madre está como un queso y ha empezado a ir a bailes de salón con las amigas, y mi padre..., bueno, espero que salga de una vez por todas del armario.

Dani se atragantó con el sándwich de pavo que se estaba comiendo. ¿Habíamos escuchado bien?

—¿Salir del armario? —repetí.

—Sí, es más que evidente que es gay. Siempre lo he sabido. —Se encogió de hombros—. Supongo que se casó con una mujer porque era lo que había que hacer y no tuvo los cojones suficientes para enfrentarse a mi abuelo, pero ahora que la vida le da una segunda oportunidad, espero que sepa aprovecharla.

—¿Y no te resultará raro? —consultó Dani, y bajó la voz al decir—: Verle con otro hombre...

—Tampoco es necesario que me relate si es el activo o el pasivo. Mientras no se equivoque y me mande un vídeo dándole que te pego con un negro de dos metros de altura y treinta centímetros de pene..., estaré contenta por él. Está muy asumido que los padres se tienen que preocupar de nosotros, pero ese contrato es recíproco.

Me encantaba la manera de ver el mundo de mi amiga: simplificando todo, sin prejuicios, sin doble moral, aceptando a cada cual como era.

—¿Quién fuma? —preguntó Ana con la chusta entre los dedos—. Se me olvidaba que estoy rodeada de sanotes...

—¡El Puma! —exclamé, y hasta yo misma me sorprendí de haberlo hecho.

Era una especie de juego: ella lanzaba la pregunta al aire, y quien le contestase en primer lugar se convertía en el nuevo dueño del porro.

—¿De verdad? —Ana enarcó las cejas—. ¿Te pasa algo? —No era de extrañar, después de mi cruzada contra el tabaco.

—Por probar. A ver si encuentro una filosofía de vida tan buena como la tuya.

Me lo tendió, aunque no la había convencido con mi respuesta. Podría haberme hecho la digna y negar que

Ismael tuviese algo que ver en mis inminentes ganas de probar esa droga con la que llevaba conviviendo todos los días desde que conocía a la chica del pelo morado, pero, fiel a mí misma, no lo hice. Era una actitud de cría, inmadura y que yo habría censurado en cualquier amiga mía. No obstante, todo el mundo decía que, cuando ibas fumado, no podías evitar parar de reír. Y eso es lo que necesitaba yo. Desencajarme la mandíbula, sonreír como si nada hubiera pasado, y no llegar a casa y llorar hasta quedarme seca como la noche anterior.

Tampoco tenía intención de volverme adicta a las drogas por una ruptura. Simplemente buscaba mitigar la sensación de vacío, posponer el dolor, engañar a mis sentimientos con sustancias psicotrópicas. Un paréntesis para ese capítulo tan denso y duro.

Le di una calada. El humo, con sabor a menta, o así se me antojó, inundó mis pulmones, y tosí hasta que me dolió la garganta. En cuanto me recuperé, le di otra y continué así hasta que Ana reclamó su porro.

Era mentira. El universo no se tiñó de tonos rosas —las únicas flores que observé fueron las del abrigo de mi compañera— y el aura ochentera de Austin Powers no inundó la Rey Juan Carlos con estudiantes bailando exageradamente, moviendo los brazos de arriba abajo o taponándose la nariz mientras descendían. Todo continuó igual. El primer signo que me indicó que me hacía efecto fue en el metro. Estaba en los tornos cuando oí que el suburbano se encontraba entrando en la estación. Me jugué la vida bajando los escalones de dos en dos con el riesgo de caerme, llegué al andén, rocé la puerta cerrada y el tren se puso en marcha dejándome fuera con las miradas de «Qué putada, por un segundo» de los pasajeros. En lugar de enfadarme y maldecir mis cortas piernas —si hubieran sido cinco centímetros más largas, habría llegado a tiempo—, me dio igual.

Esperé al siguiente, que, según anunciaban en las pantallas, venía en ocho minutos, y fui hasta casa con la sensación de que estaba un poco empanada, estado que se incrementó cuando puse en mi ordenador el último capítulo de *The Big Bang Theory*. Ya no sabía si me estaba riendo a carcajadas porque Sheldon y Amy me hacían mucha gracia, como siempre, o los *sketches* no eran tan buenos y se trataba de los efectos secundarios del porro. Sea como fuere, tenía la mente en blanco.

Detuve la imagen —parecía que se iban a dar el primer beso, pero yo sabía que con lo raro que era el físico, no podía ser posible— cuando escuché un par de golpes en la puerta.

—Adelante.

Nos respetábamos mucho en el piso. Si las puertas estaban abiertas, significaba que cualquiera de nosotras podía irrumpir en la habitación de la otra para marujear como cotorras durante horas, pero si estaba cerrada, consultábamos porque, en nuestro lenguaje de la convivencia, significaba que queríamos intimidad.

—Sara requiere tu presencia —anunció Vilma, que, extrañamente, porque ella siempre se maquillaba de manera muy sencilla y femenina, venía con los labios de un rojo tan potente que echaba para atrás y los ojos en un intento fallido de ahumarlos.

—¿Se puede saber para qué? —consulté suspirando por que no me preguntase nada sobre la actuación de Ismael la noche anterior. Tal vez era fruto del sexto sentido femenino, o al ver que no había contestado a su wasap, se había dado por enterada.

—Ha conseguido trabajo.

—¡Qué bien! ¿Envolviendo regalos para la campaña navideña?

Sara llevaba un par de semanas echando currículos para trabajar en Navidad y sacarse un dinero extra.

—¡Ojalá! ¿Ves esto? —se señaló la cara y asentí—. Es su obra. La han cogido en una tienda de cosmética porque la falsa ha dicho que es una experta maquilladora... Y, claro, como las mentiras tienen patitas cortas como ella, la semana que viene tiene que dar un seminario para jubiladas sobre maquillaje. Yo soy su primer conejillo de Indias y ahora te necesita a ti para probar los tonos suaves, ¡miedo me da cómo van a salir las señoras!

—Puede que tenga coña y salgan perfectas...

—... O que obtenga el récord de la trabajadora que menos horas hace antes de que la despidan.

—Las dos opciones son viables —sonreí—. Apago el ordenador y voy. Por lo menos con los tonos suaves no pareceré... —Traté de buscar un símil que no la ofendiese.

—Una chica con una resaca de caballo después de una noche de juerga como yo. Lo puedes decir. —Puso los ojos en blanco—. Por cierto —entrecerró la puerta y habló con total gratitud—, me ha llamado el representante de Ismael. Imagino que le habrá costado mucho conseguirlo; dale las gracias de mi parte. Puede que no salga nada, pero me ha dicho que va a intentar que me hagan un *casting* para una obra de confesiones de mujeres de diferentes edades. Yo interpretaría a la más joven...

Dejé de escuchar. Era oír su nombre y todo dejaba de tener sentido. Nunca había creído en las casualidades. Que el día después de que le pillase con otra su representante llamase a mi compañera de piso con una oferta no era azar. No sabía cuál era su intención. Tal vez demostrarme que haría cualquier cosa por mí, que podía lograr que los imposibles se transformasen en posibles si se esforzaba..., en resumen, que me seguía queriendo y no se iba a rendir.

En cuanto Vilma se marchó al salón, saqué el móvil. Sería de cobardes decir que mi voluntad de no mantener comunicación con él flaqueó porque me había fumado un porro cuando la verdad era que las cuatro o cinco caladas que le había dado no tuvieron nada que ver. Lo habría hecho antes o después. Cuando cerrase los ojos y oyera un ruido en el piso de abajo, cuando me doliera el pecho como si me hubieran extirpado el corazón, o cuando en la televisión o el ordenador hubiera visto su imagen incitándome a regresar a él, a mi casa, a ese pecho que me daba la vida, a esa sonrisa que lograba arrebatármela.

> Gracias por ayudar a Vilma.

Su respuesta no se hizo esperar.

> Quiero hablar contigo. Dime que
> puedo y subo a tu casa.

> Ahora mismo no creo que sea el
> mejor momento. Dame tiempo.

Sí, ya no era un no rotundo.

> El que necesites, aunque los días que
> no te veo se me hacen eternos.

Esperó a que contestase y, al ver que no lo hacía, añadió:

> Te echo de menos.

Escribí y borré. Escribí y borré. Escribí y borré.
Me mordí las uñas y me froté los ojos con nerviosismo. Escribí y le di a enviar.

> Y yo.

285

¿De qué servía la dignidad, hacerme la dura, o fingir que Ismael no seguía siendo el eje sobre el que giraba mi tierra? De nada, porque a él le podía mentir, pero no a mí. Ese breve contacto, ver que no se resignaba a que lo nuestro terminase definitivamente, hacía que el peso de su ausencia disminuyese y yo volviese a respirar.

Capítulo 17

En el metro de Madrid

Las cadenas de textos virales de internet eran muy sabias. No recordaba cuándo ni dónde, pero había leído algo sobre las diferencias entre las personas que rozan la veintena y las que se acercan peligrosamente a la treintena. Me quedé con dos datos. El primero eran las distintas situaciones que se anhelaban un viernes a las doce de la noche. Así, los que perseguían un dos en la primera cifra que definía su edad estaban tomando el primer chupito, mientras que los otros suspiraban tranquilos por poder echar una cabezada en el sofá y descansar después de una larga semana de trabajo y preocupaciones. El otro, que me había hecho bastante gracia, eran las maneras de tomarse no tener planes cuando comenzaba el esperado fin de semana. Para los de veinte, debía de ser algo así como «qué mierda» y, para los de treinta, un «¡por fin!».

Pues bien, yo era rara hasta para eso. En lugar de estar deseando salir, quería quedarme en casa, tener una noche para mí. Y para lograr mi objetivo, tuve que regresar a mis doce años, o tal vez estos estaban más cerca de lo que yo pensaba. Sabía que Vilma y Sara no aceptarían una negativa por mi parte a acompañarlas a tomar algo, y más desde que intuían que estaba deprimida, aunque desconocían el motivo, así que la única excusa que me quedó para justificarme fue inventarme que estaba incubando el típico constipado otoñal. Con Amparo siempre había funcionado. Cuando no quería ir al instituto, por motivos varios, solía fingir que tenía mal cuerpo hasta que ella misma era la que decía: «¡De ninguna de las maneras pienses que vas a salir de casa en estas condiciones! Que te traigan tus amigas las tareas». Mi enfermedad, creíble al cien por cien gracias a mis buenas dotes de actriz de telenovela venezolana, terminaba en el mismo instante en el que ella bajaba las persianas de mi cuarto, me arropaba remetiendo las mantas por los laterales, me daba un beso para comprobar la temperatura y salía por la puerta. ¡Menos mal que tardaba poco, porque a veces había estado a punto de coger algo, esa vez de verdad, por la sauna turca en la que se convertía mi cama!

La quietud en el salón de mi piso era extraña. Ese territorio común siempre estaba acompañado de múltiples sonidos, ya fueran risas por alguna historieta que yo les contase —como que con trece años me quise teñir de rubia con agua oxigenada y durante meses me llamaron «Naranjito»—, o discusiones entre Sara y Vilma por cualquier cuestión absurda.

Me gustó la soledad. Disponer de tiempo para mí. Tal vez me había centrado tanto en Ismael que por el camino me había olvidado de la pequeña Aura que existía en mi interior y reclamaba atención a gritos. Durante mi estancia en Madrid, él lo había sido todo, y había llegado el momento de que eso cambiase. Como decía mi padre, en las tres ocasiones en que había hablado de algún tema íntimo conmigo —una fue porque confundió mi Facebook, que estaba abierto en el ordenador de mesa de la casa, con Google, y me di cuenta de que mi estado era «Tapones para los oídos efectivos y discretos»—, un hombre de verdad hacía primero que te enamorases de ti misma y luego de él.

Y eso era lo que pretendía hacer. Seducirme, mimarme, quererme con la misma intensidad con la que había querido al actor. Puede que ese hubiese sido el error, amarle a él más que a mí. Suponer que, si yo le daba todo lo que tenía, no tendría que preocuparme por mí, ya que él se encargaría de hacer lo mismo. Las relaciones no respondían al principio de proporcionalidad. Siempre había uno que entregaba más, que se involucraba al ciento veinte por cien para completar el ochenta del otro.

Me duché con agua caliente, acariciando mi cuerpo con el roce de la esponja en lugar de hacerlo como un gesto mecánico. Para que todo él estuviese contento, me detuve en partes que siempre ignoraba, como la zona de detrás de las orejas. Una vez fuera, me hice el pelo hasta que el resultado fue similar a cuando acababa de salir de la peluquería: liso, sano, cayendo sobre mis hombros con un tono canela más brillante que de costumbre. Ya que no tenía las expertas manos de Ismael para desentumecer mis agarrotados músculos, me embadurné de cremas de Vilma al tiempo que me daba un masaje. Tuve que leer los prospectos porque la mayoría no sabía ni para qué se utilizaban, y me daba miedo que alguna fuera depilatoria y me dejase sin cejas.

Me puse los vaqueros de pitillo, mi camisa favorita de cuadros marrones con la que sí parecía una leñadora, un colgante de un búho del mismo color que me había regalado mi abuela gallega y decía que daba suerte, y me senté en el sofá con los pies apoyados en la mesilla. Cogí el mando —¡volvía a saborear la sensación de tener el poder sobre él!—, seleccioné un capítulo de *Stranger Things*, coloqué algodones entre mis dedos de los pies, saqué el arsenal de pedicura que me había dejado Vilma y busqué en el móvil el vídeo de una de mis amigas para pintarme las uñas de una forma original. Alicia, que así se llamaba, había tenido la suerte de su vida. Le encantaba hacer monerías en las uñas mientras mi única práctica era mordérmelas y, cuando nadie tenía mucha idea de lo que era TikTok, comenzó a subir tutoriales. Ahora las grandes marcas le pagaban un pastón por sacar sus productos y miles de chicas esperaban ansiosas los miércoles —el día de *post* en su blog y vídeo en la red— para probar su nueva invención.

Nadie me vería excepto yo misma. Me estaba poniendo guapa para mí.

Le di al *play*, me mordí el labio, porque era mi manía cuando intentaba concentrarme, y justo en ese momento sonó el timbre. Esperé que fuera una vecina que se hubiera equivocado y me quedé callada para que se marchase al ver que nadie contestaba. Eso no sucedió. Volvió a llamar. Fui refunfuñando hasta la puerta. ¡Quería intimidad, soledad, encontrarme a mí misma!

—Tú... —fue lo único que dije, sorprendida al encontrar a Víctor en el rellano.

Iba vestido con unos vaqueros anchos raídos, la cazadora de cuero negra que ya conocía, de la que sobresalía por la parte trasera una capucha del mismo tono, una bufanda gris de lana alrededor de su cuello y un gorro caído. No me esperaba su visita. No había vuelto a saber de él desde que me había llevado con su moto a la universidad.

—¿Yo...? —me animó a continuar, apoyándose contra el marco de la puerta con los brazos cruzados. Me miró de arriba abajo y se detuvo en los algodones de los dedos de mis pies, que me hacían andar como un pato mareado al ir con el empeine levantado.

—¿Pasa algo? —pregunté para que centrase su atención en mi rostro.

—Me he encontrado a Vilma y a Sara. Están preocupadas por ti. Me han dicho que piensan que estás incubando, y cito textualmente, la enfermedad del amor. ¿No les has contado nada?

—No. ¿Vienes a darme una charla sobre que tendría que confesarles mis penurias para que me puedan aconsejar? —Enarqué una ceja. Mi vecino no parecía del tipo de personas que se metían en la vida de los demás.

—Para nada. Tú mejor que nadie sabrás lo que es bueno para ti. Al enterarme de que estabas aquí, sola, he pensado que tal vez querrías acompañarme a un sitio...

—Tengo planes —le interrumpí.

No pensaba seguir escuchando, porque acabaría liándome. Me conocía y tenía la misma determinación que una lechuga sobre si prefería aceite de girasol o de oliva. Si escuchaba su oferta, no podría decir que no. Aunque en esos momentos desconocía el motivo y no era capaz de prever las consecuencias, una parte de mí misma ya sentía esa atracción, esas ganas de marcharse a su lado sin conocer el destino. Puede que fuera genética, que antes de todo lo que sucedió, antes de conocerle, antes de que el nombre de Víctor provocase que todo mi mundo se derrumbase, que su mero olor fuese la cuerda de los latidos de mi corazón, mi instinto ya sabía que le necesitaba, que quería tenerle cerca, el máximo tiempo posible... Pero ya llegaría a esa parte. En ese momento solo sabía que el cantautor me caía bien y que, cada vez que estaba a su lado, el vacío, todos los miedos, inseguridades, penas, dolores y pensamientos negativos desaparecían al ritmo de su sonrisa y su voz.

—Ya veo... —Dirigió su mirada al arsenal de pintaúñas que descansaba sobre la mesa.

—¿Qué pasa? —me puse a la defensiva—. ¿Que lo único que puedo hacer con dieciocho años es emborracharme hasta caerme de culo?

—Yo nunca he dicho eso, y menos después de ver la

lastimera cara de mujer que se enfrenta a la pena de muerte que tenías mientras vomitabas la noche que te conocí. De hecho, pensaba llevarte a otro lado. Pero tienes razón. Si prefieres quedarte en casa haciendo lo que sea que hagáis las personas con eso, no me importa. —Víctor dio media vuelta—. Disfruta de la noche, Aura.

Se encaminó hacia las escaleras y yo salí al rellano.

—¿Acaso no piensas insistir? —pregunté.

Seguramente, si lo hubiera hecho le habría dicho que no y me habría quedado en casa llevando a cabo el plan inicial, pero ver que no lo hacía, que se marchaba sin más, sembró en mí la semilla de la curiosidad.

Víctor se detuvo y se giró con una sonrisa de triunfo en su rostro. Él ya sabía que había ganado, ¿cómo no iba a hacerlo si por alguna extraña razón leía dentro de mí?

—¿Para qué? No suelo presionar, y parece que tú ya tienes un programa de belleza en marcha para este viernes...

—¿Dónde vas exactamente? —ignoré su comentario.

—A un concierto.

—¿De qué tipo de música?

—La que quieras. Tú decides. Tocan varios artistas. —Se apoyó sobre la barandilla de la escalera con esa dejadez que solo en él era sexy.

—¿Y cuánto cuesta? —El dinero, mi maldito enemigo cuando se aproximaba el fin de mes. ¿Por qué todo sería tan caro y yo no había nacido multimillonaria?

—No te preocupes. Invito yo.

—¿Y qué he hecho para merecer ese regalo?, ¿o es que has preguntado a toda la gente que conoces y soy la última opción?

—Has sido la primera y única. Acostumbro a ir solo. Y, si te soy sincero, ojalá pudiera descifrar por qué me apetece que vengas conmigo. Supongo que me baso en la experiencia.

—¿Qué experiencia?

—La de que siempre que estoy contigo los momentos son... interesantes.

—¿Interesantes en qué sentido?

—Imprevistos. Me gustan las cosas que no controlo. Eres divertida, Aura. —Víctor se encogió de hombros.

—¿Divertida en plan desequilibrada?

—Divertida en plan tú. Ser *tú* es bueno.

—No he entendido ni una sola palabra. —Sonreí—. Treinta segundos y voy contigo.

Me puse las Converse de talón bajo blancas y el abrigo del mismo color con los botones negros y salí de casa, cruzando los dedos para regresar antes que Vilma y Sara y recoger el salón, que, por primera vez desde que estaba allí, parecía una leonera, con laca de uñas y quitaesmalte por todos los lados.

Llegamos al metro. El ambiente de los jóvenes haciendo botellón inundaba sus proximidades. Me coloqué en los tornos y entonces sentí que me rodeaba con su cuerpo por detrás. Colocó sus manos, envueltas en guantes con la punta de los dedos descubiertas, sobre mi cintura y susurró a mi oído, tan cerca que noté el calor de su aliento:

—Anda.

Lo hice sin preguntarle el porqué. Entonces me percaté de que introducía un billete y lo picaba una vez para los dos. No supe bien si se había colado él o yo, o sobre quién recaería la multa si nos pillaba un revisor.

—Tengo abono —anuncié.

—Habría estado bien saberlo. —Se colocó a mi lado y le seguí—. Pero así no he faltado a mi palabra de invitar.

No entendí muy bien a qué se refería. En ningún momento había dicho que el transporte también corría por su cuenta igual que las entradas. Desde el pasillo observé que en el andén estaba nuestro metro.

—Si corremos, lo cogemos —le dije.

—Este no es el nuestro. —Miró el reloj—. Nuestra noche comienza con el siguiente. Paulino es muy puntual.

No escuché la última frase de su intervención. Todos los trenes llevaban al mismo sitio. Deduje que era un vago y había preferido perderlo antes que realizar cualquier tipo de esfuerzo físico.

Nos sentamos en los bancos metalizados, dejando el cartel de Moncloa a nuestras espaldas. En la pantalla ponía que el siguiente tardaría nueve minutos en llegar.

—¿En qué sala es el concierto? —consulté mientras Víctor se apoyaba a mi lado en la barra. Siempre había querido ir al Palacio de los Deportes, por lo que en mi fuero interno supliqué que así fuera.

—En ninguna.

—¡Me tenías que haber avisado que era al aire libre! Hace un frío que mata pingüinos en el Antártico. —Desde que descubrí que los pingüinos rey eran fieles a sus parejas toda la vida, eran uno de mis ejemplos favoritos.

—¿Tienes frío ahora mismo? —Se quitó el gorro y me lo tendió.

—No. —Lo cogí y lo dejé en mi regazo.

—Pues entonces no tienes de qué preocuparte. No vamos a salir de aquí.

—¿Hay alguna especie de festival en alguna de las estaciones?

—En muchas. La música fluye por el interior de Madrid todos los días. Y hoy vamos a ser testigos de ello. Bienvenida al concierto permanente del metro de Madrid, Aura.

Las luces del metro anunciaron su llegada. Nos levantamos antes de escuchar cómo las puertas se abrían y decenas de estudiantes, ataviados con sus mejores galas de fiesta, salían en tropel con bolsas repletas de botellas de alcohol que entrechocaban entre sí. Entramos y nos dirigimos directamente a uno de los extremos. Víctor se sentó de lado, con la espalda apoyada en la pared, y yo le miré inquieta. Cada vez me parecía todo más raro.

Iba a agarrarle de la bufanda y estrangularle hasta que me desvelase qué íbamos a hacer exactamente cuando él señaló detrás de mí y dijo:

—Y comienza el espectáculo.

Seguí la dirección de su mirada hasta un hombre de unos cincuenta años que estaba situado en el centro del vagón. Iba acompañado de un carro con unos altavoces y un micrófono inalámbrico. Nadie parecía prestar atención a las frases que decía el señor mientras se presentaba, excepto mi acompañante, que le miraba como si tuviera delante a un miembro de los Beatles. Reconocí la música en cuanto sonaron los primeros acordes. Iba a interpretar su propia versión de *Imagine* de John Lennon. La acústica no era buena, se notaba que no tenía una banda con experiencia detrás, y, aun así, al ver cómo Víctor se evadía a través de la canción, yo también me dejé llevar.

—¿Hemos venido a escuchar a personas que piden en el metro?

—No, hemos venido a disfrutar de una actuación. Damos a los artistas el valor del precio de sus entradas, y es un error que voy a mostrarte. Por ejemplo, Paulino sabe que es muy complicado vivir de su voz, pero eso no impide que los fines de semana se suba de vagón en vagón y cante.

—Hay una cosa que se intuye en tu discurso con la que no estoy de acuerdo. Querer ganar dinero, poder dedicarte a ello a tiempo completo, no te convierte en menos artista, sino en un afortunado...

—Por supuesto, uno no elige la suerte que tiene, pero sí dónde pone la meta.

—¿A qué te refieres?

—La meta puede ser llenar estadios o tocar.

Se acercó, apoyando la barbilla en el hueco de mi hombro, para no interrumpir la actuación.

—El hombre que está ahí se llama Paulino y es ejecutivo de cuentas en no sé qué multinacional. Cobra un buen sueldo al mes y si ahora mismo le vieran sus compañeros no comprenderían por qué está haciendo lo que hace. Le juzgarían. Pero es que ellos no lo entienden...

—¿Qué?

—Que la felicidad no se puede comprar con billetes. La tienes que encontrar tú mismo.

—¿No me irás a decir que el dinero no ayuda a que estés más contento, desahogado, sin preocupaciones...?

—Para nada, pero ¿cuánto es necesario? A veces las personas amasan fortunas creyendo que necesitan solo un poco más para alcanzar ese estado que anhelan, cuando tenían la solución en la palma de su mano, hacer lo que les gusta; en el caso de Paulino, cantar. —Se apartó para volver a apoyarse contra la pared del vagón—. Convierte tu pasión en tu modo de vida, Aura. Siempre estarás sonriendo, y el precio de una sonrisa, de que tu corazón lata fuerte, es incalculable.

De repente me descubrí mirando al hombre como un artista, sin prejuicios, escuchando con todos los sentidos. Y logró lo que no había conseguido nadie: me emocionó. El plan, que en un principio me había parecido una absurdez fruto del delirio de un artista bohemio, me dejó impactada. Junto a Víctor recorrí todas las líneas de metro de Madrid. En algunas nos encontramos ritmos modernos y *house*; en otras, canciones pop, reguetón, rap, salsa e incluso música celta; y hasta a unos chicos bailando *break dance*. Estuve en diez conciertos sin moverme del metro, con la única compañía de Víctor y su sonrisa ladeada.

—Se nos acaba el tiempo —anunció andando por Atocha.

—¿Y eso?

—El metro tiene horario y va a cerrar, pero no te preocupes, he dejado lo mejor para el final.

—¡Dame una pista!

Víctor sonrió alegre por mi entusiasmo cuando su gesto se torció con la mirada perdida en un punto detrás de mí. Me giré para ver qué le había hecho tensar los labios, y me encontré con una chica que le observaba como si estuviera viendo un fantasma. Con el pelo rizado que le llegaba por la cintura, unos ojos verdes cristalinos y una belleza natural, se detuvo un segundo con una mueca de dolor tan intenso que sentí lástima por ella.

—¿La conoces? —le pregunté al ver que reanudaba el paso.

—Sí. Fue una gran amiga hasta que todo se complicó... —Andaba dando zancadas tan largas que me costaba ir a su altura.

—¿Por el sexo?

—No. Follar es follar, no hay complicaciones. —Giró siguiendo el cartel de la línea 2.

—¿Qué ocurrió? —Quería saber, pero, sobre todo, comprender.

—No hizo caso a mis advertencias, como tú, y acabé haciendo lo que más temía... No corresponderla del modo que ella deseaba.

Si no hubiéramos llegado a nuestro destino, habría seguido insistiendo en el tema. Ese era mi mayor defecto. Víctor se detuvo delante de un señor que estaba sentado detrás de un piano portátil. Aunque era de noche, llevaba gafas de sol.

Le saludó. Se conocían.

—¿Qué tal se ha dado el día?

—Parece que bien. Por lo menos, suenan muchas monedas. —Palpó el teclado hasta llegar a un gorro que tenía y lo balanceó. Era invidente—. Habrá que ver cuántas son de uno o dos céntimos. Ya sabes, somos los receptores oficiales de la chatarra que nadie quiere para vaciar los pesados monederos.

Víctor se acercó a mí y me agarró del brazo para que fuera con él.

—Te voy a presentar a una amiga, Abdul.

—¿Tú? ¿Acompañado? —Sus espesas cejas oscuras asomaron por encima del enorme cristal de las gafas que le cubrían medio rostro. Estaba demasiado sorprendido, ¿es que era tan extraño que Víctor fuese con una amiga?

—Aura, Abdul. Abdul, Aura.

Le di un par de besos.

—Encantado. —Iba a apartarme cuando el pianista me agarró las manos—. ¿Puedo?

Miré a Víctor buscando respuesta. ¿Qué pretendía hacer?

—Abdul tiene la teoría de que su ceguera aumentó su sentido del tacto. Le gusta tocar a las personas para hacerse una imagen mental de ellas a través de sus facciones —puntualizó.

—Es la única manera que tengo de volver a ver.

—Vale. —Acepté, y las manos rudas, llenas de callos y con demasiadas cicatrices de Abdul me recorrieron el rostro.

—Lo suponía. Como tu propio nombre indica, te acompaña un campo energético, un halo que sería invisible para la mayoría de los seres humanos, un fenómeno paranormal que explica que Víctor te haya elegido como su pareja...

—Como vidente, y conste que no pretendo ofenderte con el doble sentido, no podrías ganarte la vida. El amor romántico no está hecho para mí. Aura es mi amiga, la caótica de la habitación de al lado —se apresuró a corregirle Víctor.

—¿Y qué me dices del tatuaje? —contraatacó este.

—¿Qué tatuaje? —me sumé al interrogatorio.

—El último —afirmó Abdul, como si yo tuviera que saber a qué se refería.

—Te equivocas una vez más. Me lo hice antes de conocerla...

—Entonces sería una señal que anunciaba su llegada inminente.

—¿De qué habláis?

Abdul tanteó hasta encontrar mi hombro y apoyar la mano en él.

—Hace unas semanas, Víctor me trajo un papel en relieve para que le garantizase que ponía lo que él quería en árabe.

—No quería que me engañaran como ocurre muchas veces y acabar llevando en mi cuerpo cualquier broma pesada que se le ocurriese al tatuador.

—Más cuando iba a ser la frase que cargases sobre el pecho, a la altura del corazón —matizó el pianista, y a Víctor no sé qué le pareció, porque tenía esa mirada indescifrable que tanta rabia me daba.

—¿Y qué ponía?

—Un viejo proverbio: «Nadie es como tú y ese es tu poder, el pentagrama de tu aura».

Entonces recordé el *Luctor et emergo* en su muñeca y unas siglas, que no podía identificar, en el pecho. Ya conocía el significado de dos de sus tatuajes.

El hecho de saber que mi nombre estaba ahí, sobre su corazón, me dio un escalofrío. Me habría gustado verlo entonces que sabía el significado. A Víctor no pareció importarle que su amigo contase ese detalle, como si fuera un dato sin importancia. Se colocó a su lado.

—¿Qué toca hoy? —preguntó cogiendo el micrófono.

Abdul le tendió un folio y se colocó frente al piano. En el instante que comenzó a tocar *People Help the People* de Birdy, una canción antigua, el mundo desapareció bajo el dominio de ese chico que llevaba mi nombre tatuado en el pecho. La voz ronca de Víctor se adueñó de una melodía ajena hasta convertirla en algo propio. Me concentré en cómo movía los labios, entrecerraba los ojos y ladeaba la cabeza, provocando que el pelo cayese libre hacia un lado. Estaba realmente guapo cantando, y no era la única que me daba cuenta. Enseguida hubo un tumulto de gente a mi alrededor. La mayoría de las personas revoloteaban intentando llamar su atención. El cantautor levantó la vista del folio con la letra, pero si las vio a ellas, no se notó: su atención se centró en mí, me sonrió y, consciente de ello, frunció el ceño y volvió a mirar el papel blanco.

Mantuvo esa postura hasta que la canción llegó a su fin. Luego, tras despedirse de Abdul y con la multitud aún conmocionada atendiendo sus movimientos, vino a mi lado, colocó un brazo sobre mi hombro y echamos a andar.

—¿Te lo has pasado bien?

—Muchísimo.

—Tengo la teoría de que las cosas que solo se oyen se olvidan en un parpadeo, pero las que además de escuchar se sienten, las recordamos para siempre. Quería regalarte un concierto inolvidable con el que distraerte.

—Y lo has hecho. Gracias, Víctor.

—No hay que darlas.

En ese momento, me percaté de que me estrechaba contra él de manera involuntaria para que la marea de gente no me arrollara.

—Eres consciente de que eres tú el que me lleva agarrada y no yo, ¿verdad?

—Sí. Demasiado consciente. —Y para evitar un momento tenso, me quitó su gorro de las manos y se lo puso.

Miré su perfil desde mi posición. Sabía que él presentía mis ojos clavados en cada parte de su rostro, y ni aun así me soltaba. Todavía quería a Ismael, pero durante una fracción de segundo desapareció de mi mente y me pregunté si sería capaz de permanecer al lado de Víctor sin acabar perdiendo la cabeza por sus huesos, porque no me olvidaba de que me había avisado, y si yo estaba mal, la chica a la que habíamos visto y el cantautor le había destrozado el corazón estaba peor.

Seríamos amigos. Así debía ser. Aunque intuía el peligro, tomé la decisión de quedarme a su lado. En ese instante supe que no me quería separar de la persona que convertía los momentos insignificantes, cotidianos, en inolvidables.

Ya estaba perdida.

Capítulo 18

Peligro, ¡huye!

¡Había descubierto un misterio del puzle de Víctor! Todavía me quedaban muchas piezas, algunas encajaban por sí solas y otras parecían imposibles de situar en la composición, pero por lo pronto ya sabía un nuevo dato del cantautor. Durante nuestra experiencia en el metro de Madrid, habíamos tenido mucho tiempo para ponernos al día de nuestras vidas. Bueno, más bien para que él se pusiera al corriente de la mía, porque sacarle información era más complicado que averiguar si era cierto que existían documentos clasificados en el Pentágono que confirmaban la existencia de extraterrestres o la inminente llegada de un meteorito que impactaría sobre la Tierra.

Mientras yo le contaba desde el primer diente que se me cayó, tras sufrir una aparatosa caída saltando a la comba, hasta la llamada de mi madre el día anterior, en la que me informaba que se había inventado un nuevo dulce de leche con cantidades ingentes de chocolate fundido con mi nombre, él contestaba a mis preguntas con unos escuetos y desquiciantes «sí» o «no». ¿Tan complicado era acompañarlos con una frase aclaratoria?

No cesé en mi empeño y decidí preguntar por cosas básicas para ir hurgando poco a poco en la corteza hasta llegar al interior, despacio, como las hormiguitas. Así, me trasladé hasta la noche en la que había pillado a Ismael con otra en su dormitorio para indagar sobre los dos niños que estaban en su casa cuando entré, le aparté de la puerta y me encaramé en la mirilla sin intercambiar una palabra. ¡Y lo conseguí! Me invitó a acompañarle el sábado por la mañana para que conociese a sus amigos.

Y allí estaba, en el Puente de Vallecas. Tras superar ese terror infundado inicial al saber el distrito al que nos dirigíamos y que, según había visto en las noticias —o tal vez era fruto de una leyenda urbana que se transmitía de unos a otros—, era el que más delincuencia tenía en Madrid, me relajé y solté el bolso, que hasta ese momento había llevado tan pegado sobre el pecho que los enganches habían traspasado el abrigo y la camiseta fina de manga larga para dejar la marca en la piel. Me sentí una paleta. Era un sitio como otro cualquiera, con gente normal y, después de conocer el Cerro del Tío Pío, con las mejores panorámicas de la ciudad.

Distinguí algunos escenarios de series como *Física o química* o *Los hombres de Paco* y me hice fotos que subí inmediatamente a mi Twitter. Error. Ismael marcó el tuit como favorito, para que supiera que seguía esperando —¡como si lo pudiese olvidar!—, y ya no solo fue que me diera un vuelco el corazón y me faltase la respiración, sino que a ese vacío que atenazaba mi estómago y me obligaba a presionarlo con fuerza se sumaron los mensajes de todas mis amigas que, ojipláticas, extrañadas y un pelín envidiosas, me atormentaron a wasaps para saber por qué el actor de moda me seguía. Incluso crearon un grupo, «Aura, hay algo que nos tienes que contar...»; con eso lo decía todo.

Menos mal que el plan de Víctor era bastante diferente a lo que yo me había imaginado. Suponía que pararíamos en algún parque de los que habíamos pasado, compraríamos una bolsa de pipas y una lata de Coca-Cola y nos sentaríamos en un banco con sus jóvenes amigos a charlar y que, durante ese encuentro, yo descubriría por qué se conocían. Nada más alejado de la realidad.

La verdad era que el cantautor me había llevado para trabajar gratis, convirtiéndome en una profesora particular para chavales cuyos padres no se podían permitir una academia para reforzar los estudios y que así subieran sus notas. ¡Yo, la reina de las chuletas y los cincos raspados, dando clases en una asociación de voluntariado!

Ver la cantidad de gente que empleaba su tiempo libre en ayudar a los demás por el mero placer de hacerlo me devolvió la fe en el ser humano. Estaba harta de poner las noticias y que un noventa por ciento del tiempo lo ocupasen la corrupción y la crisis. Además, en casa, Sara me ponía al corriente de toda la mierda que estaba sucediendo, como los desahucios, los recortes en Sanidad y Educación, etcétera, etcétera. Aunque yo era muy positiva, una inocente chica con una sonrisa eterna pintada en el rostro, en ocasiones sucumbía al pesimismo y me daba por pensar que nada tenía solución, nuestro futuro estaba teñido de negro y nadie lo podría evitar. Sin embargo, al verlos a ellos actuar, al ver su altruismo, me di cuenta de que estaba muy equivocada. España estaba repleta de gente buena, como ellos, que lo daban todo sin esperar nada a cambio. Una monitora me explicó que, aparte de estar a la cabeza en consumo de cocaína, los españoles también éramos los que más voluntariado hacíamos, órganos donábamos y una larga lista de récords de los que sentirse orgullosa. Esas personas eran soñadoras, como yo, y con su trabajo constante acabarían por cambiar el mundo hacia algo mucho mejor.

Solo tuve un único problema, y es que había ejercicios

que no sabía hacer ni yo. Mi vena espabilada, esa a la que le daba vergüenza admitir que había olvidado cosas tan básicas, tomó el control y, como toda una profesional, pronunciaba una y otra vez: «Es una pregunta muy interesante, pero tengo que ir al baño, así que, por favor, díselo a Rosa».

Rosa era la otra chica de apoyo que, por lo que veía, había estudiado muchísimo más que yo. De esta manera, para escurrir el bulto, fui casi doce veces al servicio en cuatro horas, y los voluntarios debieron de pensar que tenía una cagalera de campeonato. Así era yo: prefería que pensasen que me estaba cagando encima a que averiguasen que era una inculta de manual, sobre todo en Física y Química.

Por lo menos eso me servía para ver a Víctor, que nada más llegar me había abandonado a la aventura. Era un listo. En lugar de estar en un aula quemándose los sesos para resolver raíces cuadradas que yo ya solo sabía hacer con calculadora, se había ido a jugar al baloncesto en las pistas de enfrente con los chavales, entre ellos los que fueron a su casa. Pero se lo pensaba decir, y quería aprovechar para hacerlo en cuanto vino, pero me distrajo.

—Espero que te hayas dado cuenta de que hay un par de chicos que están intentando verte las tetas, Aura —me saludó con la respiración entrecortada, completamente sudado con el pelo adherido a su frente.

—¿Qué dices?

—Las mesas del aula están distribuidas de forma cuadrada. No te paran de llamar de un extremo a otro para que te agaches y así se te vea el canalillo.

Repasé todo lo que había hecho y... estaba en lo cierto.

Un par de niños no me habían parado de marear de un lado para otro con preguntas absurdas que requerían que me agachase porque no me dejaban levantar el cuadernillo para leer, con la excusa de que iban tomando apuntes, y mi camiseta de manga larga, gris, con la cara de una chica sacando la lengua, quedaba ahuecada.

—¡Serán cerdos! —exclamé partiéndome de risa.

—Están en una edad hormonal complicada... —Me pasó el brazo por encima del hombro y yo me aparté.

—Te estás aficionando demasiado a los gestos de cariño, y no quiero que pares, pero... ¡Apestas a sudor! —Me fijé en que iba solo con una camiseta de tirantes y añadí—: Deberías ponerte algo para no resfriarte.

—A tus órdenes, *mamá*. —Me hizo caso burlón y se colocó una sudadera verde de Irlanda.

Recogí mis cosas y caminamos hacia la salida.

—Lo que no entiendo es por qué nadie me ha avisado de sus intenciones... —Volví a la carga—. Les habría ayudado a que no se frustrasen...

—¿Frustrasen?

—Sí. Mis tetas son tan minúsculas que para distinguirlas a través del hueco de una camiseta debería pintarme los pezones con algún color llamativo.

—El verde podría sentarles bien —pronunció divertido, y, de nuevo, me rodeó con sus brazos. En lugar de apartarme, apoyé la cabeza; era cómodo andar así. Su contacto me daba el calor que necesitaba para enfrentarme a las gélidas temperaturas.

De pronto recordé lo que le quería decir.

—Por cierto, no es nada *amistoso* por tu parte traerme aquí para trabajar mientras tú juegas al baloncesto... Son muchos y podrías haber ayudado.

—¿Y quién te dice que no lo estaba haciendo a mi manera? Esos chavales tienen problemas serios. Su situación personal no es fácil, Aura. Hay que saber cómo llegar a ellos. Si me sentase en el aula y les diese la típica charla sobre que tienen que hacer algo con su vida..., me ignorarían en tres segundos, desconectarían y pasarían de mis palabras. Pero entre canasta y canasta me escuchan, reflexionan y a veces incluso se abren. Logro entrar en su mundo y les hablo de que entre el blanco y el negro existe un tono llamado gris.

—Les regalas sensaciones porque eso lo recuerdan, lo interiorizan.

—En realidad, lo que pretendo hacer es mostrarles que pueden confiar en mí, que ante cualquier problema allí estaré, no como el voluntario que viene a ayudar, como alguien a quien le importan.

—Por eso fueron a tu casa a esas horas. Te involucras en sus vidas, ¿por qué?

—Una vez un entrenador me dijo que acabamos enseñando lo que más necesitamos aprender, y tal vez sea cierto. O no.

Rosa estaba fumando con un grupo de amigas a la salida. El humo se le atragantó al vernos a Víctor y a mí, y susurró un «Te veo el próximo día», que no me incluía, poniéndose cada vez más roja. En cuanto les dimos la espalda, escuché las risas, y no supe si eran nerviosas por el culo perfecto del cantautor o por lo guapo que estaba con aquella sudadera y la cinta negra con la que se había recogido el pelo.

—Qué calladito te lo tenías.

—Qué.

—A Rosa le gustas, ¿lo sabes?

—Puede.

—¿A ti te gusta ella? Es muy guapa.

Y era verdad. Rosa era bonita. Pelo negro, ojos castaños, labios carnosos y un cuerpo con curvas, con una cara que tenía personalidad, preciosa, y unos rasgos árabes muy exóticos.

—Lo es. Pero no es mi tipo.

—¿Por qué?

—Porque busca algo serio, y yo no busco nada. Serio o no.

—Me confundes, Víctor.

—¿En qué sentido?

—En ocasiones no sé si eres una persona reflexiva, retraída y tímida, un artista bohemio con demonios dentro que le impiden amar, o un chico que se ha montado toda una película sobre el hecho de que quiere estar soltero, para practicar sexo y punto.

—Elige al Víctor que más te guste. Las tres versiones contienen algo de mí.

—Me gustaría conocer al rea...

No me dio tiempo a terminar. Con un movimiento veloz, el cantautor me situó detrás de él antes de que fuera consciente de la situación. Me tapaba con su cuerpo, protector ante los dos chicos que acababan de salir de las pistas. Pero ellos eran más grandes, más fuertes y visiblemente más agresivos. Vestían con ropa de estilo rapero holgada, blanca y roja, gorra, con tatuajes que sobresalían por su cuello y, como complementos, llevaban colgantes con insignias y muchos anillos en todos sus dedos. Un tercero se unió al grupo y los saludó con el dedo índice y el corazón entrelazados. Eran ñetas, y no los únicos de la banda; a través de la alambrada se veía a toda una agrupación. Y eran muchos. Demasiados. Tuve miedo. Me quedé paralizada, pegada a Víctor, que ejercía de escudo humano. Si se proponían hacernos algo, no teníamos escapatoria.

—Creía que te había dejado claro en nuestra conversación del otro día que no eras bienvenido aquí —dijo el primero de ellos, que se situó delante con los otros dos en cada extremo unos pasos por detrás.

—¿Sí? No te oí. Supongo que cuando me están pateando el bazo siete tíos, me falla el sentido.

Así que eso era lo que le había pasado: los ñetas habían dado una paliza a Víctor. ¿Por qué?

—No vayas de listo, blanquito. Fui bastante benévolo teniendo en cuenta que acababas de separar del grupo a nuestros hermanitos que justo iban a realizar el juramento de fidelidad, un rito de por vida para nosotros, privándoles de la protección que les ofrecemos.

—A cambio de obligarles a delinquir para demostrar que realmente es un *hermanito*. Esa parte parece que se te ha olvidado. No les habría ofrecido mi apoyo si no hubieran acudido a mí asustados por el delito que les habías pedido que hicieran.

—¿Sabes que el castigo por traición es usar el puño impactante y golpear quinientas veces?

—Sé que el castigo por traición solo se aplica si estás dentro de la banda, y ellos no llegaron a jurar.

El ñeta había tenido suficiente. Se adelantó y pegó la frente en la de Víctor, que no se asustó ni retrocedió, y le escupió.

—No vuelvas a entrometerte en mis asuntos —rugió con los dientes apretados.

—No vuelvas a complicarles la vida a unos chicos que de por sí no lo tienen sencillo.

—Les ofrezco una familia.

—Una familia no es violencia, amenazas y dolor.

—Eres consciente de que no te estoy consultando, sino advirtiendo, ¿cierto? —Se movió la chaqueta para que pudiéramos ver la navaja que colgaba de las hebillas del cinturón—. La próxima vez conocerás a mi amiga. —Y puso el dedo índice sobre el arma.

¿Es que Víctor era tonto? Que le diese la razón y nos largábamos de allí. No era el momento de hacerse el héroe. Pero el cantautor no bajó la cabeza.

—¿Todo bien? —consultó una patrulla de la Policía Nacional que se detuvo allí y me devolvió la capacidad de respirar.

¡Nuestros salvadores! Estuve a punto de entrar en el coche y darles un beso o pedirles que nos custodiaran hasta Moncloa.

—Sí, señor agente, solo estaba saludando a un viejo amigo. —El ñeta le abrazó, presionando con el arma para que Víctor la sintiese en sus carnes.

—No te preguntaba a ti. —El policía nos miró—. ¿Todo bien, chicos?

—Sí —contestó Víctor por mí, que estaba petrificada—. Ya nos íbamos.

La policía esperó allí mientras nos marchábamos, dejando a los pandilleros armados en el interior de las pistas. No me sentí a salvo ni hablé hasta que estuve sentada en el metro y sobrepasamos Atocha.

—¿Estás bien? —Al ver que no contestaba, me agarró con las dos manos para obligarme a mirarle y repitió—: ¿Estás bien, Aura?

—Evidentemente, no. No acostumbro a vivir este tipo de situaciones. —Tenía ganas de llorar. Por un momento, había creído que le harían daño.

—Ni yo tampoco. Fue algo puntual.

—¿Cómo acabas involucrándote con una banda tan peligrosa de manera casual? ¡Explícamelo! —le exigí. No solo había puesto su integridad en peligro, sino también la mía.

—Los chicos me pidieron ayuda. Esos ñetas habían aprovechado la desestructuración de sus familias y su desesperación por sentirse integrados, parte de algo, para captarles. Pero en el último instante se arrepintieron y...

—Te dieron una paliza.

—No fue una charla agradable, no, aunque conseguí lo que quería. Que les dejaran en paz. La noche que viniste a mi casa... Me lo estaban agradeciendo. Solo eso.

—¿Y no pudiste marcar el 112 cuando te lo pidieron? —Apoyé mi mano encima de la suya para apartarla, pero no pude y la dejé, sintiendo su cálida piel.

—Eso habría empeorado las cosas.

—¿Y que te peguen una paliza las mejora?

—Yo qué sé. En este caso lo hizo, Aura. En la calle, las cosas se solucionan de otra manera.

—¿Y si te hubiera ocurrido algo peor? Te vi ese día, Víctor, y estabas destrozado. Tu. Cara. Daba. Miedo.

Recordar su rostro ensangrentado hizo que me recorriera un escalofrío. El cantautor interpretó mal mi gesto, separó sus manos y me atrajo hacia él.

—Pero no ocurrió. Eso es lo único que cuenta. Los chicos están libres y a mí ya se me han curado las heridas gracias a los rápidos cuidados de una magnífica enfermera. —Sonrió buscando complicidad, pero no imité su gesto. No estaba para bromas.

—No quiero volver a verte en ese estado nunca más en toda mi vida. Prométeme que la próxima vez no actuarás como un héroe suicida.

—No puedo prometer algo que no planeo cumplir. Lo siento.

—¡Pero es que no tienes opción! Te lo estoy exigiendo, Víctor. Prométemelo.

El cantautor se separó y me habló con el ceño fruncido.

—¿Prefieres que sea el villano egoísta?

—Prefiero que nadie te haga daño, asumas el rol que asumas.

—Creo que se te olvida un punto importante. Es mi vida, Aura, y puedo hacer con ella lo que me dé la gana. —Se cruzó de brazos, enfadado, pero no me amedrenté.

—No, eres tú el que está muy equivocado. Tu vida, como tú dices, deja de pertenecerte solo a ti mismo en el preciso instante en que le importas a otra persona.

—Pero es que yo no quiero importarte.

—Demasiado tarde para eso. —Tomé aire y hablé con cautela—: Y tú eres perfectamente consciente de ello. ¿Sabes por qué? Porque yo también significo algo para ti. Si crees que miento, solo tienes que mirarme a los ojos y decirlo.

—No puedo —pronunció entre dientes.

—Entonces no lo hagas por ti, por esa integridad personal que te debería importar y no lo hace, sino por mí. Prométeme que no volverás a meterte en líos con ellos...

Víctor me observó confundido.

—¿Por qué necesitas que lo haga?

—Porque me aterra que utilicen contigo esa navaja que solo hemos visto de refilón, joder.

Cuando me ponía nerviosa hasta el punto de perder el control no podía evitar llorar. Era una de mis cualidades que más me exasperaban, porque los argumentos de mi discusión se desvanecían entre los sollozos que salían de mi garganta. Víctor dudó un segundo mientras yo me secaba las lágrimas con el dorso de la mano. Apretó los labios. Pensaba que iba a decirme que no le daba la gana hacerlo, cuando me abrazó. Escondí mi rostro en su pecho, a la altura de donde sabía que estaba grabado con tinta mi nombre, y él apoyó la barbilla encima de mi cabeza. Me sostenía con fuerza por la espalda con sus manos, clavando sus dedos en ella, y al final cedió, susurrando las palabras que yo deseaba escuchar más que nada en este mundo, una melodía ronca que se coló a través de mi oreja, se transformó en un impulso nervioso y me recorrió en una milésima de segundo, sin dejarse ninguna parte de mi cuerpo por el camino.

—Está bien. Te doy mi palabra. Cuidaré de mí porque es lo que quieres y... Me importas, claro que lo haces, Aura. —El eco de su afirmación rebotó, y ese día todo lo que me componía por dentro y por fuera cayó bajo el embrujo del sonido de su voz.

Capítulo 19

Mírame. Si no me reflejo en tus ojos, me pierdo

Habían despedido a Sara y, por extraño que pareciese dada su nula capacidad para maquillar, ese no había sido el motivo. Una hora y siete minutos duró su aventura laboral en la tienda de cosmética. Lo que había hecho era tener una bocaza tamaño Los Alpes y abrirla. Según nos había contado indignada por lo que consideraba una injusticia denunciable al Tribunal Constitucional, una de las mujeres del curso le había pedido que la dejase «igualita que Ana Mena». Nuestra compañera, que no sabía que el cliente siempre lleva razón y la sinceridad no tiene lugar en los trabajos de cara al público, le había contestado que «lo lamentaba mucho, pero no podía hacer imposibles».

—¡Como mucho se podría haber parecido a Ana Obregón, y con un trabajo exquisito por mi parte! —exclamó.

Los acontecimientos se sucedieron en el siguiente orden: la señora montó en cólera; en vez de calmar las aguas, Sara reaccionó ante sus insultos diciéndole que tenía un cutis malísimo, solo por fastidiar; y exigieron su cabeza. Aquí influyó una buena dosis de mala suerte, puesto que resultó ser una de las mejores clientas de la tienda, que cada mes se dejaba centenares de euros para recobrar la juventud que se le escapaba de las manos. La encargada no tuvo otro remedio que echarla montando una escenita para satisfacción de la señora, que, como recompensa, compró todas las cremas que anunciaban actrices hollywoodienses de veinte años mientras aseguraban que su piel perfecta e impoluta no se debía a la cirugía, sino a ese producto.

Por lo menos, no todo eran malas noticias en nuestra pequeña morada, y es que... ¡Vilma había conseguido el papel de veinteañera en la obra! Esa noticia, que en principio hizo que estallásemos de alegría y dejásemos al pobre chino de abajo sin lambrusco, nos estaba volviendo locas de remate.

La función se estrenaría antes de verano en el madrileño Teatro Nuevo Alcalá y estaban ultimando el contrato entre varias ofertas para llevarla a Cataluña. La pelirroja tenía por delante meses y meses de ensayos hasta controlar el más mínimo detalle, ¡incluso practicaba el número de veces que pestañeaba en cada escena! Sin embargo, lo que nos estaba desquiciando y hacía que huyésemos cada vez que la encontrábamos en cualquier zona común con el papel en la mano era una instrucción de su director.

Para que se aproximasen más a sus personajes, les había pedido que construyeran algunas frases que ellas dirían, es decir, que, a pesar de tener el guion cerrado, quería que interiorizasen el papel e inventasen alguna coletilla o algo para demostrar que, si se lo proponían, se transformaban en ellas, aunque se olvidasen de los diálogos por algún contratiempo. «Saber improvisar», había dicho.

—¿Qué os parecería si hablo de la sensación cuando descubres la primera cana o las arrugas alrededor de los ojos? —nos preguntó nada más entrar en el salón.

La representación aunaba a mujeres de diferentes edades, veinte, treinta, cuarenta y cincuenta años, respectivamente, que, en clave de humor, contaban los problemas y vicisitudes de cada etapa de la vida. Vilma era la elegida para los veinte.

—Eso es para más de treinta, ¿no? —contestó Sara, que se encontraba tirada en el suelo con el portátil abierto y las piernas cruzadas en el aire haciendo una lista de música..., bueno, según ella la denominaba, «la lista estratégica».

Y es que había llegado el día. Era Halloween y nuestra casa estaba patas arriba. Gracias a que Vilma no podía dormir desde que el agente le había confirmado que tenía un papel, temiendo que se desvaneciera y al despertarse se diese cuenta de que todo había sido un sueño de Resines como en *Los Serrano*, todo el piso estaba decorado. Se había esmerado tanto que casi me cuelo por el váter cuando fui en mitad de la noche a hacer pis y surgió una risa maquiavélica de la tumba que, sin yo enterarme, había colocado ya al lado de la bañera. Creo que desperté a medio vecindario del grito que pegué.

Cada una teníamos nuestro papel. Yo me encargaba del picoteo y la bebida. Todo tenía que estar en su sitio, bien preparado y listo para cuando empezasen a llegar los invitados. Sara, por su parte, era nuestra DJ particular por petición propia. Lo tenía todo planificado en su cabeza. El orden de la música no estaba elegido al azar. Primero, temas que invitasen a hablar durante el encuentro inicial, luego a bailar cuando el alcohol empezase a hacer efecto, posteriormente a desfasar y, por último, pero no por ello menos importante, unos temas con los que si estás un poco a tono te pones cachondo. Vamos, que quería pillar con el amigo de la universidad que venía. Por su parte, Vilma tenía la misión de asegurarse de que nadie quemaba el piso por accidente y se había ofrecido a ayudarnos con el maquillaje y el peinado.

No podía parar de mirarme al espejo para ver el resultado; era mucho mejor de lo que podía llegar a imaginar. Tenía la cara con tanta cera azul que había pringado casi todas las toallas, los ojos y los párpados difuminados en un tono más oscuro, una cicatriz en la mejilla y un velo con flores marchitas de un azul muy intenso. El reflejo de la perfecta novia cadáver me devolvió el tímido saludo que hice con la mano y, entonces, sin aviso previo y con todo el dolor y el peso de la ausencia, los recuerdos que había logrado mantener a raya regresaron con toda su fuerza. Ese siempre había sido un día marcado en rojo en el calendario. Mi agenda seguía pintarrajeada de corazones que indicaban que se suponía que era el momento en el que Ismael y yo comenzaríamos a ser una pareja de cara al mundo entero. De todos esos sueños, el entusiasmo y la ilusión ya no quedaba nada. De nuevo me invadió una sensación de soledad, de que nada era especial desde que él no estaba a mi lado. Extrañé sus besos, la imagen que había dibujado en mis fantasías del actor dándome la mano en el salón de mi piso, su sonrisa ladeada cuando Sara soltase alguna burrada de nosotros dos y su presencia, que convertiría mi mundo en un universo de colores. Eché de menos las cosas que nunca habíamos vivido como si fueran la verdad más absoluta de mi existencia. Porque tenía abierta una herida que no era capaz de curar. Podía fingir que estaba bien y, de hecho, muchas veces lo estaba. Pero cuando él volvía a mi mente, lo hacía con la misma intensidad que me lanzó directa a las nubes con nuestro primer beso.

Hui a escuchar cómo discutían Vilma y Sara, para dejar de pensar, para volver a estar hueca, para demostrarme a mí misma que era capaz de borrar a Ismael de mis pensamientos un minuto si me centraba en otras cosas. Me mentía. Él siempre estaba. Y es que mi cuerpo se estremecía a intervalos fijos reclamando su presencia. El actor le había regalado la pasión, el amor, las caricias, había cogido un envase inerte y lo había dotado de un corazón y todo un entramado de terminaciones nerviosas para que viviese. El creador y el destructor de mi felicidad.

—¿La celulitis? —Vilma seguía en su empeño—. ¿Que el matrimonio de nuestro siglo es la hipoteca?

—Se te va de década —le contestó Sara sin quitar la vista del portátil—. Es lo malo que tiene que seas más madura que mi madre: ya no sabes cómo pensar como una chica de tu edad...

—¿Y qué propones? —Se dejó caer en el sofá y dio un golpe con el bastón, tal y como lo hacía la auténtica Maléfica cuando quería realizar un conjuro.

—Déjame pensar. —Dio vueltas al pendiente de su nariz como si fuera una bola de adivinación—. Ya lo tengo, ¡la generación perdida!

—El director no quiere tintes políticos ni chascarrillos que tengan que ver con ese tema...

—¡Pues menudo gilipollas! Los artistas tenéis el deber moral, ya que podéis llegar a un amplio número de gente desde los escenarios, de denunciar la situación actual... —Sara la reivindicativa aprovechaba cualquier situación para emerger—. Pero no me refería a eso, sino a que estamos perdidos literalmente.

—¿A qué te refieres?

—Que somos la generación más preparada, con más desempleados y menos expectativas lo sabe todo el mundo. Parece que hemos quedado reducidos a un número lastimero de jóvenes que se van al extranjero en busca de oportunidades, que nunca trabajarán de lo que han estudiado y que no conocen un sueldo más allá de los mil euros. Pero somos mucho más. ¿Quién habla de nuestras inquietudes y miedos? Con veinte años, todo el mundo te repite una y otra vez que es tu momento de encontrar una pareja, estudiar una carrera, definir lo que serás en un futuro. ¿Y sabes cuál es el problema, por lo menos en mi caso? Que a veces no lo sé. No sé lo que quiero ser. No sé si cogí Ciencias Políticas porque me sonaba bien, me gustaba o porque quería ser una mosca cojonera del Gobierno. No sé si quiero vivir en Madrid, Roma o Corea del Norte..., bueno, en este último sitio no. Solo sé que se supone que lo debo saber todo y no sé nada. Tal vez ese sería un buen enfoque... Cómo cuando alcanzas el dos en la decena de tu edad se te presupone maduro sin ningún curso previo de preparación, cómo mientras los otros ven que deberías hacer todo lo que marcará quién llegas a ser, tú solo distingues un presente en el que estás perdido. Se te exige que planifiques todo por el qué serás y no sabes ni siquiera qué eres.

—No está mal —aceptó—. De vez en cuando, tu cerebro deja de pensar en traseros masculinos y dice algo inteligente.

—¿Y quién te dice que no me ha inspirado el culo de Miguel Ángel Silvestre? Solo sé que no sé qué haría si ese hombre se presentase desnudo en esta habitación. ¿El perrito? ¿El misionero? ¿Cabalgar? ¿Lo ves? Una veinteañera indecisa...

Vilma le tiró un cojín que acertó de pleno en su cara. La batalla habría durado mucho más —yo ya estaba decidiendo qué bando me convenía escoger— si no llega a sonar el timbre anunciando la llegada de los primeros invitados. Eran los amigos de la pelirroja, tan «gafapastas», tan estirados, tan bohemios, con esa aura de artistas a los que les falta una pipa, un monóculo y un libro de Kant o Nietzsche entre las manos, como había imaginado. Por supuesto, fueron directos al vino blanco en una copa de cristal.

El garrafón era para nuestros siguientes invitados, que llegaron media hora después, los compañeros de Sara. Eran nada más que tres y parecía que habían entrado veinte del alboroto que montaron. Antes de que me pudiese ofrecer a servirles una copa, ya la tenían puesta con el alcohol que sobrepasaba el segundo hielo. Pusieron cara de asco en el primer trago, pero luego se lo bebieron como si fuera solamente refresco. Iban de un lado para otro brindando por Hidalgo —pagué mi desconocimiento sobre qué era bebiéndome una copa de un trago—, cogiendo los canapés de dos en dos y mirando las opciones que había para ver con quién terminaban la noche. De hecho, uno ya había dicho que se quedaba a dormir en nuestra casa, aunque fuera en la bañera al lado de la tumba.

Al principio los dos grupos desentonaban, pero poco a poco se fueron aproximando y, ocurrió el milagro, comenzaron a conversar entre ellos. Era igual de extraño oír hablar del Renacimiento italiano a uno de los chicos que había enseñado de coña el arsenal de condones que le acompañaba, como ver a una amiga de Vilma competir a chupitos de tequila y Jägermeister y ganar el premio al eructo de más decibelios. Los astros se habían alineado para que todo saliese bien, no había dudas.

Entonces la puerta sonó. ¿Sería Víctor? Se lo había propuesto, pero no parecía tenerlo muy claro.

Vilma estaba inmersa en la conversación de la obra. Había compartido la idea de Sara y a todos sus amigos, los culturetas, les había parecido «genial, fresca, innovadora» —dicho con un tono de voz muy culto que le otorgaba solemnidad a sus palabras—, y Sara ya tenía a su fichaje entre los postes esperando para marcarle un gol y no iba a dejarle escapar. Viendo el panorama, no me quedó otro remedio que ir a abrir.

El cantautor, como siempre apoyado con dejadez contra el marco de la puerta, me sonrió.

—¿Al final te has decidido?

—Era no dormir por oíros o por estar aquí. He decidido que es mejor formar parte del ruido.

Me aparté para que pudiese entrar.

—¿Cazafantasmas? —le pregunté enarcando una ceja mientras pasaba por mi lado al ver su disfraz.

—Me han dicho que va a haber muchos sueltos por aquí...

Puede que añadiese algo más, pero yo ya no le oí. No podía después de que la visión de la persona que subía por las escaleras acaparase toda mi atención. Era él. Ismael. Su versión de Eduardo Manostijeras, tal y como me había prometido.

—¿Qué haces aquí? —Tenía la garganta reseca, las palmas de las manos sudorosas y me costaba hablar.

—Tengo una invitación.

Error. Sacó la tarjeta que yo le había llevado el día que le había pillado con otra en la habitación. Sin embargo, estaba tan desgastada, con las esquinas perdiendo el color, y la pegaba con tanta fuerza contra su pecho que me pregunté cuántas veces la habría releído durante nuestra separación para sentirme cerca, cerrar los ojos e imaginar que era mi voz la que se lo decía y no unas letras escritas con mala caligrafía sobre una cartulina.

—No creo que sea el mejor momento...

—No puedes huir para siempre, Aura.

Se colocó enfrente, a una distancia prudencial, solo nos separaban unos agónicos y malditos centímetros. Tuve que contener mis pies, que se removían inquietos para acudir a su lado y hundirme en su pecho, oler su aroma, sentir su respiración, escuchar si sus latidos, sus pulsaciones, habían incrementado el ritmo hasta acompasarse con los míos.

—Hoy no es buen día.

—Nunca lo va a ser. Por favor, enfrentémonos a esta conversación. Me estoy volviendo loco. —Sus postizos, esas navajas que llevaba en los dedos para conseguir el personaje, me rozaron con cautela. No era su propia piel y aun así toda la carne se me puso de gallina. No rechacé el contacto ni me moví—. Estoy desesperado. —No mentía. Debajo de esa capa de maquillaje podía observar unas bolsas, no había necesitado polvos para las ojeras y había perdido peso.

—Está bien.

Llevaba razón. Las pesadillas, los fantasmas que me acompañaban por las noches, no desaparecerían hasta que él y yo hablásemos como adultos. No podía estar siempre corriendo de un lado para otro para evitarle.

Salí al rellano y entrecerré la puerta. No quería que entrase porque, si lo hacía, no tendría fuerzas suficientes para pedirle que saliera. Mejor en su casa. Si lo hacíamos en mi habitación, él lo invadiría todo y ya no podría volver a estar allí sin recordar su imagen.

Víctor me agarró por el brazo y susurró a mi oído:

—Tienes que aprender a soltar las cosas. Solo con las manos vacías podrás coger otras nuevas.

—Lo sé —contesté sin mirarle, con la vista fija en ese océano negro que estaba al otro lado.

Me zafé de su sujeción y escuché cómo la puerta se cerraba detrás de mí.

Bajamos las escaleras del tirón. Se me hizo un nudo en la garganta al comprobar que no parábamos en cada escalón para comernos a besos hasta tener que detenernos para respirar, como era nuestra costumbre, olvidando nuestra propia y placentera tradición.

Pasamos al interior de su casa. Me quedé de pie cerca de la puerta para tener una vía de escape rápida en el caso de que necesitase marcharme. Nada estaba igual. Ismael, que siempre lo tenía todo recogido y en perfecta armonía, había descuidado su hogar. Repasé todos los lugares y el pasado se hizo presente. En cada rincón había un recuerdo de nuestra historia de amor que, como si estuviera viendo una película, cobró vida de nuevo. No era un simple sofá, era el nuestro, donde yo me tumbaba y él me daba masajes. No era una mesa cualquiera, era aquella donde me sirvió la cena la primera vez. No era el recibidor, era el lugar exacto donde, sin previo aviso, él me besó, sumiéndome en la sensación más intensa que había experimentado. No eran objetos inanimados, eran la prueba de que lo nuestro había existido y había sido tan real como que el sol salía cada mañana y se escondía por la noche para ceder su puesto a la luna.

Parecía tan débil cuando se giró para hablar que me entraron ganas de sujetarle por temor a que se cayese.

—No puedo estar sin ti —afirmó serio—. No. Eso no es del todo cierto. La verdad es que no quiero estar sin ti. No me interesa mi propio universo si tú no eres la protagonista.

—¿Por qué lo hiciste? —le interrumpí, aun sabiendo que no estaba preparada para escuchar la respuesta; nunca lo estamos para las cosas malas.

—Conocí a Tamara hace cinco años...

—No me interesa que me informes de vuestra relación; solo por qué..., por qué estropeaste algo que yo no quería que caducase nunca, que era para siempre. —La voz se me cortó y noté que se me encendían las mejillas.

—Es necesario que te lo explique para que puedas comprenderme. —Asentí, no porque quisiera oírlo, sino porque no me veía con fuerzas para hablar sin ceder ante el llanto—. Conocí a Tamara hace cinco años, y desde entonces siempre hemos sido *follamigos*. Cuando nos apetecía nos llamábamos, y si ninguno de los dos tenía otro plan, nos acostábamos, sin sentimiento, sin ataduras, como un acto mecánico. Podíamos terminar una noche de sexo salvaje y ponernos a hablar de las personas que en esos momentos ocupaban nuestra vida. —Ismael estaba muy nervioso. Tanto que no le reconocía. Toda la seguridad había desaparecido de sus gestos. No me quitaba el ojo de encima para analizar mis reacciones—. El día que nos encontraste... —Se detuvo, y él, que siempre cuidaba sus manos, comenzó a mordisquearse las uñas. ¿Desde cuándo lo haría?

—Continúa. —Me armé de valor para escuchar el resto.

—Apareció en mi casa sin previo aviso. También es actriz y la habían cogido para una película. Vino a despedirse porque se marchaba a grabar a Roma e iba a estar unos meses fuera. Cenamos, bebimos vino...

—No necesito detalles. —Eso sí que no lo podría soportar—. Solo que me digas por qué lo hiciste.

—Echaba de menos el sexo. Pensaba esperarte años si hacía falta, sin presiones... Me pareció una opción para saciar mis... Necesidades. Una pésima idea, ahora lo sé. Con ella me desahogué y me sentí vacío, pero tú me llenas, Aura, haces que me rebose el alma.

—¿Lo habrías vuelto a hacer si no te hubiese pillado?
—Ignoré que su comentario me había revuelto el estómago.

—Para nosotros follar nunca ha significado nada, solo entretenernos. No te quiero mentir, así que te responderé que no sé si lo habría vuelto a hacer. Lo que sí que te aseguro es que, viendo las consecuencias, habiendo experimentado lo que es mi vida sin ti, no lo volvería a hacer. Nunca. —Se atrevió a dar un paso y yo me mantuve en mi posición—. No puedo estar sin ti. —Se quitó las cuchillas del disfraz—. En mi vida me han pasado cosas buenas, regulares y malas, pero ninguna ha sido tan jodidamente devastadora como escucharte andar por la noche en tu habitación y pensar que nunca más serías mía. —Colocó sus manos en mi cara y no me aparté—. Te quiero, Aura, y eso no va a cambiar, aunque no me perdones. Viviré sabiendo que el destino me había traído a la mujer que necesitaba y por gilipollas la he perdido. Dame una oportunidad, te lo suplico, y mi cometido será hacerte feliz el resto de mis días.

En ese instante supe que yo tenía el control. Una palabra mía y caería de rodillas implorando. Podría haberle hablado de la confianza que había destrozado, echarle en cara todo el daño que me había hecho, relatarle las pesadillas que no me habían dejado dormir, golpearle hasta saciar toda la rabia interna o gritarle que era un cabrón hasta quedarme afónica; pero en lugar de eso, hice algo mejor, muchísimo mejor para mí y para él. Le agarré de la nuca, hundí mis dedos en su cabello y le besé como si se me fuera la vida en ello, y es que, tal vez, así era. Nuestros labios se encontraron con pasión y desesperación. Sus manos me rodearon por la cintura y me atrajeron con tanta fuerza que temí que me rompiese en dos, aunque no me importaba. Nada era relevante excepto que volvía a estar con él, y es que yo era plenamente consciente de que nunca se había ido.

Nuestra ropa desapareció entre caricias que acabaron dejando toda su cara azul de mi maquillaje. Cuando me quise dar cuenta estábamos en el sofá, acoplados a la perfección, con todas nuestras articulaciones luchando por rozar al otro. Le miré y entonces lo supe. Quería más. Muchísimo más. Me levanté e Ismael me agarró por el brazo.

—¿Dónde vas? —preguntó asustado por si había cambiado de opinión, incorporándose en el asiento.

—A apagar la luz. —La oscuridad siempre me había parecido más íntima.

—No. —Me retuvo—. Quiero verte. Algún día te darás cuenta de que vales más que yo y me dejarás, necesito guardar siempre este recuerdo. —Sentado, me situó desnuda delante de él—. Esta noche voy a memorizar todos los detalles de tu cuerpo, Aura. —Apoyó la cabeza en mi vientre y lo besó—. Cada vez que esté mal recurriré a este momento, pequeña. Tú serás la medicina que me sane y me recuerde que no puedo quejarme de la vida por muy mal que me vaya porque un día te tuve, y eso es más de lo que merecía.

—No hables en pasado.

—Lo hago porque no te merezco y me da miedo hacerme ilusiones de un futuro contigo porque, si luego no se cumplen, no lo podré superar.

—Te quiero, Ismael —nunca se lo había dicho por iniciativa propia porque creía que no era necesario; sí que le había contestado «y yo», pero en ese momento lo hice porque sentía que las palabras me quemaban por dentro.

Fue una visión clara y reveladora. Quería que me hiciese suya en todos los aspectos. Puede que a la gente le pareciese mal. «Te pone los cuernos y encima te acuestas con él», serían sus comentarios. A mí me importaba más bien poco lo que pensase la gente. Ismael y yo teníamos nuestro propio universo y nadie podría ser capaz de comprenderlo porque nunca había existido un amor igual.

Me coloqué a horcajadas. El actor me detuvo al comprender mis intenciones.

—No es necesario. Te esperaré hasta que estés preparada.

—Ya lo estoy —confirmé—. ¿Tienes...?

Me puse roja. ¿Era posible que me diese vergüenza decir en voz alta la palabra «preservativo» cuando era inminente que iba a hacer el amor con él? ¡Ni que fuera la primera vez! Aunque, en realidad, lo era. Ese sería el momento que recordaría cuando alguien me preguntase cuándo perdí la virginidad. La otra ocasión no contaba para mí. Experimenté los nervios y la sensación de estar viviendo algo especial que marcaba una etapa de mi vida.

—En mi pantalón —señaló Ismael con un reflejo de sonrisa por mi inocencia.

Me levanté y rebusqué hasta dar con ellos. Cogí uno y volví a su lado.

—No sé si sabré ponerlo bien. —Se lo tendí.

—Te ayudaré.

Me lo quitó de la mano. Con cuidado rasgó el envoltorio y lo colocó encima por el lado correcto evitando que entrase aire al ponerlo. No necesité que me lo pidiera, tuve iniciativa y, de forma suave, lo bajé rodeando con mis dedos su miembro.

—¿Estás segura? —volvió a preguntar.

—Nunca lo he estado tanto.

Ismael estaba sentado en el sofá. Sus manos temblaban mientras me sujetaba para introducirme lentamente el miembro.

Al principio dolió, y mucho. Ismael tenía un pene muy grande y, por absurdo que pareciese, temía que me llegase a dañar algún órgano vital. Sin embargo, me dejé llevar y mi cuerpo se fue acostumbrando hasta que me llenó como nadie más lo había hecho. Intenté moverme, pero era torpe e inexperta. El actor colocó una mano en mi trasero, la otra no dejaba de acariciarme como si quisiera recorrer mi anatomía al completo, y me ayudó a coger el ritmo, hasta que los dos estallamos en gemidos entre los que nos decíamos lo mucho que nos habíamos echado de menos, nos queríamos y nos necesitábamos.

La molestia inicial se transformó en placer. Una pasión que lo invadía todo sin dejar lugar para nada más.

—Más fuerte —le pedí al ver que iba con mucho cuidado.

Me obedeció, y las embestidas comenzaron a ser más rápidas y potentes, tan placenteras que temía perder el conocimiento. Sentí el escalofrío que me indicaba que estaba a punto de alcanzar el nirvana, eché la cabeza para atrás y cerré los ojos.

—No, por favor. —Noté los labios de Ismael mordiéndome la boca—. Mírame. Si no me reflejo en tus ojos, me pierdo.

Lo hice. El gris se enfrentó al negro y cada uno paseó por el interior del otro, que le pertenecía. Y así, con la frente apoyada en la de él, las respiraciones entrecortadas fusionándose y los labios sumergidos en un juego de besos y lenguas, nos corrimos a la vez, en la mayor demostración de amor que había vivido. No sé quién soltó la primera lágrima, pero para cuando me quise dar cuenta, él limpiaba las mías mientras yo hacía lo mismo, compartiendo el dolor de la separación y la alegría del reencuentro.

Esa noche dormimos juntos, como dos lapas pegadas con Super Glue. Nadie podría habernos separado. Después de una reconfortante ducha, nos entrelazamos en la cama. Nos agarrábamos con tanta fuerza que daba la sensación de que teníamos auténtico pánico a que el otro desapareciese. Ese tiempo sin hablarnos, sin saber el uno del otro, solo había sido un paréntesis que se iba borrando a la velocidad de la luz, como unos días que no habían existido.

La claridad me despertó al día siguiente. El sol salía por primera vez esa semana. Yo sabía que siempre había estado allí, detrás de las nubes.

Rodé sobre mí misma y observé que él no estaba en la cama conmigo. Entreabrí los ojos nerviosa, diciéndome «Por favor, que no haya sido un sueño por la borrachera, por favor, que esté aquí», y comprobé que no se había marchado. Ismael estaba allí, completamente desnudo, con una mano apoyada en el marco superior de la ventana, lo que provocaba que se marcasen más sus músculos, y el móvil sujeto entre el hombro y la cabeza. Miraba la ciudad a través de las cortinas mientras atendía a la persona que estaba al otro lado.

—Me dijiste que no había posibilidades —fue lo primero que le oí hablar—, que ya estaba cerrado. —Parecía molesto por lo que estaba escuchando—. Sí, claro que soy consciente de todo el trabajo que te ha llevado y que es una oportunidad increíble, pero viene en el peor momento... —La respuesta de su interlocutor fue contundente porque, aunque no pude distinguir lo que decía, sí que escuché los gritos—. ¡Ya sé que ya has firmado y no tengo opción! —Colgó. El móvil se cayó al suelo e Ismael dio un puñetazo a la pared.

Me puse de pie con lentitud para que no oyese cómo me dirigía hacia él envuelta en la sábana. Anduve de puntillas y muy sigilosa, pero tampoco me habría oído si lo hubiera hecho de otra manera. A través del reflejo del cristal observé que estaba con el ceño fruncido, la mirada fija en el infinito y los labios apretados con fuerza hasta formar una línea. Algo iba mal y yo tenía que hacer que eso cambiase. No me gustaba verle triste ni enfadado.

Le abracé, depositando pequeños besos por toda la espalda, cubriéndole con la tela blanca que nos resguardaba a los dos. Mis labios sobre su piel le relajaban, aunque no del todo. Estaba tan tenso que me preocupé, sobre todo porque daba la sensación de que no quería verme, como si eso aumentase su problema. Mi abuela la gallega decía que yo tenía un sexto sentido, solo esperaba que esa vez se equivocase.

—¿Pasa algo?

—Sí...

Se giró con la cabeza agachada. Nuestros cuerpos desnudos se encontraron debajo de la sábana. Mis pezones se endurecieron y acariciaron su pecho. Su miembro no se hizo esperar y comenzó a crecer. «Ojalá se solucione el problema pronto y podamos volver a hacerlo», pensé. Había empezado tarde, pero ahora que le había cogido el gustillo, tenía la firme intención de hacer maratones sexuales con el actor por mi apetito voraz que solo él calmaba.

—Mírame. —Coloqué un dedo en su mentón y le obligué a hacerlo. Le vi tan triste que comencé a temerme lo peor—. ¿Qué ocurre?

—Me han dado un papel... —No había ni una pizca de ilusión en sus palabras.

—Entonces hay que celebrarlo, ¡enhorabuena! —exclamé tratando de que se contagiase de mi entusiasmo—. Tal como está el cine ahora mismo, es una suerte que a ti te lluevan las ofertas. Tienes que estar orgulloso de ser el actor de moda que llena todas las salas y aprovechar el tirón...

Puso dos dedos sobre mi boca para que me callase. Creo que sin ese gesto no lo habría hecho, a pesar de saber que no me había dado toda la información, porque no quería escuchar la segunda parte, esa que intuía que no me iba a gustar tanto.

—Es una producción estadounidense.

—¿Dónde? —Se me agitó la respiración.

—Grabaremos en Nueva York y algunas localizaciones en Noruega o Finlandia, todavía no lo han decidido.

—¿Cuánto tiempo?

—El rodaje se alargará un año.

Impresionada, solté la sábana, que cayó hasta situarse en nuestros pies.

Era mucho tiempo, demasiado. Sabía lo que eso significaba. El egoísmo de ser consciente de que ese papel le separaba de mí era superior a la felicidad que debía sentir, alegrarme porque él acababa de cumplir el sueño de cualquier actor, algo que solo lograban unos cuantos privilegiados que se podían contar con los dedos de una mano.

—Si esto fuera una película, te pediría que lo dejases todo atrás y te vinieses conmigo. —Me miró con los ojos vidriosos.

—¿Y por qué no lo haces?

—¿Acaso me dirías que sí? —preguntó con una pizca de esperanza, apoyando su frente en la mía, con la vista fija en mi labio inferior. Se removió, provocando que las puntas de nuestras narices se rozasen, y susurró sobre mi boca—: Porque si lo hicieras, dejaría de odiar haber alcanzado la cima de la pirámide, la meta laboral que siempre he anhelado.

Medité. En la ficción todo era fácil. Un arrebato pasional y olvidar lo demás. Un tsunami amoroso que arrasaba con cuanto hubiera a su paso sin importar las consecuencias de aquellos que se quedaban. Pero yo también tenía una vida, una familia, unos amigos. ¿Estaba dispuesta a dejarlo todo por él? ¿A arriesgarme por un chico que ya me había decepcionado?

—Podría esperarte... —respondí, y él sonrió con amargura.

—Te quiero demasiado para pedirte eso.

—¿Por qué?

—¿Tú sabes lo duro que sería? La diferencia horaria, las jornadas del cine matadoras, la distancia... En Hollywood se lo toman todo en serio. Tendrías que adaptar tu vida a mis descansos en los apretados horarios para vernos un rato por Skype. Y yo..., yo no soportaría no darte un abrazo y consolarte cuando tuvieras un día malo o tener que besar la pantalla cada vez que viese tus labios y no me pudiese contener. —Hizo una pausa—. Yo quiero que seas feliz más que nada en este mundo y ahora mismo, para que pases el siguiente año disfrutando como una chica de tu edad, no se me ocurre otra cosa que quitarme de en medio. —Me atrajo hasta que nuestros cuerpos desnudos quedaron pegados—. No pienses que lo hago por cobardía, porque es la opción más fácil o porque no te quiero lo suficiente como para llevar una relación a distancia. —Tomó aire. Apoyé la palma de la mano en su pecho, que subía y bajaba con tanta intensidad que parecía que iba a estallar—. Es todo lo contrario. Siempre he sido un tío que solo se preocupaba por sí mismo. Pero contigo quiero ser diferente. Quiero hacer las cosas bien. Anteponerte a mis propios deseos. Ponerte en primer lugar. Y por eso, Aura Núñez, te pido que vivas cada segundo del próximo año con una sonrisa pintada en el rostro, alegre, risueña, tan especial como eres. Yo no me convertiré en ese novio al otro lado del charco que es el culpable de tus lágrimas porque, créeme, las habrá. He visto parejas destrozarse sin remedio de esta manera. Y yo todavía confío en que lo nuestro pueda ser para siempre.

—No te entiendo...

—Esto no es un adiós, solo un hasta pronto. Si dentro de un año, en el que tú puedes hacer lo que quieras, regreso y sigues queriendo que creemos nuestro propio universo de colores, no lo dudaré: te regalaré mi futuro sin condiciones.

Sus labios se encontraron con los míos. ¿Por qué los besos amargos son los que se te adhieren al alma y se graban en tu cabeza de tal modo que sabes que siempre los echarás de menos, los anhelarás? Para hacer más soportable la separación, decidí, en ese mismo instante, mientras me aferraba a ese contacto como si fuera lo único que me podía salvar de la destrucción de mi mundo, cambiar el corazón por la mente, para pensar en él con amor y amarle con inteligencia el año que tenía por delante.

Capítulo 20

El Museo del Prado

16 de noviembre. Mi cumpleaños.

En mi pueblo de Cuenca siempre había sido un evento de gran relevancia local. Durante mi infancia la explicación era sencilla: todos los niños querían venir porque Amparo y Miguel ponían un arsenal de bollos, barra libre; una locura. Los padres, por el contrario, temían que sus hijos apareciesen con mi invitación, lo cual se traducía en ponerles ropa vieja que iba a acabar pringada de chocolate y crema, ver cómo aumentaban los niveles de caries en la región y soportar la electricidad por sobredosis de azúcar con la que regresaban los pequeños a sus casas.

Conforme fui creciendo temí que mis celebraciones multitudinarias llegasen a su fin, pero Amparo y Miguel jamás lo permitirían, aunque mi hermano siempre ha querido llevarse el mérito. Mis padres ofrecían a mis amigas bombones, barquillos, helado, cruasanes, Phoskitos y Bollycaos, mientras que él —citando sus palabras textuales, porque yo nunca habría sido tan desagradable— les daba «salami del bueno». Sí, también decía «¿Quieres merengue?». El día que vimos por primera vez una reposición de *La que se avecina* en casa estuvimos a punto de llamar al abogado de la familia —no teníamos, pero sonaba muy bien decirlo en voz alta— para explicarle que unos guionistas de la capital, que en aquella época me parecía que estaba muy lejos, se habían basado en él para crear el personaje de Amador. Era esa posibilidad o que, de verdad, tal y como no quería creer, mi hermano no era un ser en peligro de extinción y, desafortunadamente, había muchos más sueltos por el mundo sin bozal o correa, como debería exigir la ley. Gracias a estar más salido que el pico de una mesa, el rumor de que cada año terminaba liándose con alguna de mis amigas corrió como la espuma y todas siguieron viniendo, cada vez con menos ropa para comprar más *tickets* de la lotería de probar a ese neandertal con el que compartía sangre. Esa estrategia no llevaba a nada. Normalmente ganaba la más veloz, la que se acercaba a su oído y le soltaba la insinuación más gorda.

Ese era el primer año que lo celebraba lejos de casa. Pensaba que en Madrid seguiría la misma estela y tendría que acabar alquilando un local en Huertas o, exagerando como tanto me gustaba, el Palacio de los Deportes —nunca lo llamaría WiZink Center—, para que todos pudiésemos entrar. Como siempre me adelantaba a los acontecimientos, ya me veía a mí misma encima de la barra dando las gracias para tirarme de espaldas a la multitud en cuanto terminase el discurso y que los asistentes me sujetaran y, con sus manos, me manteasen o me fuesen pasando de unos a otros sobrevolando el local. Todo muy a lo concierto de *rock* americano.

Nada que ver con la realidad. Seis asistentes: Víctor, Sara, Vilma, Ana y Dani, contando conmigo. Podía haber sido más triste. Ya me veía en el piso con unos ganchitos naranjas, limón, sal y una botella de tequila —con mi presupuesto, no estaba en condiciones de invitar a nada más—, o en la esquina de un pub brindando con el único chupito que les regalaba. Sin embargo, a última hora, había surgido un plan B.

El nuevo novio de la madre de Ana tenía una casa a las afueras de Ávila. Sí, no había perdido el tiempo y, por lo que decía la exótica chica, se trataba de una especie de Christian Grey de cuarenta años con el que no le importaría sumergirse en el mundo del sado, de los dominantes y los sumisos. Ella, por supuesto, sería la que tuviese el poder, vestida de cuero con una fusta con la que se daría golpes en la palma de la mano... La verdad es que la pobre estaba confundida por todo el tema de que su padrastro la pusiese más caliente que los empastes de un dragón.

Para ganársela, y no en el ámbito sexual, donde fantaseaba con él una y otra vez en un ciclo sin fin, le propuso darle las llaves para que fuese con sus amigos cuando ella quisiese.

—Vamos, que hemos cambiado los roles. Ahora no es mi madre la que sobra en casa para subir algún ligue, sino que soy yo... —me explicó sin acritud antes de ofrecerme el espacio para celebrar mi cumpleaños.

—¿Eso te molesta? —Tal vez no llevaba tan bien el divorcio como nos había hecho creer.

—Para nada. Solo me da un poco de envidia saber que ese semental va a cabalgar a alguien en mi casa y que esa no soy yo. Es el ser humano que más deseo desde que me lie con aquella ucraniana que era modelo —añadió con su pasotismo habitual. Si eso mismo lo hubiera dicho Sara, habría saltado o gesticulado tanto con los brazos que me habría dado un puñetazo, pero Ana hablaba con el tono de voz monocorde para todo excepto cuando hacía apuestas.

Acepté inmediatamente y salimos el sábado por la tarde, Víctor en su moto y los demás en el coche de Sara, que parecía que iba a pasar a mejor vida en cualquier desguace de un momento a otro.

En lugar de ser un loco inconsciente, el cantautor iba todo el rato detrás de nosotros y, dado que me había tocado en el asiento de en medio de la parte trasera, me planteé pedirle a la conductora que parase en el primer sitio que pudiera sin perder puntos del carné para ir con él. Nuestra amistad se había estrechado durante las últimas semanas. Me gustaba estar a su lado, ya no solo porque supiese escuchar de verdad, sino porque lograba que lo difícil pareciese sencillo, relativizar los problemas. Nunca le aburría. Podía soltar el tostón más largo del mundo y repetir los mismos argumentos, hasta que yo misma me cansaba de pronunciarlo, que él siempre estaba ahí, con la guitarra en el regazo y su mirada penetrante rozándome.

Tampoco me juzgaba, y eso era lo mejor. Era la única persona a la que le había contado, un domingo cualquiera, toda la historia con Ismael, sin adornarla, para que sonase mejor.

—Creerás que soy un poco triste por tardar menos de siete minutos en perdonarle y abrirme de piernas gustosamente a la primera oportunidad... —le dije avergonzada. Me importaba un pepino de veinte céntimos la opinión de los demás, pero no podía decir lo mismo de la suya.

—¿Por qué tienes la mala costumbre de creer que eres capaz de leer mi mente?

—Porque es el pensamiento normal. De hecho, estoy esperando a que me des la charla sobre que tengo que hacerme valer más...

—No —me interrumpió—. Yo no doy lecciones a nadie. La vida es más complicada y con más matices que esas frases hechas tan sencillas de pronunciar e imposibles de acatar cuando estás implicado. ¿Sabes una cosa, Aura?

—¡Muchísimas! —bromeé, y coloqué mis piernas, evitando que las Converse mojadas ensuciasen su vaquero, encima de sus rodillas.

Ese día entrar en el Museo del Prado era gratuito y llevábamos más de una hora sentados en el banco de madera frente al cuadro de *La maja desnuda* de Goya. Hacía rato que no le prestábamos atención a la obra de arte. ¿Quién decía que solo los bares servían para charlar de temas cotidianos? Víctor me estaba enseñando que los espacios eran solo eso, lugares que adquirían el significado que uno quisiese. Por eso nosotros teníamos el poder de transformar el museo más reconocido de España en nuestra propia sala de intercambiar confesiones.

—Pero no sé si tenemos los pensamientos conectados hasta tal punto. A no ser que en este preciso instante te estés preguntando qué sentiría la protagonista de la pintura si viese el éxito que ha tenido su desnudo, ¡es como si Belén Esteban viajara al futuro y descubriese que los extraterrestres, porque seguro que nos conquistarán tarde o temprano, adorarán su fotografía como si fuera algo divino, de culto!

—Compararme una cosa con otra... —Puso los ojos en blanco con la sonrisa ladeada que me demostraba lo que yo ya sabía: podía mostrarme tal y como era, porque le encantaban mis salidas de tono, mis excentricidades, mi locura, mi ingenuidad, el *pack* completo de Aura Núñez, sin eliminar nada, ni las cosas buenas ni las malas—. Lo que te iba a decir es que siempre voy a respetar tus decisiones porque te hacen ser quién eres, y eso me encanta. No lo olvides.—Y nunca lo hice, como cada frase, susurro u onomatopeya que él me dijo.

Durante seis horas, el Museo Nacional del Prado dejó de pertenecer a Velázquez, Goya, El Greco, El Bosco o Rubens para convertirse en nuestro. Recorrimos todos los pasillos que albergaban amplias colecciones de pinturas ilustrativas de la historia europea entre la Edad Media y principios del siglo xx, compartiendo pasado, presente y el futuro incierto que inventábamos juntos. *Las tres gra-*

cias de Rubens, *El 3 de mayo en Madrid* y *Saturno devorando a un hijo* de Goya y *El jardín de las delicias* de El Bosco, entre otros, dejaron de ser los protagonistas y, encerrados en su urna de cristal, nos envidiaron porque nosotros, Víctor, yo y la burbuja en la que nos encerrábamos, nuestro propio mundo, inundamos ese lugar del eco de nuestra risa. Estaba segura de que por una vez quisieron dejar de ser el centro de atención, arte eterno, para cambiarse por nosotros y experimentar lo que era disfrutar de lo común, la rutina y lo habitual. Lo puntual y pasajero. Con el cantautor no era necesaria la grandilocuencia porque era un experto en transformar lo insignificante en inolvidable, eterno.

Al final no me atreví a decirle a Sara que parase para irme con él, más que nada por si necesitaban que les echase una mano cuando el coche se detuviese y tuviéramos que empujar, acto que parecía inminente. Sin embargo, contra todo pronóstico y satisfacción de la conductora, que depositó un beso en la carrocería nada más bajar, esa tartana nos llevó hasta la finca del novio de la madre de Ana.

Estaba a las afueras y era como en las películas de los ranchos americanos, o esas de miedo en las que acababan todos muertos y prefería no poner como ejemplo porque, de entre todas, la que más me aproximaba a ser rubia era yo y todos sabíamos lo que eso significaba: los asesinos en serie siempre las elegían en primer lugar. Tenía una valla en la entrada en la que debías meter un código para abrirla y un camino de tierra de un par de kilómetros hasta vislumbrar el chalé de piedra oscura, con un porche rodeándolo, que coronaba la cima de una pequeña colina.

Estábamos en mitad de la nada. A lo lejos distinguíamos Ávila con su imponente muralla. Sin el resguardo de los edificios de una ciudad, el viento golpeó helado nada más llegar y sentí que me traspasaba. Temí quedarme congelada instantáneamente. Corrimos para meter el millón de bolsas de la barbacoa en el interior. En el suelo había resquicios de hielo, indicios de dónde daba la sombra durante el día y no se había derretido la nieve que había caído días atrás.

El dueño de la casa nos había dejado la leña preparada en la chimenea, con los periódicos y las pastillas. Lo único que teníamos que hacer era encender el fuego, o eso creíamos. Pues no, la cosa no era tan fácil; eso, o nuestra generación era inútil. Prendíamos, sí, pero al minuto la llama se ahogaba. La inconsciente de Sara propuso que echásemos un poco de gasolina para ver si así funcionaba —menos mal que el resto valorábamos un poco nuestra vida y nos negamos—, y, finalmente, para satisfacción propia, fui yo la que logré encenderla y me puse a saltar como si hubiera hecho una proeza, el primer ser humano que descubrió que golpeando dos piedras entre sí salía una chispa o algo así.

Seleccionamos las habitaciones. Víctor pidió la que estaba a mi lado porque dijo que estaba acostumbrado a dormir pared con pared conmigo. Me alegré de que fuera él quien lo dijera, porque pensaba proponer exactamente lo mismo: me gustaba tenerle cerca aunque no le viese.

Pusimos la música, comenzó a sonar Maldita Nerea. Era una lista antigua diferente de la de Halloween, ya que a Sara le traía malos recuerdos porque resultó que su compañero tenía lo que la morena denominaba *egoísmo sexual*. «Se corrió y... Punto. Fin. Sin importarle una mierda que yo no me hubiese ido», nos relató indignada y con razón.

Repartimos las tareas. Sara, Dani, Ana y yo nos dedicamos a buscar en internet cómo se hacía la sangría casera. Habíamos comprado todos los ingredientes. Tras escuchar al chico de YouTube unos treinta segundos, decidimos que habíamos pillado el truco: por cada botella de alcohol, un arsenal de azúcar que matase el sabor y todo solucionado.

Por su parte, Vilma y Víctor colocaron la barbacoa portátil sobre las ascuas y empezaron a poner la comida. Como terminamos antes, fui a llevarles un par de vasos..., estaban tan entretenidos hablando entre ellos que me ignoraron un poco. Eso me molestó.

—¿Estás celosa? —me preguntó Sara al ver que partía los trozos de limón en la cocina sin quitarles ojo de encima.

—Para nada —pronuncié.

Él era mi amigo. Podía hacer lo que quisiera. Era una actitud muy infantil, pero lo que no me gustaba era que no me hiciese caso. La niña que habitaba dentro de mí reclamaba la atención que, se presuponía, me tenía que prestar, siendo el día de mi cumpleaños. «¡Yo era la protagonista!», rumié en mi interior, y corté con tanta fuerza que por poco me rebano el dedo.

—Pasáis mucho tiempo juntos...

—Solo somos amigos —zanjé el tema.

—Si tú lo dices... —Se sirvió el cuarto vaso y regresó al salón.

La pelirroja era el tipo de persona que no paraba de quejarse porque nadie ayudaba, pero mejor no intentarlo, porque te decía que todo lo hacías mal. Los chorizos había que colocarlos en el otro lado de la parrilla, donde estaban las mejores ascuas, no había que sacar las hamburguesas sin poner el queso diez segundos antes para que se fundiese y, por supuesto, no había que poner más de dos chuletas por cabeza, que sobrarían y las tendríamos que tirar. Esas fueron, entre otras cosas, las frases que hicieron que me alejase de su lado. Era como si obtuviese cierto placer en repetir diez veces cada cinco minutos «Vais a cenar gracias a mí». De esta manera, la dejamos hacerlo todo y, cuando lo sirvió en la mesa, la aplaudimos y silbamos hasta que hizo una reverencia.

La tarde dio paso a la noche. Ana fue la maestra de ceremonias, y propuso diferentes juegos para beber. El que más triunfó, sin lugar a duda, el duro. Se colocaba un vaso por cada participante y uno en medio, tirabas una moneda haciéndola rebotar en la mesa y, si caía en tu vaso, te lo bebías y, si caía en medio, se lo mandabas a quien tú quisieras, con un máximo de tres por persona. Después de demostrar que tenía muy buena puntería y machacar al resto, comenzamos a bailar. A falta de objetivo potencial, Sara se seducía a sí misma mirándose en un espejo; creo que incluso se acercó para pedirse el número del móvil.

Las luces se apagaron y aparecieron Ana y Dani tambaleándose con una tarta repleta de velas. Me cantaron el *Cumpleaños feliz* y, de manera irracional, como siempre, deseé que el cántico terminase lo más rápido posible —me daba muchísima vergüenza y no sabía por qué—. Soplé las velas, Vilma las recogió y Sara, un poco pedo, tuvo la magnífica idea de empujar mi cara contra el pastel y me pringué entera.

Tenía nata montada en los párpados. Alguien me pasó una toalla y me limpié corriendo. Sentí su dedo recorriendo la parte de arriba de mi labio y supe que era él, Víctor, por fin. Lo primero que observé fue cómo se lo chupaba.

—Muy rico, sí —sonrió travieso.

—Estaba en mi cara, era mi chocolate, ¡ladrón! —Le rocé con el hombro y nos quedamos pegados. Llevábamos demasiado tiempo en el mismo espacio sin sentir al otro, y eso no era normal.

—Lo he hecho por ti. Tenías un bigote a lo Juan y Medio muy poco favorecedor... —Llevaba la sudadera gris remangada y los mofletes se le estaban tiñendo de rosa (o estaba un poco borracho o hacía demasiado calor allí dentro).

Nuestras manos se encontraron y en lugar de separarlas jugamos a acariciarnos los dedos.

Los gritos al otro lado del salón me distrajeron. Sobre todo, al percatarme de que su protagonista era Dani, que en esos momentos se marchaba indignado a la habitación.

—¿Qué ha pasado? —le pregunté a Sara nada más llegar a su lado. Mi compañera de piso parecía un poco avergonzada.

—He intentado que me contase que es gay para ayudarle y creo que la he liado un poco...

—Ya te dijimos que no tenías que hacer eso.

El ambiente se había enrarecido.

—Lo siento. —Hipó, y me di cuenta de que se iba a echar a llorar de un momento a otro.

—No pasa nada. Voy a hablar con él. Espero que hayas aprendido para la próxima vez y no te entrometas en la vida de los demás si no te lo piden.

Anduve por el pasillo detrás de Dani y los dejé allí. El enfado del chico ocuparía los comentarios lo que quedaba de noche y puede que de la semana. No recordaba muy bien cuál era la habitación que había elegido, aunque solo había una con la puerta cerrada. Llamé dos veces.

—¿Puedo entrar?

—No.

¿Para qué lo había consultado si lo iba a hacer igualmente? Abrí. Dani estaba en calzoncillos, que le llegaban hasta la rodilla, luchando por ponerse la parte de arriba del pijama. Le resultaba muy complicado porque no paraba de tambalearse y perder el equilibrio; tal vez nos habíamos pasado mandándole decenas de vasos de esa sangría que contenía tanto alcohol que se podía utilizar como fármaco para desinfectar heridas o tumbar a un elefante.

—Te había dicho que no entrases —se quejó cuando me acerqué y le ayudé a meter el brazo por la manga antes de que se asfixiase.

—Quería ver cómo estabas.

—Bien. Ahora vete. Déjame solo. —Miró el pantalón; debió de pensar que era demasiado difícil ponérselo, y se metió en la cama dándome la espalda.

—Sara es muy bocazas y no piensa antes de hablar.

No lo ha hecho aposta si te ha ofendido diciendo algo sobre tu sexualidad... —insistí.

—¡Yo no soy gay! —Se giró y me miró con rabia.

—Claro que no. Tú sabes mejor que nadie lo que te gusta y ha sido muy maleducado por su parte insinuar lo contrario... —le defendí.

—¡Yo soy Patricia!

Vale, definitivamente, iba borracho.

—¡Y yo un unicornio! —bromeé para seguirle la corriente. Tal vez era mejor que durmiese hasta que se le pasase la mona y dejase de desvariar.

—No. —Me sujetó la mano—. No lo entiendes. Yo no soy gay. No podría serlo porque soy una mujer encerrada en un cuerpo que no le corresponde. —Como un niño pequeño, se tapó la boca en cuanto lo pronunció en voz alta—. Vete, por favor.

Le hice caso, impresionada por lo que acababa de escuchar. Una parte de mí también pensaba que le gustaban los chicos, y así era, pero porque él era una chica como yo, con mis mismos gustos. Obviamente, no se lo diría a nadie ni lo hablaría con Dani si él no volvía a sacar la conversación. Fingiría no recordarlo si observaba que estaba incómodo porque el alcohol le había hecho soltar la lengua y contar una cosa que no deseaba que el resto del mundo supiese todavía. Ahora bien, en el caso de que me pidiese ayuda, ¿qué podía hacer yo? No conocía a nadie transgénero que le aconsejase, que pudiese compartir su experiencia con él y ayudarle, no podía dejarle el dinero que necesitaba para la terapia hormonal, la cirugía de reasignación de sexo o lo que fuese, y... Me puse en su situación, tantos años de sufrimiento sabiendo que ha nacido en un cuerpo con un sexo que no es el que corresponde, y temblé. Encontraríamos la manera de que fuera feliz.

Capítulo 21

Toques a medianoche en la pared

La quietud de la noche, con una banda sonora compuesta por el ulular de los búhos y los golpes de las ramas contra el chalé por el huracanado viento, se veía interrumpida por los ronquidos de Sara. No solía montar tanto escándalo, pero cuando se excedía bebiendo y fumando, hacía más ruido que todos los asistentes al Viña Rock juntos. Sin embargo, eso no fue lo que me despertó. La calma de mi placentero sueño se destruyó por otro motivo.

Había cedido pronto. Fue tumbarme y caí inconsciente de manera inmediata, gracias a los vasos de sangría que lograban que la cama me diese vueltas como si viajase en mitad de un temporal en el océano Atlántico, lo que me obligó a bajar un pie y apoyarlo en el suelo, como si fuera un ancla, para estabilizarme, tal y como siempre hacía. Lo más normal, dado que debía de tener antepasados de oso cavernícola y podía estar más de doce horas en la cama sin inmutarme, habría sido levantarme a mediodía por el jaleo de mis compañeros o porque estos me diesen golpes —aun a riesgo de enfrentarse a mi furia asesina porque tenía muy mal despertar— para que les ayudase a recoger el salón, ya que el suelo parecía una piscina pegajosa con un incipiente olor a vino del malo. Era lo que tenía bailar sin control con copas que rebosaban.

Pero nada de eso ocurrió. En mitad de la noche, me encontré llorando sin control tendida sobre el colchón, con una sensación de desasosiego insoportable. Flexioné las rodillas hasta hacerme un ovillo. Las lágrimas se mezclaban con el rímel y ensuciaron el pijama gris, con un esquimal dibujado en el centro, que llevaba puesto. Siempre me había hecho muchísima ilusión mi cumpleaños. Era un día al año en el que posponía y eliminaba cualquier rastro de tristeza, enfado o malestar. Por eso había intentado borrar a Ismael, pero este surgía sin previo aviso por sí solo cobrando vida propia, y con mucha más fuerza cuando un manto oscuro, del mismo color que sus ojos, lo cubría todo.

Comencé a pensar qué estaría haciendo en ese mismo momento. Seguramente en Estados Unidos era de día por el desfase horario. ¿Seguiría recordándome con la misma intensidad o, por el contrario, iría olvidándose de mí de manera gradual hasta que llegase ese temido instante en el que yo me convirtiese en un dulce recuerdo suspendido en el tiempo?

Desde que se había marchado, cada mañana había *googleado* su nombre para ver las noticias. Le habían hecho un par de entrevistas, los medios españoles se hacían eco del paso de gigante que suponía este papel en su carrera, y las fans se habían adelantado creando un par de páginas web para subir toda la información del rodaje día a día. Y era este último punto el que estaba terminando con la poca cordura que traía de serie cuando nací. Subían fotos, ya fueran rescatadas del Twitter de alguien del equipo, o de algún vecino que los observaba desde su ventana, o se los encontraba paseando o comiendo en el mismo restaurante.

Parecía feliz. Muy feliz. Yo conocía su pose constante, su capacidad para ocultar sus sentimientos detrás de una sonrisa muy bien ensayada. No obstante, me planteaba si en esta ocasión estaría fingiendo o sería de verdad. Me sentía una perra recién salida del infierno cada vez que apretaba los ojos deseando que él fuera tan desgraciado como yo. Sí, no se podía adornar: una parte de mí no soportaba que estuviera bien si yo no estaba a su lado, porque eso es lo que me pasaba a mí, sin él no me encontraba completa.

Entonces llegaban las inseguridades que tanto odiaba y me hacían clavar las uñas en mi espalda mientras me abrazaba. Él era perfecto, guapo, exitoso y simpático, y yo..., yo solo era una chica común, con muchos pájaros en la cabeza, manías que hacían desesperar a la gente y tan extraña que solo tenía como amigos a los dos chicos más raros de la universidad con los que formaba un triángulo. Mientras que él desprendía seguridad y tenía sus metas claras, yo era un mar de dudas que no sabía ni qué haría en Navidades, cambiando de opinión cada treinta segundos. Por eso, porque una parte odiosa de mí misma —a la que pensaba asesinar a sangre fría en cuanto tuviese ocasión— me recordaba que Ismael podía aspirar a algo mejor y darse cuenta de que yo no era especial, sino sencilla, normal. No brillaba como una estrella como él.

A veces contraatacaba argumentando que también el actor podía tener miedo porque yo encontrase a alguien en ese paréntesis de nuestra relación, pero ¿quién iba a ser mejor que él para mí? Pese a estar sumida en ese caos, no me consideraba una persona dramática, ¡ojalá pudiese exterminarlo de mi vida de un plumazo! ¡Ojalá pudiese elegir cuándo y cómo dejaba de doler!

Apreté los párpados para obligarme a dormir. No había manera. Estaba demasiado despejada. Me reincorporé. Necesitaba distraerme. La cuestión era cómo. La respuesta surgió por sí sola.

Levanté el puño y di un par de golpes en la pared que me separaba de Víctor.

Nada.

Repetí el procedimiento con la firme propuesta de no hacerlo de nuevo si no obtenía respuesta.

Tres toques en la pared. Y el sonido de vuelta.

«Enhorabuena, Aura la Molesta —me acuñé el sobrenombre, otro más para la inmensa lista—. No contenta con padecer insomnio, has decidido despertar a tu amigo. Un aplauso por tu egocentrismo. ¿Todavía no te das cuenta de que el mundo no gira a tu alrededor?», me reprendí.

Coloqué las botas por encima del pijama y me puse un abrigo de plumas horrible que encontré colgado en el cuarto y parecía muy calentito. La puerta de su habitación se abrió justo cuando salí al pasillo, como si estuviéramos coordinados.

—¿Te encuentras mal? —me preguntó bostezando como un niño pequeño.

—Lo de siempre —contesté avergonzada. Suponía que su paciencia tenía un límite y yo me aproximaba a él a pasos agigantados.

—¿Ismael?

—Sí. —Víctor apretó los labios, ¿ya estaría harto?—. Lo siento. Ha sido un error. Vuelve a la cama... —me apresuré a añadir.

Lo que debía hacer era regresar a la habitación y padecer en soledad. Nadie se moría por una ruptura. Estaba haciendo un mundo de un grano de arena. Tal vez para mí tenía sentido porque era capaz de experimentar la sensación de vacío y esos nervios imposibles de aplacar, pero para el resto del mundo debía de ser la reina de las exageradas.

—¿No puedes dormir? —me preguntó sin darle importancia a la segunda parte de mi intervención.

—No te preocupes. Solo necesito tumbarme y contar ovejas... —recordé el mito. Lo probaría. Siempre me pareció una tontería, pero quizá funcionaba y así encontraba un método eficaz para las noches en vela.

—¿Y no prefieres que me ponga una chaqueta y salgamos a ver juntos amanecer? Las vistas desde aquí deben de ser espectaculares y... —comprobó la hora en su reloj de pulsera— falta menos de una hora.

—Me gustaría más que volvieses a descansar ignorando que, como una ridícula, te haya despertado en mitad de la noche...

—Ya me he desvelado. —Se encogió de hombros.

—Lo siento.

—¡Deja de pedir perdón! —sonrió—. Soy tu amigo de tarifa plana, las veinticuatro horas disponible. Yo mismo te dije que podías llamarme siempre que lo necesitases, ¿no? ¿Por qué te crees que he elegido la habitación de al lado?

—¿Porque sospechabas que Sara iba a roncar como un camionero y querías estar lo más alejado posible de ella?

—Eso también —bromeó—. Tenía la intuición de que con la luna llena se transformaba en una soprano que ni los tapones para los oídos son capaces de contener. —Como si la morena nos estuviera escuchando, emitió un sonido parecido a cuando arrancas una motosierra. Víctor y yo nos miramos cómplices y rompimos a reír—. Espérame aquí, que salgo antes de que te haya dado tiempo a mirarte en el espejo y comprobar que pareces Morticia Addams.

Me giré y observé mi reflejo. Tenía los ojos negros y churretones del mismo color descendían por mis mejillas. Tenía razón, sí, señor. Tenía las bolsas de los ojos inflamadas, ¿cuánto tiempo habría estado llorando? ¿Sería posible que algún día me quedase seca?

—¡Vamos, alma en pena! —Me agarró Víctor por los hombros surgiendo en la imagen que me devolvía el espejo.

Llevaba un gorro de lana marrón abultado y un abrigo verde pistacho que conjuntaban con sus ojos.

Anduvimos por la casa con cuidado de no despertar a nadie. Nuestra intención era ser dos fantasmas, pero acabamos chocando con los obstáculos que había esparcidos por el suelo.

—¿Quieres dejar de reírte? —le regañé cuando estalló en una carcajada al ver que había pegado un bote al asustarme con mi propia sombra.

—No, es el efecto colateral de estar contigo.

Salimos al porche. El cielo empezaba a clarear mostrando en su cúpula un juego de colores que iba desde el negro estrellado hasta el azul cristalino.

—Joder, qué frío hace en la sierra —se quejó Víctor atrayéndome hacia él.

Como si fuera una muñeca, me colocó delante para poder abrazarme.

—Te estás malacostumbrando...

No me moví. La sensación de estar entre sus brazos me tranquilizaba, me daba paz; era mi propio templo, en el que eliminaba todo lo malo.

—¿A qué?

Enlazó sus manos con las mías, para introducirlas en el bolsillo de mi abrigo, y apoyó la cabeza en mi hombro, al lado de mi cara.

—A mimarme.

—Lo hago porque el calor humano es la mejor medicina para no sufrir hipotermia. —Le restó importancia. Yo volví y le miré enarcando una ceja, pero en lugar de prestar atención a sus ojos lo hice a sus labios, carnosos, con unos dientes que los mordían por encima—. Y porque es fácil acostumbrarse a esto. A ti.

—¿A mí?

—Sí. Eres una persona con una capacidad innata para que la gente se sienta a gusto a tu lado. Contigo siempre estoy cómodo.

—¿No te estarás enamorando de mí? —dije medio en broma, medio en serio.

—Nunca. No me atrevería a estropear lo que tenemos por nada del mundo.

Me pegó más a él y yo olí su aroma: era tierra, vegetación, cascadas..., evocaba esa naturaleza salvaje, pura, atrayente y peligrosa.

—¿Y qué es lo que tenemos? ¿Menos que un amor y más que un amigo?

—Un nivel inexistente en las relaciones humanas. No creo que lo pueda definir. Es lo que me haces sentir. No soy bueno explicando los sentimientos con palabras...

—Podrías componerme una canción.

—Algún día...

—Tenemos muchas promesas futuras, ¿lo sabes?

—Lo hago aposta. Así te mantengo atada al mañana.

Aparecieron los primeros rayos de sol.

—¿Cuándo se me pasará lo de Ismael? Quiero dejar de echarle de menos, de pensar en él a todas horas, de sufrir...

—No existe una fórmula mágica. Ya lo he buscado en internet...

—¿Lo has buscado en internet? —repetí burlándome del cantautor.

—Sí. Me frustra muchísimo no poder ayudarte y he recurrido a opciones absurdas y desesperadas.

—¿Y qué dicen en los foros de la red?

—Además de tonterías y fases del duelo en las relaciones, como aceptación, asumir los sentimientos, revisión y aprendizaje, experiencia, perdona y agradece, descubre, crea y disfruta...

—Veo que lo has memorizado...

—Me aprendería al pie de la letra el *Quijote* en castellano antiguo sin con eso lograse que volvieses a sonreír como hacías antes de que le conocieras a él.

Un latido. *Boom*. Mi corazón bombeó con intensidad y mi cuerpo comenzó a estremecerse.

—Pero, como te decía, la única lección que he aprendido es que cada persona tiene su propio ritmo y tarda el tiempo que necesite.

—Vamos, que esto puede alargarse todo el año que esté fuera, ¿no?

—Esperemos que no. —Me reí con amargura—. Pero si así es, te prometo que estaré a tu lado. No me queda otro remedio. Para siempre.

—Los *para siempre* son promesas que se pueden romper en un segundo. No guardo muy buen recuerdo.

—Ismael repartía frases de amor eterno sin darle una vuelta a las importantes implicaciones que tenían —rememoró—. Yo no —apuntó—. Reflexiono antes de dar mi palabra. Y te aseguro, Aura Núñez, que no me apartaré de tu lado. Nunca. —Levantó la cabeza de mi hombro y sacó la mano derecha—. Mira, ya se ve el sol.

No seguí la dirección que guiaba su dedo, preferí mirarle a él. Me observé en el reflejo de sus ojos y lo supe: yo habitaba en su interior, Víctor sentía mi vida como propia.

Capítulo 22

Sonríe

Morder el boli hasta desgastarlo.

Colocar los folios en perfecto orden.

Descolocarlos y esparcirlos por la mesa.

Jugar con los subrayadores.

Obligarme a prestar atención a los apuntes.

Distraerme con una mosca.

Volver a empezar el ritual.

El infierno se había adueñado de mi rutina. Había llegado la desquiciante época de los exámenes cuatrimestrales. Ya había hecho casi todos. Solo me quedaban dos y sería de nuevo libre como el viento para rascarme la barriga a dos manos, que ahora tenían agujetas de escribir como si no hubiera mañana durante las dos o tres horas en las que estaba enclaustrada en la clase y teclear en la calculadora. La tortura terminaría esa misma semana.

En casa, las tentaciones eran innumerables. El ordenador, el móvil y la nevera, los principales culpables de que dejase lo que tenía que hacer, ¡para eso mis padres estaban pagándome un grado en Madrid! Sí, yo también bebía sin sed y comía sin hambre solo para darme el paseo hasta la cocina.

¿La solución? Ir a la biblioteca de la facultad. A diferencia del instituto, cuando esta era una excusa barata para mandar notitas, a modo de proyectiles, a los chicos que me gustaban, en la universidad, donde se presuponía que todos éramos maduros, formales y responsables, sería el templo en el que los adultos, con su boina y gafas de pasta, daban culto a las asignaturas...

¡Y una mierda y de las gordas! Todos los asientos tenían en su respaldo alguna prenda para que supiésemos que estaban ocupados y sobre las mesas había carpetas, archivadores y muchísimas hojas. ¿Y la gente? ¿Dónde estaban los estudiantes? Apiñados en los tres bancos de la entrada fumando como carreteros, en la cafetería o, directamente, inflándose a jarras de cerveza en el 100 Montaditos.

Yo era de las pocas que estaban en el interior, aunque era más por postureo que por aprovechar el tiempo. Lo tenía cronometrado. Mi pobre cerebro poseía una capacidad de concentración de tres o cuatro horas; las cinco restantes, difuminaba las letras que tenía delante, apreciaba detalles como el color de la tinta, se empanaba mirando al infinito o, lo peor, se compinchaba con mi tremenda imaginación. Este era el peor supuesto que me podía ocurrir, porque a partir de ahí ya estaba perdida. Escogía a una persona al azar y me inventaba su vida o, algo digno de estudio por un psiquiatra, sus pensamientos y relaciones. Lo analizaba todo hasta tal punto que estuve tentada de decirle al chico de mi derecha que no perdiese el tiempo con miraditas y tuviese el valor suficiente para pedirle el teléfono a la morena de enfrente a la que no le quitaba el ojo, ¡bendita vergüenza y su aparición en el momento adecuado!

Lejos de lo que pudiera parecer, no me estaba yendo del todo mal. Había aprobado cuatro de cinco. Vale, no con notazas como esos que al terminar aseguraban que les había salido fatal, en ese intercambio de respuestas para comprobar cómo lo habían hecho que yo me negaba a llevar a cabo, y luego se enfurruñaban por sacar un ocho y medio.

Todavía albergaba la esperanza de que el único suspenso cambiase de estado tras la revisión con el profesor, ¡necesitaba solo dos décimas, era un 4,8!

Cogí de nuevo el bolígrafo y lo destrocé igual que un ratón con un trozo de queso. La luz del móvil se encendió y me lancé a cogerlo como si fuera mi tabla de salvación después de un naufragio. ¡Gracias, quien seas, por distraerme!

¿Qué haces?

Era Víctor. Lo sabía porque se trataba de la única persona de todos mis contactos que no tenía fotografía de perfil.

Estudiar 😄.

¿Para eso no deberías tener el teléfono apagado o ignorarlo?

¡No culpes al móvil, tú eres el que estás distrayéndome! 😃

Añadí una carita sonriente para que fuese plenamente consciente de que era bienvenido. Por mí como si quería estar toda la tarde escribiéndome.

¿Te apetece dar una vuelta, o te sentirías mal contigo misma, aunque lleves diez minutos sin hacer absolutamente nada?

¿Y tú qué sabes? Soy una chica
muy responsable...

Aura, te estoy viendo. Por cierto,
te has manchado toda la boca de
tinta y tienes los labios azules...

Rebusqué hasta que le localicé al otro lado de la cristalera, guardando el móvil mientras me hacía un gesto para que acudiese con él. Guardé todo en la mochila en un tiempo récord y corrí a su encuentro. No le dio tiempo a reaccionar antes de que me lanzara a sus brazos.

—Qué efusiva, ¡si nos hemos visto esta misma mañana! —se quejó de boquilla, porque me recogió, apretándome con fuerza contra él, y depositó un beso en mi cabeza.

—¿Dónde vamos? —le pregunté separándome lo justo y necesario.

—A conquistar Madrid en Navidades —fue su enigmática respuesta, y no me hizo falta saber más datos. A esas alturas yo le seguiría al fin del mundo sin conocer el camino de vuelta.

Pensaba que iríamos a algún sitio especial, como ver el atardecer en el templo de Debod, pero Víctor detuvo la moto en una calle que, para mí, no tenía nada de especial. Me bajé y le tendí el casco para ponerme por encima la capucha del abrigo de borrego marrón, mi última y preciada adquisición. El cantautor lo guardó y se puso unos guantes, de rayas rojas y negras, con la puntera de los dedos recortada.

—Ahora mismo me podrías abandonar y no sabría cómo regresar a casa... —bromeé. Al ver que no me contestaba, me giré y observé que se había detenido en el paso de peatones—. ¡Está en verde! —le señalé el semáforo poniendo los ojos en blanco. Puro despiste, este chico.

En lugar de hacerme caso, me indicó con la mano que

me acercase a él. Iba a preguntarle por qué se había quedado petrificado en el sitio cuando Víctor me señaló la calzada.

—Mira. —Fijó su atención en mí mientras le hacía caso. Justo delante de las líneas blancas que delimitaban el paso de peatones había escrito, por una iniciativa poética que inundaba Madrid de hermosas frases en sus calles, ME SENTÍ ASTRONAUTA PERDIDO EN TUS LUNARES—. Siempre que paso me acuerdo de ti.

—¿De mí? —Levanté la vista y me echó el brazo por encima de los hombros.

—Sí, de ese lunar que tienes en la barriga y en su día me distrajo. No sabes a qué me refiero, ¿verdad? —Se pasó la mano libre por el pelo revuelto.

—Claro que sí. —Mentira. No tenía ni la más mínima idea. Ordené a todas mis neuronas que dejasen de hablar de estadísticas, variables, moda y tangentes y se concentrasen en ese tema de vital importancia. Una de ellas, obviamente la única que contenía una alumna de sobresaliente, hizo memoria y lo halló—. El día que viniste a arreglar el pomo de la puerta del baño y me viste en ropa interior... Me quejé porque no apartaste la vista y tú me recriminaste que yo había hecho lo mismo. Contraataqué con que tus tatuajes me distraían y tú dijiste que te pasaba lo mismo con mi lunar... Lo que no sé es cómo te sigues acordando.

—Tengo la mala costumbre de memorizar todo lo que me sucede contigo...

Recogió un mechón de mi pelo que se había quedado fuera de la capucha y lo enroscó en la punta de sus dedos.

—Vamos a surcar las arterias de Madrid, desde Gran Vía, pasando por la plaza de las Flores, Tirso de Molina y el mercado de Tribunal y el de la Cebada para ver esta exposición de arte urbano, ¿qué te parece? —Sus ojos se clavaron en los míos y, como siempre, supe que lo que más le importaba era mi opinión.

—¿Qué te voy a decir, Víctor? Que me gusta el plan, como todo lo que me propones, solo tú podrías hacer que una tarde mirando las carreteras de Madrid se me antoje como el paraíso.

Asintió feliz ante mi respuesta y yo también lo fui por saber que él lo era. No necesitaba más. Verle alegre era algo de un valor incalculable. La ñoñería me invadía a su lado, pero no me importaba.

TE COMERÉ A VERSOS, TE HARÉ EL HUMOR HASTA LLEGAR AL ORGASMO, NO HAY MEJOR SKYLINE QUE VERTE AQUÍ TUMBADA y NO TIENES QUE PROMETERME LA LUNA, ME BASTA CON QUE TE SIENTES CONMIGO DEBAJO DE ELLA fueron algunas de las frases que nos acompañaron esa tarde, que se transformó en noche sin darnos cuenta, mientras hacíamos magia con nuestras pisadas. Mis Converse y sus Vans fueron testigos de risas, complicidad y un cariño que aumentaba y no parecía tener fin.

Llegamos a la plaza Mayor y dejamos atrás esos grafitis que, aunque serían tachados de vandalismo urbano, a mí me parecían puro arte. Tal vez era lo que tenía compartir el tiempo con Víctor: cada vez apreciaba más las pequeñas cosas, esos detalles que pasaban inadvertidos y lo contenían todo, como, por ejemplo, ese punto verde que el cantautor tenía en la pupila derecha que nunca había visto y descubrí esa tarde, un signo más de que, poco a poco, reconocía cada centímetro de su anatomía.

Compramos dos bocatas de calamares en las calles aledañas y, con él en la mano, visitamos los puestos navideños. Era exactamente igual que los millones de veces que lo había visto en la televisión. Casetas de madera marrón oscuro, banda sonora de villancicos, puestos de castañas, serpentinas y muchos disfraces. Meterme a mí allí dentro fue como soltar a un niño de seis años en una juguetería. Me volví loca, literalmente. Corrí de un lado para otro, compré unas pelucas horribles —roja y de me-

dia melena para él y una cresta con el arco iris para mí—
que, tras varios intentos de colocarla a la fuerza y un par
de pucheros, nos pusimos. Estaba tan sobreexcitada que
salté en sus brazos cuando una sustancia blanca me cayó
por encima.

—¡Está nevando! ¡Está nevando! ¡Está nevando!
—grité. Víctor me sujetó y me miró con una sonrisa ladeada. Nuestros rostros estaban cerca, tanto que las puntas
de nuestras narices heladas se rozaron—. ¿Cómo no te
emocionas? ¡Está nevando!

—Es espuma —susurró, y sentí su cálido aliento.

Eché la cabeza hacia atrás y, sí, era verdad. Una caseta
tenía en el extremo superior un ventilador unido a un
bote de espuma accionado para conseguir el efecto.

—Si vienen a por mí para llevarme a un manicomio,
no les dejes..., tiene pinta de ser un sitio muy aburrido
—bromeé.

—No lo haría y, si no me quedase otra opción, iría
contigo. Después de conocerte, volver a mi rutina anterior sería insoportable.

—¡Qué bobo eres! —rompí a reír.

—Ahí está.

—¿Qué?

—Tu sonrisa, ya la estaba echando de menos...

—Comprobado lo mucho que te gusta, al final voy a
cobrarte para que la veas.

Descendí de entre sus brazos, y no porque estuviera a
disgusto.

—¿Cuál sería su precio?

—La pondría muy cara. No ganarías lo suficiente tocando en el metro para pagarla. —Seguía sin saber de
dónde sacaba el dinero sin empleo conocido—. Deberías
vender todas tus pertenencias en Wallapop o algo así...

—Entonces tendré que encontrar una manera de obligarte a sonreír sin que te des cuenta.

En aquel momento tampoco presté demasiada atención a sus palabras. Parecía un comentario sin más, una de nuestras habituales salidas de tono humorísticas que se quedaban solo en eso.

Regresamos a casa y debo reconocer que le entretuve en el descansillo de nuestros pisos más tiempo del necesario. No quería separarme de su lado. Últimamente nunca me apetecía.

Dormí acunada en sus melodías, que sonaban a través de la fina pared que nos separaba, paseando por el metro, el Museo del Prado y los pasos de peatones de la capital. Caminando de su mano en sueños.

El despertador me trajo de vuelta un día más a mi rutina estudiantil. Habíamos terminado las clases, pero aun así me gustaba despertarme temprano para aprovechar el día. El olor a café me indicó que Vilma y Sara también estaban en pie. Acudí al salón jugueteando con el móvil y las encontré asomadas a la ventana.

—Es bonito —decía la morena, mientras se llevaba una humeante taza a la boca.

—Precioso —repuso sarcástica la segunda—. Sobre todo, porque sale de nuestros impuestos ese tipo de arreglos en las vías públicas...

—¿De qué habláis? —Me hice hueco entre ambas.

Y lo vi antes de que me pudiesen contestar y salí corriendo, dejando la puerta abierta y sus preguntas por mi reacción en el aire. Bajé las escaleras de tres en tres hasta salir al exterior en pijama de ositos con las zapatillas de andar por casa. Allí estaba. Frente al paso de peatones con unas enormes letras blancas, yo tenía mi propio acto vandálico de amor. ¡¡¡SONRÍE YA, CHICA CAOS!!!

Supongo que hacía frío, pero yo no lo notaba. Bailé sobre mí misma haciendo círculos, evitando apoyar los pies sobre la pintura por si todavía no estaba seca. Me detuve riendo, con la sensación de que, hasta ese momento, nunca había sabido lo que era temer explotar de alegría, morir de felicidad.

—¡VÍCTOR! —grité mirando a su ventana, que daba al exterior. En mi pueblo ese modo de comunicación habría funcionado—. ¡VÍCTOR! ¡VÍCTOR! ¡VÍCTOR! —insistí, pero el cantautor no apareció como yo deseaba.

Eso sí, un par de ancianas, que salían del chino, se detuvieron curiosas pensando que estaba ocurriendo algo y unos albañiles, que apuraban sus cigarros para entrar en el bar, me miraron como si fuera un bicho raro. Y no los culpé: estaba dando el mayor espectáculo de mi existencia.

—¡VÍCTOR! —me dejé las cuerdas vocales en ese último intento.

Nada.

—Mierda —masculté sacando el móvil.

Localicé su contacto y marqué. Contestó a los tres tonos.

—Buenos días, Aura. —Estaba expectante, intentando averiguar si había descubierto lo que había escrito para mí.

—A la ventana. Ahora mismo. —Y colgué.

Su pelo alborotado asomó y, antes de poder ver cómo me miraba con la sonrisa ladeada, volví a emplear toda la capacidad de mi garganta, que era insuficiente para lo que quería expresar. Era como si las palabras me quemasen en la boca.

—¡TE QUIERO, VÍCTOR! ¡TE QUIERO MUCHÍSIMO! —Vacié mis pulmones y aun así sentía que estaban más hinchados que nunca.

Entonces lo supe: era la declaración de amor más sincera que había hecho en mi vida. No le quería como pareja como a Ismael. Ni se me pasaba por la cabeza iniciar una relación que estropease ese vínculo que habíamos forjado. Era algo más intenso, y es que amar a un amigo podía llegar a consumir.

—¡TE QUIERO! —repetí. Ahora que se lo había dicho, sabía que no podría parar nunca.

Y sucedió lo que nunca me había imaginado. Las señoras se pusieron a aplaudir y los obreros se sumaron. A la que me quise dar cuenta, estaba haciendo una reverencia que rematé tirándole a Víctor un beso con la mano que él recogió divertido. También había empezado a nevar, pero de eso no me di ni cuenta hasta que llegué al salón y encontré copos en mi pelo: estaba demasiado hipnotizada por la mirada fija del cantautor, con esa cara inescrutable. Esa mañana, el despertar con mayúsculas, el inicio del día más especial de mi vida, Víctor, mi vecino, se colocó de lleno en el centro de mi universo. Entramos en nuestra propia dimensión, una que solo tenía sentido si estábamos él y yo, juntos.

Capítulo 23

Bienvenida a... ¡Escocia!

La crisis hizo que ese año no hubiese luces de Navidad en mi pueblo. Daba igual, nosotros, afortunados, teníamos las estrellas. El periodo vacacional transcurrió como siempre. En Nochebuena nos reunimos todos, discutí con mi hermano, Amparo me cebó con sus guisos hasta que no pude moverme, al borde de la embolia, y Miguel, con su nueva cámara, intentó hacer una fotografía de esas que en las pelis americanas sale toda la familia perfecta e impoluta y corona el salón, que acabó siendo un desastre porque en todos los intentos alguno salía con los ojos cerrados o cara de fantasma de la ópera.

Nochevieja siguió la misma estela. Suculenta cena, champán —¡oficialmente me dejaron beber y no lo tuve que hacer a escondidas!— y uvas, que se me atragantaron porque no le había quitado las pepitas y me obligaron a felicitar el año nuevo con las mejillas hinchadas igual que cuando era pequeña y hacía bola con la carne que no me gustaba.

Después me reencontré con mis amigos, bebí más de lo que debía y, para hacer honor a mis múltiples apodos, acabé a las siete de la mañana comiendo churros con chocolate, con la cara demacrada y el vestido irrecuperable tras recibir el impacto de múltiples copas mientras trataba de razonar en suajili, porque claramente mi idioma a esas horas no era el castellano. El pedo de colores provocó que se adueñase de mi persona el síndrome de exaltación de la amistad y les dijese a todos lo mucho que los quería y les echaba de menos mientras ellos trataban de huir de mi lado para poder seguir bailando sin soportar a la pesada de turno que ese día había poseído a mi persona.

Todo estaba estancado allí. El tiempo, detenido. Nada había cambiado, solo yo. Me sentía diferente. Y no era extraño: en unos meses, había vivido toda una vida repleta de experiencias, mejores y peores. El proceso de dejar atrás las zapatillas para calzar unos buenos tacones estaba resultando totalmente enriquecedor.

Lo mejor llegó, sin duda alguna, el 1 de enero. Estábamos charlando sobre lo que haríamos el día de Reyes y me sorprendió que no contasen conmigo en ninguno de los comentarios. Vale que el zopenco de mi hermano siempre acaparaba toda la atención, pero ignorarme de esa manera rozaba el límite de lo tolerable. Entonces me dieron la noticia. Al final solo había suspendido una asignatura, sí, el profesor no cedió a mi burdo intento de chantaje emocional, para él mi calificación estaba clara y no llegaba al cinco. Sin embargo, mis padres no montaron en cólera como habrían hecho en el instituto, estaban madurando, como intentaba hacer yo, y me concedieron mi mayor deseo, ese que no me podía permitir siendo una emancipada que sobrevive gracias a la paga que religiosamente le pasan cada mes.

¡Me iba de viaje con Ana y Dani al extranjero!

La idea surgió el último día de los exámenes. Ana lo sugirió y Dani se sumó al plan. Obviamente, yo también quería, pero no las tenía todas conmigo con que me dejasen. Y, contra todo pronóstico al ver la cara inicial de mi madre, que venía a decir «Mi hija, sola, en otro país, seguro que la raptan los de la trata de blancas o unos salvajes le quitan un riñón» o «Que no la mire ningún extranjero de arriba abajo, que me la enamora», me lo regalaron.

Además, elegí el destino. Ana había visitado casi todos los continentes y países con mayor atractivo, así que cedió la decisión. Por su parte, Dani, con esa baja autoestima e inseguridad, delegó en mí porque no quería ser el culpable de seleccionar un lugar que acabase siendo una castaña y no de las buenas, que se comen asadas. Así, la mañana de Reyes, mientras los niños abrían sus regalos, nosotros cogíamos el vuelo más barato rumbo a Escocia, Edimburgo.

Outlander y esa «promo» que te ponía los pelos de punta tenían la culpa. Eso y Jamie, para qué me iba a engañar, el escocés protagonista de la adaptación televisiva, mi último objeto de fanatismo y obsesión posadolescente.

Gaitas, un emblemático castillo, montañas verdes, lagos de un azul cristalino que se perdían más allá de la vista, callejones empedrados y leyendas misteriosas, ¿había mejor opción que esa que parecía sacada directamente de un cuento de Edgar Allan Poe?

Con el equipaje de mano a cuestas, que en mi caso era una mochila, repetí el mismo ritual que el día que llegué a Madrid, esa ridícula y fantasiosa idea de que suponía un paso insignificante para la humanidad, pero inolvidable para mí. Sin embargo, allí no fue la gente la que me empujó, sino yo misma corriendo para resguardarme del frío insoportable que hacía.

Fuimos hasta nuestro hostal en un autobús —¡de dos plantas!—. Mi compañera de universidad había seleccionado el albergue, si es que se le podía considerar así. Se trataba, ni más ni menos, que de una iglesia gótica, con paredes de piedra ennegrecida, ventanas con grandes vidrieras y bóveda en forma de pico, colindante con un cementerio. Todo demasiado tétrico incluso para mí. Lo único gracioso era la calle en la que se encontraba situado: Cockburn Street, que, pronunciado con nuestro mal acento español, venía a significar algo así como «calle del pene caliente».

Tenía en la punta de la lengua la frase exacta para sugerir que nos buscásemos otro sitio cuando entramos en el interior. Si la fachada evocaba antigüedad, las instalaciones eran totalmente modernas si no mirabas el techo, donde permanecían las vigas antiguas y algunos santos que, desde su posición, nos observaban con cara de pocos amigos. Lo habían reformado construyendo una pequeña recepción, un comedor cocina común, sala de juegos con billar, futbolín y diana, y un pasillo repleto de habitaciones que desembocaba en los baños y duchas comunes, uno femenino y otro masculino. El cuarto tampoco estaba mal. Ocho literas lo conformaban y, además, nos habían tocado unos silenciosos, respetuosos y educados compañeros chinos. Compartir estancia con ellos era un punto a favor, porque no nos molestaban lo más mínimo. De hecho, en todo caso, los maleducados que llegarían a las tantas armando escándalo seríamos nosotros, por mucho que me avergonzase pensarlo.

Tras dejar las cosas, escoger cama y buscar un sitio donde comer algo grasiento, calórico y nada sano, fuimos a preguntar a la recepcionista si había algún plan interesante que pudiéramos hacer esa misma noche. Nos sugirió un *tour* del terror en castellano que salía en cuanto se ponía el sol. Nos pareció una idea genial —en realidad, a Dani no tanto, pero el pobre no se quejó— y, con el plano en la mano que nos dejó la chica, una malagueña que se había ido a aprender inglés a Escocia hacía cinco años y todavía no había vuelto, emprendimos el camino al punto de encuentro.

Con cada paso me embargaba la sensación de emoción de saberme fuera de España. No podía enumerar los millones de veces que, esos últimos días, había abierto un mapamundi en el ordenador para trazar una línea que uniera Madrid con Escocia. Llegamos a una plaza donde estaba una figura de un perro de metal con el morro desgastado. Dani leyó en la guía que se trataba de Bobby, un chuchillo que se quedó al lado de la tumba de su dueño doce años, hasta que se pudo unir con él al otro lado, que por lo visto estaba más cerca de lo que nos imaginábamos, ya que se decía que la puerta al mundo de los muertos se encontraba en una de las colinas que nos rodeaban. ¡Todo era tan misterioso y excitante!...

La iluminación era más tenue en esa ciudad, el viento azotaba con más fuerza y el olor a naturaleza salvaje, que me recordaba a Víctor, conquistaba todo a nuestro paso. Llegamos hasta el punto de encuentro. Había un corazón dibujado en los adoquines. Fui a posar para tomarme una fotografía cuando un escocés escupió en su interior.

—¡Será guarro! —me quejé esperando que se alejase.

—Sabes que no te entiende, ¿verdad? Es una de las cosas buenas del extranjero. Puedes insultar a cualquiera con una sonrisa sin que comprendan absolutamente nada... —contestó Ana, bueno, el esquimal que se había apropiado de mi amiga, porque llevaba un abrigo y una bufanda subida que apenas nos dejaban ver sus ojos detrás de las gafas empañadas.

—En ese caso, ellos pueden hacer lo mismo...

—Claro. He ahí las cosas positivas de que lo que opinen los demás te la sude completamente...

—Es una señal de desprecio —cambió de conversación Dani leyendo—. Antes aquí estaba la oficina de las tasas y después una cárcel... Por eso escupen —explicó.

El sonido de una gaita envuelto por el viento me llevó hasta él y dejé de escuchar a mis dos amigos. Tenía una capacidad de evasión innata y preocupante.

Parecía una visión rescatada de mis fantasías. Allí, apoyado de manera ruda contra el muro de una pared, estaba un hombre. Era alto, fuerte, con el pelo rizado despeinado de un tono marrón con reflejos pelirrojos y rasgos duros. La mandíbula cuadrada, los ojos azules como las aguas de los lagos de las Tierras Altas y esa pose de guerrero de otra época hicieron que obviase el detalle de que no estaba acostumbrada a sentirme atraída por chicos que vestían faldas de cuadros que les llegaban por debajo de la rodilla. Nunca me había pasado nada semejante, esa sensación salvaje que me llevaba a imaginarme empotrada contra la pared, bajo sus brazos, sintiéndome pequeña a su lado, saboreando cómo me devoraban sus besos pasionales, enredando mis dedos en su pelo. Descarté la idea enseguida. O estaba un poco salida, o el mito de los *highlanders* hacía su aparición estelar provocándome una alteración hormonal que desconocía.

Podría ser una creída y decir que me miró con interés o curiosidad cuando desvió su vista hacia mí, pero en realidad lo hizo con indiferencia, serio, tal vez incómodo con que le estuviese observando ensimismada.

—Me apuesto cincuenta euros a que no tienes narices de ir y preguntarle si lleva ropa interior debajo de la falda... —susurró Ana, que se había percatado de la fascinación que ejercía ese chico en mí.

—Se llama *kilt*. —Me hice la interesante con las pocas nociones que tenía de la cultura celta gracias a las novelas eróticas escocesas que me acompañaban antes de irme a dormir, en la cama, tapada con una manta.

—Llámalo como quieras. ¿Aceptas?

Mi compañera y su capacidad de convertirlo todo en un juego.

—Prepara el billete. Mañana invito a comer con el dinero. —Estreché su mano aceptando la absurda apuesta.

Nadie había hablado de idiomas y yo, creyéndome el ser humano más listo que había pisado el paraje celta, pensaba hacerlo en castellano.

Anduve hasta su lado con paso decidido y carraspeé para que me prestase atención. De cerca era todavía más guapo de lo que me había imaginado. Ahora comprendía por qué muchas personas que iban a Escocia para un par de meses acababan dejándolo todo para seguir a su escocés. Perseguirle por las montañas del norte, los lagos infinitos y perderte con él para siempre. Se me piraba la pinza..., el cine me estaba haciendo muchísimo daño, lo sabía.

Levantó la vista y me miró con un gesto neutro.

—Vengo a hacerte una pregunta que tú no vas a comprender y por la que voy a ganar cincuenta suculentos euros —expliqué sintiéndome un poco tonta por hacerlo—. Así que allá va: ¿llevas ropa interior debajo de la falda? —No dije su verdadero nombre porque eso sí que lo podía comprender e intuir sobre qué le estaba hablando.

Apretó los labios y paseó su mirada de arriba abajo. Desde su posición, con una espalda que me cubría con su sombra, unos hombros anchos que, seguramente, serían más duros que una roca y unos ojos azules que tintineaban como si recibieran el reflejo de un fuego inexistente que se mecía al ritmo de unos tambores invisibles, frunció el ceño.

—No es nada. —Hice un gesto con la mano restándole importancia para que, con la comunicación no verbal que era universal, pensase que era una paleta que no sabía nada de inglés y le había consultado cómo llegar a cualquier sitio.

Me giré para regresar con Ana y Dani, que no me quitaban el ojo de encima, pero él me retuvo por el brazo. Pese a que no pretendía hacerme daño, su sujeción era férrea y sus dedos, pertenecientes a una mano enorme, envolvían toda mi articulación.

—En Escocia se considera de muy mala educación preguntar si llevo calzoncillos debajo del *kilt* —escuché que decía el chico, con una voz dura, fuerte, ronca, arrastrando las erres, con acento, sí, pero en un perfecto castellano.

—¡No me digas que me he tenido que topar con el único escocés que estudió español en la escuela secundaria! —me quejé mientras la vergüenza inicial se apoderaba de mí.

Me soltó y se cruzó de brazos, dos bolas enormes surgieron en los bíceps y temí que partiese en dos la chaqueta marrón que llevaba por encima. Había entendido hasta la última palabra.

—Un año de Erasmus en Barcelona más bien.

Lo normal era que se riera para mofarse de mí y quitarle hierro al asunto, pero no lo hizo, para desesperación mía. Me miró con las cejas enarcadas e iba a decir algo cuando apareció una chica que llevaba un cartelito en el que se podía leer «FREE TOUR AQUÍ».

—Perdón por el retraso, ¿llevas mucho tiempo esperando? —La muchacha, con un acento gallego que tiraba para atrás, parecía acelerada.

—No —fue la escueta respuesta del chico.

La primera impresión me decía que no era muy dado a hablar.

—¿Venís al *tour*? —consultó centrando su atención en mí.

—Sí, tres entradas —me apresuré a decir para poder largarme lo más rápido posible e intentar pisar lo suficientemente fuerte hasta que la tierra me tragase. ¿No decían que estaba allí la puerta del otro lado?

—Nuestra empresa, New Europe, no funciona así. Vosotros valoráis cuándo finaliza el recorrido, cuánto cuesta nuestro trabajo, y nos dais la voluntad. Así nos esforzamos más en hacerlo tan jodidamente perfecto que os sintáis mal si en el último momento tenéis la intención de largaros para que os salga gratis. Además, habéis tenido suerte y os ha tocado el mejor guía. Will es el que consigue más propinas. —Le miré, ya sabía su nombre—. Eso sí, no se te ocurra preguntarle si lleva algo debajo de la falda, o te ejecutará como hacían sus antepasados con las acusadas de brujería, que las tiraban atadas de manos y pies al lago y, si se hundían y se ahogaban, lamentaban haber asesinado a unas pobres inocentes, y si flotaban, las subían al castillo y las ahorcaban. Vamos, para nada un final de cuento de hadas.

Me estremecí y estuve a punto de decirle «Ya lo he hecho, así que, te lo suplico, no te vayas o dime cómo puedo arreglarlo». Un escalofrío me sacudió y tuve que abrazarme tiritando de frío, vergüenza y odio profundo a mi ridículo espantoso. Era imposible descifrar lo que le estaba pasando por la cabeza a Will, pero creí entrever un amago de sonrisa que no llegó a germinar.

El grupo de turistas que íbamos a hacer el *tour* comenzó a aumentar y yo aproveché la confusión para acudir de nuevo con mis amigos y perderme entre la gente.

—Dame los cincuenta euros. Ya —exigí.

No pensaba hacerlo. Sin embargo, el mal rato me hizo reclamar la recompensa. Ana me los tendió extrañada y dijo:

—Rata agarrada... Tendrás la culpa de que no pueda comprarme una gaita para tocarla con todas las fuerzas de mis pulmones mientras chirrían los muelles de la cama porque mi madre está dale que te pego.

—El *highlander* sabía castellano. Ha comprendido todo.

La del pelo morado se echó a reír y aceptó de buena gana su derrota porque le parecía mucho más gracioso el resultado.

—Te pago otros cincuenta si vuelves a hacerlo delante de mí, pero esta vez le preguntas si es cierto que son los mejores amantes de Europa.

—Ni lo sueñes.

—¡Subo a cien!

—Vete a la mierda.

Si en algún momento tuve la más mínima esperanza, por pequeña que fuera, de que se le olvidaría el tema y pasaría desapercibida, estaba muy equivocada. Will me dedicó las tres horas del *tour* paseando por los escenarios de asesinos en serie de la ciudad que ponían la piel de gallina a más de uno, y me convirtió en la protagonista de los turistas. Si tenía que hacer una pregunta, ¿a quién se la hacía? Exacto, a mí. Si alguien tenía que salir voluntario forzoso para hacer algo ridículo, ¿quién era? Sí, yo.

Por lo menos aprendí bastantes cosas, y no precisamente de esas que me hacían una erudita de la historia. Más que quedarme con fechas, revoluciones de los clanes, intentos de independencia y batallas, memorizaba los datos curiosos que captaban mi atención y me parecían interesantes. Así, por ejemplo, mientras paseaba por la Royal Mile en Old Town, el casco antiguo, me llamó la atención descubrir que fue en Escocia donde se inventaron los tacones y los sombreros altos, que llevaban los hombres elegantes en las películas antiguas junto con un monóculo, y que tenían su origen en algo tan sencillo como la mierda. Sí, en el siglo XVI —¡era mi número favorito y por eso recordaba la fecha!—, las mujeres tiraban los excrementos por las ventanas a la calle. Los tacones eran para no arrastrar las capas y que no se manchasen, y los sombreros, para no encontrarse con un zurullo en el cogote cuando llegases a casa.

—Se dice que el inventor del crucigrama se inspiró en este cementerio por su estructura —explicó Will. Me estaba acostumbrando a ese acento con las erres enrolladas y las es acortadas—. Nuestra cultura es diferente. Aceptamos la muerte como parte de la vida. Por eso no nos impresiona salir a pasear entre las tumbas y por la noche se convierte en un... No recuerdo la palabra...

—¿Picadero? —le interrumpieron un grupo de asturianos que se lo estaban pasando bomba e iban un poco piripis.

—No sé qué significa eso. —Frunció el ceño—. ¿Me lo puedes explicar? —de nuevo me preguntó y, por esa mueca canalla, comprendí que el muy desgraciado sabía exactamente lo que era, pero quería hacerme pasar un mal rato porque, en esos momentos, estaba al lado de un matrimonio de unos setenta años que, antes de que hablase, ya se estaban llevando las manos a la cabeza. «Los jóvenes de hoy en día...», susurraba la mujer.

—La verdad es que no lo sé exactamente. —Le miré desafiante. Había superado el límite de mi paciencia—. Supongo que querrá saber si los escoceses, además de joder con vuestras preguntitas, sabéis hacerlo de verdad. Y si no sabes el doble sentido de *joder*, te recomiendo que lo busques en tu móvil. Te saldrá una buena película porno.

—Gracias por la aclaración y por compartir con nosotros tu afición por el cine X, ¿habías dicho que te llamabas?...

—No lo he dicho. —Me crucé de brazos.

—¿Y lo harías ahora?

Parecía que el resto del mundo se había desvanecido y solo quedábamos él y yo: el escocés rudo y fuerte y la española pequeña y demasiado delgada que le estaba plantando cara. Pero mi tamaño no hacía justicia al par de ovarios bien puestos que tenía.

—Aura.

—Aura —repitió saboreándolo al pronunciarlo.

¿Era posible que transmitiera química y electricidad con solo expresar en voz alta mi tan manido nombre? Me molestaba. Me entraban ganas de estrangularlo por convertirme en el mono de feria y, al mismo tiempo, un deseo, que nunca había experimentado, me consumía imaginando cómo sería sentir su fiereza no verbal en una guerra de lenguas.

Entramos en el cementerio. Se decía que el colegio que se hallaba al otro lado, y que costaba más o menos diez mil euros al mes estudiar en él, era en el que J. K. Rowling se había inspirado para crear el de Hogwarts. Las viviendas empedradas colindaban con ese espacio repleto de musgo, árboles y lápidas enormes y grisáceas, una de las cuales, al enfocarla con una linterna, vimos que tenía un rostro grabado. Anduvimos entre historias pasadas que explicaban que había calaveras dibujadas en algunas para señalar que allí yacía el cuerpo de una persona que tuvo peste negra, un aviso, y verjas antiguas alrededor de las tumbas para que los estudiantes de Medicina no robasen los cuerpos para estudiarlos cuando se estaban descubriendo las principales técnicas de curación.

Proseguimos en la quietud de la noche, interrumpida por el fuerte viento que arreciaba y movía las ramas provocando que chocasen unas con otras, y comenzaron las leyendas. Una que narraba que los espíritus de la gente en coma, que confundieron con fallecidos, vagaban por allí junto con el fantasma más documentado de la historia, apodado Bloody Mackenzie.

—El Ayuntamiento de Edimburgo cerró este punto del cementerio después de que ocurriese un hecho paranormal inexplicable. —Will se detuvo frente a una verja de hierro que cercaba lo que parecía un largo pasillo repleto de tumbas y de la que colgaba un cartel que indicaba PROHIBIDO EL PASO—. Originalmente fue una prisión donde murieron torturados centenares de rebeldes religiosos. En el 96, a pesar de las advertencias, unos estudiantes americanos se atrevieron a cruzar la puerta. Una vez en su interior —se enfocó la cara con la linterna. Los escoceses eran buenos contando historias y sumergiéndote en ellas—, oyeron gritos, pero no veían a nadie. Salieron corriendo y, una vez en el exterior, comprobaron que estaban repletos de mordiscos y sangre. Llamaron a la policía, pero allí dentro no había nadie, al menos humano. Según la parapsicología, el grado de *poltergeist* es tres en este punto, el máximo.

Dejó unos segundos de silencio para que nos calaran sus palabras. Yo no era muy dada a creer en lo extrasensorial, ya fueran fantasmas, espíritus vengativos o brujas; ahora bien, tampoco se me ocurriría nunca hacer una güija.

—¿Algún valiente se atreve a acercarse?

Inmediatamente miré a los asturianos, pero no llevaban las suficientes pintas de cerveza para hacerse los gallitos. Todos nos reíamos como si fuera una tontería sin dar el paso al frente.

—¿Aura, por ejemplo? —preguntó, y me entraron ganas de sacarle los ojos por no dejarme en paz.

No obstante, comencé a andar hacia la verja interpretando una tranquilidad que no sentía.

—Sin problemas...

Mi miedo aumentaba a cada paso, pero me podían las ganas de quedar por encima y no tener que reconocer que me daba muy mal rollo mirar siquiera hacia el otro lado, por si mi imaginación y mi paranoia fusionadas me hacían pasar un mal rato.

Me detuve rozando la valla con los dedos. Le miré y sonreí con suficiencia, altiva: había ganado la guerra de los egos que había comenzado con una estúpida apuesta.

—Tampoco es para tanto. Vete el día que comienzan las rebajas a cualquier centro comercial y sentirás más miedo. Los escoceses sois un poquito blandit...

No pude terminar el improperio. Unas uñas se clavaron en mi tobillo. Alguien, algo, o quién sabe qué, me estaba agarrando el pie. Pataleé hasta que me soltó y, con un grito que se oyó en todo Edimburgo, salí corriendo como alma que lleva el diablo, huyendo del ser que intuía me perseguía, rezando por que no hubiera despertado a un fantasma que me acompañase atormentándome hasta el fin de mis días y calculando mentalmente si tenía dinero para marcharme esa misma noche de allí para ir a España, a la iglesia de mi pueblo, y que me practicasen un exorcismo. Sí, el drama y el terror llamaban a mi puerta.

Will me habría tenido que placar, como buen jugador de rugby que parecía, para que no me perdiese con mi carrera sin destino fijo de no haber resbalado con el musgo hasta caerme de bruces.

—¿Estás bien?

Dejó la linterna a un lado y me levantó el mentón para ver mi cara. Tenía la respiración entrecortada y unas ganas inmensas de vomitar.

—¡Déjame! ¡Necesito irme! ¡Algo me ha agarrado de la pierna! —Me revolví. Notaba sangre en la boca de haberme mordido el labio y dolor en mis raspadas rodillas.

—Nadie te ha...

—¡Sí, te lo juro, no estoy montando una escena, es verdad! ¡Vuestro maldito fantasma más documentado ha decidido cogerme, y no pienso quedarme aquí para conocerle! —Intenté ponerme de pie.

—No —me sujetó con ambas manos—, es parte del *tour*. Una broma que hacemos a algún turista siempre que llegamos aquí. —Le miré sin comprender nada—. Sam, sal. —De entre las tumbas surgió un chico que había estado escondido y que estaba aguantando una carcajada—. ¿Lo ves? ¿Lo quieres tocar para asegurarte de que no es un fantasma?

—¿Está permitido que le pegue patadas en el bazo hasta que le deje sin respiración como él ha hecho conmigo?

Necesitaría varias y tal vez me rompiese el empeine en el intento, puesto que era igual de fuerte que el guía, pero luciría la escayola orgullosa, una señal de victoria sobre ese joven que a punto había estado de causarme mi primer infarto antes de la veintena.

—No seas exagerada, solo era una escenificación que siempre hace mucha gracia en los grupos de turistas.

—El humor no es lo vuestro, ¡hasta los ingleses son más graciosos! —contraataqué sabiendo, por sus comentarios, que sus vecinos de isla no le gustaban mucho—. Quítame las manos de encima, escocés de palo.

—¿Escocés de palo? —me soltó entornando los ojos.

—¿Tampoco sabes lo que significa?

—Sí..., pero no entiendo a qué te refieres.

—Si ya sabía yo que tú eres como las viejas que están sordas y oyen lo que quieren. Significa —apoyé el dedo índice en su pecho para remarcarlo— que eres un farsante que lleva calzoncillos debajo del *kilt* en contra de lo que dicen las normas escocesas.

Fijé mi vista en sus ojos, que oscilaban entre «Esta chica está mal de lo suyo» y «No sé de qué me habla, tal vez no aprendí tan bien castellano en Barcelona».

—¿Me estabas mirando la ropa interior mientras te intentaba ayudar en el ataque de pánico?

—Sí. —Me encogí de hombros—. Tampoco te crezcas. No ha sido a propósito, te has espatarrado delante de mí y no me quedaban muchas más opciones...

—¿Y qué habría pasado si no llevase nada?

—Pues que te la habría visto. Es evidente.

—¿Y eso te parece bien?

—Ni bien ni mal. Te voy a contar un secreto, en España los chicos también tienen penes y, por lo que leí en una encuesta de *Cuore*, gastan el mismo tamaño que vosotros... —sonreí, y él continuó confuso por mi cambio de actitud. Pasada la rabia inicial, en el fondo me hacía gracia el espectáculo que había montado. Era muy positiva. No me gustaba enfadarme, y mucho menos amargarme los pocos días que estaría allí—. Pero recuerda —le amenacé—, si soy capaz de, en medio de una crisis de ansiedad, saciar mi curiosidad, puedo hacer cualquier cosa en un estado normal...

—Eres muy rara, Aura —censuró mi actitud.

—No lo sabes tú bien, William.

—Todo el mundo me llama Will —puntualizó.

—Bien. Entonces ahora ya sabes que yo no soy *todo el mundo*.

Seguimos un buen rato andando hasta que llegamos a un callejón mojado, con poca iluminación, el suelo empedrado y cuyo final no se podía ver.

—No queríamos terminar sin enseñaros el lugar que realmente más miedo da en Edimburgo. Tenéis que llegar al final, cruzar la puerta y enfrentaros a vuestro destino.

Comenzaron a meterse cautelosos en la callejuela. La verdad era que, quitando el detalle de que casi me había dado un síncope al pensar que un ser paranormal me había agarrado el pie, había sido muy divertido. Ya le había dejado los diez euros a Ana para que se los diese a William porque, evidentemente, yo no quería volver a acercarme al escocés.

—¿No vienes? —me preguntó Dani.

—Por hoy ya he tenido suficientes emociones fuertes en la ciudad del terror. Además, tengo que hacer una llamada. Os espero aquí.

Observé cómo se marchaban y saqué el móvil.

—No hay truco esta vez —me dijo William, que se había quedado el último.

—¿Crees que me fío de lo que me digas después de cómo me has tocado las narices una y otra vez esta noche? La confianza hay que ganársela —sonreí.

—¿Y si te cuento lo que hay al otro lado?

—Tranquilo, le he dado mi parte del dinero a mi amiga, no te vas a quedar sin nada. No soy tan rencorosa y, aunque haya deseado convertirme en Aura la destripadora cada vez que me dejabas mal y arrancarte las vísceras, debo admitir que haces bien tu trabajo.

—No lo digo por eso... —repuso serio, extrañado,

como si no se pudiese creer que pensase algo así de él. ¿Y qué iba a creer?, ¿que quería sacarme a bailar la danza tradicional? Tampoco era malo insinuar que deseaba cobrar después del *tour* tan completo que nos había hecho.

—¿Entonces saciarías mi curiosidad hasta que salgan mis amigos? —le resté importancia.

—¿Sabes qué es lo que más miedo da en Edimburgo? —se agachó para susurrar a mi oído; las puntas de su pelo rozaron mi oreja y me hicieron cosquillas.

—¿Los farsantes que se esconden entre las tumbas para asustar a jóvenes inocentes?

—No, los bares repletos de escoceses borrachos —bromeó, y sus labios se curvaron en una sonrisa que se reflejó en sus ojos azules.

Duró solo un segundo antes de volver a su posición habitual, tensa y apretada en una línea recta, pero fue demasiado bonita para que no me derritiera como los copos de nieve helada que empezaron a caer a nuestro alrededor y sobrevolaban en pequeños círculos como si fuera un baile druida o celta.

—¿Nos lleváis a un *pub*?

—Sí, a que probéis nuestra cerveza y, sobre todo, nuestro buen *whisky*.

—¿Gratis?

—Los españoles y vuestra obsesión por no pagar.

—Supongo que como todos...

—No, sois de los pocos que no dejáis el diez por ciento de propina.

—La falta de costumbre. —Me encogí de hombros—. Esperaré aquí a mis amigos. —Sabía que no querían trasnochar mucho para hacer turismo al día siguiente—. No quiero desplumarte.

—¿Y por qué lo harías?

—Porque supongo que a mí sí me invitarías...

—¿Y por qué lo das por hecho?

—Me lo debes por las molestias ocasionadas, pero soy buena chica y no voy a obligarte a gastar tu sueldo de esta noche en chupitos hasta que ya no sienta el frío.

Me miró con una intensidad que caló mis huesos más que el hielo que se posaba en el suelo a mi alrededor.

—Eso sí que me daría miedo, y hay pocas cosas que lo hacen.

—Pues sí, a los *highlanders* me los meriendo yo con patatas fritas...

Antes de que William se perdiese dentro del *pub* escocés, marqué el número de Víctor sin saber por qué lo hacía, por qué tenía esa necesidad de escuchar su voz, de saber de él. El ambiente gótico, las calles empedradas, el verde de las montañas, el azul celeste del cielo por la tarde, la noche estrellada y las tabernas pequeñas e íntimas, todo me llevaba a pensar en el cantautor y cómo le podría inspirar ese lugar hasta componer una canción capaz de consumir el alma.

Contestó al segundo tono.

—Hace una hora has estado a punto de perderme a consecuencia de un infarto fulminante.

—Hola a ti también, Aura. ¿Qué te ha ocurrido?

¿Era posible conocer tan bien a la otra persona para saber lo que estaba haciendo sin necesidad de verle? ¿Ser una experta en su tono de voz, sus cadencias, sus respiraciones, hasta el límite de sentir que me trasladaba a su lado y dibujar la escena a más de mil kilómetros de distancia? «No», sería la respuesta normal, pero es que nuestro vínculo no lo era. Hacía tiempo que había abandonado ese término para sumergirse en otro diferente e infinito, único, nuestro, irrepetible e inimitable.

Le imaginaba tirado en el sofá, con todo desorganizado a su alrededor, folios con posibles letras y pentagramas con melodías, excepto la guitarra, que, o bien estaba en su funda, guardada con sumo cuidado, o en su regazo, acariciada y sostenida por él, ¡quién fuera instrumento en ese momento!

Seguramente se había reincorporado, tenso y preocupado, en cuanto había escuchado mi intervención, y el corazón le bombeaba con potencia porque, como me pasaba a mí, no quería seguir latiendo si algo le pasaba al otro.

Le conté mi experiencia paranormal y noté cómo se tranquilizaba mientras se partía el culo de risa.

—¡No ha sido gracioso, sino humillante!

—Pagaría lo que fuera por haber estado.

—Pues págalo y ven conmigo aquí. Edimburgo es una ciudad increíble, pero contigo aquí sería perfecta.

—Ya sabes que no puedo.

—¿Responsabilidades de las que no me puedes desvelar ningún dato?

—Puede...

—¡Te odio!

—Sabes que eso es imposible...

—¿Por qué?

—Porque yo tampoco podría.

Escuché cómo arrancaba una nota a las cuerdas. Por un momento dejó de gustarme la idea de viajar al extranjero y deseé regresar a Madrid en el primer vuelo que encontrase y poder rozarle; me conformaba con eso, no pedía nada más.

—¿Qué haces? —le pregunté.

—Nada interesante, ¿y tú?

—Debería estar bebiendo una cerveza más grande que yo...

—¿Has explicado a tus amigos cómo sujetarte el pelo antes de que vomites?

—Capullo.

—Borracha.

Los dos rompimos a reír. Entonces pude oír el eco de una voz femenina y un pitido.

—¿Dónde estás?

—Por ahí...

—¿Pero dónde?

—En ningún sitio en especial. —No me contestó y me mosqueé. Algo estaba pasando, él siempre me lo contaba todo—. Te tengo que dejar, Aura.

—¿Me abandonas?

—¡Pero si estás en otro país! Deberías estar disfrutando y vivir mil anécdotas que contarme cuando regreses...

—Lo sé, pero te echo muchísimo de menos, ¿lo entiendes?

—Por supuesto —la voz le cambió y se volvió más ronca—. A mí me pasa lo mismo.

—¿Sabes que hace un minuto he deseado volver solo por tumbarme a tu lado un segundo?

—Serías tonta si lo hicieras...

—¿Crees que me estoy enamorando de ti?

—Espero que no.

—No —me lo negué a mí misma con vehemencia—, nunca haría nada que pusiera en peligro nuestra relación.

—Ni yo —dijo con su tono misterioso—. Aunque me deje la salud en ello.

Otra vez la voz femenina.

—Aura...

—Ya lo sé. No hace falta que lo repitas. Me tienes que colgar...

—Sí.

—No pasa nada. Te quiero, Víctor. —Y colgué antes de poder escuchar su respuesta.

Tenía la costumbre de no mentirme a mí misma más de lo necesario y supe exactamente por qué lo hacía. El motivo era sencillo: si él no respondía un «te quiero» de vuelta, me partiría el corazón. No estaba preparada para asumir que no me quisiera tanto como yo a él.

Iba a analizar su extraño comportamiento al no desvelarme dónde se hallaba, la voz femenina y el dichoso pitido cuando dos chicos, que se veía a la legua que se habían excedido con los chupitos, hicieron que lo olvidase todo del susto. Me cerraron el paso, obligándome a apoyarme contra la pared más cercana. No sabía qué me estaban diciendo, puede que me quisieran robar, coquetear, o algo peor. Yo les repetía una y otra vez que no les entendía, pero ellos no me dejaban, ahogándome en su aliento pestilente, con sus caras de babosos.

Agobiada, traté de apartarlos para abrirme paso, pero uno me sujetó la mano. Empezaba a ver lo complicado de la situación cuando William, el *highlander* guía, salió en mi auxilio y se encaró con ellos. Ni entre los dos igualaban su tamaño y llevaban todas las de perder. No comprendía qué se decían entre ellos —quise pensar que porque hablaban en gaélico y no porque mi inglés diese pena—, pero sabía, por la mirada implacable del chico con las puntas con destellos pelirrojos, que les estaba poniendo en su sitio y los otros asentían como corderos ante el lobo feroz.

—¿También les has preguntado si llevaban algo debajo de la falda? —preguntó, persiguiéndoles con una mirada amenazante hasta que se perdieron y suavizó el rostro para dirigirse a mí.

—¿Qué me querían hacer? —No estaba para bromas.

—Nada, solo molestar. No dejes a tu imaginación volar con las historias de asesinos en serie que os he contado esta noche. Edimburgo es seguro.

—De todas maneras, ¿me podrías acompañar al *pub*?

—Claro.

—Como buen caballero escocés.

—La historia siempre nos ha tratado más como salvajes que bebíamos demasiado, luchábamos y follábamos, como los mejores amantes, con pasión allí donde podíamos, incluidos los cementerios —soltó la pullita por mi frase.

Llegamos a la puerta y yo me sentí más segura.

—¿Quieres que te invite a algo?

—No, vuelvo a casa.

—Te diría que te invitaré en otra ocasión, pero no creo que el destino vuelva a juntar nuestros caminos.

—Yo no afirmaría tanto. Recuerda que Escocia es una tierra mágica.

—¡No pienso volver a hacer el *tour* del miedo! —bromeé—. Y no te veo como un acosador que me sigue para ver dónde me hospedo...

—Dos días antes de que te marches, nos veremos al amanecer.

—¿Eres vidente?

—¿Quieres que te diga el sitio?

—Sí.

—Buscando a Nessie.

—¿Nessie?

—El lago Ness.

—¿Es una manera sutil de pedirme que vaya?

—Sé que estarás al cien por cien. No hace falta pedir nada.

—¿Qué te hace estar tan seguro?

—¿Quieres apostar?

—No suelo ser muy afortunada en el juego.

Mantuvimos la mirada fija y noté cómo desviaba mis ojos hasta el lugar donde estaban sus labios rojizos por el frío, rodeados de una barba incipiente que me habría gustado rozar, y dejaría mi boca irritada si algún día se encontraba con el de William, porque, estaba claro, sus besos no serían con cariño, sino con una pasión que dejaría mis piernas temblando. Con esos pensamientos, una cosa me quedó clara: tenía ganas de marcha esas vacaciones. Tras unos meses, mi celibato físico estaba llegando a su fin, que no el sentimental; ese seguía estando jodido. ¿Lograría volver a querer a alguien?, ¿entregarme con inocencia como había hecho con Ismael?, ¿confiar?

—Tus amigos acaban de pagar el viaje organizado —sentenció antes de marcharse, y una parte de mí se alegró por saber que volvería a ver a ese hombre atractivo, salvaje y fuerte.

Capítulo 24

El lago Ness

A las siete cogimos el autobús que nos llevaría a las Tierras Altas escocesas. A pesar de haber pasado pocos días allí, me había acostumbrado a esos parajes de montañas infinitas, praderas de un verde esmeralda y cielo encapotado, amenazando constantemente con descargar. Hasta mi inglés, o la capacidad para comprender lo que trataban de decirme con su rudo acento, había mejorado.

Para llegar a las Highlands, atravesamos Stirling sin detenernos, el valle de Glen Coe, bordeando la famosa Ben Nevis —la montaña más alta del Reino Unido y, sencillamente, impresionante— hasta el lago Ness, donde nos quedaríamos a dormir en la población más cercana, Fort Augustus. Era extraño, una parte de mí se habría mudado allí para siempre y, por muy triste y poco independiente que sonase, lo único que me llamaba de vuelta a mi querida Madrid era Víctor, el eje invisible en torno al que ya empezaba a girar todo sin yo ser consciente.

El sonido de unos gaiteros, colocados estratégicamente para que los turistas los escuchásemos y les dejásemos algunas monedas, nos recibió junto a William en el extenso y profundo lago de agua dulce, el lago Ness, el tercer punto más visitado de toda Escocia, y, después de verlo, con razón.

Las montañas colindantes con los picos teñidos de blanco, el cielo nublado, que se fusionaba con sus aguas oscuras y se perdían más allá de donde alcanzaba la vista, y las praderas componían un espectáculo para todos los sentidos que luchaban por empaparse de la imagen, el sonido, el olor e incluso el tacto del césped al pisarlo. Podría decir que el paisaje era verde, compuesto de toda una gama desde el más claro hasta el más intenso, pero sería quedarme corta. Había que inventar un nuevo nombre para esos tonos que lograban conmover y emocionar solo con verlos. Durante la semana que llevaba allí no había parado de escuchar que Escocia era mágica, y entonces supe el porqué. ¿Cómo no iba a serlo si, como un espíritu, te inundaba por dentro de paz? ¿Qué podía existir mejor que aquello?

Emprendimos el camino hacia el castillo de Urquhart, una antigua construcción de piedra grisácea que coronaba el lugar. Me coloqué la capucha del abrigo rojo por encima del gorro del mismo color que llevaba junto con una bufanda y unos guantes. El aire soplaba con fiereza.

Esa noche había pensado en un par de ocasiones —las que me dejaron los alemanes que habían sustituido a los chinos y tenían la mala costumbre de berrear cuando llegaban al albergue— cómo me recibiría William. Acudí mentalizada de que volvería a convertirme en su centro de atención y me utilizaría de conejillo de Indias, pero si me había reconocido, no lo parecía. Me ignoró durante las dos horas de explicaciones históricas sobre Inverness y la visita a las exposiciones de objetos que se habían encontrado en los alrededores, como escudos, trajes de otra época o sencillos utensilios de cocina.

No le conocía de absolutamente nada. Sin embargo,

no había que ser un lince para darse cuenta de que el escocés estaba de muy mal humor, más serio incluso que el día del *tour* del terror, por muy complicado que eso pudiese parecer. Tal vez era mejor así, ser invisible para él y no convertirme en la diana sobre la que descargar toda la rabia que le llevaba a tensar una y otra vez los músculos y apretar la mandíbula. Mi curiosidad me llevó a preguntarme qué le pasaba, pero la asesiné con el primer objeto punzante que encontré en mi imaginación. Faltaban dos días para abandonar Escocia y quería marcharme con ese buen sabor de boca que me estaba dejando, excepto las mañanas de resaca, que me sabían como lamer un culo sudado después del gimnasio.

Una vez hechas las fotografías pertinentes, William nos condujo al lago para dar el paseo en barca por las aguas del lago Ness. El joven ayudaba a los torpes visitantes —yo la que más, ojo— a subirse. Me tendió la mano, la cogí y, con la que tenía libre, me agarró con fuerza, hincando los dedos en la carne de la cintura. Me levantó sin apenas esfuerzo y me ayudó a entrar. Fue solo un segundo fugaz; el tiempo necesario para pasar por delante y entrar en la embarcación. Sin embargo, en lugar de permanecer estático, mecánico y robótico como con el resto, me miró mientras nuestras caras pasaban tan cerca que casi se rozaban. Las puntas pelirrojas acariciaron mi mejilla y supe que sí sabía quién era. El momento se perdió en cuanto posé el pie en la madera y se giró para hacer lo mismo con Dani.

Fuimos al fondo del pequeño navío y nos sentamos en tres huecos colindantes libres esperando a que entrase el resto de las personas, entre ellas, el grupo de asturianos que también habían estado en el cementerio.

—Lo he decidido —asintió con fuerza Ana.

—¿El qué? —pregunté.

—Este será el lugar.

Comenzó a hacerse un cigarro de liar. A veces tenía

tanto mono de fumarse un porro que la veía observando la hierba con curiosidad.

—¿Puedes dejar de ser tan críptica y hablar para que el resto te entendamos?

Una corriente de agua meció la barca. Dani, que estaba absolutamente cagado de miedo, se aferró a mi brazo como si fuera un puerto seguro.

—Creo que sería mejor que bajase —dijo.

—No lo hagas o te arrepentirás. No todos los días una navega por un sitio tan increíble...

—Seguro que me mareo del balanceo, vomito o me pongo a gritar aterrado...

Con mi facilidad para que me salieran moretones, sabía que me despertaría al día siguiente con la marca de sus garras sobre mi piel.

—Tienes que confiar un poquito más en ti —le animé—. Estoy convencida de que te lo vas a pasar bien.

—¿Y si hago el ridículo?

—Entonces haré yo algo más vergonzoso para que lo tuyo quede en un discreto segundo plano.

Eso es lo que hacían los amigos, ¿no? A mí me daba igual que la gente me mirase como un bicho raro, era mi día a día, pero a él le supondría un trauma que le llevaría a estar más cohibido de lo habitual.

—Gracias —susurró sin soltarme.

—Y ahora —me dirigí a Ana—, ¿haces el favor de explicarnos de qué será el lago Ness el lugar?

—El lago Ness, no creo; me refería más a Escocia.

—¿Y...? —la insté a continuar, pero ella estaba muy concentrada en intentar encenderse el cigarro.

—Mierda —se quejó al ver que el mechero volvía a apagarse por un golpe de viento.

William apareció en ese momento con cara de pocos amigos —vamos, la que venía de fábrica ese día— y negó con la cabeza.

—Aquí no se puede fumar.

—Vale.

Mi amiga se encogió de hombros fastidiada y lo guardó en su bolsillo. Seguramente estaba ansiosa por que terminase la visita e inundar sus pulmones con ese humo que tanto placer le producía.

El guía se marchó y yo no pude evitar que mis hormonas subiesen hasta la superficie al ver ese culo. EL CULO, con mayúsculas y una ola acompañándolo. El escocés no iba ese día con el *kilt*, sino con un vaquero que marcaba sus portentosas piernas y el trasero duro y firme, una camisa ancha blanca, que insinuaba las líneas de un pecho fuerte como una roca y definido, y una sencilla chaqueta color marrón con capucha por encima. ¿Es que él no sentiría el mismo frío que el resto de los mortales? Tal vez en realidad era un dios del Olimpo y por eso tenía un cuerpo fuera de lo normal, lo común y lo humano.

—Siempre he sabido que una de las experiencias vitales que quería realizar era vivir un año en el extranjero de Erasmus —la voz de Ana me trajo de vuelta del mundo de las fantasías al real—. No sabía dónde ni cuándo, pero tenía claro que estudiaría un año fuera de España para aprender a valorar cosas que antes no tenía en cuenta, viajar todo lo posible, que me aprueben sin merecerlo y encima con nota, enviar fotografías de comidas a mi familia y, después de aprovechar la etapa, no querer volver y hacerlo obligada como una persona diferente a la que se marchó y a la que le cuesta mucho esfuerzo entender que en mi casa todo siga igual.

La comprendía. Tal vez lo mío no era un Erasmus. Posiblemente yo también querría hacerlo algún año. Pero ya había experimentado lo que era sentir que mi entorno percibiese que había estado fuera tan solo unas semanas y, sin embargo, yo lo viese como años enteros, como si Aura Núñez hubiera evolucionado a mayor velocidad que el resto de su antigua existencia.

—¿Por qué quieres que sea Escocia? Y no me digas que para aprender inglés, porque si los españoles ya tenemos un acentazo pésimo y lo sumamos al escocés, debe de ser una bomba indescifrable. Vamos, que si después te vas a Estados Unidos, seguro que te entienden mejor en castellano... —bromeé.

—¿De verdad crees que he pensado en los logros académicos para seleccionar el destino?

—Pues deberías. Las becas son para aprender —le recordó Dani entre dientes.

—¡Y lo haré, pero de la vida! Aprenderé a ser independiente, a solucionar mis propios problemas sin ayuda, a...

—Eso lo puedes hacer sin que el Ministerio de Educación te lo pague...

—Joder, Dani, qué tocapelotas eres de vez en cuando. Yo quiero venir aquí porque me encanta Edimburgo, la gente, la comida, la bebida, la cultura... Y esos serán los motivos por los que elija la ciudad, pero después te aseguro que estudiaré y saldré sabiendo inglés, con amigos en todos los continentes y un sentimiento de nostalgia que me invada cada vez que lo recuerde.

—Siempre te puedes quedar... —intervine intentando que sonase con un halo de misterio—. ¿Nunca has visto *Españoles en el mundo*? La historia más corriente entre los que entrevistan es que vinieron para un mes y se quedaron toda la vida.

—¿Y no volver a ver el sol de Madrid o comer sus tapas? Paso.

—¿Cuándo te piensas marchar? —consultó Dani.

—Puede que el año que viene. Todavía no lo he decidido.

Iba a decirle que no podía. No. Ella era una de mis dos amigos de la universidad. Nos dejaría solos. Sin embargo, la voz de William a través de un altavoz me hizo prestarle atención.

—Una leyenda azota estas aguas. —Volvió a poner el mismo tono de voz que en el *tour* del miedo. A diferencia de la otra vez, esta no parecía estar disfrutando, sino haciéndolo porque no le quedaba más remedio—. Cuentan que un terrible ser habita en el interior del lago. Capaz de devorar barcos enteros e incautos que se acercaban demasiado, salvo aquellos que se persignaban con la señal de la cruz...

Dani me apretó con fuerza.

—No me digas que te lo estás creyendo...

—No digas tonterías, ¡es *marketing*! —Dirigió la mirada hacia las suaves ondas del agua—. Pero nos hemos empezado a mover.

Le imité. Lo que a mi compañero le daba miedo a mí me parecía fascinante. Nessie, como llamaban al monstruo, se convirtió en el protagonista y pasó de ser un terrible dragón a un dinosaurio de cuello largo, cuerpo robusto, aletas en forma de rombos, hasta transformarse en un águila gigante... Y no llegó a especularse con que era un extraterrestre porque no se les había ocurrido que podía tratarse de un motivo polémico. Sea como fuere, nosotros no vimos ni rastro del animalito, pero acabamos comprándonos un llavero de una especie de bicho verde sonriente que decían que era él. Tan comerciales...

Capítulo 25

Volar es posible

Quitarte la bota y el calcetín, andar hasta la orilla y meter el pie en las gélidas aguas del lago Ness es un error y de los grandes. Un escalofrío me azotó de arriba abajo. Pegué saltitos, con los dientes castañeando, mientras me volvía a calzar e intentaba que mi cuerpo regresase a la temperatura normal, lo que venía siendo unos cero grados. Lo único positivo, aunque me estuviera muriendo de frío, era que podría decir que yo, Aura Núñez, me había «bañado» en el famoso hogar de Nessie; los detalles de mi absurda hazaña eran insignificantes.

Anduve sin perder de vista el castillo de Urquhart, donde Ana y Dani se habían quedado descansando con el resto del grupo. También estaba agotada. Llevábamos varios días sin dormir más de cuatro horas, pateando Edimburgo y, en ese momento, las Tierras Altas, pero ¿quién podía descansar estando de vacaciones en el extranjero? Yo no, por lo menos. No pararía hasta tener ampollas en la planta, agujetas en las pestañas, los ojos hinchados y ojerosos y notase que me faltaban las fuerzas. Cuando volviese a Madrid ya podría tirarme en coma una semana metida en la cama si es que lo necesitaba.

Iba tan ensimismada memorizando todos los detalles de lo que me rodeaba que no me di cuenta de que el camino estaba húmedo y tuve que detenerme para limpiar el barro de los zapatos frotando contra el césped verde. Me sujeté en un tronco de madera, que cercaba las vacas. Hasta ellas eran diferentes a lo que había conocido. Como habría dicho Tamara, una de mis amigas del pueblo, no eran de verdad. De esas que muestran en los anuncios publicitarios de leche o chocolate Milka, blancas con motas negras; también eran distintas de las del norte de España, Galicia o Asturias. Más robustas, fuertes, con buenos lomos, cornamenta en forma de uve y unas melenas marrones alisadas.

—A ti tampoco te deja ver el flequillo, ¿verdad, amiga? —le dije a una que se acercó cautelosa pensando que tenía algo de comer que darle.

Con el aire, mi flequillo se revolvía hasta formas imposibles y me molestaba, por lo que me lo había recogido hacia atrás con unas horquillas.

Estuvo un rato esperando y, tras comprobar que mis manos estaban vacías, se marchó. La observé. Su vida era sencilla. Comer pasto, masticar, rumiar la comida, vuelta a empezar, repetir el ciclo infinidad de veces y tumbarse. Aun así, me mantuvieron entretenida hasta que empecé a escuchar unos golpes y, guiándome por el ruido, me dirigí hasta el lugar de donde provenía el sonido.

Fruncí el ceño al encontrar a William en un claro pegando puñetazos sin control al tronco de un pino enorme. Fuera lo que fuera, el pobre árbol no le había hecho nada. Una y otra vez su puño impactaba contra la corteza. Lo hacía con la misma fuerza con la que castigaría un saco de boxeo. La diferencia, en este caso, radicaba en que la madera era firme, dura y no cedía ante la fuerza del escocés. Aunque no lo podía ver desde mi posición, no sería de extrañar que tuviera los nudillos ensangrentados o incluso en carne viva.

Me senté sobre el césped abrazando mis rodillas flexionadas a la vez que apoyaba mi barbilla en ellas. Pasó un buen rato antes de que se percatase de mi presencia: descubrió mi rol de espectadora pasiva cuando, en una de las embestidas, ahogué un grito creyendo, no sin ausencia de motivos, que se iba a partir la muñeca.

Con los ojos salidos de las órbitas, oteó el horizonte hasta que me localizó y frunció el ceño.

—¿Qué haces tú aquí?

—Tranquilo, puedes seguir con lo que estás haciendo, no te molesto —contesté calmada, con una sonrisa de oreja a oreja que transformó su boca en una línea apretada.

—Creo que no me has entendido —me avisó con un sonido más animal que humano. Estaba cansado y su pecho subía y bajaba a un ritmo avasallador. El ejercicio de la lucha libre contra un árbol le tenía exhausto—. Quiero que te vayas. Ahora mismo.

—¿Y perderme el final? No puedo. —No me dejé amedrentar.

—¿De qué narices estás hablando? —añadió algo en escocés, escupiendo al suelo, que no entendí. Supongo que me insultó o me mandó allá donde Cristo perdió una chancla.

—De la paliza que le estás dando a un indefenso árbol. Quiero ver si acabas derribándolo o partiéndote el brazo en tres pedazos y tengo que llamar a una ambulancia. Cualquier opción es válida.

—¡No digas tonterías y márchate! —se revolvió nervioso.

Me puse de pie y descendí hasta el claro.

—Ya sé que no soy bien recibida. No hace falta que pongas cara de que he pisado una mierda de esas vacas enormes y mutantes que tenéis por aquí.

—¿Nunca te han dicho que te metes donde no te importa? —se encaró.

Me doblaba en tamaño, pero, en lugar de hacer que me sintiera pequeña, hizo que me creciera.

—¿Y a ti, que no puedes juzgar a nadie de entrometido cuando estás actuando como un ser de Cromañón que soluciona las cosas a base de puñetazos hasta que se desgarra la mano?

—¡No sé qué es Cromañón!

—¡Ni yo, exactamente, pero supongo que un antepasado del *Homo sapiens* que todavía no había desarrollado la capacidad de razonar como tú! ¡Un salvaje!

—No hables de lo que no tienes ni idea...

—¡Pues dame una explicación coherente que justifique que lleves los últimos quince minutos destrozándote los nudillos!

—No tengo por qué contarte nada de mi vida. No es de tu incumbencia.

—¿Te crees que no lo sé? ¿Te crees que no soy consciente de que debería haber seguido mi paseo sin importarme si acabas pasando la noche en urgencias o no?

—¿Y por qué no lo has hecho?

—¡Porque no puedo! Tengo una mala costumbre, que odio, de intentar ayudar a alguien cuando le veo mal, indefenso, débil...

—Yo no soy débil.

—¿No? Tú eres un macho alfa de las Tierras Altas de Escocia que está lo suficientemente mal para descargar toda su rabia infligiéndose dolor. Supongo que será porque te ocurre algo y no porque sea una especie de juego nacional o hayas desarrollado un gusto hacia el dolor fuera de control y de todo entendimiento, por lo menos por mi parte.

—De verdad —trató de calmarse—, ¿no te puedes largar sin más, Aura?

Se acordaba de mí. Saboreé el sonido de mi nombre dicho por él, con ese tono y su acento.

—Ojalá. Pero me temo que voy a quedarme.

—Pues entonces me iré yo.

—Te seguiré.

—Los escoceses tenemos fama de cabezones, ¿estás segura de que no tienes antepasados de aquí?

—Una abuela medio bruja de Galicia es mi parentesco más al norte de los que conozco.

—Eres de las que no se rinden, ¿verdad?

—No lo sabes tú bien.

William se apoyó contra el tronco que hasta hacía un momento había estado golpeando, y sí, según pude observar, había sangre en la corteza.

—¿Qué quieres exactamente?

—Que me cuentes qué te pasa.

—No te conozco —contestó con lentitud, sin mirarme, haciendo acopio de que era receloso con su intimidad.

—Mi nombre es Aura Núñez y soy de un pueblo de Cuenca en el que no tenemos centro comercial, pero podemos ver una buena lluvia de estrellas. —Di un paso hacia delante—. Este año me he mudado a vivir a Madrid a estudiar un grado que detesto en la universidad porque me da miedo hacer lo que verdaderamente me gusta, no encontrar trabajo y tener que soportar a toda la gente repitiéndome una y otra vez que me lo advirtieron. —Avancé otro paso, este más largo—. Hasta llegar a la capital de España solo había tenido un novio al que no quería, pero con el que perdí la virginidad porque era lo que tocaba, ya sabes... —Levantó la vista escrutándome y yo me atreví a avanzar otro paso más ante su atenta mirada—. Creía que era un bicho raro y que solo me excitaba leyendo novelas eróticas hasta que conocí a Ismael. Un actor de allí del que me enamoré perdidamente, por el que lloré, reí y levité por encima de las nubes. Me engañó, sufrí, le perdoné, aprendí lo que era disfrutar del sexo con pasión y ganas y, en el mejor momento, se tuvo que marchar a trabajar fuera. —Otro más. Ya podía distinguir el sudor cayendo por su rostro—. Mi mejor amigo es Víctor y no quiero ni hablarte de él ni pensar en él porque no estoy preparada para lo que, en el fondo, soy consciente que comienzo a sentir. —El último paso, las punteras de nuestras botas chocaron—. Me encanta *Outlander* y, aunque suene ridículo porque todo aquí es increíble, decidí venir por la absurda fantasía de ver a un *highlander* como Jamie, y desde ese momento Escocia se convirtió en el destino de mi primer viaje al extranjero. —Le cogí las ásperas manos y no las apartó—. Y ahora estoy aquí, contigo, intentando averiguar qué ha podido llevarte a... —balbuceé al ver toda la sangre— esto. Sé que mi vida no es gran cosa, pero ya me conoces, he cruzado el umbral de desconocida, y puedes confiar cuando te digo que intentaré ayudarte.

—¿Cómo lo harías?

—No lo sé hasta que conozca tu historia.

—Hay cosas que no tienen solución.

—Ya te he dicho que soy constante, algo encontraría. —Acaricié los alrededores de las heridas, que ya estaban hinchadas—. Y si no lo hago, siempre puedes regresar con el dichoso árbol hasta que solo quedéis en pie uno de los dos. Pero, si me admites un consejo, tienes las de perder.

William observó nuestras manos, levantó la vista hasta reflejarse en mis ojos y se separó andando mientras daba una patada a algunas hojas secas que estaban en el suelo fusionadas a través del fino hielo.

—La he visto.

Lo suponía. Solo el amor es capaz de remover las vísceras hasta el punto de no sentir el dolor físico porque el espiritual es superior.

—¿Eres de aquí?

—Sí —afirmó orgulloso—. Las Highlands corren por mis venas.

—¿Y ella?

—Suzanne también —le costó pronunciar su nombre, como si le produjera una pena y un odio infinitos, todo a la vez—. Fue mi mujer durante cinco años.

—¿Estabais casados? —Como mucho, tendría veinticinco años, demasiado joven para contraer matrimonio en la época actual.

—No, es una manera de hablar. Le encantaba que le dijera que era mía y yo suyo, como una promesa de amor eterno.

—Los *para siempre* no existen —recordé con amargura.

—Lo sé.

Anduvo hasta situarse detrás del árbol. Me agarré al tronco y asomé por un lateral.

—¿Qué terminó con el vuestro?

—Le pedí matrimonio.

—¿Se asustó por el compromiso?

—Fue algo totalmente diferente. Ver que yo la amaba lo suficiente como para hacerla la compañera de mi vida le hizo darse cuenta de que ella no podía corresponderme.

—Lo siento.

—¿Por qué? Tú no tienes la culpa.

—No hace falta ser la causa del dolor de alguien para lamentar que lo esté pasando mal. Deberías aprender eso, William.

—Todo el mundo me llama Will —repitió como la primera noche, pero esta vez me regaló su primera sonrisa, que capturé para guardarla en el baúl de mis recuerdos.

—Yo no soy como todo el mundo. Soy más irritante que la media.

—Lo sé. —Sonrió. Anduve hasta colocarme a su lado y ambos miramos el lago Ness en todo su esplendor—. Se va a casar.

—¿Con algún amigo tuyo y eso te ha machacado?

—No, no es tan trágico ni melodramático. Con un chico que conoció en Inverness. Y la veo tan feliz que me entran ganas de arrancarle la cabeza a ese hombre por lograr lo que yo no pude.

—¿La querías?

—¿A qué viene eso?

—Responde.

—Sí.

—No es verdad. —Me miró enarcando una ceja—. Si lo fuera, deberías alegrarte de que ella haya encontrado a alguien. Así es el verdadero amor.

—No te lo crees ni tú, Aura, y, si lo haces, es porque no has estado enamorada hasta los huesos. Tanto que no puedes olvidar a la otra persona porque, para tu desesperación, forma parte de ti. Esa es la teoría, las frases que quedan perfectas, pero no es una realidad práctica.

—Pues yo creo que sí. —Medité pensando en Víctor y lo tuve claro—. Aunque me jodiese que no fuera conmigo, yo querría que fuese feliz.

—No creo que pueda superar perderla. Ni ahora ni nunca.

Enlacé mi mano con la suya y apreté los dedos. Al principio se mostró tenso, extrañado, pero al final aceptó mi apoyo.

—Claro que sí. Será duro, por supuesto, te dolerá respirar hasta que sientas que te arden los pulmones, nadie lo duda, pero un día, sin saber cómo, encontrarás a una persona que te quiera igual que tú a Suzanne, y te darás cuenta de que casarte con ella habría sido un error, un ochenta por ciento.

—¿Ochenta por ciento?

—Sí. Siempre he tenido la teoría de que hay gente que se conforma con amar un ochenta por ciento, ya sea por costumbre, por miedo a no encontrar algo mejor o porque no saben estar solos. Y son felices, pero no al mismo nivel que los que alcanzan el cien por cien, las relaciones plenas. Y tú —le aparté el pelo de la cara que le tapaba los ojos— te mereces una relación auténtica. Hazme caso.

—Sabes que eso es palabrería barata, ¿verdad?

—Puede. O no. Solo el futuro y lo que experimentes te dirá si llevaba razón o estaba completamente equivocada.

—¿Y qué hago para solucionar el presente?

—Por lo pronto, asumir que partirte el brazo no te la va a devolver, e intentar mantener la cabeza ocupada en otra cosa que no sea ella y martirizar a preguntas a una pobre turista a la que casi matas del susto en un cementerio.

William se pasó sus rudas manos por el mentón.

—Tengo una idea, ¿te gustan los caballos?

Asentí. Pero si llego a saber el pedazo de animal al que pretendía que me subiera, habría negado categóricamente. Yo era más de percherones, viejos y cansados, con amplios lomos, que más que trotar, andaban, y no de un pura sangre, todo blanco sin mota, alto y fibroso, que parecía que podía correr rápido como el viento.

William me ayudó a subir ante la atenta mirada de su amigo escocés que alquilaba los animales para rutas cerca del lago Ness, un hombre con el que me pude comunicar con gestos y sonrisas. Me aferré a la crin mientras mi acompañante subía con agilidad hasta situarse a mi espalda.

—¿Tienes miedo? —susurró detrás, envolviéndome con una mano por la cintura para llevar con la otra las riendas.

—¿No es evidente con estos temblores?

—Una pista me dan, sí. —Acarició al animal, que relinchó con ganas de emprender la marcha. Se notaba que quería a su dueño—. ¿Preparada?

—Nunca lo estaré, así que, que pase lo que tenga que pasar... Solo te pido que no le hagas ir muy rápido.

—No lo puedo cumplir. Es un caballo escocés, salvaje, como has dicho que era yo.

—Entonces, tal vez es mejor que me baj...

Hincó los talones en los flancos del caballo y este comenzó a correr, dejando que el final de mi palabra se perdiera en el aire mientras contenía la respiración. Era rápido y veloz. Pasábamos por las diferentes colinas como si fuéramos un rayo de luz que atravesaba la superficie. Me eché hacia atrás para sentir el apoyo del pecho de William, fijo, fuerte, constante y duro, que me recordaba que estaba segura. No sé cómo se dio cuenta, tal vez mis gritos ahogados eran la señal que se lo indicaba, pero sentí su pelo en mi cuello, que se erizó en esa zona, antes de notar cómo me hablaba con los labios vibrando al lado de mi oreja.

—Deberías abrir los ojos.

—Me escuecen. —Era cierto. Íbamos contra el viento y este, indignado, golpeaba con toda la fiereza de esas tierras tan altas en las que parecía que no existía límite entre el cielo y la tierra.

—¿Sabes cuántas chicas se morirían de ganas de ir a lomos de un caballo blanco con un auténtico y genuino *highlander*?

Muchas, suponía.

—¿Sabes cuántos escoceses mamados de *whisky* darían su *kilt* más preciado por rozarme la cintura como lo estás haciendo tú? —bromeé.

Como respuesta me atrajo más hacia él, hasta pegarme como si fuera una prolongación de su propio cuerpo.

—¿Quieres volar?

—Si vas a hacer que el caballo salte un barranco o de una montaña a otra sobre el vacío, la respuesta es no.

—No es eso. Dime, ¿te gustaría volar sí o no?

—Si fuera posible, sin poner mi integridad en peligro, por supuesto, ¿quién no querría?

—Entonces hazme caso. Suelta la crin...

—No...

—Te tengo bien sujeta. —Como muestra apretó su mano en mis costillas para demostrar que su brazo me mantenía anclada—. Extiende los brazos en horizontal y abre los ojos, será lo más próximo a volar que vas a experimentar, Aura.

No sé si fue su forma de pronunciar mi nombre que irremediablemente me volvía loca, mis ganas de probarlo todo, de ponerme por bandera la tan manida expresión *carpe diem*, el ambiente escocés que me envolvía o que una parte de mí quería comprobar si lo que decía era cierto, pero le hice caso..., y lo que sucedió a continuación fue indescriptible.

Yo, Aura Núñez, sobrevolaba por encima de unas tierras de un verde todavía no definido con más velocidad que las aves que trataban de alcanzar nuestro paso a lomos de un caballo que ponía el único tono blanco a la composición del paisaje. No supe en qué momento me puse a gritar, esa vez de emoción, pero sí cómo se me sobrecogió el corazón al comprobar que las montañas, con sus picos envueltos de nieve, me devolvían el eco de mi propio sonido, feliz y alegre, retumbando por todas las Highlands escocesas que, aunque suene de un egocentrismo excesivo, en ese momento me pertenecían.

Capítulo 26

Mil maneras de recomponer un corazón roto

—Me encanta tu pelo.

—¡Si parezco punki de lo bufado que está por la humedad!

Dani estaba intentando poner orden en mi cabello, que parecía más propio de una actriz que va a trabajar en la casa del terror imitando a cualquier personaje que de la señorita por la que me quería hacer pasar esa noche. Y es que en mi mochila también había lugar para el glamur. Bueno, más bien para un vestido de manga larga, a cuadros rosas y marrones, que combinaba con mis *leggins* oscuros y mis botas del mismo color. Al no disponer de plancha y estar tan arrugado que parecía que había hecho una bola con él mientras estaba mojado para meterlo en la bolsa, y por eso tenía ese estado, intentamos poner todos los libros de la pequeña habitación encima de él, sobre la cama, a ver si surtía efecto. Desde Robert Louis Stevenson hasta sir Arthur Conan Doyle, pasando por David Hume, con sus obras, intentaron que estuviese presentable, pero ni estos grandes escritores escoceses lo lograron.

—En vistas de vuestra apasionante conversación sobre pelo liso, rizado o con tirabuzones, creo que bajo a tomarme a vuestra salud una buena cerveza negra. —Ana se despidió de nosotros.

Nos hospedábamos en un pequeño hotel en Fort Augustus, la población más cercana al lago Ness. Por la decoración, parecía que estabas de visita en casa de unos ancianitos acogedores más que pagando por la habitación. Las tres camas eran amplias, con cabezales antiguos y horrendas sábanas de flores, que conjuntaban con los jarrones colocados sobre la cómoda o el joyero de la única mesita de noche. Las paredes estaban repletas de antigüedades y el motivo principal del baño era la madera.

Me giré para ver a Dani y los muelles crujieron.

—¿Podrás hacer algo para salvarlo?

—Claro. Pero me temo que no todo en ondas como querías. Tal vez te recoja dos trencitas con los mechones delanteros y los una detrás. La capa inferior sí que te la rizaré.

—¿De verdad no has dado clases de peluquería?

Mi amigo sonrió. Le gustaba que le dijeran cuándo hacía las cosas bien, aunque enseguida se ponía nervioso, con la presión de no fallar y mantenerse arriba.

Era nuestra última noche en Escocia. A la mañana siguiente partíamos rumbo a nuestra querida España y, para celebrar una despedida que no queríamos que fuese amarga, pensábamos sufrir una indigestión comiendo —hasta situarnos al borde de reventar— los platos de Marie, la señora de unos setenta años que llevaba el hostal y estaba convencida de que todavía habitaba en la Tierra porque los dioses no habían descubierto su mano para la comida y la habían obligado a subir al Annwn, el cielo de la mitología celta, con ellos.

Era uno de esos días que tenía en los que, sin motivo alguno, me apetecía verme guapa, coqueta. Tal vez es que estuviese cansada de mirarme al espejo y observar mi flequillo retirado con horquillas, formándome con las puntas una cresta a modo de diadema, o la eterna coleta en la que se me salían la mitad de los pelos electrocutados. Ver que debajo de esa chica dejada todavía habitaba alguien con un mínimo atractivo. Sentirme bonita para que el resto del mundo me viese así.

—¿Sabes qué es lo que más me gusta de ti? —Me dio un tirón para comenzar a enlazar la trenza de raíz del lado derecho, pero luego comprobó que parecía que me había hecho un *lifting*, dejándome los ojos achinados, y aflojó.

—¿Que te seguí hablando a pesar de que el día que nos conocimos me pediste la ropa interior vestido de flamenca?

—No. —Se me olvidaba que Dani no solía bromear—. Tu discreción.

—¿Mi qué? Creo que no me conoces muy bien, porque si algo me define es totalmente lo contrario. Mira, por ejemplo, el otro día observé a William conversando con un árbol y no dudé ni un minuto en entrometerme en su vida y...

—Sabes a lo que me refiero —me interrumpió, y eso era inaudito en él.

Miré su gesto a través del reflejo de la cómoda: estaba serio.

—La verdad es que no —repuse un poco perdida.

—Supongo que todavía recuerdas cierta conversación en un chalé de Ávila a la que nunca has hecho referencia ni has mencionado a nadie.

Ahí estaba. Suponía que tarde o temprano afrontaríamos ese tema.

—Sí.

—Tengo una duda, ¿por qué no me preguntaste al día siguiente? —Siguió con la vista fija en el pelo.

—No te lo tomes a mal. Si me lo hubieras dicho en un estado consciente, lo habría hecho sin lugar a duda. Pero no sabía si querías que lo supiera o el alcohol te había jugado una mala pasada soltándote la lengua. Por eso he estado esperando a que tú decidieses el siguiente paso. Lo que menos me apetecía era incomodarte, ¿he hecho mal?

—No. —Ató la trenza derecha y comenzó con el lado izquierdo—. Habría hecho todo lo posible para desaparecer y no tener que volver a hablar contigo. Soy un cobarde, Aura.

—No te permito que digas eso. Eres un valiente capaz de saber lo que quiere, ¿sabes cuántas personas viven engañándose hasta el final de sus días? —Hice un gesto con las manos que venía a decir que a patadas.

—¿De verdad crees que algún día voy a tener la fuerza suficiente para enfrentarme a esto?

A través del espejo pude ver cómo me miraba, depositando todas sus esperanzas en la frase que yo pronunciara a continuación, con una fe ciega que no me merecía.

—No me cabe la menor duda.

—Tú eres fuerte y decidida, pero yo...

—Eso es lo que tú te piensas. Sin embargo, como diría Sócrates, solo sé que no sé nada. Tengo millones de preguntas sin respuesta, incertidumbres, miedos, inseguridades... Lo que pasa es que los camuflo bajo la coraza de loca de la colina. Pero a la hora de la verdad, tú y yo somos más parecidos de lo que crees.

—Mi padre me echará de casa y mi madre no lo soportará...

—Cada vez tengo más claro que no me apetece lo más mínimo conocer a esa gente.

—No los juzgues mal. Son buenas personas, pero con una mentalidad muy antigua. No creo que ni siquiera conozcan el significado de «transgénero». —Se llevó las manos a la boca, asombrado de haberlo dicho en voz alta.

—Entonces tú se lo explicarás.

—¿Y si no me aceptan? No puedo permitirme el lujo de perderlos. Como habrás podido comprobar, no soy muy bueno en el arte de hacer amigos. Ellos han sido mis únicos compañeros y, si se van de mi lado, me quedo sin nada.

—En eso te confundes. Yo estaré a tu lado. Siempre.

—Creo que me has repetido un millón de veces que los *para siempre* no existen. —Sonrió con timidez.

Desde que Ismael me engañó, lo decía con bastante frecuencia, daba igual el motivo.

—¿Te cuento un secreto?

—Por supuesto.

—Esa frase la repite sin cesar mi yo despechado, pero en el fondo pienso que es totalmente falsa. Claro que confío en que llegará una persona con la que compartir no solo un *para siempre*, sino algo más eterno, el infinito.

Dani cogió las dos trenzas laterales y comenzó a fusionarlas en una. Observé el resultado: me veía realmente bonita. Parecía una vestal griega o algo por el estilo.

—A veces me apetece vestirme con ropa tradicionalmente considerada femenina, como la tuya, como este vestido, pero luego me da vergüenza por el qué dirán...

—¿En la residencia?

Si ese era todo el problema, la solución era bastante sencilla: que se buscase un piso compartido. Tal vez se lo podría decir a Víctor.

—No, en general.

—Solo debería importarte lo que opine la gente que te quiera y, si tú eres feliz, nosotros lo seremos.

—También está el tema del dinero. El otro día miré por casualidad cuánto cuesta una operación y no creo que pudiera pagarla ni empeñando todo lo que tengo.

—Encontraremos la manera. ¿Y tú me decías que no eras un valiente?

—Y no lo soy.

—Claro que sí. Ya has dado el primer paso, informarte, interesarte. Ahora caminaré contigo de la mano hasta el final.

—Gracias, Aura, no sé cómo podré compensarte. Los secretos pesan menos si tienes con quién compartirlos.

Las gafas se le empañaron y supe que iba a comenzar a llorar. Tenía que evitarlo a toda costa. Acababa de abrirse, de decir en voz alta que era transgénero y que quería buscar la manera de vivir su vida como una mujer.

—¿Qué te parece sacándome a bailar?

—Sabes que me da mucha vergüenza...

—Esa será tu penitencia por mi ayuda incondicional. —Le guiñé un ojo.

Asintió. Siempre se quedaba sentado, solo, y, en el fondo, me daba pena ver que no se atrevía a integrarse en las actividades cuando lo estaba deseando. Y lo sabía porque veía cómo su pie golpeaba el suelo con ritmo y cómo se mordía las uñas cohibido mientras nosotras bailábamos. Empezaba una nueva etapa para él y yo iba a hacer todo lo que estuviese en mi mano para lograr que se atreviera a ser esa mujer que habitaba en su interior y se quería comer el mundo a bocados hasta atragantarse.

Bajamos hasta el restaurante, que se encontraba en la planta inferior del hostal. La decoración era rústica: las paredes estaban forradas de madera desgastada y había una chimenea de leña, con una pequeña fogata que calentaba a aquellos afortunados que tenían las mesas próximas. Ana levantó la jarra para que la viésemos y un grupo de escoceses, situados a nuestro lado, la imitaron pensando que era una especie de brindis espontáneo.

Dani emprendió la marcha hacia nuestra amiga, pero yo me detuve un instante. Entre el jolgorio había distinguido a William, que estaba sentado con un par de amigos y levantó la vista en cuanto me vio. Aprecié admiración en esos ojos azules, que no disimulaban que estaban deteniéndose en mi nuevo atuendo y cómo me quedaba, resaltando un pequeño escote, mi cintura estrecha y mis piernas delgadas. Verme deseada por un hombre como él hizo que me sintiera satisfecha del resultado. Caminé hasta la mesa con la cabeza alta, coqueteando en cada firme pisada, manteniendo la atención que había captado nada más hacer mi aparición.

Marie, que era muy atenta y memorizaba los gustos de los clientes, me sugirió que probase su salmón con bacón y estragón. Le hice caso. Lo que esa mujer decía sobre sus platos iba a misa. Por su parte, Dani seleccionó un suculento *coulibiac* —un pastel del mismo pescado típico— y Ana, que si por ella fuese se pediría toda la carta, tomó las mundialmente conocidas empanadas de lomo y tocino. Todo muy *light*, para mantener la línea. Estábamos saciados, pero aun así no pudimos resistirnos al pastel Dundee, la delicia navideña escocesa.

A esas alturas no nos podíamos ni mover; por eso nos extrañó que el resto de los comensales se levantasen en bandada y comenzasen a apartar las mesas y las sillas hasta dejar el interior del salón vacío de obstáculos. Un grupo de músicos se situó al lado del fuego con un violín, una flauta, una gaita, el acordeón y lo que creí que se llamaba, o por lo menos a mí me sonaba así, un *tin whistle* y un *bordan*.

—Vamos a bailar el *ceilidh* —susurró William, que se había colocado a mi lado sin que yo me percatase.

—¿Vamos? —Enarqué una ceja haciéndome la difícil, porque en el fondo estaba deseando salir a la pista. Sujetaba mis pies para no dar saltos de la emoción.

—Sí, tú eres mi pareja.

—¿Y eso quién lo ha decidido?

—Yo. —Empleó el tono posesivo y masculino que siempre había supuesto a un *highlander*—. Esta es tu última noche y solo quiero que seas mía. De nadie más.

No me pude oponer, tampoco lo habría hecho, como mucho un mohín o prolongar un poco más la discusión verbal, el tonteo, pero él tiró de mi mano con decisión y ya no tuve escapatoria.

—No sé cómo se baila.

—Tú sigue al resto.

La banda sonora celta me embriagó. No era complicado. La danza folclórica se basaba, en líneas generales, en bailar alrededor de la sala formando un círculo. La mirada de William se clavaba penetrante cada vez que me hacía girar sobre mí misma, radiante, sin parar de sonreír. Los dedos se enlazaban, nuestros cuerpos se aproximaban más que los de las demás parejas, y, en vez de limitarnos a movernos de un lado a otro, manteníamos una guerra en la que nuestros ojos, cegados de un deseo que aumentaba, combatían con intensidad. Por primera vez noté palpitaciones en algo que no era mi corazón, y es que mi entrepierna reaccionaba con cada contacto. ¡Había resucitado!

Me movió con tanta energía que la falda de mi vestido se elevó tomando vuelo, y un hombre que estaba a nuestro lado y se percató de ello hizo un intercambio, creyendo, erróneamente, que eso podía ofender mi orgullo femenino. Entonces todos se unieron, y lo que hasta entonces había sido un baile de dos se transformó en encuentro social, en el que la mujer iba cambiando de pareja, pasando al siguiente hombre dentro del círculo tras la serie de pasos que, siendo sincera, no sé si hacía del todo bien. Puede que no me convirtiese en la perfecta escocesa, pero me lo pasé en grande.

La gente silbó y aullamos y aplaudimos cuando terminó la canción. Los músicos volvieron a la carga y se volvió a formar un círculo, esta vez con nuevas incorporaciones, como la de una Ana que se tambaleaba y había sacado a un señor al que no conocía, y Dani, precedido de Marie.

Iba a unirme cuando, de nuevo, William captó mi atención.

—¿Te ha gustado?

—Mucho —asentí, aplaudiendo al ritmo de la melodía.

—Vamos fuera. Me agobia estar entre tanta gente.

—Eres un farsante. —Le seguí y, al ver que no entendía la expresión, añadí—: Mentiroso.

—¿Pretendes herir mi honor? —sonrió. Tenía las mejillas de un tono rojizo que hacía juego con las puntas de su cabello.

—Como si tuvieras. Recuerda, tú mismo me lo confirmaste: eres un salvaje.

—¿Acaso ellos no tienen? Los clanes escoceses que lucharon contra los ingleses por su tierra tenían mucho más sentido de la dignidad, el orgullo, la honra, el respeto, lealtad, rectitud y honradez que esos supuestos caballeros.

—No vayamos a épocas en las que ellos vestían uniformes rojos y vosotros golpeabais vuestros pechos cubiertos con un escudo antes de una pelea a muerte... Lo que quería decir es que no eres sincero al fingir que es el resto de la gente lo que te molesta, cuando la realidad es que quieres estar a solas conmigo.

—¿Y qué te hace pensar eso?

—Que no me has quitado el ojo de encima mientras cenaba. —Fue a replicar, pero no le dejé—. Y que yo estaba deseando exactamente lo mismo.

Mi declaración le dejó sin palabras. Tal vez era cierto que ser directa y sincera ya no estaba de moda.

Sujetó la puerta para que saliera. Sabía que hacía frío, pero el par de pintas que me había tomado ayudaban a disimularlo. El hostal estaba a las afueras, rodeado de la naturaleza en su estado puro.

—¿Te apetecería dar un paseo? —propuse.

—¿A estas horas...?

—No voy a tener otras. —Me encogí de hombros—. Creo que voy a echar esto mucho de menos.

—Y esto te va a echar mucho de menos a ti —respondió transmitiendo intensidad con su voz ruda.

Caminamos entre los árboles sin internarnos mucho en el bosque. Desde nuestra posición todavía veíamos las luces del hostal y escuchábamos los cánticos que salían del interior.

El relente de la noche acentuaba el olor a bosque recién mojado, ese que me encantaba y me llevaba de vuelta a las montañas de Cuenca en invierno. Era tal mi afición que mi padre siempre abría las ventanas del coche instintivamente cuando arreciaba una tormenta.

—Aura, yo creo que...

—No digas mentiras. —Le puse la mano en la boca y noté sus gruesos labios entreabiertos debajo de mis dedos—. No es necesario. Tú no estás enamorado de mí, del mismo modo que yo no lo estoy de ti.

—Me gustas, y eso es tan cierto como que antes de media hora lloverá. —Oteé el cielo y no había ninguna nube. Le miré con el ceño fruncido—. Créeme, lo hará.

—Y tú a mí. Sin embargo, no es un sentimiento tan profundo como para que se convierta en algo más. El reloj va en nuestra contra, y cuando llegase a Madrid me volvería loca intentando buscar alguna alternativa para una relación con fecha de caducidad que sería perfecta si se quedase aquí, en las Tierras Altas escocesas, un recuerdo que nada ni nadie enturbiaría y siempre, sin excepción, me dibujaría una sonrisa cuando volviese a él.

—¿Y qué propones? ¿Que nos despidamos con dos besos y regresemos al salón?

—Para nada. —Me coloqué a su lado y pasé mi dedo por su pecho, recorriendo la línea que separaba sus perfectos abdominales—. En realidad, solo quiero uno, uno tan intenso que me demuestre que la fama de los *highlanders* es merecida.

Y lo hizo. ¡Vaya si lo hizo! Sus enormes manos me agarraron de la cintura y me atrajeron hacia él. Sus besos, tal y como había fantaseado, eran fuertes, primitivos, potentes y pasionales. Con cada contacto devoraba mi boca. Eran tan intensos que llegaban a sumirme en un placentero dolor.

Con sus manos descendió hasta mi culo y, como si estuviéramos más compenetrados que en la danza, ascendí con su breve impulso hasta rodearle con mis piernas, notando cómo los latidos de su sexo se acompasaban con los del mío.

No era consciente de si seguía teniendo lengua o él me la había arrancado. Sus dedos pasearon por mi espalda hasta, con maestría, desabrochar el sujetador. Entre gemidos roncos, que brotaban de mi garganta, caminó hasta apoyarme contra el tronco de un árbol, que sirvió de sujeción. Mantuvo una mano debajo de mí y con la otra me masajeó los pechos con rudeza y lujuria, apresándolos entre sus dedos.

Le agarré del pelo y le obligué a mirarme. Necesitaba ver sus ojos azules ardiendo en el fuego de ese apetito sexual que nos estaba abrasando a ambos. Aguantamos menos de tres segundos antes de volver a besarnos como si quisiéramos consumir nuestros labios.

Eché la cabeza a un lado mientras me mordía el cuello a la vez que me arrancaba las botas, los destrozados *leggins* y mis braguitas. Todo ello fue a parar al suelo, empapándose con el rocío nocturno, esa capa fina de hielo húmedo que lo abarcaba todo. Ahogué la respiración al comprobar que hacía lo mismo con sus pantalones —esa vez, a diferencia del día del *kilt*, no llevaba ropa interior— y aparecía un pene largo y grueso, con el glande mojado, al igual que los labios de mi vagina.

Intenté pensar mientras él se ponía el preservativo. Yo no era ese tipo de chicas. Solo me había acostado con dos hombres, con uno por curiosidad y con el otro porque le quería. Tirarme a un tío que conocía de una semana nunca había entrado en mis planes. ¿Acaso eso debía seguir unas pautas? ¿Qué sabía yo de mí misma, mis necesidades sexuales, o esa invitación al placer que quería aceptar?

No lo dudé. En esta vida, repleta de gente que hacía auténticas barbaridades, acostarme con alguien que me gustaba, cuando quería y porque me apetecía no podía ser censurable, y mucho menos malo. Mi respiración se agitó en cuanto fui consciente de que su miembro entraba casi entero en una primera embestida bastante diferente a las de Ismael, que lo hacía con cuidado para no hacerme daño. El enérgico escocés empujó, apretando con todas sus fuerzas, hasta el fondo sin dilaciones, y yo tuve que contener un grito ahogado.

El ritmo y la intensidad no descendieron en las siguientes penetraciones y, sumida en un anhelo de que se repitiese, clavé mis uñas en su robusta y musculosa espalda hasta que dudé de si le estaba rasgando la piel, con un zarpazo animal que se la cruzase de un lado a otro.

William, mi fornido, corpulento y vigoroso *highlander*, estaba descargando toda la rabia, la impotencia y el dolor, y yo me sumé a él desprendiéndome de todos los recuerdos oscuros y toda la pena porque, finalmente, Ismael se hubiese tenido que ir a Estados Unidos, meciendo mis caderas adelante y atrás hasta acompasarme a su velocidad. Eso debió de gustarle, pues escuché un débil gruñido mientras me mordía la clavícula.

El romanticismo quedaba totalmente fuera de nuestro acto. No era ingenua. Éramos dos animales necesitados que lo habíamos pasado mal y encontrábamos consuelo en los brazos del otro. Y debía de surtir efecto, puesto que las embestidas comenzaron a ser igual de potentes, pero más calmadas, como si poco a poco y gracias a ese acto que nos estaba llevando a ambos al orgasmo pudiésemos recomponer nuestro maltrecho corazón, recoger un pedazo en cada penetración y fusionarlo hasta que el puzle estuviese de nuevo completo.

Eché la cabeza atrás antes del clímax, William me imitó y el gemido de cada uno se perdió en el del otro. Las pulsaciones me iban a mil por hora mientras caía exhausta encima de su firme hombro. Él me besó el pelo, empapado de sudor, antes de hacer lo mismo y descansar apoyando la mejilla en mi cabeza, notando cómo me había raspado la espalda con la corteza del tronco del árbol en un momento tan intenso en el que ese dolor parecía algo secundario.

—Eres increíble, Aura.

—Repítelo. Me gusta cómo pronuncias mi nombre.

—Eres una puta pasada, Aura.

Y sonreí porque, contra todo pronóstico, tal y como había dicho él, comenzó a llover.

Capítulo 27

Detener el tiempo es posible

Suponía que al regresar al piso de Moncloa me convertiría en la protagonista relatando hasta el mínimo detalle de mi viaje a Escocia. Sin embargo, Sara tenía algo muy importante que compartir con nosotras, «Una emergencia nacional en la república independiente de nuestra humilde morada», dijo la morena pellizcándose el pendiente de la nariz con tanta fuerza que se hizo sangre.

Conociendo su historial y viendo el estado de nerviosismo en el que se hallaba sumida, casi temí por el tan común embarazo no deseado y la búsqueda de la opción que ella decidiese, abortar o seguir adelante. Pero estaba muy equivocada.

—¿Os acordáis de que en la boda me lie con un tío? —preguntó, y me apresuré a contestar como si fuera un examen.

—¡Sí! Y no le diste el móvil para reafirmar que ya no necesitabas a los hombres en tu vida...

—Pues le he visto.

—¿Y te has acostado con él y te ha mandado al garete como de costumbre? —intervino cansada Vilma en posición de loto. Trataba de ocultar un chupetón en el lateral derecho del cuello. Muy malo tenía que ser para que Sara no se percatase y le realizase un interrogatorio propio del Centro Nacional de Inteligencia.

—Mucho peor. —Vilma dejó un instante de hacer yoga para atenderla—. Ayer fui a paralizar un desahucio y allí estaba él...

—Es un activista y es el hombre de tu vida, no me digas más... —murmuré yo.

—¿Queréis dejarme terminar la maldita historia? —se quejó—. Ojalá llevases razón y hubiera estado a mi lado gritando «Casas sin gente, gente sin casas» o algún lema de la plataforma, pero da la casualidad de que estaba al otro lado...

—¿Era el desahuciado? —pregunté preocupada.

—¡No! ¡Un policía! ¡Un maldito instigador del Estado corrupto! ¡Defendiendo a la banca! ¡Ejecutando sus inhumanas órdenes! ¿Comprendéis ahora mi señal de alarma? Yo con un agente, mi mayor pesadilla, mis enemigos naturales...

Era un poco extremista con el tema, algo extraño, puesto que estaba estudiando Ciencias Políticas y las fuerzas de seguridad del Estado eran un pilar fundamental.

—¿Él también te reconoció? —proseguí el interrogatorio, puesto que Vilma, tras poner los ojos en blanco, había decidido ignorarla y continuar con sus ejercicios.

—Al principio no lo sé, porque parecía muy entretenido demostrando que no tenía corazón mientras la mujer salía llorando de la casa que le quitaban y él veía un vídeo de YouTube con unos compañeros. Pero después de que me lanzase a por él para increparle que no me hubiese revelado ese detalle antes de sobarme las tetas, sí.

—¿Y qué te dijo?, ¿qué hizo?

Ya me la imaginaba en los calabozos de la comisaría de Moratalaz acusada de atentar contra la autoridad.

—Que no se presentaba con su cargo laboral por delante. No lo veía necesario.

—Hombre —Vilma se puso de pie para ir a su habitación—, es que no lo es.

—¿Cómo que no?

—Yo tampoco me presento como Vilma la actriz, y eso que suena bastante más glamuroso y suele llamar la atención. Estabais en una boda, él la quería meter en caliente y tú deseabas que lo hiciera. Vuestra vida, profesiones, gustos y aficiones sobraban. Tampoco es que fuera una relación seria en la que te ha ocultado algo de vital importancia. Fue un polvo resultado de una barra libre con demasiado garrafón...

—Aun así, encima tuvo la poca decencia de sugerir que volviésemos a quedar, ¿es o no es un caradura?

—¿Caradura? Si algo le define es calzonazos. Te lanzas encima de mí, mientras estoy trabajando, insultándome delante de mis compañeros, y como poco te esposo, pero no para jugar en la cama...

—Tú no lo entiendes porque no tienes principios a los que aferrarte, Vilma.

—O porque no soy una extremista, clasista e inconsciente como tú que juzga a todo un colectivo por el mismo rasero, tal como odia que le hagan a tu grupo cuando le acuñan el sobrenombre de *radicales*.

—Es que somos pacíficos y los medios manipulan la información...

Sara continuó con su retahíla persiguiendo a Vilma y yo aproveché la situación para largarme sin que nadie se percatase de mi ausencia. Anduve de espaldas, con pasos cortos y silenciosos, hasta la puerta, giré el pomo y cerré con rapidez. Que dos personas tan diferentes, que discutían cada medio minuto, siguieran siendo amigas era la prueba empírica y tangente de que los milagros existían.

Llamé al timbre de Víctor. Estaba impaciente por verle y darle los regalos que le había comprado: una camiseta de manga corta —bastante hortera, en tonos rosas y verdes— de Nessie y una sudadera de Edimburgo azul marino que sí que era muy bonita.

Como no abría, insistí al tiempo que gritaba:

—Sé que estás ahí, se oye la música.

—¡Voy! —escuché que me decía el cantautor, y, solo por oír su voz tan cerca, la piel se me puso de gallina. Le había echado muchísimo de menos.

Todavía tardó un rato, que a mí se me hizo eterno, en abrir la puerta. La sonrisa que yo tenía dibujada en el rostro se esfumó nada más verle. Y no es que no estuviera tan irresistiblemente guapo como de costumbre o notase que él no se alegraba de volver a tenerme cerca, no. La ilusión que transmitieron sus ojos nada más cruzarse con los míos era inmensa. Sin embargo, a mí se me encogió el corazón.

Víctor se mantenía en pie a la pata coja, con la pierna y el brazo derecho escayolados. Tenía ese mismo lateral del cuello morado, algunas magulladuras en la cara y los dedos de la mano herida hinchados como morcillas.

—¿No vas a decirme nada? —Sonrió con timidez mordiéndose el labio y, como tenía algunos cortes, contrajo la cara de dolor.

—¿Qué te ha pasado? —alcancé a pronunciar. Verle herido fue como si alguien me azotase con un látigo en la espalda hasta llegar al hueso—. ¿Has vuelto a tener problemas con eso chicos de las pistas de baloncesto?

—No. Ya sabes que te lo prometí —se apresuró a aclarar—. Ha sido un accidente de tráfico y, si no te importa, prefiero explicártelo en el sofá. Me cuesta bastante mantener el equilibrio. —Deshizo el camino dando saltitos.

—¿Has hecho el cabra de manera inconsciente con la moto? —Cerré la puerta y le seguí, quedándome de pie enfrente—. ¿O ha sido un borracho al volante? Porque, si es así, te juro que...

Levantó la mano para que me callase.

—Ninguna de las dos cosas.

—¿Entonces?

—Fue una pobre mujer que, de verdad, lo pasó mucho peor que yo. Era madre primeriza y estaba atacada porque el bebé no paraba de llorar y no sabía el motivo. Le estaba llevando al hospital, a urgencias. El niño comenzó a gritar y se asustó. Por lo visto, se giró solo un segundo para comprobar que todo iba bien, con tan mala suerte que perdió el control del volante, no me vio adelantando y me derribó. Estaba tan angustiada que la tuve que consolar tirado en el suelo. Casi me pongo a andar con la pierna rota solo para calmarla... —Rompió a reír.

El sonido de su risa calmó mis pulsaciones, que se habían acelerado desde nuestro encuentro.

—A mí no me hace gracia. Te podía haber ocurrido algo.

Solo de pensarlo noté unas ascendentes ganas de vomitar. Si hubiera regresado de Escocia y me hubiese enterado de que Víctor estaba grave, no lo habría podido soportar. No es que no pudiera vivir en un universo en el que él no existiera, es que no quería hacerlo. Quizá tendría fuerzas para reponerme, pero no me daría la gana. En esos momentos, cuando todavía no sabía lo que pasaría después, ya era consciente de que, irremediablemente, mi destino estaba atado al del cantautor, y, si su cuerda se rompía, la mía lo haría detrás.

—Pero no me ha pasado nada. Déjame que me alegre, Aura, que he estado unos días enclaustrado en el hospital con un hombre al que le gustaba cantar ópera en mitad de la noche y tenía millones de nietos que le acompañaban por la tarde... Ahora mismo estoy disfrutando mi reinstaurada paz.

Le miré sin decir nada y él comprendió mi silencio.

—Tobillo, tibia y radio fracturados. El lateral izquierdo intacto.

Antes de que acudiese a su lado por el lateral sin roturas de huesos, él ya estaba abriendo el antebrazo para acogerme, abrazándome para que pudiera hundir mi rostro en su pecho.

—¿Por qué no me avisaste?

—¿Qué podrías haber hecho desde Escocia?

—Volverme, por ejemplo —lo dije con seguridad, sin pensarlo. Yo estaba de manera incondicional para él, sin horarios.

—Lo sabía, por eso mismo no lo hice. Tenías que disfrutar de tus vacaciones, ¿sabes cuánto me habría molestado ser el culpable de fastidiar algo que te hacía tanta ilusión? —Me acarició el pelo y, desde mi posición, escuché cómo los latidos de su corazón se aceleraban—. De todas maneras, gracias.

—¡Si no he hecho nada! —me quejé, agarrándole yo también con todas mis fuerzas, obligándole a que se pegara más a mí.

—Sí. Me has regalado algo que nunca había tenido: saber que hay una persona en este mundo con la que puedo contar siempre. Cuando me di cuenta de que sabía con total seguridad, sin ningún resquicio de duda, que, si te lo pedía, harías más de mil kilómetros para cuidarme, sentí que nunca podía agradecerte lo suficiente lo que significas para mí, lo que haces por mí sin ser consciente. —Removió la cara hasta que levanté el rostro y depositó un suave beso en mi mejilla, muy cerca de la comisura de mis labios, que estaban entreabiertos y temblando—. Aunque estuve a punto de contártelo cuando me llamaste la noche que te caíste sobre una tumba en Edimburgo...

—¿Ocurrió ese día? ¡Por eso oía la voz de una mujer y un pitido!

—Sí, supongo que serían las molestas máquinas de la habitación y la enfermera, que me estaba drogando sin piedad. —Se encogió de hombros—. Cuando me dijiste que casi te había perdido, exagerando la historia, por un momento creí que estábamos unidos hasta un punto tan extremo como ese, un vínculo invisible que hacía efectivo el «si tú sufres, yo sufro». —Estuve a punto de decirle que era verdad, que prefería que las cosas malas me sucediesen a mí antes que a él, porque podía soportar mi propio dolor, pero no el de Víctor; con él todo se magnificaba y se hacía insoportable—. Por eso después, al enterarme de que habías creído que un fantasma te había agarrado del pie, me reí tanto, aliviado, que desperté a media planta y me llevé una bronca de campeonato. ¿Lo ves?

—¿Soy capaz de hacerte reír, aunque esté en otro país?

—No, eso es más palabrería del actor —dijo con un deje de... ¿celos? No, serían imaginaciones mías—. Yo iba a decir que me metes en líos incluso cuando soy un pobre paciente indefenso. Es usted toda una mala influencia, Aura Núñez, aunque, por lo que estoy viendo, traes unos suculentos regalos para volver a comprar mi amistad.

Me había olvidado de la bolsa que reposaba al lado del sofá. Estaba tan a gusto que no me quería levantar, separarme de él para dársela, pero no tuve otro remedio.

—No te esperes nada del otro mundo. —Se la tendí.

—Viniendo de ti, hasta podría decir que me da un poco de miedo.

Balanceó la bolsa de plástico con la mano libre.

—No suena a botellas chocando entre sí. ¿Eso significa que te has bebido todo el *whisky* de Escocia?

—No digas tonterías y ábrela. —Me reí impaciente por ver su reacción.

Había colocado las prendas de manera estratégica, así que sacó primero la camiseta horrible. La miró abriendo mucho los ojos. Suponía que llegaba el momento del falso agradecimiento cuando te regalan algo que no te gusta en absoluto y tienes que poner una sonrisa fingida y decir que es lo más bonito del mundo.

—Eres cruel. ¿Quieres que los niños experimenten lo que es ir drogado cuando miren fijamente a esta psicodélica camiseta?

—A lo mejor les gusta, aunque a sus madres no les caerás muy bien —bromeé, encogiéndome de hombros.

Víctor volvió a meter la mano, expectante por qué encontraría esta vez, y sacó la sudadera.

—Está muy guapa —asintió para matizar que era verdad.

—Me alegra que te guste.

—Voy a probármelas.

No tuvo problemas para quitarse la camisa vaquera azul celeste. Con la de manga corta blanca que llevaba debajo, fue harina de otro costal. Se retorció de un lado a otro, pero se había enganchado en la cabeza y, con un brazo escayolado que le limitaba los movimientos, se le complicó un poco.

—Soy un jodido lisiado incapaz de hacer nada... —se quejó—. ¿Has visto cómo está la casa?

—Tu piso ya parecía una pocilga antes de caerte con la moto. —Me puse de rodillas a su lado—. Anda, deja que te ayude antes de que te asfixies con la tela.

Me llevé la mano a la boca una vez se quedó sin camiseta. Su torso estaba repleto de moretones. Lo complicado era encontrar una zona que estuviera blanquecina como el resto de su piel. Sin saber por qué lo hacía —tal vez creía que mis labios eran capaces de sanarle, tal vez simplemente quería—, comencé a besarle empezando por las heridas del hombro, para seguir el camino que llevaba a su cuello repleto de marcas...

—Aura —me llamó con voz ronca y el cuerpo tenso—, esto no está bien.

—¿Qué? —pregunté sin detenerme, acariciando con mis dedos los moretones del estómago, con cuidado, evitando las zonas en las que se dibujaba una mueca de dolor en su rostro.

—Lo que estás haciendo. Los amigos no suelen besarse por el cuello cuando uno está medio desnudo...

Mi mano acarició su pecho, la zona donde sabía que estaba escrito mi nombre, y comprobé que su corazón galopaba a toda velocidad.

—¿Acaso tú y yo somos como todos los amigos?

—Desde luego que no. Pero...

—Creía que odiabas los convencionalismos sociales.

—Y lo hago. Ese no es el problema. —Se giró y me aparté. Se notaba que ambos queríamos mirarnos a los ojos, pero era imposible. Teníamos el centro de atención fijado en la boca del otro.

—¿Cuál, entonces?

—No sé hasta cuándo podré frenarme.

Comencé a ponerme muy nerviosa. Las manos me sudaban, tenía un nudo en el estómago y estaba seca.

—¿Y... qué es lo que estás reprimiendo? —conseguí preguntar.

—¿Lo dudas? Además de ser una chica genial, eres preciosa y...

Era la primera vez que hacía referencia a mi físico y quería volverlo a escuchar.

—Soy normal... —pronuncié inocente, interrumpiéndole, para que él lo repitiese.

—Pues tu normalidad es jodidamente perfecta para mí. Y sé que no debo. Lo estropearía todo. Pero soy humano y no puedo evitar desear *cosas*.

—¿Qué cosas?

Víctor suspiró e insistí.

—Dime. Tenemos confianza, ¿no?

Pareció dudar y, por fin, habló.

—Cosas como mandarlo todo a la mierda, Aura, besarte y fastidiarlo todo.

—¿Tan seguro estás de que no funcionaría?

—Sí, te lo dije el primer día. Es la única verdad de la que estoy convencido. Soy nocivo para las relaciones y no quiero poner lo nuestro en peligro por nada del mundo. Eres lo más valioso que tengo y nunca me arriesgaré a hacer algo que pueda echarlo a perder. Así que, te lo suplico, no me lo pongas más difícil.

Y se lo quería poner complicado. Lo que más me apetecía en ese momento era lanzarme entre sus brazos y ser yo la que le besara sin darle opción a apartarse. Además, era algo físico, como mi relación sexual con William. Podríamos acostarnos sin ataduras y al día siguiente seguir siendo los mejores amigos del mundo.

No obstante, le vi tan perdido y asustado que decidí relajarme.

—Cambiemos de tema. —Me recosté.

—Lo que sea.

—Cuéntame la historia de los tatuajes.

—Es muy larga.

—Hazme un resumen.

Víctor asintió. Todavía tenía la respiración entrecortada y me miraba sin poder evitar acariciarme con cada parpadeo. Yo imaginaba que sus manos me recorrían allí donde él posaba sus ojos y por un momento temí estremecerme y gemir. ¿Sería posible que lograse que yo llegara al orgasmo sin siquiera tocarme?

—Comencé cuando terminé el instituto.

Intenté centrarme en la conversación para no hacerlo en las sensaciones de mi cuerpo con una sensibilidad a flor de piel. Aunque me empeñaba, mi parte animal, instintiva, luchaba por saltar encima de él.

—En este punto tal vez me comprendas. Empecé una carrera que no me gustaba y me embarqué en un camino para satisfacer las aspiraciones que otros habían proyectado sobre mí. Era un infeliz. Jugueteé más de lo necesario con las drogas. Quería sentir, porque todo lo que giraba a mi alrededor me envolvía en un vacío opaco. Entonces un día comprendí la verdad.

—¿Cuál?

—Que por vivir los sueños de los demás estaba convirtiendo mi vida en una jodida, autodestructiva y peligrosa pesadilla.

—¿Y qué hiciste?

—Hui. Me largué con mi guitarra y una mochila. Nada más. Y viajé. Conocí mundo hasta encontrarme por el camino. El día que me descubrí a mí mismo, todas las piezas encajaron y supe que no quería asesinarme hasta transformarme en otro; que el Víctor real se merecía una oportunidad y yo era el responsable de crear el universo en el que él podía existir. Las frases son solo enseñanzas que fui aprendiendo de las diferentes culturas, las pistas que seguí hasta poder mirarme en el espejo y reconocerme.

—¿Cuál es tu favorito?

Víctor se giró para señalarme unas letras que se entreveían debajo del morado de sus costillas.

—Es de Gandhi.

—¿En qué idioma está?

—Hindi.

—¿Qué significa?

—La felicidad se alcanza cuando lo que uno piensa, lo que uno dice y lo que uno hace está en armonía.

—Me gusta.

Si antes ese lienzo me parecía interesante, ahora que sabía lo que significaba me gustaba todavía más. Habría querido indagar en sus frases crípticas sobre su pasado, pero Víctor se puso la camiseta y cambió de conversación adelantándose a mis intenciones.

—Yo también tengo un regalo.

—¿De qué? —Sonreí.

—De Navidad.

—Te aviso que yo no te he comprado nada...

—Da igual. No espero recibir algo a cambio. —Movió la cabeza para que se le apartase el pelo—. Pásame mi guitarra.

Hice lo que me dijo y se la colocó en el regazo.

—¿Puedes con el brazo así?

—Es mi adicción y, mientras mis dedos sigan moviéndose, no hay problema.

Permanecí en silencio mientras probaba los acordes con la púa.

—¿Preparada? —Levantó la vista para mirarme—. Faltan algunos arreglos...

—Seguro que me gusta.

—Básicamente así sonaría la banda sonora de tu vida. —Me miró y sonrió satisfecho ante mi expresión de emoción—. La he titulado *Aura cambia las zapatillas por zapatos de tacón*. —Me reí porque era una expresión que yo siempre le decía cuando trataba de explicarle que me encontraba en pleno proceso evolutivo—. Falta por ponerle letra, pero pensé que no ha llegado el momento todavía. Aún queda mucho hasta que seas una ejecutiva de éxito y tendremos que escribir las últimas estrofas juntos.

Por primera vez mientras tocaba, Víctor repartía su atención entre el instrumento y mis reacciones. Quise evitarlo, pero las lágrimas resbalaron por mis mejillas al comprobar que era una obra de arte: dulce, armoniosa, con toques de locura..., preciosa. De esas melodías que ponen en las películas que logran que se te encoja el corazón solo con escucharlas, sin necesidad de observar lo que está ocurriendo en escena. El cantautor se había superado a sí mismo y me estaba regalando esa canción.

—¿Te importa? —Le señalé el hombro.

—No —susurró.

Apoyé la cabeza, y es que el mejor refugio para oír unas notas que se estaban instalando en mi alma era entre sus brazos. La canción terminó y él me limpió las lágrimas con los dedos.

—¿Te ha gustado?

—¿Tienes dudas? Me ha tocado tanto aquí —le toqué el pecho a la altura del corazón— que me gustaría detener el tiempo y consumirme en esta posición, sin pasado y sin futuro, solo este momento.

—¿Tienes mucho cariño a tu reloj?

Le miré enarcando las cejas. ¿Yo le decía algo tan absolutamente bonito y él me salía con esas?

—Es malucho. De esos de quince euros.

—Entonces no supondrá mucho la pérdida. Dámelo.

Lo hice sin comprender nada. Víctor me imitó y se quitó el suyo. Cogió los dos y, con la poca maña que tenía escayolado, les quitó la pila.

—Ya está.

—¿Qué?

—Acabo de detener el tiempo en estos relojes. Tú tendrás uno —me dio el suyo— y yo otro —se puso el mío—, y siempre que los miremos, nos acordaremos de este momento, convirtiendo este instante en eterno e infinito.

Bastó ese segundo para soñar una vida de felicidad; así de relativo era el tiempo con Víctor. Y no solo manejaba las manecillas de un reloj a su antojo. También lograba hacerme reflexionar, y es que sus palabras para mí eran la verdad más absoluta que había existido. Así, me armé de valor y, tras ocho horas de clase de Administración y Dirección de Empresas, me esperé en la universidad en lugar de largarme a mi casa y, en el turno de tarde de Periodismo, entré a todas las asignaturas que se daban ese día. Porque yo quería vivir mi sueño. Porque, como él, quería mirarme al espejo y reconocerme. Y lo peor es que quería hacerlo con el cantautor de la mano.

Capítulo 28

Mi hermano

Formentera de Nicki Nicole y Aitana sonaba en el coche de camino a Cuenca. Las cuatro ocupantes del prehistórico turismo nos mecíamos totalmente motivadas. Hacía meses que no nos veíamos todas y abril nos había vuelto a reunir. No había ningún motivo especial. Alguien, no recuerdo quién, lo propuso en el grupo de WhatsApp y, al contrario de lo que ocurría siempre, todos teníamos nuestra agenda vacía ese fin de semana. Así nuestro grupo, ese que juntaba a especímenes totalmente diferentes, exóticos, llamativos y algo extraños que, de no conocerse del pueblo, nunca se habrían dirigido la palabra, se juntaba para lo que prometían ser unos días inolvidables, como siempre que estaba con amigos de los de verdad.

Hacía un frío de narices, como decía mi madre, después de insinuar treinta veces de distintas maneras que tenía problemas alimenticios, pese a que yo le explicaba que comía como un dinosaurio. Ya no teníamos cuatro estaciones, sino dos —en una estabas helada y en la otra, achicharrada—. Luego se ponía a hablar del cambio climático y desconectaba. Por ese motivo no me había podido poner la braga ancha —que en algunas tiendas catalogaban de falda— y la camisa transparente que, con un buen sujetador de relleno, engañaba mostrando unos pechos en realidad inexistentes.

Mis amigas de Chillarón iban como locas canturreando mientras enarbolaban sus cigarros. Abrí la ventanilla para despejar el submarino, porque temía cegar a Clara, la conductora, y chocar contra el restaurante que había a la altura de Jábaga. El aire de mi tierra me golpeó con potencia. Al fondo se distinguía Cuenca y, aunque era imposible desde ese punto de la carretera, yo ya podía ver el casco histórico, las casas colgadas, la catedral y todo el conjunto de monumentos que hacían de esta una de las ciudades más bonitas de España. Estaba en casa.

Traté de no pensar en nada que no fuera lo bien que me lo iba a pasar con mis amigos, pero la imagen de Vilma acudió a mi retina y volví a sentir ese regusto amargo que me decía que era una perra inmunda siendo tan feliz mientras mi compañera de piso estaba revolcándose en la mierda.

Todo había sucedido la noche anterior. La pelirroja llevaba más tiempo del habitual en el baño. Yo no quería insistir por cuarta vez, a pesar de haberme planteado mear en el jarrón de las margaritas de las ganas que tenía. La actriz padecía de estreñimiento y si por fin iba a expulsar un zurullo, no iba a ser yo quien la interrumpiera y se convirtiera en el centro de su furia asesina. Sin embargo, escuché un golpe seco y me asusté.

—Vilma, ¿estás bien? —me preocupé.

Ninguna respuesta.

—Vilma, siento si te estoy interrumpiendo en mitad de tus cosas, pero he oído un ruido, ¿podrías decirme si estás bien?

Nada.

Fui a la habitación de Sara, que estaba barriendo con

Metallica a toda pastilla —se podía oír el sonido a través de los cascos— y mecía la escoba como si fuera el bajo del grupo.

Golpeé su hombro.

—¿Qué pasa? —Le dio al *stop* un poco extrañada de que entrase cuando la puerta estaba cerrada, rompiendo una de las normas capitales de nuestro hogar.

—Estoy preocupada por Vilma. Lleva mucho tiempo en el váter... —Traté de sonar lo menos alarmista posible.

—No me extraña con la cantidad de mierda que debe de acumular dentro... Anoche tenía la tripa como una embarazada. Déjala que dé a luz a gusto.

—El problema es que he oído un golpe. No sé si se le ha caído algo o qué, pero no contesta cuando le pregunto si se encuentra bien.

No tuve que decir nada más. La morena fue directa a la puerta.

—¿Vilma?

Ningún ruido.

—¿Vilma? —gritó con angustia.

No dio señal alguna de estar oyéndonos.

—Pelirroja del infierno, ¿quieres hacer el favor de decir algo o tiro la puerta abajo?

Silencio.

—Tú lo has querido.

Mi compañera se arremangó y se lanzó con el hombro a tirar la puerta abajo. Me parecía una locura, pero la imité. ¿Y si le había dado algo? Al ver que no surtía efecto, imitamos a las estrellas de Hollywood e intentamos que la madera cediera de una patada. Nos quejamos del dolor de pies, pero no se movió ni un poco. Estábamos mirando los muebles para ver con cuál podríamos atizarle en plan ariete antes de llamar a los bomberos, la policía y el Samur cuando Vilma habló.

—Está abierta.

Giramos el pomo e íbamos a reírnos de nuestra estupidez cuando vimos a la pelirroja tirada al lado de la bañera, completamente vestida, con los ojos hinchados y teñidos de negro del rímel de tanto llorar. Toda la seguridad, elegancia y serenidad que solía desprender la habían abandonado. Sara llegó la primera y se sentó a su lado para acurrucarla.

—¿Qué te ocurre? —preguntó visiblemente afectada por ver a nuestra amiga así.

La imité y la agarré de la mano. Estaba helada y más pálida que nunca.

—Todo se ha acabado...

—¿De qué hablas? —Prosiguió su interrogatorio recogiéndose el pelo rizado en una coleta para que Vilma apoyase la cabeza en su hombro.

—Me han echado de la obra —los labios le temblaron al decirlo.

—¿Y eso? ¿Qué ha pasado? —preguntamos al unísono. Evitamos decir la coletilla «ellos se lo pierden» que la hundiría más que consolarla. Llevaba tantos meses esperando para el estreno, sin parar de trabajar, hablando a todas horas de ese papel que era la oportunidad de su vida...

—Que no me he acostado con el director...

—¡¿Cómo?! —elevó la voz Sara, que se estaba poniendo roja de ira—. ¿Tienes alguna prueba? Porque te juro que escribo ahora mismo una carta a todos los periódicos, creo una plataforma en Change.org, consigo que se haga *trending topic* y destruyo la carrera de ese desgraciado. No sabe con quién se ha metido, te lo aseguro —gruñó, y me recordó a Belén Esteban cuando decía «Yo por mi hija mato», pero con más furia y pasión—. Enséñame ahora mismo los mensajes o lo que tengas...

—La cuestión es que no tengo nada... Notaba que me hacía muchos regalos, cada vez que bebía intentaba tontear, insistía en que fuese a cenar a su casa..., pero no fue hasta que le presenté a mi novia la semana pasada cuando me percaté de que iba más allá. La trató como si fuera una basura y desde entonces los ensayos han sido un infierno. Me insultaba, me despreciaba y no paraba hasta hacerme llorar. —Se llevó la mano a los ojos—. Ayer me llamó mi representante y fue muy claro. Ese señor estaba encaprichado de mí y era de los que no aceptaban un no por respuesta. Obviamente, al percatarse de que soy lesbiana supo que nunca pasaría nada entre nosotros.

Vilma y yo esperamos la intervención de Sara, pero no dijo nada. Estaba seria con los labios apretados.

—¿Y no puede hacer nada para solucionar esta injusticia? —hablé yo un poco extrañada por la reacción de Sara, aunque intuía por dónde iban los tiros.

—Coge a muchos de sus actores para proyectos y es sobrino de uno de los productores más importantes de España. No le conviene tenerlo en contra. Además, dice que tampoco es tan malo, porque me ha dejado como la sustituta, por si algún día la actriz principal está indispuesta —sollozó—. ¿Sabéis lo que más me duele? Es como si alcanzaras tu sueño, todo lo que habías deseado y para lo que te has preparado durante toda tu vida, y, en el último minuto, lo pierdes sin enterarte... Como me pasó en el *ballet*. —Se echó a llorar con la voz desgarrada y la abracé—. Y tú, *hippie* idiota, deberías dejar de estar mosqueada porque me gusten las chicas y consolarme, ¡te necesito!

—Es que no entiendo por qué no me has contado nada en todo este tiempo, ¿acaso no confiabas en que me lo tomase a bien?

—¡No, claro que no! ¿Por qué iba a ser de otra manera? Te conozco y sabía que te alegrarías por mí, da igual que me enamore de un hombre, una mujer o un personaje de novela que ni siquiera existe, pero quería ir poco a poco con Mónica. No tener presiones, para descubrir si realmente me gustaba o era una tontería, ¡y tú me habrías estado agobiando a preguntas todo el día!

—Puede... —Se apoyó encima de Vilma, haciendo que las tres estuviéramos unidas en cadena.

—¿Qué voy a hacer ahora? —se lamentó—. No creo que pueda superarlo.

—Yo tengo la solución —pronuncié convencida de que lo que iba a hacer a continuación no me iba a gustar ni un pelo, pero era necesario—. Ahora mismo os lo explico.

Me levanté para salir del baño. Lo quería hacer sola. Rebajarme sin necesidad de que las demás lo escucharan. Saqué el móvil y busqué su contacto. No. No pensaba llamar a Ismael, sobre todo porque nos habíamos prometido no tener contacto durante ese año. Transcurridos aquellos meses agónicos, aunque me doliera decirlo, era consciente de que tampoco es que le echase excesivamente de menos. Tal vez eso era lo malo de la distancia: enfriaba las cosas hasta que se apagaban las ascuas de lo que en otros tiempos había sido una fogata vigorosa. Se había ido como llegó, rápido, sin darme cuenta, como un tsunami que lo inundó todo.

Si alguien de mi entorno que no fueran mi madre, mi padre, la gente de mi pueblo, mis amigos y aquellas de mis amigas a las que se había tirado era capaz de decirme el nombre de mi hermano, le daría un premio gustosamente. Y es que no pronunciarlo nunca en voz alta no era cosa del azar, sino algo intencionado, porque en cuanto su nombre salía a relucir, él lo eclipsaba todo, y yo quería ser protagonista, por lo menos, de mi propia historia. Pero, como siempre, él acababa convirtiéndose en un punto necesario.

Mi hermano, ese ser humano que nunca hizo nada más en su vida que martirizarme, pegarme, incomodarme, jugar a la Play, rascarse las pelotas a dos manos mientras limpiábamos mi madre y yo y hacer novillos en el instituto para darle unas patadas a una pelota, resultó tener un don para el fútbol —o eso dijo el ojeador que le vio y le fichó—. No solo es que jugase bien, sino que además tuvo la maldita buena suerte de acabar siendo uno de los jugadores más importantes de la liga italiana, en la Roma, concretamente, por el que ahora se peleaban como niños los principales equipos españoles. Real Madrid, FC Barcelona y Atlético de Madrid eran los postores con más papeletas de Christian Núñez, el delantero al que llamaban «el Lince Ibérico». Si le importase lo más mínimo mi opinión, le diría que optara por el equipo del Cholo Simeone, pero entonces él haría totalmente lo contrario.

Lo único bueno que pudo haber traído a mi vida es que hinchase las arcas familiares de euros. Sin embargo, mis padres, que en ese aspecto más que buenos eran tontos, no quisieron aceptar su dinero para seguir viviendo de manera sencilla y ganar los billetes con el sudor de su frente y no olvidar su valor y lo que costaba conseguirlo. ¡Pues que me lo dieran a mí, que yo habría sido igual de íntegra con cien mil euros en mi cuenta corriente en vez de cincuenta! Eso sí, no pusieron ninguna pega cuando en Navidades Christian le regaló a mi madre un par de bolsos de dos mil euros cada uno, un horno industrial que, por lo visto, era la hostia para mi padre, y a mí..., bueno, a mí un libro de aprender italiano para *dummies*.

Desvelado el secreto, él era el único que podría hacer algo, y me pondría de rodillas o me bajaría las bragas —metafóricamente hablando— para que lo solucionase, ya fuese haciendo un montaje con ella que la encumbrara a la cima de la fama como su novia, presentándole a sus contactos, suplicando a sus amigos los productores que la convirtiesen en la próxima Blanca Suárez, o exigiendo que ella fuera su compañera en sus habituales anuncios de colonias, en los que salía con poca ropa, sobado por mil mujeres que le miraban como si fuese un dios de ébano en lugar del mendrugo que yo sabía que habitaba en su interior.

—¿Quién te ha dado mi número? —contestó al otro lado.

—Tú.

—¿Y qué te dije?

—Que solo llamase si era una emergencia... —repetí con voz cansina.

—¿Y lo es?

—Sí. Tengo que pedirte un favor...

—Lo haré.

—¡Todavía no te he contado de qué se trata!

—Solo por el hecho de que te hayas rebajado a hacerlo ya tiene que ser importante, y no sabes lo que voy a disfrutar echándotelo en cara el resto de nuestra vida, hermanita. —Cuando lo pronunciaba con ese tono, que me sacaba de quicio, echaba de menos no tenerle cerca para poder darle una colleja, aunque luego a mí me cayesen tres por la osadía.

Le imaginé frotándose las manos y riendo con una carcajada seca maléfica. Tantos años evitándolo, y al final me había vendido al diablo vestido de Gucci llamado Christian Núñez.

Capítulo 29

¿De verdad quería que los sueños se hiciesen realidad?

Habíamos quedado en reunirnos con los chicos de nuestra pandilla en la plaza de España. Ellos habían ido a jugar al pádel —por las cervezas y las tapas de después más que nada, el deporte era algo secundario—, mientras que nosotras nos habíamos comprado una bolsa de pipas Tijuana, para sentarnos en el banco del frontón y no dejar títere con cabeza en todo Chillarón.

Habíamos decidido ir un sábado porque los viernes en Cuenca se alineaban los planetas y nunca salía absolutamente nadie, a no ser que fuera una final entre el Barcelona y el Real Madrid. Observé varias caras conocidas mientras nos acercábamos, con los tacones repiqueteando en el suelo mojado, hasta el círculo enorme que habían formado mis amigos en torno a unas bolsas de alcohol, refresco y hielos a las que parecían estar adorando.

Lo bueno, la familiaridad y cercanía, de vivir en un sitio pequeño se perdía en el momento en que tu intimidad te abandonaba. Durante el corto trayecto antes de abrazarme a Luis y que Alberto intentase subirme sobre sus hombros para demostrar que, efectivamente, se había puesto más fuerte que tres Rafa Mora juntos, me dio tiempo a ponerme al día de los entresijos de cada uno de ellos: con quién se había liado este, a quién le había puesto los cuernos aquel, pedos lamentables y detalles sexuales que preferiría haber seguido ignorando.

Entonces le vi. Roberto. Solía denominarle «mi enfermedad latente». Una especie de obsesión compulsiva destructiva que habitaba dentro de mí, pero que solo se activaba cuando le tenía cerca. Durante el resto del año nada de nada, desaparecía sin dejar rastro.

Todo empezó un día de primavera que, como reza el dicho, me alteró la sangre a la temprana edad de ocho años. Estaba en mi pueblo con el resto de las chicas y pasó él con su bicicleta. Tenía la tez morena, como si estuviera permanentemente bronceado, los ojos azules y el pelo, que en aquel momento no llevaba cortado a cepillo, era castaño y brillante. Era de Girona, que no de Gerona. Sus padres se habían mudado allí hacía muchos años, pero querían retomar la costumbre de venir a Chillarón en verano. No sé si fue porque él era lo más novedoso entre mis tan vistos amigos, por la ropa moderna y desconocida que vestía, por esa chulería que le era innata o por su acento catalán; el hecho es que, esa misma tarde en que lo vi en la bicicleta, me dio una patada en la espinilla jugando al fútbol, y me enamoré perdidamente. O eso creía yo que era querer a una persona.

No sería nada raro. La típica historia de amor de la infancia que tiene su final feliz. Pero ese no fue el caso. Verano tras verano esperaba impaciente su llegada y, durante esos días, no podía quitarme de encima la sensación de que tenía que aprovechar el tiempo —dormir era secundario— para exprimir los segundos junto a él. Las vacaciones solo tenían sentido cuando me decían que habían venido los catalanes. Y no por el resto de energúmenos de sus primos, con los que me lo pasaba soberanamente bien, sino por él. La felicidad de esos días se contaba en los contactos, ya fueran visuales, caricias o conversaciones, que había mantenido con Roberto. Incluso le presentía antes de tenerle detrás en las verbenas, y cuando me agarraba de los hombros para saltar como posesos alguna canción de Reincidentes o Mägo de Oz, el resto del mundo no importaba. Solo él y yo. Y nuestro roce. Luego, otro año más de espera.

Todo habría sido perfecto si él me hubiese correspondido. Pero es que, agosto tras agosto, lloro tras lloro hasta que no me quedaba ningún líquido más que expulsar, se dedicó a repetirme hasta que se me marcó a fuego que «Lo nuestro no podía ser», «Me da miedo arriesgar nuestra amistad» y «Somos una bomba química. Si empezamos juntos, o nos casamos o nos arrastramos de los pelos, y no podemos permitir que ocurra lo segundo».

¿Desistí? No, era demasiado cabezona para eso. Continué erre que erre infligiéndome dolor, sufriendo cada vez que terminaba su noche entre los brazos de alguna amiga, soñando hasta reventar que llegaría el día en el que esa persona que caminaba de su mano a las siete de la mañana era yo. Los amores de pueblo y su intensidad son conocidos a lo largo y ancho del mundo.

Roberto saludó una por una y me dejó para el final. Era nuestro secreto. Una especie de ritual que nunca habíamos mencionado en voz alta, pero ambos sabíamos que existía. Me besó con lentitud, para que me diese tiempo a saborear esos dos contactos de su mejilla. Era como una especie de medicina que no llegaba a curarme, pero me sostenía en pie. Su manera de mantenerme atada en corto. Yo era ese juguete roto que no quiere usar, pero tampoco regalar.

—¡Cuánto tiempo! —apreció pasándose la mano por su pelo rasurado para que, de paso, se le marcasen esos nuevos bíceps adquiridos después de horas de gimnasio. Hasta la camiseta que se veía a través de su chaqueta negra lo decía: «I'm a GYMaholic».

—Lo que me sorprende es que te hayas dignado a venir. Normalmente hasta agosto, nada de nada —puntualicé demostrando que conocía su agenda anual al dedillo.

—Sí, tenía un proyecto por aquí cerca y decidí pasarme. —Encima era inteligente. Estudiante de Aeronáutica, para ser exactos.

—¿Ya te has hecho con el control de la Agencia Espacial Europea? —le pregunté recordando que estaba haciendo las prácticas allí.

—Yo soy más de la NASA, ya lo sabes. —Y sonrió con esa dentadura perfecta. Sabía que faltaba poco para que nuestra conversación terminase. Normalmente me daba unas miguitas para que yo picoteara como una gallina, generándome ilusiones, y luego me ignoraba el resto del botellón—. Me dijeron que te habías ido a Madrid.

—Sí, ahora vivo en la capital y puedo ser tan chula como tú —bromeé a sabiendas de que él odiaba todo lo que tuviera que ver con los madrileños.

—Espero que no hayas adquirido el mal hábito de decir «tronco», «Madriz» y «ej que»...

—No puedo prometer nada, pero todavía recuerdo *fer-ne cinc cèntims...* —una expresión catalana que él siempre usaba para pedirme que le hiciera un resumen en vez de andarme por las ramas.

Sonrió satisfecho, interpretando que seguía teniéndome en la palma de su mano. Se iba a marchar cuando apareció el ser humano que más temía, Rosa. Una amiga que tenía la extraña y exasperante manía de no poseer una vida propia que contar y se dedicaba en todos los botellones a sacar a relucir los momentos más vergonzosos de los demás. Yo era su principal víctima, tal vez porque era la más chiflada de todos.

—¿Hoy no se te ocurrirá intentar meterte en la fuente? —fue su saludo.

—¿Meterse en la fuente? —preguntó Roberto mirándome extrañado.

—Empieza el espectáculo... —masculló molesta.

—Sí. El año pasado, después de la procesión de los borrachos, dijo que le apetecía bañarse en una piscina y, mientras nos comíamos unos churros, vimos que lo hacía. Tuvo que venir la policía y todo para pedirle que saliera...

—Iba inconsciente. Podíais haber ejercido de buenas amigas impidiéndomelo...

—¡Qué dices! Con lo que nos reímos.

«Tú sí, cabrona, pero yo me cagué de miedo pensando que me iban a llevar directa a la prisión de Alcalá Meco», quise decirle, pero me contuve y sonreí comedidamente.

—Eso no es nada comparado con el día que se cayó lanzando un dardo del pedo que llevaba... —se unió otro de mis amigos.

—Me tropecé —maticé, notando cómo me ponía roja.

—¿Y cuando saliste a la plaza con la falda subida enseñando las bragas por detrás? —otro más.

«Yo también os quiero», quise gritar con ironía.

—¡Fue vuestra culpa! Se me había enganchado meando entre dos coches y en vez de avisarme, me animasteis para que fuese a bailar a primera fila...

Miré de reojo a Roberto. Él desconocía todas las excentricidades de mi patética existencia. Escuchaba atento y divertido, pero yo sabía lo que pensaba de mis anécdotas; me lo había repetido hasta la saciedad. «Eres muy infantil e inmadura, Aura, tienes que empezar a crecer.» Para él era fácil decirlo, ¡había nacido con un señor de cincuenta años dentro!

Estábamos retrocediendo tanto en mi corta biografía que me temí que llegásemos a cierto cumpleaños en el que, con dos años y según me había contado millones de veces mi madre, me arranqué el pañal, no saben cómo, lo tiré como una jabalina e impactó de lleno en la cara de mi padre. Estaba crujiendo los nudillos para matar a puñetazos a quien comenzase con esa historia cuando sonó el móvil. Lo saqué sin mucho entusiasmo y, cuando leí su nombre en la pantalla, sonreí hasta que las mejillas no me dieron más de sí.

Iba a apartarme del grupo —no es que fuésemos a practicar sexo telefónico ni nada de eso, pero me gustaba que las conversaciones con Víctor fuesen íntimas, solo nuestras, aunque tratasen de que nos picaba un pie— cuando noté que alguien me agarraba por el brazo.

—¿Dónde vas? —consultó Roberto.

Miré su mano rodeándome, a él, y de nuevo su mano. Que me retuviera no era muy habitual. Normalmente pasado un tiempo se alegraba de que estuviésemos lejos para que no le diera la murga como despechada.

—Me están llamando.

—No contestes. —Se dio cuenta de mi cara de incomprensión y añadió—: Por una vez que estamos juntos, que le den por culo a ese chisme.

En otra ocasión, cuando cada una de sus frases eran los mandamientos de la Biblia que regía mi vida, no lo habría dudado e incluso, para que él se diese cuenta de la influencia que tenía en mí, habría tirado el móvil al suelo y lo habría pisoteado, todo por mantener sus dedos sobre mi piel. Pero esa vez no ocurrió así. Me zafé, sorprendida de lo que estaba haciendo.

—Tengo que responder. Tampoco es que debamos pasar toda la noche pegados con Super Glue.

Le dejé anonadado. Sabía que me estaba mirando, pero en lugar de mecerme pavoneándome para mantener su atención, me largué hasta el banco más cercano sin prestarle atención.

—¡Acabas de salvarme de un ataque de dignidad! —le saludé.

—Guau.

—¿Guau? No comprendo mucho tu lenguaje basado en monosílabos.

—¿Dónde estás? —Noté su voz alterada.

—En Cuenca. Te lo dije ayer, ¿no te acuerdas?

—Sí, sí, lo siento... ¿Y cuándo vuelves?

—Mañana a última hora.

—¿No podrías hacerlo ahora mismo?

—¿Tanto me echas de menos?

—Puede ser, pero ese no es el motivo.

—¿Entonces?

—Quería contártelo en persona.

—No, señorito, no me puedes dejar con la incertidumbre tantas horas, o mis pobres e inocentes uñas sufrirán las consecuencias.

—Es que es muy importante.

—Por favor... —susurré con voz acaramelada. Víctor no se podía resistir a ese tono.

—¿Recuerdas la canción que te regalé en Navidades?

—Sí, *Aura cambia las zapatillas por zapatos de tacón*. ¿Has encontrado ya la letra perfecta y me la quieres cantar?

—No. Me gustó muchísimo cuando la compuse...

—A mí también. Era la mejor banda sonora posible de mi vida —le interrumpí.

—Pues bien. Decidí mandarla a algunos estudios sin ninguna esperanza.

—¿Te la han cogido? —Me levanté emocionada por su triunfo y, del brinco que pegué, todos mis amigos me miraron, unos con más curiosidad que otros, Roberto en la cima de la pirámide.

—Sí.

—¿Quién? ¿Dónde? ¿Cuándo? ¿Vas a grabarla? ¿Te han citado para una reunión? ¡Dios mío, te vas a hacer famoso y las personas te lanzarán su ropa interior al escenario!

Víctor se rio alegre al ver mi entusiasmo.

—Acabo de leer el e-mail. Pensaba que sería una respuesta estándar con la que rechazaban la maqueta con una excesiva, impersonal e irritante educación inglesa, pero resultó ser todo lo contrario. Era de un estudio en Londres y quieren que vaya a empezar a trabajar con ellos lo antes posible. ¿Te lo crees, Aura? Yo grabando en el Reino Unido...

Dos manos fuertes cogieron mis intestinos y los ataron en un doloroso nudo mientras una rodilla golpeaba mi estómago sin cesar. Dejé de escucharle en lo que luchaba por volver a respirar. «Londres» y «marcharse lo antes posible» repiqueteaban en mi cabeza hasta destrozarme el cráneo.

—¿Estás ahí? ¿Me oyes? Mierda de cobertura que se va en el mejor momento...

—Te oigo —susurré antes de que llamase a la compañía de antenas para poner una reclamación.

—¿Y qué piensas?

—Que los regalos no se dan. —Estaba enfadada con esa canción que había logrado parar el tiempo en un instante mágico y ahora le apartaba de mi lado.

—¿Estás... molesta? —balbuceó extrañado.

¿Acaso no era obvio? Estaba aterrada, desesperada ante la idea de perderle, de poner un océano entre los dos. No quería que se marchase. ¡No podía permitir que lo hiciera! No soportaba imaginar mis años en Madrid sin dormir pared con pared con él, sin tener la seguridad de que podía dar unos toques en el muro y encontrarle en el descansillo. No era justo. El universo se estaba cebando conmigo, separándome de todo aquel que me importaba. Y lo había aceptado sin quejarme con los demás, pero me negaba a hacer lo mismo con Víctor.

Sin embargo, hice de tripas corazón. Ese había sido su sueño. El cantautor con frases inspiradoras tatuadas se había esforzado en lograr algo que solo alcanzaban unos pocos. No podía ponerle entre la espada y la pared y pedirle que se quedase conmigo, que no me abandonase y me dejase sola. Eso sería egoísta y yo nunca actuaría de esa manera con él porque le quería muchísimo, con una intensidad tan arrebatadora que le antepondría siempre antes que a mí misma. Era un hecho.

—¡Estaba de coña! —exclamé con una fingida emoción, tratando de sonar lo más convincente posible—. Lo único que me fastidia es no poder estar ahí para ser la primera en celebrarlo contigo...

—Y lo serás. —Suspiró tranquilo, y escuchar cómo se calmaba logró que me reafirmase en que había hecho lo correcto—. Hasta mañana, nada de celebraciones. Por cierto, hablando de este tipo de acontecimientos, ¿te apetecería venir conmigo el finde que viene de acompañante a la boda de uno de mis primos? También me ha llegado hoy la invitación, ya sabes, el karma, una noticia magnífica y otra pésima, y no quiero estar solo con todos ellos.

—Tú y tu misteriosa familia... Claro que iré contigo.

—Aura...

—¿Qué?

—¿Estás llorando?

Me pasé la mano por las mejillas y comprobé que llevaba razón. No me había dado cuenta. Estaba tan desolada que ya ni sentía ni padecía.

—Parece ser que sí —contesté con la voz ronca—. Pero son lágrimas de felicidad por ti, Víctor. —Y de angustia por mí, pero eso no hacía falta que él lo supiera.

—Joder, Aura, voy a tenerte que colgar, porque como siga oyéndote sollozar así, cojo la moto ahora mismo y me planto en Cuenca para abrazarte.

—Hazlo. —Solo él podía calmarme.

—He bebido bastantes cervezas con los chicos. Si no, créeme que...

—Lo sé. —Ya no podía hablar más sin romperme en dos—. Mis amigos me están llamando —mentí—. Mañana te veo. Enhorabuena.

Colgué y me vine abajo. Algunas amigas acudieron a ver qué pasaba, pero yo no quise hablar del tema. Es más, me obligué a volver con ellas en cuanto mis ojos recuperaron la normalidad, a pesar de que medio Cuenca se había percatado de mis lloros y sabía que levantaría rumores infundados para aburrir. Bebí bastantes chupitos de resoli y me convencí a mí misma de que no podía estar triste, al menos hasta que Víctor se marchase y yo me hundiera a gusto en la miseria.

Entramos en la discoteca. Todos esperaban que hiciese el cabra y bailase de forma acorde al pedo de colores que me estaba pillando. Sin embargo, permanecí en un discreto segundo plano, apagada, sosteniendo la copa que me habían regalado en la entrada y de la que solo había bebido un trago.

Roberto pasó por mi lado con una chica rubia preciosa y me miró con cara de «No me montes una escena melodramática, Aura, no es el momento». Yo le respondí con una sonrisa amarga. Me importaba una mierda que se liase con ella, con la de enfrente o con el aforo femenino al completo del local. Todo eso me era indiferente. Yo quería largarme a Madrid *ipso facto* y atarme con una cuerda por la cintura a Víctor para no despegarme hasta el momento en el que un avión pusiera una distancia considerable entre ambos.

Repasé mentalmente nuestra historia. Las imágenes se agolparon sin orden ni concierto. El Museo del Prado, los pasos de peatones, su acto vandálico frente a nuestro portal, la plaza Mayor, los conciertos en el metro, las conversaciones, las sonrisas, mi cabeza apoyada en su hombro, sus labios en mi piel..., un sinfín de momentos insignificantes que para mí eran inolvidables. Incluso cuando me lancé sobre el escenario como una sardina para avisarle y él me cautivó con su deje de artista torturado. Él lo había llenado absolutamente todo. Él se había convertido, poco a poco y sin aviso para que me protegiese, en mi mundo. Y yo quería más. Tampoco es que pidiese que me tocase el euromillón. Me conformaba con estar con Víctor y poder despertarle con una guerra de almohadas y dormirme escuchando cómo su corazón retumbaba en el pecho. Nada más. Eso era todo lo que yo le pedía a la vida para ser feliz.

Traté de sonreír con amargura, con los ojos empañados de nuevo. Me enjugué las lágrimas y entonces me di cuenta de que Roberto estaba a mi lado haciéndome gestos.

—¿Te encuentras bien? —preguntó.

—Sí, perdón. —Estaba evadida hasta el extremo de no ver el mundo que giraba a mi alrededor—. Creo que me voy a ir fuera a que me dé el aire.

—Te acompaño —se ofreció, y ni se me pasó por la cabeza que era la primera vez que lo hacía, del mismo modo que tampoco vi cómo mis amigos cuchicheaban y nos señalaban.

Me apoyé en el capó de un coche al lado de una chica que acababa de vomitar y tenía el pelo lacio pegado a la cara. Roberto se encendió un cigarrillo y, con su pose de chulopiscinas, le dio una larga calada.

—¿No vas a decirme que el tabaco mata?

—Qué va. Eso ya lo sabes. Hoy no tengo fuerzas para discutir.

Había salido sin chaqueta y tirité, no sabía si por la temperatura o por los escalofríos que me sacudían cada vez que pensaba en Víctor, que era el noventa y nueve por ciento del tiempo.

Roberto se percató y se acercó rodeándome con sus brazos para darme calor, pero yo seguía igual de helada.

—Siempre he pensado que eras un poco alocada, infantil e inmadura, ¿sabes?

—Eso confirma que me tienes calada. —Apoyé mi cabeza contra su pecho.

—A veces eres insoportable y te querría estrangular. Tienes una capacidad innata para sacarme de quicio con tus niñerías, tus borracheras, tus enfados absurdos y tus melodramas de telenovela.

—Espero que te hayas quedado a gusto después de descargar.

En otro momento me habría encarado. Él y yo siempre discutíamos, y mucho. El motivo era indiferente. Si yo decía blanco, Roberto negro. Dos polos tan opuestos que, a veces, parecía que iban a estallar provocando la Tercera Guerra Mundial. Sin embargo, a la vez, siempre estábamos el uno para el otro. Por ejemplo, un día me rompí el tobillo derecho corriendo detrás de mi perro. Era la Vaquilla de Cuenca, las mejores fiestas de la región de todo el año. No me esperaba que ninguno se quedase por mí porque tampoco era necesario. El timbre sonó a las diez de la noche. Supuse que sería alguna chica que quería probar los asientos traseros del nuevo coche de Christian, y me sorprendió que mi madre dijera que era para mí. Fui al salón y allí estaba Roberto. El único que permaneció conmigo. Vale que estuvo jugando a la Play y se quejaba todo el rato de que yo me estuviera poniendo crema depilatoria, pero no se marchó. Prefirió discutir conmigo a besarse con otra.

Roberto tiró la colilla y la pisó hasta reducirla a polvo en la calzada.

—No. Lo que quiero decir es que te detesto, pero por un motivo muy diferente. Lo hago porque tengo miedo de lo que me haces sentir. Porque no te quiero querer y lo hago sin control. Porque tienes todas las características que siempre he dicho que no quería que tuviese mi novia y, aun así, no puedo poner otra cara que no sea la tuya cuando pienso en el concepto de una pareja. Porque todos los veranos me obligo a no desear besarte y cada uno de ellos me resulta más complicado controlarme. Y me da pánico enfrentarme a nuestra relación porque no sé si saldrá bien, porque no sé si nos querremos hasta que seamos ancianos o duraremos menos que un suspiro. Y ya no aguanto más. —Me cogió el rostro para que le mirase, pero yo seguía sin asimilar lo que estaba sucediendo—. Esto tendría que ocurrir alguna vez, Aura, y llegados a este punto, que pase lo que tenga que pasar. No aguanto mirar una vez más esos labios sin haberlos probado, y si mañana nos matamos discutiendo, por lo menos te habré robado un beso.

No me dio tiempo a reaccionar, se acercó y posó su boca sobre la mía. Tantos años había deseado ese beso, tantas veces lo había imaginado que, cuando sucedió, me di cuenta de que la fantasía superaba la realidad. Le había besado tantas veces en sueños que lo había desgastado, mitificando algo que no existía. Puede que, durante la espera, en algún punto que no llegaba a identificar, esa relación que siempre quise que fuera mi futuro se hubiese perdido en el pasado.

Nos separamos. Roberto me miró resplandeciente, con su perfecta sonrisa y esa pose de surfero, pero al ver mi expresión, el rostro se le ensombreció.

—No ha sido lo que esperabas, ¿verdad? —preguntó con un deje de amargura. Ese que me había acompañado todo ese tiempo a mí.

Habíamos cambiado los papeles. Por fin tenía el control. Y no me gustaba para nada ser la que tenía que poner el punto final a una relación irreal de fantasía.

—No eres tú, sino yo. —Me mordí el labio—. Siento decir esa estúpida y tópica frase que todos odiamos, pero es la verdad...

—¿Has conocido a alguien? —Se apartó confuso. Seguramente no se podría creer lo que estaba pasando; ni yo misma lo hacía—. El chico que te ha llamado... —Se acarició el mentón pensativo.

—No tengo novio, así que no es por él... —traté de justificar.

—Pues yo creo que sí. ¿Sabes por qué me he decidido esta noche después de tanto tiempo? Porque te he visto la mirada de enamorada, esa que me ha pertenecido solo a mí durante tantos años, mientras hablabas por teléfono con él, y me he dado cuenta de que te me escapabas de entre los dedos sin poder evitarlo. Lo que no sabía es que ya era demasiado tarde.

¿Era necesario seguir engañándome? ¿Pensar que quería a Víctor cuando la realidad es que le amaba más allá de los límites de lo posible? Yo sabía la respuesta. Estaba perdidamente enamorada de él. Decir la fecha exacta en que se inició ese amor tan grande que me consumía como el fuego era imposible. Tal vez fue el día que observé la pintada en el paso de peatones y me atreví a expresar en voz alta lo que no me permitía pensar. Puede que fuera la rutina más maravillosa en la que me quería perder para siempre, con las conversaciones absurdas, los abrazos sin ningún motivo o las caricias de cariño. O quizá todo era más sencillo y solo había hecho falta que mis ojos grises se encontrasen con los suyos marrones verdosos para comprender que era la persona que el destino había reservado para mí. Lo único real era que todavía no le había besado y estaba segura de que no quería otros labios en mi vida.

El problema era que yo no sabía entregarme a medias tintas. Era o todo o nada. Quería abrirme el pecho en canal y entregarle mi corazón, sin condiciones, para que fuera suyo e hiciese con él lo que considerase oportuno. Amarlo, cuidarlo, mimarlo o tirarlo a la basura, la decisión era suya, y yo me enfrentaba a ella sabiendo las consecuencias, siendo perfectamente consciente de que, si no salía bien, me quedaría vacía, con un hueco en el pecho que nada ni nadie podría rellenar.

También conocía el motivo por el que no lo había hecho antes. Yo no quería regalarle un corazón destrozado, ni con una tirita, ni con recuerdos del pasado, que es como se lo habría dado después del paso de Ismael por mi vida. En ese momento me di cuenta de que ese último año había tenido un amor por estación. El otoño llegó de la mano del actor y me enseñó que tenía que dejar caer todas las hojas secas de las ramas para que florecieran otras nuevas, verdes, llenas de vida. El invierno, con William y lo mágico, fugaz e imposible de trasladar a mi realidad, con una nieve que tal vez en las montañas de Escocia duraba para siempre, pero que en Madrid se derretía. La primavera, con Roberto, una de esas plantas bonitas de observar, pero que se marchitan si las llevas a casa. Y Víctor, el verano que quería que fuese eterno. Pero el cantautor era mucho más que eso. Era mi sol, esa luz que siempre había estado allí, detrás de las nubes, acompañándome, y que yo, centrada en las tormentas, no había apreciado, y ahora resplandecía inundándolo todo.

Víctor era el hombre de mi vida y a la vez mi mejor amigo. Y eso era una gran putada. Si le perdía a él, los perdía a ambos.

Capítulo 30

Las cosas que no nos dijimos

—Cuando me dijiste que me preparase para conocer a tu familia, me esperaba otra cosa. —Descendí del taxi mientras Víctor pagaba. Me había negado a ir en la moto a la boda con mi precioso vestido.

—¿Qué es lo que te imaginabas? —Dijo que no quería recibo.

—No sé. Tal vez unos *hippies* fumados con margaritas en el pelo..., o nudistas, y que te avergonzase... —Me coloqué el fular—. Esto desde luego que no.

Habían alquilado una finca enorme y lujosa. Los jardines que rodeaban la casa principal, de dos plantas, en tonos blancos y con unas llamativas columnas a la entrada, tenían un césped cuidado, setos y un lago ancho, con patos recorriéndolo y un puente para pasar de un lado a otro.

—Supongo que ya lo habrás averiguado..., pero son asquerosamente ricos.

—Lo dices como si fuera algo malo...

—Si conocieras lo que les ha hecho el dinero a los Pierce, estarías de acuerdo.

—¿Te apellidas como la famosa marca de joyería de alto *standing*?

—No podría ser de otra manera. —Inspiró para llenar los pulmones de aire y coger valor—. Soy el nieto del Pierce original.

—¡¿Cómo?! —Abrí tanto los ojos que creí que se me iban a salir de las cuencas—. No es un detalle insignificante que pase desapercibido para contárselo a tu... —Me detuve. ¿Cómo podía definir lo que éramos? ¿Amiga, la verdad?, ¿o novia, lo que yo quería?—. Para contármelo a mí —arreglé la afirmación impresionada y un poco molesta porque me lo hubiese ocultado.

—Las puertas que me ha abierto mi apellido nunca me han gustado. Siempre han tenido algo que ha hecho que me arrepintiera. Prefiero la gente que me conoce como Víctor, a secas.

El cantautor se metió las manos en los bolsillos del pantalón y se encogió de hombros. Iba totalmente diferente a lo que me tenía acostumbrada, con su traje de dos piezas negro, la camisa blanca y la corbata oscura. Sin embargo, y a pesar de que sabía de buena tinta que lo había intentado una y otra vez, su pelo no había cedido ante la gomina, la laca y mi empeño en estirarlo hasta casi arrancarle un mechón, y seguía tan revuelto como de costumbre. Un niño malo rebelde escondido bajo una apariencia formal. Si no hubiera estado tan jodidamente impresionante, me habría costado no perdonarle que me ocultase ese detalle, pero estaba tan irresistible que lo hice al instante. Tendría sus motivos para no haberlo revelado antes. Tal vez, como me había contado Ismael, cuando tenías dinero y poder era muy complicado diferenciar quién se acercaba a ti por verdadero interés o por conveniencia; así eliminaba de un plumazo a los segundos.

—Si llego a saber que era una boda de este nivel, me habría comprado un vestido mejor... —añadí nerviosa, pasándome la mano por la tela azul claro de mi traje de corte griego con la espalda al descubierto cruzada por tres tiras. Por lo menos, no le había dejado a Sara que me peinase, como me había propuesto cuarenta veces, y había ido a la peluquería para que me hiciesen una trenza lateral de espiga, con mi flequillo hacia un lado y algunos mechones rizados, y me maquillasen los ojos ahumados y los labios en un tono suave que contrastase.

—Tranquila, a la novia le ibas a caer mal igualmente.

—Eso, tú dame ánimos.

—Solo te digo la verdad.

—¿Y qué pasa?, ¿no puede la pueblerina impresionar a la modelo que se va a casar con tu primo? Porque es modelo, ¿verdad?

—Sí, noruega y, por lo que dicen, todo lo que tiene de guapa lo tiene de cabrona. Se acabará divorciando y sacándole unos cuantos millones a Antonio.

—¡No seas cruel! ¿Acaso no se ha podido enamorar de él?

—Le saca treinta años y tiene una barriga que pesa más que toda ella en conjunto. Lo dudo, la verdad.

—¿Y por qué me va a odiar?

Puso su sonrisa ladeada y a mí me dio un vuelco el corazón.

—A nadie le gusta ser la segunda más guapa el día de su boda, Aura. Y tú con ese vestido la superas.

—¡No me hagas la pelota! —Me puse tan nerviosa que me temblaron las piernas subidas encima de esos taconazos de veinte centímetros.

—No lo hago. Desde que te he visto bajar por las escaleras, no he podido parar de pensar que siempre me sorprendes, y cuando creo que no puedes estar más bonita, lo consigues.

—¿Cuál fue la ocasión anterior?

—El día que te enseñé la canción en mi casa. Tú no te

dabas cuenta, pero tenías el foco de la luz de la mesita dándote en la cara. Llevabas el rostro limpio, sin maquillar, pero aun así tus labios estaban un poco rosados en su eterna sonrisa, achatabas más la nariz que de costumbre y tus ojos, de ese gris inhumano, se me clavaban. Estabas agotada del viaje y preciosa, y me di cuenta de que, como la belleza es un concepto subjetivo, yo te elegía a ti para que lo representases. Desde entonces no ha habido un solo día que no me hallas parecido, pues eso, *preciosa*, Aura.

Enlazó sus dedos con los míos —para él seguía siendo un gesto rutinario; para mí, algo más—. Caminamos, zambulléndonos en el tumulto de invitados, la mayoría de ellos empresarios calvos y rechonchos y ellas, altas, delgadas, elegantes y estilizadas, con vestidos súper caros, hasta que llegamos al altar. Este estaba situado estratégicamente en la parte del jardín donde, cuando comenzase el enlace, se podría ver un atardecer de película. Había un camino con margaritas, pétalos y bancos blancos a ambos lados y, al fondo, el novio esperaba en una preciosa construcción en forma de corazón del mismo color, con flores por todos los lados.

—Vamos a saludar a mis padres —pronunció con solemnidad. Noté cómo se iba poniendo nervioso al aproximarse, apretando mi mano cada vez más.

Llegamos hasta un matrimonio de unos cincuenta años que estaban haciendo la labor de maestros de ceremonia, saludando a diestro y siniestro con risas estrambóticas que sonaban falsas. Parecían el punto y la i. Él era bajito, regordete y con una pelusa de pelo que se echaba para un lado para disimular su calvicie. Ella, en cambio, era alta, delgada, y me pregunté si habría algo en esa cara que no fuese obra de un cirujano —tal vez si hubiese visto su rostro original, antes de los retoques, habría apreciado que Víctor se parecía a ella, porque estaba claro que del padre no tenía nada—. Se giró para dar un trago a su copa de champán y por el camino pude ver que criticaba a aquellos a los que un minuto antes estaba haciéndoles la pelota.

—¡Cuánto tiempo, Víctor, hijo mío! —exclamó sin el menor ápice de ilusión al reconocerle, mientras le daba un golpe a su padre, que, por un momento, sí que pareció alegrarse de verle, hasta que observó la cara severa de su mujer y se sumió en una expresión taciturna.

—Un año, más o menos.

—No te puedo dar un beso. Ya sabes, el maquillaje. —Se señaló la cara, tan estirada que rozaba lo absurdo. A veces las señoras deberían aprender que, con cincuenta años, pretender parecer unas quinceañeras no les favorecía, sino que era ridículo—. Cosas de chicas... —Me sonrió con fingida cordialidad mientras me practicaba un escáner con esos rayos X que, intuía, el cirujano le había implantado detrás de los ojos en un dos por uno mientras le quitaba las bolsas.

Su padre le dio la mano y mantuvo el apretón más tiempo del necesario hasta que su mujer carraspeó.

—¿No vas a presentarnos a tu amiguita?

—Aura, ellos son Marina y Carlos, mis padres.

Me agaché para darle dos besos al hombre, y lo que sucedió con su madre me habría provocado un ataque de risa si el ambiente no hubiese estado enrarecido. En lugar de mantenerse quieta como acababa de hacer con Víctor, se acercó y soltó dos sonoros besos al aire al lado de mis mejillas. La miré con una ceja enarcada, no me pude contener.

—¿Y tu familia es...? —preguntó expectante.

—Núñez. De un pueblo de Cuenca, panaderos. —Podría haber añadido que mi hermano era uno de los futbolistas más aclamados (para algo tenía que servir ese cenutrio), pero no me dio la gana captar la atención de esa esnob clasista así. ¿Cómo era posible que un ser tan maravilloso hubiese nacido engendrado por semejante elemento?

—Entiendo... —Ya había obtenido la información que le interesaba para darse cuenta de que no merecía la pena seguir hablando conmigo—. Víctor, cariño —tan cordial y fría—, tenemos que seguir atendiendo a los invitados...

—Por supuesto. Siempre trabajando y haciendo contactos —repuso este con amargura, pero si Marina lo comprendió, hizo caso omiso.

Nos largamos y el cantautor me susurró un breve «lo siento» por el comportamiento tan maleducado de su madre, al que le resté importancia de inmediato.

La ceremonia fue de lo más emocionante. Incluso llegué a pensar, por la cara de asco con la que miraba la noruega al novio, que iba a presenciar en directo un caso de novia a la fuga. Sin embargo, cuando vio el pedazo de diamante que le iba a poner en el dedo, comenzó a asentir con una risa nerviosa, abanicándose a la vez que se miraba en el reflejo de la piedra preciosa.

Comí muchísimo en el cóctel previo al banquete, aunque lo único que conocía era el jamón serrano de pata negra que cortaban en directo. El resto eran cosas pequeñas y muy bien decoradas que casi tragabas sin masticar. *Delicatessen*, como diría Amparo si estuviera allí buscando como una loca un cacho de empanada, tortilla o morcilla de Burgos.

Luego pasamos al salón y allí comenzó el siguiente asalto de la batalla campal que se estaba librando a diestro y siniestro. Nos sentamos en una mesa con los que, me dijo Víctor, eran sus primos carnales. Si en algún momento pensé que estos serían más normales, pronto me sacaron de mi error.

—No te encontré en la fiesta del rey Felipe VI... —apuntó con recochineo uno de ellos, que llevaba el pelo tan engominado hacia atrás que parecía que estaba pintado como el del Ken de Barbie, al que se sentaba a su lado.

—Me han dicho que tuvo una seguridad muy deficiente y se les colaron una buena panda de indeseados. ¿No serás tú el próximo Pequeño Nicolás, primito? —repuso este intentando que sonase a broma cuando en realidad pretendía ofender, restarle mérito al primero—. Personalmente me fue imposible asistir porque estaba cerrando una fusión con unos socios asiáticos...

—Sí —le interrumpió—, ya me han contado que empresa que coges, empresa que va a la quiebra y tienes que vender acciones.

—Te han informado mal. De hecho, el otro día me mencionaron en *El Mundo* y *El País* como la joven promesa...

—Ya. —Volvió a hablar por encima y noté cómo el otro se mordía hasta hacerse daño—. Los medios y la crisis, ¡qué fácil es comprar titulares por un buen puñado de euros! Una inversión que no sirve de nada si se tiene visión nula para los negocios...

Estaba anonadada por las pullas que estaba apreciando en la selecta élite. Miré a Víctor, pero se encontraba muy ensimismado leyendo la carta con los diez platos que la componían.

—¿Los estás escuchando? —susurré para que el resto no lo oyese.

—Procuro no hacerlo.

—Pues deberías. No sería extraño que de un momento a otro comenzaran a volar los cuchillos de la carne. Debes estar prevenido.

—¿Y enfrentarse al qué dirán? Nunca. Hazme caso, en estos paripés es más inteligente pasar desapercibido y marcharse lo antes posible.

—¡Qué dices! Es mucho mejor que las peleas en el barro de chicos embadurnados de aceite.

—¿Te gusta la lucha cuerpo a cuerpo masculina?

—¡Claro! ¿A ti no? —Le guiñé un ojo.

Víctor rompió a reír y yo me fijé en el otro lado de la mesa, donde la batalla también estaba servida entre las mujeres.

—Así que es cierto... —dijo una de ellas.

—¿Qué?

—Te ha operado el doctor Francisco.

—Sí, ya sabes, un capricho caro y exclusivo. Lamento que no te haya aceptado entre sus clientas.

—¿Pero no te habían avisado?

—¿Sobre qué?

—Sobre... —le señaló los pechos— su manía de dejar un pezón mirando a Oviedo y otro a Cuenca.

Me atraganté, ¿de verdad le acababa de decir eso? La mujer se empezó a poner roja de la ira y estuve por sacar el móvil disimuladamente y dejarlo grabando antes de que se empezasen a tirar de los pelos con su perfecta manicura. Pero entonces, el de los tres kilos de gomina cambió el centro de atención hacia alguien con quien no debería meterse: Víctor.

—Aunque, bueno, siempre podremos hacer como Víctor y vivir de las rentas familiares...

—Sí —contestó el otro, que hasta hacía un minuto se estaba peleando con él, cómplice—. Decir que nuestro sueño es ser pintores y no dar palo al agua.

—¿No dices nada, *cantante*? —El desprecio con el que pronunció la última palabra provocó que una furia asesina ascendiese por mi garganta.

—¿Y qué quieres que conteste? Es lo que ocurre cuando uno sabe que el resto lleva la razón y no tiene argumentos —soltó el otro.

Le di un golpe con el hombro para que se defendiera, pero dio la callada por respuesta.

—Seguro que si no tiene su zarrapastrosa guitarra, no sabe ni hablar...

—Un «nini», eso es lo que es.

—Te estás gastando en porros el dinero del abuelo mientras los demás nos matamos a trabajar, ¿no?

En lugar de caer ante sus provocaciones, Víctor se levantó sin montar el menor espectáculo y se largó. Le imité, dejando la servilleta encima del plato más fuerte de lo que debería. Entonces me percaté de que no eran mi familia y yo no tenía por qué respetarlos, ni mucho menos dejarles que le hablaran así.

—Qué pocos modales... —susurró el engominado.

—Un maleducado... —se sumó la de los pezones estrábicos.

Y yo estallé.

—Lo siento mucho... —pronuncié.

—Tú no tienes la culpa, querida. Aunque deberías mirar más la clase de los chicos con los que sales. Eres muy joven y el inútil de Víctor no te conviene en absoluto —me dijo esa mujer, que llevaba toda la noche mirando el culo del camarero porque su marido le excitaba menos que una alcachofa.

—Creo que me has entendido mal. Lo que quería decir es que lamento muchísimo que vuestras vidas estén tan jodidamente vacías que os tengáis que dedicar a molestar a los demás. —Comencé mi sesión escupiendo. Debí decirlo con tanta furia o dar tanto miedo que ninguno se atrevió a replicarme, pensando que me iba a lanzar a arañarles si lo hacían. Un escándalo. Y no iban del todo desencaminados—. Me da pena que por culpa del dinero os hayáis transformado en escoria humana que no valora nada y, para encontraros bien, tengáis que dedicaros a hacer daño a los demás para que estén tan mal como vosotros y así no os sintáis tan desgraciados. Y por lo que os pido perdón una y mil veces es por confirmaros que no dejaré que Víctor se transforme en un monstruo superficial como vosotros y que él conseguirá lo que más anheláis: será más feliz en un día de lo que vosotros lo seréis en toda vuestra tormentosa existencia de celos, luchas de poder y desconfianza, porque no os mintáis, estáis tan podridos que nadie podrá quereros de verdad. Nunca. Siempre valdréis los millones que tengáis en la cuenta. Ni uno más ni uno menos. Y si los perdéis, seréis invisibles, mientras que él brillará con luz propia.

Me fui muy digna escuchando cómo se llevaban las manos a la cabeza y repetían el manido argumento de que «los jóvenes de hoy en día desconocen el significado de la palabra *educación*».

A la salida del salón, tropecé con un señor, bastante mayor y arrugado dentro de su esmoquin, que tosía como si se estuviera muriendo a la vez que le daba una larga calada a su enorme puro.

—El tabaco mata —apunté enfadada con el mundo sin distinguir a Víctor.

—La familia, más. Si te oyen los que están ahí dentro, en el próximo cumpleaños me regalarán un puro con las cantidades justas de nicotina para que fallezca por muerte súbita. Ratas desagradecidas...

—Sabe que le pueden expulsar por fumar en un espacio cerrado, ¿no?

—Después del millón de euros que he pagado por la maldita boda de ese desgraciado, lo dudo.

—¿Es usted Pierce? —Me detuve. Puede que lo hubiera visto alguna vez en la televisión, pero estaba tan demacrado que no le reconocía.

—Sí, y ahora mismo no firmo autógrafos ni recojo currículos...

—No iba a pedirle trabajo, sino a darle la enhorabuena por la boda de su sobrino.

—¿Felicitarme? ¡Si es una inversión perdida de antemano! Me cuesta la boda, me cuesta la luna de miel, me costará mientras estén juntos, y mucho más cuando se divorcien y esa preciosidad quiera una suculenta indemnización a cambio de no sacar los trapos sucios de la familia en los medios de comunicación. Y tenemos tantos que podemos hacer incluso que resurja alguna revista rosa del tres al cuarto que esté al borde de echar el cierre. Debí practicarme la vasectomía cuando todavía podía, antes de engendrar a estos carroñeros.

—Sin ofender, la verdad es que no les podía haber educado peor ni haciéndolo adrede. Son unos mimados, altivos y sin pizca de empatía, ni más ni menos.

El hombre se atragantó con el humo y corrí a darle un golpe en la espalda temiendo que le diese algo por mi falta de tacto.

—Tranquila. —Se apartó—. Estoy tan acostumbrado a que me den la razón cuando no la tengo y me compadezcan cuando no hace falta que creía que nunca llegaría el día en el que alguien tuviese los cojones de decir lo que siempre he sabido: que he fracasado como padre y abuelo. Soy el patriarca de una familia abocada a la destrucción —apuntó como una obviedad, sin pizca de pena.

Pierce ya tenía suficientes personas que le mintieran y yo seguía con los comentarios que le habían hecho los suyos a Víctor a flor de piel.

—Por lo menos se salva uno. Eso ya es algo.

—¿Quién? Y no me digas que Leo por haber ido al besamanos del rey, porque le llevé de acompañante después de recibir una llamada en la que me decía que o lo hacía o se tiraba por el balcón de su chalé en La Finca.

—¿El engominado? —Puse los ojos en blanco—. ¡Por el amor de Dios, no! Ese es un poco más asqueroso que la media familiar. —El viejo rio y le vino la tos seca. De nuevo pensé que tenía los pulmones machacados—. Víctor, ese sí que merece la pena.

—¿El artista bohemio? Ese es un vago.

—Un soñador.

—Lo mismo da.

—No. A diferencia del resto, que están esperando que usted se muera para matarse por la herencia, Víctor ha buscado su propio camino. Ni siquiera dice quién o de qué familia viene. Ha soñado algo difícil, sí, pero también ha luchado por conseguirlo y, ¿sabe qué?, lo ha logrado sin necesidad de lucir un apellido que le abriría muchas puertas. Empezando desde abajo, como usted, tocando en el metro sin que se le cayeran los anillos.

—Hablas con pasión de él.

—No podría hacerlo de otra manera.

—¿Le quieres? —Enarcó la espesa ceja blanca por encima de la gafa de pasta como si fuera un interrogatorio.

—Más de lo que le podría explicar ahora mismo.

—No sé si llevas razón. De lo que sí me doy cuenta es de que tiene algo que ninguno de los demás posee.

—¿Qué?

—A ti.

—¿A mí?

—Alguien que de verdad le quiere. Las mujeres, los amigos y los conocidos de mis nietos siempre se arriman por interés, pero no veo nada de eso en ti.

—Porque no existe. Aunque no me crea, me he enterado esta misma tarde de que es familia suya, pero antes de eso yo ya sabía que hoy le querría más que ayer pero menos que mañana. —Hablar de mi amor hacia Víctor hizo que se calmasen mis ganas de arrancar la cabeza a sus primos—. Por cierto, le estaba buscando, ¿no le habrá visto?

—Sí, ha salido hace un rato al jardín principal.

—Si no le importa, me voy con él.

—Para nada. —Apagó el puro pensativo.

Fui hasta la puerta y me giré.

—Y recuerde: entre todas las zarzas, le nació una flor.

Eso ya es más de lo que tienen muchos en su jardín. —Le guiñé un ojo.

Le localicé en el puente que cruzaba el pequeño lago. La luna llena se reflejaba en las puntas de su cabello. Tenía la chaqueta colgada al hombro, la camisa le sobresalía por un lateral y estaba apoyado sobre la barandilla, tirando piedras para que rebotaran sobre la superficie del agua, que, a esas horas, era negra como la noche. Me coloqué a su lado.

—No debí dejarte sola, pero me sacan de mis casillas y tenía miedo de montar un espectáculo.

—Tranquilo, ya lo he hecho yo por ti.

—¿Les has dicho algo?

—Que son desgraciados, infelices y eso. Ah, y por el camino me he encontrado con tu abuelo y también les he vuelto a insultar un poco.

—¿Por qué has hecho eso?

—Por ti. Nadie te insulta si yo estoy delante, ¿me has entendido? —Soné autoritaria.

Nos sostuvimos la mirada unos segundos. Sus ojos descendieron hasta mi boca, parpadeó, negó con la cabeza, apretó los puños contra la madera y volvió a mirar al infinito.

—En parte llevan razón. ¿Cómo crees que me he mantenido todo este tiempo?

—Bueno, era lo que tú querías hacer. Igual que mis padres me están pagando un grado y yo no me flagelo por ello.

—¿Y si estoy equivocado? ¿Y si debo hacerles caso a ellos, que son adultos y tienen la experiencia, y dejar de comportarme como un niñato idealista inconsciente? ¿Sumarme a la mayoría y dejar de creerme que podré cambiar el mundo?

—Y es que puedes.

—No digas tonterías, Aura, soy una persona normal

que no hará nada reseñable en esta vida más que ser un músico mediocre que pasó sus días sin pena ni gloria. Uno de tantos.

—¡Y una mierda!

Le agarré del brazo y le obligué a girarse. Mis ojos le hipnotizaron y la chaqueta cayó al suelo. En el hilo musical comenzó a sonar *Forever Young* de Alphaville. Sus ojos marrones brillaban expectantes matizando esos círculos verdosos y no le hice esperar.

—¡No te permito que digas eso! Porque ya has cambiado el mundo, al menos el mío —hablé con pasión—. ¿Sabes qué? Voy a dejar Administración y Dirección de Empresas, aunque suponga un fracaso en mi corto historial universitario, para hacer Periodismo el curso que viene. —No lo había planeado ni meditado, pero supe que era verdad—. Tú eres el motivo. Lo mejor es que gracias a ti no tengo miedo porque yo también quiero reconocerme cuando me mire al espejo. No dar la posibilidad a un futuro arrepentimiento. Tú me has enseñado que debo luchar por mis sueños hasta mi último aliento, dejar de creer en el destino, capturarlo y, con determinación, empezar a escribir mi propia historia. Me has devuelto la juventud olvidada. Esa en la que la única meta es el cielo, no existen barreras y los imposibles se solucionan con buenas dosis de comerse el mundo.

Víctor se pasó la mano por el pelo, nervioso. Se acercó con paso firme y decidido hasta envolverme entre sus brazos. Escuché su corazón y comprobé que, como sucedía últimamente, se acompasaba con el mío. Nos apretamos y estuvimos un rato disfrutando de ese gesto. Poco a poco se separó y me agarró de la cintura mientras yo hacía lo mismo enlazando mis manos en su cuello. Nos mecimos al ritmo de la canción sin apartar los ojos el uno del otro. Amaba el tono marrón de estos, su mandíbula cuadrada, su sonrisa rebelde, su extraña manía de morderse el labio, su pelo desaliñado, sus cejas, el lunar de su mejilla..., todo. Le amaba con tal intensidad que me dolía físicamente estar tan cerca y no poder besarle. Aunque sonase exagerado, de buena gana habría dado hasta mi propia vida por probar a qué sabían sus labios. Era consciente de que no era normal. De que querer tanto debería estar prohibido o existir medicinas para calmar esa intensidad que te azotaba por dentro.

—Joder, Aura, cuánto te quiero.

Apreté los ojos. Quería que esa expresión, con su voz, fuese lo primero y lo último que escuchase cada día. Tanto tiempo la había esperado que, cuando llegó, fue mejor de lo esperado. Provocó que levitara, mis pies se movieran solos y yo me sumiese en ese estado del que había oído hablar a los enamorados, una felicidad tan suprema y pura a la que me volví adicta inmediatamente.

—Y yo —susurré en su cuello—. Pero yo de verdad.

—¿Y qué te crees que es lo mío? No sabía que se podía amar tanto a una persona, Aura, y es que lo hago con todo mi ser. El cien por cien de Víctor es tuyo.

Ahí estaba. Yo, que nunca me había conformado con una relación al ochenta por ciento, había localizado a mi cien por cien.

Fijé mis ojos grises en los suyos. Ahora o nunca.

—No. No me estás comprendiendo. —Tragué saliva—. Lo que intento decir es que, pese a las advertencias, estoy perdidamente enamorada de ti desde hace tanto tiempo que las mariposas, ansiosas, han destrozado mi estómago y las entrañas porque quieren llegar a tu lado y decírtelo ellas mismas ante mi cobardía. —Las pulsaciones aumentaron—. Lo que pretendo que entiendas es que en un día pienso dieciséis horas en ti y ocho sueño contigo.

Epílogo

¿Qué ocurrió? ¿Víctor me agarró por la cintura y me besó como en las películas o me rechazó educadamente? ¿Hicimos que nuestros mundos estallasen al fusionar nuestros labios o un muro se instaló entre ambos?

Nunca podría saberlo, porque no le dije nada. Había repasado tantas veces ese instante, cambiando los detalles, añadiendo las palabras que debieron salir de mi boca, inventando un posible desenlace, que al final había terminado por creerme las fantasías que imaginaba, pero lo cierto es que no me atreví. Esa frase, que habría reflejado todo lo que yo sentía y podría haber puesto el punto final o el inicio a nuestra relación, se quedó atragantada en mi garganta, como todas las cosas que le debí decir pero nunca le dije. Tras escuchar «No sabía que se podía amar tanto a una persona, Aura, y es que lo hago con todo mi ser. El cien por cien de Víctor es tuyo», me limité a abrazarle con más fuerza, esperando ese momento perfecto para intervenir, que tenía ahí y se me estaba escapando de las manos.

Me arrepentí. No solo ese día, sino también los siguientes. Cada mañana, antes de encontrarme con él, me cargaba de fuerzas para declararme, pero estas se desvanecían en el último momento. ¿Estaba preparada para soportar que él no sintiese lo mismo? No. Eso me sumiría en una tristeza infinita que no sabría controlar. A veces ensayaba el discurso, pulido hasta la perfección, frente al espejo. Debería ser fácil, había memorizado todo lo que le quería decir y, si no, solo tendría que hablarle con mi corazón, que le pertenecía, dejar que surgiera directamente con toda la sinceridad de mi alma.

Y allí me hallaba. En Barajas. Con la maldita y asfixiante última oportunidad que nunca volvería a tener tan cerca. Me reprendería a mí misma dejarle marchar sin haberme atrevido. Tenía que borrar los miedos e inseguridades, pero estos me presionaban hasta ponerme al límite.

Hundí más mi cabeza en el pecho de Víctor y aspiré su aroma. Él reaccionó suspirando con dolor mientras me apretaba con tanta fuerza que dejaba sus huellas marcadas en mi piel. Lo único que escuchaba era el sonido de los latidos de su acelerado corazón y las bocanadas de aire que cogía para hinchar ese pecho que subía y bajaba con demasiada rapidez. Era hora punta. Los pasillos estaban repletos de personas que arrastraban carritos y charlaban en voz alta, pero nosotros no las oíamos. Nos habíamos evadido a ese universo que nos pertenecía y en el que solo existíamos los dos, difuminando el resto de la realidad.

Cuando las pantallas anunciaron su vuelo, me cruzó una agonía insoportable. El cantautor se tenía que marchar y yo no quería que lo hiciera por nada del mundo. Me aferré a su espalda para no perder el equilibrio cediendo a mis temblorosas rodillas. Habíamos llegado con tiempo de sobra para que cogiera el avión y ahora llegaba tarde.

El momento en que se separó me dolió físicamente en la boca del estómago y me provocó una sensación de caer al abismo que me aterraba. Tarde o temprano tenía que ocurrir. Sabía desde hacía diez días que se iba a Londres.

Había tratado de mentalizarme, pero eso no lo hizo más fácil, al contrario, lo complicó todo, provocando que no pudiera pegar ojo y estuviera en una tensión constante, con la cuenta atrás de su partida restando segundos en mi cabeza.

Víctor no me soltó la mano. Estoy convencida de que él tampoco podía.

—No, por favor —me pidió al ver que mis ojos se enrojecían—. No quiero llevarme tus lágrimas a Inglaterra, sino tu sonrisa.

«Sonríe, mañana será peor», me dije. Inmediatamente hice de tripas corazón y empleé hasta la última gota de energía que me quedaba en dibujar una sonrisa ancha que pareciese sincera.

—¿Así?

—Joder, cuánto la voy a echar de menos. —Me soltó la mano para agarrarme por los dos lados el rostro y pegar su frente a la mía con la vista centrada en mi labio inferior.

—Pues no la olvides —agregué con la voz entrecortada, sintiendo cómo las puntas de nuestras narices se rozaban.

—Nunca.

Y no sé si fueron imaginaciones mías, pero creí intuir que su voz se rompía por un llanto ante el cual el cantautor no quería ceder. ¿Podría ser que los dos fuésemos unos cobardes que deseaban lo mismo?

—Te quiero —pronuncié mirándole a esos ojos que habían convertido el marrón en mi color favorito.

—Y yo. —Me besó con fuerza en el nacimiento del pelo, dejando los labios apoyados un buen rato antes de volver a hablar—. Amarte más es imposible, Aura.

Atesoré esa frase en mi memoria, con su tono de voz, la cadencia exacta de las palabras, su aliento impactando contra mi boca y nuestras miradas encontradas, para recurrir a ella cuando viniesen días peores.

Le costó soltarme, pero al final, cuando anunciaron la última llamada, lo hizo. Recogió la guitarra, se la colgó al hombro y se giró. Mis pies lucharon por correr tras él y odiaron a mi cabeza por no permitírselo. Noté cómo mis ojos se ponían vidriosos y una agonía creciente por la separación se instalaba en mi pecho, y supe que sería mi eterna compañera.

Mi joven corazón se estremeció aquejado de un dolor tan profundo que no lo podía soportar. Había sufrido dos golpes intensos y devastadores en un año que no aguantarían ni los más experimentados. Al primer ocupante, Ismael, se había abierto nada más verle, y este fue dueño y señor de su superficie. Sin embargo, con Víctor todo había sido diferente. El cantautor era paciente y, como las mejores cosas, había aparecido sin buscarlo o esperarlo. Poco a poco, escarbando, atravesó la corteza hasta llegar al fondo, convirtiéndose en parte de la mecánica que le permitía latir. Y ahora se iba el motivo principal de que se mantuviese vivo.

El amor era como los tatuajes: no podía eliminar el cariño por el actor, pero este había sido tapado por uno más grande. Víctor lo había llenado de su propia tinta en todos los rincones y nada ni nadie podría ponerse por encima.

Pasó el control y el detector de metales y se giró de nuevo. Le observé dudar un instante y mirarme con una pena tan profunda que intenté borrar sonriéndole, diciéndole adiós con la mano mientras por dentro me destruía. No pude controlar una lágrima que asomó descendiendo por mi mejilla. No la limpié para que él no se percatase.

Le amaba tanto que ni todas las palabras hermosas de nuestro idioma o de los otros que cubrían su cuerpo eran suficientes para definirlo. Por eso no debía salir corriendo y gritarle que sin él todos los días serían grises y el universo de colores que pintábamos juntos desaparecería. Yo era el presente que debía convertirse en pasado para que Víctor consiguiese su futuro. Y que él triunfase en aquello que quería me importaba mucho más que mi propia integridad. Por fin aprendí el significado de querer a alguien más que a mí misma y es que, si quieres a alguien de verdad, a veces le tienes que dejar marchar. Con él la palabra *egoísmo* debía exterminarse.

Levantó la mano para despedirse y observé su silueta por última vez, con el gorro gris, el pelo rebelde escapando por todos lados, su camisa de cuadros abierta, los vaqueros caídos y la guitarra al hombro.

Víctor desapareció, como mi corazón, que ya no estaba allí, sino que se marchaba a su lado a más de mil kilómetros de la que, se suponía, era su dueña. Rompí a llorar en cuanto me aseguré de que ya no podía verme. Corrí hacia la salida con los pulmones ardiéndome, quemándome por dentro.

Era un día gris, con una tormenta que dibujaba un manto de lluvia en los alrededores del aeropuerto. No pude resistirlo más y caí de rodillas al suelo, sufriendo un ataque de pena. Comencé a calarme, pero no me importó. Cubrí con la palma de las manos mi rostro y emití un grito desgarrador que provocó que algunos pasajeros se acercasen a ayudarme conmovidos y asustados.

Los miré sin ver, ellos no eran Víctor. Entonces, en mitad de ese sufrimiento que temía que acabase por matarme, observé la tierra marrón del árbol que crecía a mi lado. Y lo supe. No iba a resignarme. No quería hacerme a la idea. No me rendiría y dejaría escapar un amor tan grande que solo se presentaba una vez en la vida. Mi historia no había acabado. No era posible, puesto que Víctor era el protagonista y todavía nos faltaba componer juntos la última estrofa de *Aura cambia las zapatillas por zapatos de tacón*. Caer derrotada no era la solución. Tenía que luchar por conseguir el desenlace que nos merecíamos y cumplir el dicho de que, a veces, lo que acaba pasando es mejor que lo esperado.

Si te has quedado con
ganas de más,

empieza a leer la segunda
entrega de la serie Aura

Capítulo 1

El reencuentro

Llegué a Londres. Esa vez no hice ninguna ceremonia cuando el avión aterrizó y nos informaron por los altavoces de que podíamos bajar. No. No me transformé en Neil Armstrong y pisé el suelo de la ciudad con solemnidad como si estuviese llegando a la Luna ni comencé a dar saltitos de ardilla emocionada al ser consciente de que estaba en otro país por segunda vez en mi vida. No era necesario. Habría estado igual de feliz si el destino hubiera sido una aldea de la Galicia profunda en la que solo hubiese un par de vacas pastando y un señor agitando una vara. Y es que el lugar era indiferente. Lo importante era él. Mi reencuentro con Víctor.

Recogí la mochila, me la colgué al hombro y desplegué todas mis habilidades, recientemente adquiridas en la jungla de Madrid, para sortear al resto de los pasajeros por los interminables pasillos casi corriendo para poder llegar cuanto antes a su lado y, atrapándolo, exprimir todos los segundos que nos quedaban por delante para impedir que el escurridizo tiempo se me escapara entre los dedos sin poder evitarlo.

Aceleré al pensar que, en unos instantes, ese rostro, que había rememorado hasta la saciedad dibujándolo en la cabeza con todo lujo de detalles, estaría frente a mí. Adelantaba a las personas sin consideración ni educación alguna. (Exactamente de la misma manera que en mi primera experiencia en la capital, en Atocha, lo habían hecho lo que intuía que eran ejecutivos al borde de un ataque de nervios, a los cuales yo había criticado hasta quedarme sin saliva.) Pero estaba justificado y lo debían comprender. Tenía prisa y es que... ¡el amor de mi vida se encontraba al otro lado!

Y aunque no habían sido colas como las del control que tenía delante, ya había esperado más que suficiente. Mayo, junio, julio y agosto. Cuatro meses en los que me aferraba con uñas y dientes a esas conversaciones por videollamada que me daban la vida para luego quitármela, cuando, después de unas horas, llegábamos a la conclusión de que debíamos colgar, aunque lo que nos apetecía hacer era bastante diferente. Si fuera por ganas, mi móvil habría explotado sobrecalentado antes que dejar de hablar con el cantautor. Porque tener encendida esa pequeña pantalla que me mantenía unida a él mientras dormía me parecía excesivo, ¿o no? Tal vez hubiese resultado curioso hacerlo y despertarme en mitad de la noche por un ronquido seco al otro lado o ir al servicio en modo zombi y a la vuelta verle dormir como un angelito durante un buen rato antes de conciliar el sueño de nuevo. Sea como sea, el caso es que no lo habíamos hecho, aunque poco nos había faltado, como cuando un día nos dimos cuenta de que habíamos comenzado charlando un miércoles a mitad de la tarde y nos habíamos despedido en el amanecer del jueves.

Por lo menos el verano me había permitido desconectar un poco. No era un alma en pena que vagaba por los rincones de mi casa llorando desconsolada en cada esquina para regar los geranios de Amparo con mis lágrimas. No. Mucho menos desde que compré los billetes de avión, gracias a los cuales estaba en esos momentos allí para visitarle durante una semana que no pensaba desaprovechar. No sabía cómo ni cuándo, pero no me iba a marchar de Londres sin vomitarle todo lo que llevaba dentro, esos sentimientos que yo sola ya no podía ni gestionar, ni controlar ni soportar.

Los primeros días después de su partida cogí un cuaderno que tenía por ahí tirado y, como si fuera una escritora que crea la base sobre la que girará su próxima novela, comencé a planear cómo haría mi declaración, con las palabras exactas y el beso que pensaba plantarle en los labios. Porque si algo tenía claro era que no me largaría de allí sin probar su sabor, ya me rechazara o me dijese que él sentía exactamente lo mismo. O mejor, que me quería más. Esas imaginaciones tampoco eran ninguna locura; al fin y al cabo, todavía retumbaba en mi cabeza la frase que me dijo en Barajas y que grabé a fuego en mi memoria: «Amarte más es imposible, Aura».

Una vez que lo tuve todo absolutamente planificado como si fuera un sargento del Ejército que tuviera que informar de la táctica de un operativo a vida o muerte en el Líbano a los militares que tenía a su cargo, con la inocente y sugerente caída de pestañas que sería el pistoletazo de salida para aproximar mi rostro al suyo, arranqué las páginas, hice con ellas una enorme pelota y practiqué mis habilidades para el baloncesto encestando en la papelera desde la cama. No quería llevar ninguna estrategia, sino ser natural, tal como siempre me había funcionado con él.

De esta manera, pasé los calurosos meses de verano yendo de la piscina al frontón para comer pipas, y de este, con los labios enrojecidos de la sal, a las fiestas de los pueblos de alrededor, y vuelta a empezar. Todo en un bucle que no parecía tener fin, excepto los días en que las nubes, tan simpáticas ellas, nos saludaban con un manto de lluvia que nos obligaba a ver películas hasta que nos dolían los ojos o la cabeza de lo malas que eran.

Estar con mis amigos de toda la vida me vino bien. Con mi madre no tanto. Parece que el discurso manido y ensayado de que dejaba el grado de Administración y Dirección de Empresas para perseguir mi sueño de convertirme en periodista no era tan eficaz como creía mientras se lo recitaba a Vilma y Sara, que a veces me aplaudían y otras brindaban con su tinto de verano en mi honor. «Eres una valiente», eran sus palabras. «Eres una inconsciente y te arrepentirás el resto de tu vida de esta decisión», eran las de Amparo. Mi padre, entre la espada y la pared, y con las afiladas uñas de mi madre presionando en la yugular, se limitaba a esconderse en el primer sitio que pillaba cuando oía nuestros gritos.

Sin embargo, mi hermano fue la persona que finalmente puso término a la tortura de tener que escuchar cada día la misma charla, con idéntica cadencia de voz y mirada de chantajista emocional experimentada de «Me has decepcionado, perra del infierno», aunque, por supuesto, no fue para nada su intención. Su hazaña consistió en bromear insinuando que, en los tiempos que corren, servía más liarse con un futbolista que tener un título para poder ser reportera televisiva. Y, con malicia, añadió que, si quería, me presentaba a uno de sus compañeros. Para picarme, dijo el nombre de uno que era más feo que robarle un caramelo a un niño de dos años en un parque, pero como mi madre no lo conocía y a veces presentaba una mentalidad un poco anticuada —más o menos de cuando la gente en lugar de abanicarse por el calor lo hacía para evitar el mal olor que exhalaban las personas por debajo de los vestidos porque no se lavaban sus partes íntimas—, le pareció una excelente idea y se quedó algo más tranquila. A veces me llegaba a plantear que Amparo se había quedado en la época medieval y evitaba tener orgasmos durante la menstruación para no engendrar niños pelirrojos.

Pero, bueno, no hay mal que por bien no venga. Sí, mi madre prefería venderme como ganado a cualquier deportista con más seso en la punta del pene que en el cerebro en lugar de confiar en que podría conseguir trabajo por mí misma con esfuerzo y constancia. No obstante, eso me libró de que me montase un numerito o me prohibiese ir a visitar a Londres a mi amiga Clara, esa desconocida estudiante rubia de Psicología que me había inventado para evitar que me tildase de fresca y me llevase a hablar con el cura del pueblo por mi desfachatez o, lo que es peor, que con mis casi veinte años propusiese que mantuviésemos nuestra primera conversación sobre el sexo. Quita, quita. ¿Ella, a la que le daba vergüenza hasta decir pene en voz alta y seguía llamando a sus partes íntimas «chochito»? En ese caso, solo habría tenido dos opciones: o mearme de la risa o extirparme los tímpanos si en un arranque de modernidad me hubiera relatado los detalles de su vida sexual con mi señor padre —que haberla, hayla, como las meigas, porque si no, yo no estaría aquí, pero no era necesario conocer ni un dato extra.

Ya tenía localizada a una amiga con la que haría los montajes de las fotografías de Londres, eliminando todo rastro de Víctor, para enseñárselas a mi madre cuando regresase a mi pueblo de Cuenca. Realidad virtual. Aunque en esos momentos no me importaba. A decir verdad, nada me preocupaba. Acababa de ver las puertas corredizas del aeropuerto.

Fueron rápidas. Se abrieron nada más detectar mi presencia. Y menos mal que lo hicieron, porque iba corriendo más rápido que la velocidad de la luz. Bueno, eso es una exageración, pero así era yo. Anduve muy veloz. Eso sí que es cierto.

Lo distinguí sin proponérmelo nada más salir. Víctor tenía una rodilla flexionada y se apoyaba con rebeldía contra una columna. El resto del mundo desapareció de mi visión; solo quedó él, con sus pantalones caídos y su camiseta ancha, blanca y de cuello redondo, que me permitía ver sus brazos tatuados, y observé que se pasaba la mano con nerviosismo por su maraña de pelo caoba descontrolada. Levantó la vista como si me presintiera. De nuevo, el gris se enfrentó a ese marrón con tonos verdosos. En un gesto involuntario, las comisuras de los labios se le elevaron y formaron una sonrisa sincera. No necesité nada más para reafirmarme en algo que sabía a ciencia cierta: estaba perdidamente enamorada del cantautor.

«Calma, calma», me dije al notar que el pulso se me aceleraba, mis piernas se volvían de gelatina y las mariposas arañaban con fuerza mi estómago para escapar y poder revolotear en el suyo.

Me obligué a tranquilizarme, sí, y de inmediato mandé a la mierda esa orden. No le dejé tiempo para que reaccionase. Tiré la mochila al suelo y, ante la atenta mirada de los ingleses —y la desaprobación de algunos de ellos, que dijeron algo así como *fucking Spaniard*—, me lancé a la carrera más importante de mi vida.

Frené en seco al llegar a su lado, coloqué los brazos en jarras y pregunté:

—¿Dónde está mi pancarta de bienvenida?

—No te lo vas a creer, pero de camino a aquí, un taxista que buscaba a alguien que se llamaba exactamente como tú me la ha robado... —comenzó a bromear.

No le dejé terminar. No pude resistirme a tenerlo tan cerca y no rozarlo, sentirlo, notar —como ocurrió enseguida— que nuestros latidos se acompasaban, demostrando mejor que el científico más prestigioso del mundo que la distancia había separado nuestros cuerpos, pero no nuestros corazones. Lo abracé, enlazando mis dedos en su nuca y apoyando la cabeza en el hueco de su hombro con tanta intensidad que su espalda golpeó la columna que tenía detrás, mientras sus brazos me estrechaban con ansiedad. El impacto resonó, pero si le dolió, no lo demostró. Tal vez, como me pasaba a mí, en esos instantes las sensaciones producidas por nuestro contacto eran superiores a cualquier otra, que quedaba reducida a un discreto segundo plano.

—¿Sabes que te está viendo el culo media Inglaterra, exhibicionista? —bromeó.

Yo llevaba puesta una camiseta de tirantes blanca y unos vaqueros claros cortos —excesivamente cortos, si soy sincera— para provocar a sus hormonas masculinas, ni más ni menos. Tantos años de feminismo, tirados a la basura por una prenda que ni siquiera necesitaba. Víctor me querría igual hasta tapada con una batamanta, pero me tentaba la idea de que me desease, y eso lo conseguiría con más facilidad si veía mis piernas bronceadas que si me ponía una falda de Amparo por debajo de la rodilla.

—¿Me has echado de menos? —pregunté rozando con mis labios la piel de su cuello, que se erizó de inmediato.

—Desde que me di la vuelta en Barajas y dejé de verte. Antes, incluso —susurró, y tuve que contenerme para no ponerme de puntillas en ese preciso instante y darle el beso que nunca me cansaba de soñar. Despierta y dormida.

El tiempo dejó de tener sentido en nuestro universo, justo igual que la convención que marcaba los segundos que debían durar los abrazos en los reencuentros. Yo no quería separarme. Nunca. La eternidad apoyada en su pecho hasta que me consumiera. Pero también ardía en deseos de ver esa cara que me volvía loca hasta extremos desconocidos que me aterrorizaban. Querer tanto a alguien no estaba bien. No era normal. Era irracional. Una locura.

¿No era de eso de lo que se trataba cuando uno se enamoraba? ¿Encontrar a alguien que te hiciese perder la cordura? Como me había leído Sara hacía unos días, «Si el amor no es intenso, épico, bueno, real y tan loco como para aferrarse con uñas y dientes a tu corazón, es mejor dejarlo ir. Ya hay demasiadas cosas mediocres en esta vida como para que el amor sea también una de ellas». Víctor era esa persona que daba sentido a la frase que afirma que enamorarse es elegir una opción y rechazar veinte y, aun así, sentir que sales ganando.

Me aparté lo justo y necesario para volver a encontrarme con su mirada, esa que me había conquistado desde que la había observado hacía más o menos un año, cuando él estaba subido encima de un escenario con su guitarra y yo me balanceaba como una sardina desde abajo. Era tan irresistible que lo que me extrañaba no era que cada centímetro de mi piel y de mi alma lo amara sin control, sino que no lo hiciese toda la población a lo largo y ancho de la Tierra.

—Te has cambiado el pelo. —Su mano ascendió por mi espalda, acariciándome toda la piel durante el trayecto, hasta enredar sus dedos en mi cabello con nuevas mechas color canela.

—¿Te gusta?

—Claro. Eres tú. Y nada de lo que te hagas puede cambiar eso...

—¿Quieres decir que no te importaría que me rapase la cabeza o me tiñese de verde moco?

—No. —No dudó en la respuesta. Me miró divertido y se mordió el labio—. Pero si alguna vez decides quedarte calva en vez de raparte al cero, déjame elegir alguna frase graciosa para la nuca...

—¿No te solidarizarías conmigo? —fingí indignarme.

—¿Y perder mi melena Pantene? Tú no querrías eso. Aura, soy como Sansón, mi fuerza reside en el pelo...

—¿Te das cuenta? Ahora conozco tu punto débil. No me mosquees o el día menos pensado entro en tu habitación como una loca maquinilla en mano.

—No solo ese pelo me da poder...

—¿Tienes más en algún sitio que no sepa? —Y conforme se lo preguntaba, al ver su sonrisa ladeada, me arrepentí de hacerlo.

—Sí, un poquito más abajo. Y ese es el importante. El que me hace inmune al dolor y tal...

—No te lo crees ni tú.

—¿No?

—No. Y no me hagas demostrártelo. Un rodillazo certero y te demuestro que, en tu entrepierna, más que un dragón que te hace todopoderoso, tienes el punto débil.

—No te atreverías. Me dejarías estéril y, en el fondo, estás deseando que siente la cabeza y traiga al mundo un par de pequeños que te lleven por el camino de la amargura...

«Sí —pensé—, pero en un futuro conmigo.»

—Tú pórtate bien y nunca tendrás que comprobar esa malicia oculta que tengo dentro.

—No tengo intención de hacer otra cosa... —dijo. Lo miré fijamente, con intensidad, y él me imitó. Estaba navegando dentro, en mi interior, igual que yo en el suyo. Por un breve lapso de tiempo, tuve la esperanza de que no hicieran falta palabras, de que mi declaración se quedase en una absurda idea y de que él se lanzase a besarme con el mismo anhelo que me azotaba a mí. Pero, en el último instante, Víctor regresó a la realidad y tuvo que adornar su frase con una broma que, en esos momentos, me hizo la misma gracia que cuando un chico de mi pueblo me disparó al ojete con una pistola de esas de bolitas. A él le crucé la cara de un manotazo que dejó mi marca en su mejilla durante una semana; con el cantautor me limité a fingir una sonrisa.

—Y haces bien. —Me separé y busqué mi mochila. Pensaba que estaría en el suelo, entre los demás pasajeros que se reencontraban con sus familias o amigos, pero, por lo visto, solo quedábamos Víctor y yo—. Anda, vamos a por ella antes de que crean que es una bomba y los policías analicen mis braguitas de Bob Esponja por si hay material inflamable o restos de explosivos.

Víctor se adelantó y, como el caballero de armadura y blanco corcel que no era, ya que le pegaba más el rol de roquero desfasado o rebelde sin causa que ese, se la colgó de un asa al hombro. Pensaba que andaríamos sin más hasta la salida, pero él tenía la misma necesidad de contacto que yo: su mano derecha me cogió de la cintura y trenzó sus dedos con los míos.

—¿Y esto? —pregunté en lugar de ponerme a saltar de la emoción.

—Como siempre. —Se encogió de hombros—. Nada ha cambiado, ¿no?

—No. Todo sigue igual —suspiré.

«Igual de enamorados que siempre —pensé—, salvo que esta vez vamos a dar un paso más y no voy a dejar que te escudes en lo de siempre de que lo nuestro es imposible porque no podemos estropear nuestra amistad. Porque no se va a estropear —continué mi discurso interno—, porque nuestra historia es de verdad, de esas que no se rompen y que terminan con nosotros dos riéndonos de las arrugas del otro mientras las besamos.»

—¿Qué quieres ver?

—¿En Londres?

—En Jamaica, si te parece. Mañana podemos coger un vuelo. He leído que son baratos...

—Idiota... —Le di un golpe en el costado con el hombro—. Pues yo qué sé. El Big Ben, el Parlamento, la torre esa tan chula, el puente, el palacio de Buckingham... Me gustaría hacerme una fotografía tocando las narices a esos pobres guardias que no pueden moverse y que así me odien en su fuero interno con ganas. —Salimos al exterior y me percaté de que el verano no era igual en Inglaterra que en España. Unos grados por debajo, en realidad. La piel se me puso de gallina y tuve la tentación de soltar su mano para darme calor. Por supuesto, no lo hice. Antes moriría de congelación instantánea que negarme el placer de caminar con Víctor de la mano—. Ah, y quiero ir a la estación de King's Cross y hacer una fotografía fingiendo que voy a entrar en Hogwarts...

—Renegaré de ti y juraré que no te conozco, friki...

—No digas cosas que no puedes cumplir. Es más, te pondrás conmigo simulando que vamos a entrar los dos en el andén nueve y tres cuartos...

—¿Quieres destruir mi poca fama como artista debutante? La gente hablará, y adiós, carrera discográfica.

—Sería nuestra primera fotografía juntos...

—¿Y no te vale una en el Támesis como las... —«¡Dilo! ¡Dilo! ¡Dilo!», exclamé en mi interior, con el confeti preparado para tirarlo si lo pronunciaba. «Lo tienes en la punta de la lengua. Ya te ayudo. ¡Como las parejas!»— personas normales?

¡Claro que me valía! Quería imágenes en todos los rincones de Londres que fuesen testigos del inicio de nuestra relación. Sin embargo, me puse cabezota porque de vez en cuando me gusta ser un poco mosca cojonera.

—Tiene que ser esa.

—Está bien —accedió. Se mordió el labio pensativo—. ¿Por qué tienes ese poder sobre mí, Aura?

—Porque me quieres al cien por cien —recordé, y al instante me arrepentí. Sonaba un poco vanidoso. Víctor se debió de dar cuenta, se encogió de hombros y dijo:

—No tienes nada de qué avergonzarte. Es verdad.

—¿Todavía? ¿Después de tanto tiempo sin vernos? —aproveché para decir al ver que se abría.

—Bueno, ahora es diferente, te quiero más. Es lo que tiene haberte echado tanto de menos que me dolía...

«¡Y yo! ¡Y yo! ¡Y yo!»

—Víctor, creo que hay algo que tengo que decirte... —dije con la voz queda, tan bajito que no me oyó.

—Mira. —Me soltó la mano y señaló un pequeño coche blanco al que odié por conseguir que ese instante se perdiese en el tiempo para siempre—. Al final te he hecho caso y he cambiado la moto por un vehículo como un *gentleman*.

—¿Lo has hecho por mí?

—Quedaría bien si dijera que sí, ¿verdad?

—Sonaría como que eres mi esclavo y te flagelo por las noches para que me traigas unos cereales de chocolate a la cama...

—Entonces puedo ser sincero. Mi moto sigue estando en España; aquí no me he comprado ninguna porque todavía no le he cogido el tranquillo a eso de que conduzcan por el otro lado...

—Eso es algo que definitivamente no tienes que decírselo a alguien que va a subirse contigo a continuación...

Guardó mi mochila en el maletero, aunque bien podría haberlo hecho en el asiento trasero. Me subí de copiloto y él se colocó en el asiento del conductor.

—¿Estás muy cansada?

—No.

—¿Te importaría que te llevase a un sitio antes que a casa?

—Depende...

—Quiero enseñarte el estudio de grabación. Debería ser el lugar más importante para mí de Londres, pero desde que estuve allí el primer día, supe que no lo sería del todo hasta que tú lo pisaras. —Se pasó las manos por el pelo, nervioso, como alguien que no está acostumbrado a decir ese tipo de frases, al que le cuesta sangre, sudor y lágrimas abrir su interior.

—Vamos, pero solo porque esa frase ñoña ha sido muy bonita. —Sonreí.

Y es que me daba igual ir a un bar cutre, a un bufé libre, a su casa, a visitar monumentos, a sentarnos en un parque o a las mismísimas estrellas. Estaba con Víctor y el escenario solo era algo que nos acompañaba. Para mí, la vida, además de medirse en sonrisas, también se calibra con las miradas. Hay una para cada instante: de alegría, pena, amor, desamor..., y ese día, aunque no me podía ver, supe que estaba mostrando por primera vez la de pasear por las nubes en un estado de felicidad suprema. Y me volví adicta. Como con todo lo que tenía que ver con él.

Otros títulos de la autora en Booket: